U0398553

悲剧

孩子读得懂的莎士比亚

William Shakespeare

王朝群 - 编著 [英]吉尔伯特 - 绘

北京理工大学出版社
BEIJING INSTITUTE OF TECHNOLOGY PRESS

图书在版编目（CIP）数据

孩子读得懂的莎士比亚. 悲剧 / 王朝群编著；（英）吉尔伯特绘. —北京：北京理工大学出版社，2020.12（2022.6重印）

ISBN 978-7-5682-9113-2

Ⅰ. ①孩… Ⅱ. ①王… ②吉… Ⅲ. ①儿童故事–图画故事–中国–当代 Ⅳ. ①I287.8

中国版本图书馆CIP数据核字（2020）第186812号

出版发行 / 北京理工大学出版社有限责任公司
社　　址 / 北京市海淀区中关村南大街5号
邮　　编 / 100081
电　　话 / （010）68914775（总编室）
（010）82562903（教材售后服务热线）
（010）68948351（其他图书服务热线）
网　　址 / http: //www.bitpress.com.cn
经　　销 / 全国各地新华书店
印　　刷 / 唐山才智印刷有限公司
开　　本 / 700毫米×1000毫米　1/16
印　　张 / 13
字　　数 / 143千字
版　　次 / 2020年12月第1版　2022年6月第3次印刷
定　　价 / 207.00元（全3册）

责任编辑 / 徐艳君
文案编辑 / 徐艳君
责任校对 / 刘亚男
责任印制 / 施胜娟

前　言
PREFACE

威廉·莎士比亚（William Shakespeare，1564年4月23日—1616年4月23日），华人社会常尊称他为“莎翁”，是英国文学史上最杰出的戏剧家，也是欧洲文艺复兴时期最重要、最伟大的作家，是人文主义文学的集大成者以及全世界最卓越的文学家之一。

莎士比亚在埃文河畔斯特拉特福出生长大，他不仅是演员、剧作家，还是宫内大臣剧团的合伙人之一，此剧团后来改名为“国王剧团”。

不得不说，莎士比亚是一位语言大师，他擅于使用各种比喻，笔触常带着诗意，这都是他剧作的魅力所在。他剧作中的人物形象性格鲜明，如性格忧郁的哈姆雷特王子、因嫉妒而失去理性的奥赛罗、意气用事的李尔王、权欲熏心的麦克白……这些经典形象给一代又一代的读者留下了深刻的印象。

莎士比亚的剧本创作可大致分为早期、中期和晚期三个阶段，早期剧本主要是喜剧和历史剧，中期剧本主要是悲剧，在他的剧本创作晚期主要是悲喜剧。

本套《孩子读得懂的莎士比亚》精选了莎士比亚剧作中的喜

剧、悲剧和历史剧中最著名的作品，邀请了多位儿童文学作家参与编写，在保留原作精髓的前提下，将剧本重新解构，改编成更适合孩子阅读的儿童故事形式，引导孩子能轻松阅读莎士比亚剧作故事，进一步了解莎士比亚剧作，了解西方文化。书中配图选用英国著名铜版画家吉尔伯特所作黑白插图为底本，因这些经典插图年代久远，不够清晰，况且又是黑白插图，已不能满足现代审美需要，所以我们在图书制作过程中对大师的图片进行了二次修复，提升了这套书的阅读氛围，并为孩子开拓了想象及审美的空间。同时在每本书后还附有舞台剧，方便小读者排练演出。

本书的改编创作、排版制作经过了各项严格的审查程序，但由于学识有限，或仍存在不妥之处。如有发现，恳请各位读者朋友不吝指正。

目录
CONTENTS

《罗密欧与朱丽叶》故事中的人物关系

帕里斯伯爵

亲王的亲戚

爱斯卡勒斯

维洛那亲王，
维洛那城管理者

班伏里奥

蒙太古的侄子
罗密欧的朋友

茂丘西奥

亲王的亲戚，
罗密欧的朋友

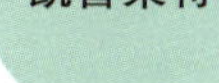

凯普莱特

互相敌视的
两大家族

蒙太古

父子

父女

母女

凯普莱特夫人

朱丽叶

凯普莱特之女

婚礼主持者

罗密欧

蒙太古之子

母子

婚礼主持者

劳伦斯神父

法兰西斯派神父

蒙太古夫人

提伯尔特

凯普莱特夫人的侄子

朱丽叶的奶妈

约翰神父

与劳伦斯同门的神父

罗密欧与朱丽叶

1 两个家族的争斗

住在维洛那城里的人们都知道，贵族凯普莱特家族和贵族蒙太古家族是有宿仇的。

这天，凯普莱特家族的两个仆人和蒙太古家族的两个仆人相遇了。

他们先是相互挑衅、争吵、指责对方，接着就开始辱骂，又都拔出剑来，准备动手。

“住手，收起你们的剑！”

正在仆人们打斗的时候，蒙太古先生的侄子班伏里奥一声怒喝，站在了他们面前，拔出剑来击下了仆人们手中的剑，想制止这场争斗。

凯普莱特夫人的侄子提伯尔特也恰好经过这里，看到了班伏里奥拔出剑，就出言不逊。班伏里奥一再说明他拔剑是为了阻止争斗，但提伯尔特哪里肯听，他拔出剑来和班伏里奥打斗。

这样争斗不断升级，两家的仆人纷纷赶来，一时间人声嘈杂，乱哄哄一片。

维洛那城里的市民被两大家族打斗的场面惊动了。大家很痛恨这种经常性的暴力行为，就大喊着："打打打，把他们赶出城去，打倒凯普莱特！打倒蒙太古！"

蒙太古闻讯赶来，大声喊着："凯普莱特，你这奸贼！"

凯普莱特也急急赶到，他一边问着原因，一边大声喊道："把我的长剑拿来，蒙太古那老东西晃着他的剑，明明在跟我寻事。"

争斗越来越激烈，长剑的相击声交织在一起，真是乱作一团。

就在双方打得难舍难分的时候，维洛那城里的最高长官爱斯卡勒斯亲王及时赶到。他大喊着："凯普莱特、蒙太古，住手！你们两家已经三次为了口舌之争扰乱社会安宁、引起暴力争斗了。现在都给我退下，凯普莱特、蒙太古，下午都到审判厅来，听候我对于今天这场争斗的宣判。"争斗被阻止，人群也潮水般散去。

班伏里奥如实向蒙太古汇报了事情的经过。

蒙太古夫人在人群中没有找到儿子罗密欧，就询问儿子的去向。

班伏里奥说他早上去郊外的树林边散步的时候看见过罗密欧。

蒙太古听了说："他一连好多天，大清早的都去那边散步，一到太阳出来，他又溜回家，一个人关起门躲在房间里。这种怪脾气恐怕不是好兆头，除非可以替他解除心头的烦恼。"

正说着，罗密欧来了，班伏里奥决定去向罗密欧问个究竟。

罗密欧和表哥班伏里奥见面互相问候，就交谈了起来。原来罗密欧爱上了一个美貌姑娘，而这个姑娘却立誓说她终身不嫁。

罗密欧失恋了。

2 舞会上的相遇

这天，凯普莱特先生在街上遇到了爱斯卡勒斯亲王的亲戚帕里斯伯爵，一表人才的帕里斯竟然向凯普莱特先生的女儿朱丽叶求婚。

“老伯，我正打算向您的女儿求婚。”

“我的女儿还不满十四岁，还是一个孩子，过两年再说吧！”凯普莱特先生推辞说。

但求婚心切的帕里斯却说：“我知道很多女孩子，比朱丽叶的年龄还小，都已经做母亲了。”

“哦，那样的话，您可以向她求婚，只要她同意，我没有意见的。正好，今晚我们家要举行宴会，您也可以参加。宴会上俊俏的姑娘也不少，到时您可以从包括我的女儿在内的姑娘中，选出您的意中人。”

凯普莱特先生想到还需要邀请几位客人，就把客人的名字写在了纸上，交给了仆人说：“就按这单子上的人去请，请他们到我家来赴宴。”

主人吩咐的事情仆人立即去做。可是他并不识字，那纸上写的是谁也并不知道，瞪着眼看了半天。正在着急的时候，就遇到了罗密欧和班伏里奥。

“先生您识字吗？帮我念念！”仆人并不认识罗密欧，他走上前对罗密欧说。

罗密欧是个热心人，拿过纸来念了一遍，这才知道这张纸上写的都是城中名媛名流的名字。

“好一群名士贤媛，这是要请他们到哪里去？”罗密欧不解地问。

“到我们凯普莱特家赴宴呀！要是您不是蒙太古家里的人，请您也来跟我喝一杯酒吧。”仆人回答说。

罗密欧和班伏里奥二人才知道凯普莱特家今晚要举行宴会了。

“凯普莱特家的宴会上，你所热恋的美人罗瑟琳也要来，不如放下家族的成见也去赴宴吧。你那罗瑟琳在众多的女子中要是并不出色的话，你也许就没有那么失魂落魄了。”班伏里奥建议说。

“好吧，那我就去吧，我只要再看看自己热恋过的人大放光彩就心满意足了。”罗密欧说。

夜幕降临，凯普莱特夫人和女儿朱丽叶的奶妈一边聊天，一边忙着替朱丽叶整理参加宴会的裙装。凯普莱特夫人把英俊的帕里斯伯爵打算求婚的事告诉了朱丽叶，她说：“我的女儿长大了，也该考虑婚嫁的事了。今晚的舞会上你好好看看求婚的帕里斯伯爵，如果他恰好是你的意中人，那最好不过了！”

“可是妈妈，那要看我们彼此有没有好感了，有好感才可以交往，没有好感的话……”朱丽叶手提着华丽的裙子看着镜中自己娇羞的脸，竟然说不下去了。

入夜，宴会开始。

凯普莱特家门口来了两个赴宴的年轻人，他们手上拿着面具，看上去英气十足，但是脚步却有些踌躇。那正是罗密欧和班伏里奥。

罗密欧还在犹豫要不要向凯普莱特家的人打声招呼，班伏里奥就笑着说："哎呀，太多此一举了，我们只是来跳跳舞就走，没必要生那么多事！"

班伏里奥催促说："咱们动作太慢的话，人家宴会都要结束了，我们最好别太晚啦。"

罗密欧这才戴上面具，加快脚步向宴会厅走去。

今晚的凯普莱特家里热闹非凡，乐手们演奏出欢快的乐曲，仆人们端着丰盛的食物来来往往。客人们有说有笑，喜气洋洋。

突然，音乐停了。只见凯普莱特先生、凯普莱特太太和戴着面具的朱丽叶一起出现在了客人们面前。

凯普莱特先生声音高亢，满怀热情，也很是激动地挥舞着手臂向到场的客人说："诸位朋友，欢迎来参加凯普莱特家的宴会，乐手们演奏起来！朋友们跳起来、唱起来，不用拘束，尽情狂欢吧！"

欢快的音乐重新响起，舞会开始了。罗密欧一直看着美丽的朱丽叶小姐。

罗密欧并不认识朱丽叶，他看着这位像天上明珠降落在人间一般美丽的姑娘，忍不住赞叹道："啊！她太美了，火炬也远不及她明亮。我想追过去，握一握她那纤纤素手！"

罗密欧的声音却被那天在街上打架的凯普莱特夫人的侄子提伯尔特听了出来，就暴跳着要杀掉他。

凯普莱特走过来，问明了原因，他劝阻提伯尔特说："别生气，好侄儿，让他去吧，他的举动倒也规规矩矩。说句老实话，在维洛那城里，他也算得上一个品行很好的青年。你还是耐着性子吧，别理他。"

罗密欧顾不上跳舞，而是去寻找那美丽的身影。罗密欧来到朱丽叶身边，他温柔地握了一下朱丽叶的手，巧妙地表达着对朱丽叶的爱慕。美丽的小姐也一下喜欢上了眼前这个小伙子。

他们还想继续交谈，女仆过来说："小姐，你的母亲找你。"

罗密欧连忙问："谁是她的母亲？"

女仆答道："她的母亲就是凯普莱特太太。"

罗密欧听了吃了一惊，他喜欢的美丽小姐竟然是凯普莱特家的人！这真是让他失望又沮丧。

这时候表哥班伏里奥也来催促罗密欧："时间差不多了，咱们走吧！"

朱丽叶找到奶妈说道："快去问问刚才和我说话的那位绅士是谁？"

奶妈朝罗密欧离去的方向看了看，说："他是罗密欧，蒙太古家里的人，咱们仇家的独子。"

"啊！怎么偏偏是蒙太古家的罗密欧呢？"朱丽叶听后也无比惆怅地说。

3 教堂里的婚礼

舞会虽然结束了，罗密欧的心里却始终想着朱丽叶，他也试图劝说自己："我们两家向来水火不容，有世仇，而且一直相互憎恨，算了吧，忘了美丽的朱丽叶吧！”

但是，他越这样劝自己，就越思念朱丽叶，罗密欧觉得自己好像把魂儿丢了一样。他趁大家不注意，忍不住攀上了院墙，跳入凯普莱特家院内。

罗密欧穿过花园，来到朱丽叶的窗子前，他的心怦怦跳个不停。没想到此时的朱丽叶竟然就站在窗前。

朱丽叶此刻凝望着远方，想着自己的心事，她自言自语：“罗密欧啊罗密欧！为什么你偏偏是罗密欧呢？否认你的父亲，抛弃你的姓名吧。也许你不愿意这样做，那么只要你宣誓做我的爱人，我也不愿再姓凯普莱特了。”

罗密欧躲在花园里听着朱丽叶的话，这些话让他激动不已，再侧耳细听，又听到朱丽叶说：“只有你的名字才是我的仇敌。你即使不姓蒙太古，还是这样的一个你。姓不姓蒙太古又有什么关系呢？罗密欧，我爱你！”

“只要我们相爱，从今以后，我愿意抛弃我的姓名。”罗密欧走出来答道。

“啊，是谁？”朱丽叶惊叫道。

“我，我是罗密欧呀！”罗密欧对窗口站着的朱丽叶说。

“哦，真是罗密欧！告诉我，你怎么会到这儿来，为什么到这儿来？花园的墙这么高，是不容易爬上来的。要是我家里的人瞧见你在这儿，他们一定不让你活命。”朱丽叶看着罗密欧，更加吃惊地说。

“高墙是不能阻挡爱情的。为爱情所能做到的事，我都会冒险尝试，所以我不怕你家里人的干涉。”罗密欧很坦然地说。

"他们瞧见了你，一定会把你杀死的，快躲起来，罗密欧！"朱丽叶听了倒是惊慌了起来。

罗密欧全然没有惊慌之色，仍然说道："朱丽叶，我要发誓说出我发自内心的爱情。"

朱丽叶却已吓得花容失色，忙不迭地说："好了，别起誓啦！我虽然喜欢你，却不喜欢今天晚上你的突然到来。太仓促、太轻率、太出乎意料了！再会吧，晚安，晚安！"

"你不能就这样离我而去，你不愿对自己的爱情宣誓吗？"罗密欧催促说。

这时候奶妈在叫朱丽叶，她知道罗密欧不能久待，便对罗密欧说："亲爱的罗密欧，再说三句话，我们真的要再会了。要是你的爱情光明正大，你的目的是婚姻，明天我会叫一个人去找你。请你带口信给我，告诉我你愿意在什么地方、什么时候举行婚礼，我就会把我的整个命运交托给你，把你当作我的主人，跟随你到天涯海角。"朱丽叶说。

罗密欧听了，脱口而出："我发誓，我爱你！"

天快亮了，罗密欧才不得不与朱丽叶告别。他们约定好上午九点钟由奶妈去找罗密欧询问婚礼的详细情况。

罗密欧离开朱丽叶后，没有直接回家，而是来到劳伦斯神父所在的教堂里，罗密欧把自己和凯普莱特的女儿朱丽叶倾心相爱的事情告诉了神父。罗密欧说："神父，无论如何，请您一定答应就在今天让我们成婚。"

劳伦斯神父见罗密欧那样恳切，不像是玩笑话，就说："我愿意助你一臂之力，你们的结合也许会使两家的关系有所改善，那样就是天大的幸事了。”

神父答应了罗密欧的请求。

朱丽叶的奶妈也按照约定的时间来找罗密欧。

奶妈说：“哎哟！真把我气得发抖。我家小姐叫我来找您，她叫我说些什么话我可不能告诉您。我要先明白您是否真心爱她，姑娘年纪还小，您要是欺骗了她，实在是一桩最不应该的举动。”

罗密欧又说了他的誓言，奶妈这才放下心来。

罗密欧对奶妈说：“请她今天下午想法子到劳伦斯神父的教堂里，我们就在那里举行婚礼。”

在朱丽叶心焦的等待中，奶妈回来了。朱丽叶急于想知道此行的结果，奶妈说：“你快到劳伦斯神父的教堂里去，有一个丈夫在那边等着你去做他的妻子哩。”

朱丽叶听了欣喜万分，谢了奶妈就奔向教堂。

暮色四合，教堂里罗密欧和劳伦斯神父等待着朱丽叶的到来。神父担心仓促的婚姻不会有圆满的结果，而罗密欧却始终憧憬爱情，相信它的神圣和伟大。

不久，朱丽叶踏着轻盈的步子来了。两人彼此问候又互诉衷肠，然后，劳伦斯神父为他们主持了庄重的婚礼。

4 被放逐的罗密欧

维洛那城并不大，人们在街道上碰面是常事，相熟的人碰到了都要打招呼，问声好的。可因为仇恨，蒙太古家和凯普莱特家的人碰面总是一件让人提心吊胆的事。

这不，罗密欧的两个好朋友班伏里奥和茂丘西奥两人在街上又碰到了提伯尔特，他上前说：“我要跟你们中间无论哪一位说句话。”

茂丘西奥听了调侃说：“您只要讲一句话吗？要是您愿意讲完这句话以后，再跟我们较量一两手，那我们倒是愿意奉陪。”

脾气暴躁的提伯尔特也不示弱。

班伏里奥一看情况不妙，忙在一旁劝解说：“这儿人太多，讲话不大方便，我们找个清静一点儿的地方去谈谈。大家别闹意气，有什么过不去的事平心静气地说说就好，别让这么多人都瞧着我们。”

茂丘西奥执意不走，罗密欧也从那边走来。

提伯尔特冲着罗密欧大声说：“罗密欧，对你的仇恨使我只能用一个名称称呼你——恶贼！”

罗密欧知道提伯尔特的脾气性格，不想去招惹他，扭头就要走。

提伯尔特却追上去对罗密欧说：“小子，你冒犯了我，赶快回身，拔剑吧。”

罗密欧看在提伯尔特是朱丽叶的表哥的分儿上，一味忍让。茂丘西奥却认为忍让是丢脸的事，只有武力才可以洗去这种耻辱，就拔剑迎了上去。

提伯尔特挥剑来迎，两人持剑纠缠在了一起。

罗密欧越发着急，大喊班伏里奥："班伏里奥，拔出剑来，把他们的武器打下来。两位老兄，快别闹啦！大家快住手！亲王已经明令禁止在街道上斗殴。"

着急的罗密欧一把拉住了茂丘西奥，结果提伯尔特趁机刺伤了茂丘西奥，逃走了。茂丘西奥被刺死了。

茂丘西奥是亲王的近亲，也是罗密欧的好朋友、表哥，见到他被刺死，罗密欧再也不能袖手旁观了。

等提伯尔特又来的时候，愤怒的罗密欧大喊着："提伯尔特，你刚才骂我恶贼，我要你把这两个字收回去。茂丘西奥的灵魂就在我们头上，我们两个人中间必须有一个人去陪陪他，要不然就是两人一起死！"

提伯尔特也回身相迎，两个人持剑打在了一起。提伯尔特被罗密欧刺中，倒地死了。

班伏里奥忙劝罗密欧趁没来人之前赶快逃走。

罗密欧犹豫了一下，还是走了。他刚走市民们就蜂拥而至，围观的市民还火速报告了最高长官爱斯卡勒斯亲王。

一时间，爱斯卡勒斯亲王和蒙太古夫妇、凯普莱特夫妇都来了。

亲王问起来这场争斗的来由，一直都在现场的班伏里奥就详细说了事情的经过："尊贵的亲王，我可以把这场流血事件从头向您禀告。躺在那边的那个人，就是把您的亲戚、勇敢的茂丘西奥杀死的人，他现在已经被年轻的罗密欧杀死了。"

凯普莱特夫人一看侄子死了，立即大哭起来："提伯尔特，我的侄儿，哎哟！我的亲爱的侄儿被人杀死了！亲王殿下，您是正直无私的，我们家里流的血，应当用蒙太古家人的血来偿还。哎哟，侄儿啊！侄儿啊！”

凯普莱特夫人一听是侄子提伯尔特引发的争斗，就质疑班伏里奥的话，认为他的话都是徇着私情，因为他是蒙太古家的亲戚。

“亲王殿下，我要请您主持公道，罗密欧杀死了提伯尔特，罗密欧必须抵命。”凯普莱特夫人坚决地说。

亲王为自己死去的亲戚悲伤，他思考着。

尽管蒙太古先生也一再为自己的儿子罗密欧求情，亲王仍宣布说：“你们两家的仇恨已经牵涉到我的身上，在你们残暴的斗殴中，也流下了我亲人的血。不要有任何的请求、辩护、哭泣和祈祷，赶快把罗密欧遣送出境吧！不然的话，如果我发现他，就会立即把他处死。把这两具尸体抬出去掩埋！”

此时，待在花园闺房里的朱丽叶对外面发生的一切并不知情，她仍然为爱情憧憬着，整日痴痴迷迷，喜不自胜。

奶妈一脸悲伤急匆匆地来了，她叹着气说：“哎，完了，完了，他死了，他去了，小姐，我们完了！”

朱丽叶吃了一惊，赶忙问：“谁死了，罗密欧吗？快快告诉我，罗密欧他怎么了？”

奶妈告诉朱丽叶是她的表哥死了，而杀他的人却正是她的丈夫罗密欧。这个消息让朱丽叶的心情一下沉重了起来。

一个是亲爱的表哥，一个是亲爱的丈夫，一个已经死去，尸骨冰冷，一个又被放逐。这场变故简直让朱丽叶无法接受。

朱丽叶为表哥伤心，也为罗密欧担心，这双重的压力和悲痛，使朱丽叶不知道要怎样释怀了，她甚至开始诅咒恶魔，认为是恶魔带来了厄运。

当奶妈说罗密欧不该杀人，并一再谴责他时，朱丽叶又忍不住说道："罗密欧是我的丈夫，你不该说他坏话。我可怜的丈夫，你的妻子是不会说你坏话的。但你为什么要杀死我的表哥？可是，你要是不杀死我的表哥，我凶恶的表哥就会杀死你。哎，一个死了，一个被放逐，简直是祸不单行。"

奶妈看她这样担心罗密欧，不忍心地说："你快到房里去吧，他现在躲在劳伦斯神父的教堂里，我这就去找他来。"

朱丽叶也着急地催促："奶妈，你快去找他，把这戒指拿去给罗密欧，叫他来做最后的诀别。"

藏在教堂里的罗密欧如同惊弓之鸟，年轻气盛犯下的大错已经没有办法弥补，他向劳伦斯神父打听亲王的判决结果。

劳伦斯神父安慰他说："年轻人，不用害怕，亲王的判决是很温和的，他并没判你死罪，只宣布把你放逐了。"

罗密欧想到他就要远离维洛那城里的父母，远离和他才完婚不久的妻子朱丽叶，心如刀绞一般难受。

看着年轻的罗密欧好似被这结果击垮了一般，劳伦斯神父一再安慰他。

正在这时，传来了敲门声，劳伦斯神父连忙让罗密欧躲了起来。

来人是朱丽叶的奶妈。

"神父，我可怜的姑爷在哪里？"奶妈一进门就问。

神父指了指书房方向，奶妈一眼就看到了神情绝望又难过的罗密欧。

罗密欧着急地问起了朱丽叶的情况："奶妈，朱丽叶她现在怎么样？我已经失手杀死了她的表哥，她该不会憎恨我吧？她在什么地方？她怎么样？她说了些什么？"

奶妈轻叹一声，说："她没有说什么话，姑爷，她太伤心了，一直哭个不停。一会儿倒在床上，一会儿又跳了起来，一会儿叫一声提伯尔特，一会儿又哭一声罗密欧，然后又倒了下去。"

罗密欧一听朱丽叶这样的悲伤，悔恨不已。奶妈把朱丽叶交给她的一枚戒指交到了罗密欧手上，又匆匆赶回去报告消息。

他要去见朱丽叶。跟朱丽叶告别之后，就到他的放逐之地曼多亚去。

话分两头，凯普莱特家这时来了客人，他不是别人，正是上次来跟朱丽叶求婚的帕里斯伯爵。

帕里斯此次晚上到访不为别的，是第二次来向朱丽叶求婚的。

凯普莱特先生很痛快地答应了帕里斯的求婚，并说好星期四完婚。

为了让女儿早早做好婚礼准备，凯普莱特夫人走向女儿的房间，去告诉她星期四就要和帕里斯伯爵完婚的事情。

趁着夜色，罗密欧来向亲爱的妻子道别了，两个相爱的人有说不完的话。

突然奶妈来通报说："小姐，夫人到你房间里来了！"

朱丽叶和罗密欧只好告别。

凯普莱特夫人见女儿神情憔悴，还以为朱丽叶是为表哥的死悲伤所致，就劝慰说：“乖女儿，不要再悲伤了，这样会伤害身体的。人死不能复活了，适当的悲哀可以表达哀思，过度的伤心却是智慧欠缺的表现。”

朱丽叶却依旧神情恍惚，她的母亲告诉她：“帕里斯伯爵准备周四就要迎娶你。”

凯普莱特夫人本以为这个消息可以把女儿从悲伤中解救出来，没想到却遭到朱丽叶的断然拒绝。

母女俩因此发生了争吵，越吵越厉害。凯普莱特先生也闻声走进朱丽叶的房间，他一听说女儿要拒绝这门亲事，毫不留情地大骂了起来。

见父亲是铁了心要把自己嫁出去，性格倔强、深爱着丈夫罗密欧的朱丽叶，为了拒绝这门婚事甚至还给父亲跪了下来。

但是，父亲的态度也是强硬的，朱丽叶非嫁不可，没有通融的余地。

最后一家三口只好不欢而散。奶妈看到凯普莱特夫妇的确是为朱丽叶着想，也劝她舍弃被放逐边地的罗密欧，而选择帕里斯伯爵。

朱丽叶哪里肯依，时时刻刻想念着她的丈夫罗密欧。再说她已经和罗密欧举行了婚礼，还怎么能嫁给帕里斯伯爵呢?

可是，母亲、父亲、奶妈都劝自己嫁给帕里斯，这让朱丽叶心乱如麻，很是绝望，她打算去找劳伦斯神父寻求帮助。

5 城中的金像

在教堂里，先到的帕里斯伯爵正在和劳伦斯神父商量着星期四婚礼的事情，就遇到了来求助的朱丽叶，他还以为朱丽叶是为星期四的婚礼来祷告的，很是高兴。

等帕里斯离开教堂，她就把自己的烦恼告诉了劳伦斯神父，并掏出刀来威胁："如果神父不替我想办法的话，我就自杀。"

劳伦斯神父见她如此坚决，给她出了一个主意："你放下你的刀，现在快快乐乐地回家去，跟你的父母说你答应嫁给帕里斯。星期三晚上，你一人独睡。这个药瓶你拿去，等上床后，就把这里面的液汁一口喝下。那时就会有一阵昏昏沉沉的寒气通过你全身的血管，接着脉搏就会停止跳动，像死了一样。早晨人们发现你死了，就会用灵车载着你到凯普莱特家族的墓地里去。同时我写信给罗密欧，告诉他我们的计划，叫他立刻赶往墓地。我跟他两个人就守在你的身边，等你一醒过来，就叫罗密欧带着你到曼多亚去。只要你不临时变卦，不中途气馁，这个办法是最好的了。"

朱丽叶听了劳伦斯神父的计划，喜出望外，向神父一再致谢，拿着药瓶回了家。

劳伦斯神父写了封信，要师弟约翰神父去送给罗密欧。

在凯普莱特家里，凯普莱特先生和夫人听奶妈说女儿去了神父那里，又高高兴兴地回来了，朱丽叶同意了和帕里斯伯爵的这门亲事，才放下心来。凯普莱特夫妇又托仆人给帕里斯捎口信，说要把婚礼提前到星期三举行。

星期三一大早，凯普莱特家人很早就起来了。奶妈来到朱丽叶的房间，准备叫新娘子起床，可是叫了好久朱丽叶都没有答应。奶妈发现朱丽叶一动不动地躺在床上，像死了一样。

奶妈惊恐万状，大叫着喊来了所有人。大家都以为朱丽叶死去了，喜事变成了丧事。在劳伦斯神父的督促下，朱丽叶的遗体立即被埋葬在了家族墓园。

在边地曼多亚的街道上，罗密欧遇到了自己的家仆，罗密欧临走之前吩咐家仆有朱丽叶的消息就赶紧来报告。家仆飞马来报告的竟然是一个坏消息：朱丽叶死了，葬在了凯普莱特家族墓地。

这消息如同晴天霹雳，惊得罗密欧半天没有缓过神来。等他弄明白朱丽叶是真的死了，立即动身去墓地。

罗密欧吩咐家仆去备马，自己去买了烈性毒药。

在教堂里，劳伦斯神父的师弟约翰神父回来了。去了一趟曼多亚的约翰神父却因为瘟疫戒严，没有把劳伦斯神父写给罗密欧的密信带到。

“现在我必须独自到墓地里去。在三小时之内，朱丽叶就会醒来。罗密欧不知道这些事情，一定会责怪我。我还要再写一封信去寄给罗密欧，并让朱丽叶留在教堂里，等待罗密欧的到来。”意外的情况让劳伦斯神父大惊失色，他立即拿了铁锹，往凯普莱特家族的墓地赶去。

此时，帕里斯伯爵和仆人先来到了墓地，他打算好好祭奠一下他那未曾娶进门就死去的新娘，并嘱咐仆人站在不远处放哨，如果有人来就吹口哨。

不久仆人的口哨就响了，帕里斯忙躲了起来。来的人却是罗密欧。

帕里斯发现了罗密欧，罗密欧也看到了帕里斯。帕里斯认为是罗密欧害死了朱丽叶，两个人就打了起来，结果帕里斯被罗密欧打死了。罗密欧掘开坟墓看到朱丽叶，发现她仍是那么的美丽。他最后一次亲吻了朱丽叶，然后一口喝下了那包毒药，躺在朱丽叶身边死去了。

赶来的劳伦斯神父发现了墓地里已经死去的帕里斯和罗密欧，懊悔不已。这时，朱丽叶清醒过来，劳伦斯神父要把她带出墓穴。朱丽叶看到身边死去的丈夫罗密欧，心都碎了。她拔出了罗密欧身上的匕首，刺到了自己身上，扑倒在罗密欧身上，也死去了。

墓地里发生的一切早有巡夜人报告给了亲王、凯普莱特家和蒙太古家，他们纷纷赶到凯普莱特家族的墓地。

墓地里发生这样惨烈的事情也是让人们意想不到的，亲王决定要查出凶手。

嫌疑人劳伦斯神父和帕里斯的仆人、罗密欧的家仆都被带到了亲王面前。经过一番审问，劳伦斯神父的陈述再加上帕里斯仆人的佐证、罗密欧家仆的口供和罗密欧写给父亲的那封信，最终真相大白。

“凯普莱特、蒙太古，瞧你们的仇恨得到了多大的惩罚，上天竟因此夺去了你们心爱的人的生命。我因为忽视了你们的争执，也已经丧失了两位亲戚，大家都受到惩罚了。”亲王不无感慨地说。

“蒙太古大哥！把你的手给我，我想我们该和解而不是继续争斗下去、仇视下去。”凯普莱特先生神色凄然地说。

“是呀，我们两家的仇恨使我们最疼爱的一对儿女丧生。我们要友好下去才对。我要用纯金替朱丽叶铸一座像，只要维洛那城不改变它的名称，任何塑像都不会比忠贞的朱丽叶那一座更好。”蒙太古说。

“罗密欧也要有一座同样富丽的金像伴在朱丽叶身旁，这两个因我们的仇恨而惨死的可怜孩子呀！”凯普莱特也满含热泪地说。

两个家族终于尽释前嫌，握手言和。

者是几位雅典的元老，泰门走出来微笑着迎接客人。

大家纷纷落座，有一位使者上前和泰门谈话。

使者看上去非常着急，他告诉泰门，他的主人文提狄斯因为欠债未还，已经被抓进了监狱。

“我的主人欠了债，手头非常拮据，债主逼得很厉害，他想请您写一封信给那些关押他的人。”使者说。

“好的，文提狄斯是我的朋友，朋友有难我是不会视而不管的。不用写信，我会把赎金及时送去。出狱以后，请他到我这儿来做客。”泰门爽快地答应着。

使者听了又惊又喜，替他的主人谢了泰门后，又匆匆离去。

这时，又有一位老人到访。

老人一看见泰门就问：“大人，您有一个名叫路西律斯的仆人吗？”

原来是泰门家的仆人路西律斯和老人美貌的女儿在恋爱。老人只有一个女儿，也是他遗产的继承人。老人怕女儿受骗，想要泰门阻止仆人路西律斯去找他的女儿。

泰门听了，叫路西律斯来询问原因。路西律斯如实说了他和老人的女儿彼此相爱的事实。

老人听了更加生气，嫌弃仆人太穷，不愿意让女儿嫁给他。

泰门听了却说：“这个好办，你只要同意把女儿嫁给我的仆人，你有多少陪嫁钱，我也给我的仆人同样数目的钱。”

把女儿嫁给泰门的仆人还会额外得到一份嫁妆，老人为泰门的慷慨折服，也爽快地答应了亲事，高高兴兴地离开了。

接着诗人、画家、宝石匠又纷纷献上自己的礼物。泰门对献给自己的每一件礼物都赞不绝口，并且用财物一一回赠送礼物的客人。

泰门的朋友——哲学家艾帕曼特斯见这些人都得到很多财物，非常生气，他认为好多人都是借廉价的礼物来骗取泰门的财物。

艾西巴第斯将军也带着部下来泰门家做客。

客人还在不断到来，在泰门帮助下顺利出狱的文提狄斯也来感谢泰门。他对泰门说："承蒙您的大恩大德，使我脱离了牢狱之灾，我要把钱如数归还给您，请您接受我一片感恩的心。"

泰门却坚决不收，他说："这算什么？那笔钱是我送给您的，送出去了哪还有收回来的道理。"

文提狄斯说："您真是一位好心肠的贵族。"

泰门哈哈大笑着说："我很高兴我拥有财产，更高兴能有你们跟我一起分享我的财产。"

在座的客人都为泰门的慷慨叫好。又听得他高声宣布："诸位朋友，我的财产欢迎你们分享！"

哲学家艾帕曼特斯看不惯这些人从泰门手里套钱的样子，当众发起脾气来。泰门笑着对他说："老朋友，你的脾气太乖僻，总是喜欢发怒，我让仆人给你一个人摆一张桌子，让你和其他客人离得远远的，这样你的心情就会好一些。"

艾帕曼特斯说："我来做一个旁观者。"

泰门大宴宾客，有说有笑，哲学家艾帕曼特斯却越看越生气。他几次提醒泰门，对酒肉之徒和虚情假意的朋友不要太过热情和慷慨，泰门却全当成了耳旁风。

有几位姑娘在门外求见，她们手持琵琶，是来表演的。泰门请她们进来，音乐响起，姑娘们跳起了好看的舞蹈。

一曲舞毕，泰门高兴地说："你们的到来，为我们增添了许多兴致，我为你们安排了酒桌，一起喝几杯吧。"姑娘们道谢。

泰门又高喊仆人："来人哪，把我的珠宝拿来，我要送给这几位美丽的姑娘。"

又有客人给泰门送来了四匹白色的骏马和四只猎犬，泰门都要仆人收下，还命令他们依旧用厚礼答谢。

管家看着大手大脚不断赠送财物给宾客的泰门，真是忧心忡忡。他暗自嘀咕道："唉，我的主人不知道，他现在送给人家的礼物，都是出了利息向人借贷来的。他的钱袋早空了，土地也早已抵押出去了。为什么要用钱财和上好的酒肉供养一群虚情假意的朋友呢？我实在为主人担心。"

兴致盎然的泰门则在客人们的赞扬声中，一个个送走了他们。

哲学家艾帕曼特斯也要和他告别了，泰门可还记着他的傲慢，说："如果你不是那样格格不入，又伤我面子的话，我也会赠送你财物的。"

艾帕曼特斯却说："我才不会要你的财物。如果我也接受了你的财物，就再也没有人提醒你了。你老是送财物给别人，我怕你把自己也要送给人家了。你现在不听我的劝告，将来要听也听不到。忠言逆耳利于行，你的耳朵已经听不进忠言了。"

2 来了三个讨债的

泰门的慷慨大方远近闻名，也因此让借钱给他的人担心起来。

一位借钱给泰门的元老听说泰门还是慷慨如初，任意挥霍，就感叹说："一个人想要金子，只要偷一条狗送给泰门，泰门就会回赠他数倍的金子。要是一个人想把马卖掉，再去买二十匹更好的马，也只要把他的马送给泰门，就会得到需要买二十匹马的金子。这样大方下去，泰门会很快破产的，我还是尽快向泰门要回欠我的钱比较好。"

元老想着，立即唤来仆人，让他赶快到泰门家里去，并一定要回所欠的钱。

元老又嘱咐仆人："你对他说，我急等钱用。他的借款早已过期，我虽然很欣赏他的为人，可是我不能让自己有损失。拿上借据，一定要他把钱还给我。"

可元老的仆人到了泰门家门口时，看见还有另外两家人的仆人也在，他们都是来向泰门讨债的。

泰门和朋友刚好打猎回来，三个仆人分别代表三家主人向泰门说明来意。泰门对他们说："你们去问我的管家要吧。"

其中一个仆人对泰门说："大人，您的那位管家总是今天推明天，明天推后天的，太没有诚意了。"

泰门不胜其扰，叫来管家，责备他说："这是怎么回事？这些人都拿着过期的借据，当着我朋友的面向我讨债，把我的脸也丢尽了。"

管家听了只好对讨债的仆人们说："各位朋友，请等大人吃过饭以后，我们再谈债务的事吧！"

泰门把管家好好数落一顿，就细细问起自己的债务和家产问题来。

管家委屈地说："好多次我把账本拿来要给您看，您总是把它推在一旁，还说您相信我的忠实。您收下了人家一点点薄礼，总叫我用许多贵重的物品答谢。我也再三劝告您不要太慷慨，还因此受到您的谴责。您的欠债越来越多，现在的家产还抵不上债务的一半呢！"

泰门没想到情况会这么糟糕，就说："我的土地一直通到斯巴达，把我的土地一起卖掉就好了。"

管家见他盲目乐观，只好如实说："我的好大人，再多的家产也抵不住您慷慨大方的赠送。土地早都变卖的变卖，抵押的抵押，剩下来的已经不够还债了。"

泰门听了很惊讶，但是他很快又说："我虽然慷慨，可也不是坏事，我的朋友遍天下。我帮过那么多人，相信我只要开口向人借钱，谁都会帮我的。"

随后泰门就派了几个仆人分别到路歇斯、路库勒斯、辛普洛涅斯几个朋友那里去借钱。

3 最后一次请客

泰门的仆人到了路库勒斯家。路库勒斯老远就迎了出来，很是高

兴，他还以为仆人是慷慨的泰门派来送礼物的。

当仆人说他是泰门大人派来借钱的，路库勒斯立即就变了脸，埋怨起泰门来。他对泰门的仆人说：“泰门是一位尊贵的绅士，就是太爱摆阔了。我经常去陪他吃饭，就是准备劝他不要太浪费，可他总是不愿意听。你家大人是位慷慨的绅士，你也是个聪明人。虽然你来了，但是钱不是随便乱往外借的。我这里有三毛钱，你拿去，帮我一个忙，就说你没有看见我。”

仆人听了很是生气，他愤愤不平地说：“泰门大人竟然交了这样的一位朋友。”把路库勒斯给他的钱丢在地上走了。

散步的路歇斯经过雅典城的广场时听到有人在议论泰门。

一个人说：“我听人说，泰门的光荣时代已经过去，他的家产已经远不如从前。”

另一个人说：“这怎么可能呢？”

路歇斯也插嘴说：“嘿，你不要听信人家胡说，泰门是不会缺钱的。”

“您得相信我，听说他叫仆人到路库勒斯老爷家借钱，结果没借到。”那人说。

“岂有此理，他不肯借钱给泰门，那真是太不讲义气了。我也接受过泰门的钱、杯盘、珠宝这样的礼物。如果泰门要是向我开口借钱，我是不会拒绝的。”路歇斯说完这话，正看到泰门家的仆人朝他走来。

路歇斯得知仆人这次来并不是给他送礼物，而是来向他借钱的，就眼珠子一转说：“我真是一头该死的畜生，本来可以借钱给泰门的，偏偏把手头的钱全都用光了！真不凑巧，前天我买了一件东西，还想向泰门借些钱呢。抱歉啦，请你替我向泰门说一声，不要责怪我，我实在是心有余而力不足。”

仆人只好告辞。路歇斯也离开广场，那几个旁观的路人忍不住议论起来。

“哎，泰门曾经像父亲一样照顾路歇斯，还用自己的钱替他还债，维持他的产业，就连他家里仆人的工钱，也是泰门替他付的。这个忘恩负义的人，就一口拒绝了自己的恩人。”一个人愤愤不平地说。

另一个叹着气，说：“是呀，忘恩负义呀！”

仆人来到辛普洛涅斯家。辛普洛涅斯得知泰门要向他借钱，就极其厌恶地说：“哼！难道泰门一定要找我借钱，他怎么不向路歇斯、路库勒斯借钱？这两个人可都是靠着泰门才有了今天的财富。”

仆人只好说：“都去过了，没有借到钱。”

辛普洛涅斯听了立即埋怨起泰门来：“他怎么先去找那两个人借钱呢，应该一开始就来问我借呀，他这么不够交情，明显是瞧不起我呀，既然瞧不起我，这么轻视我，那就别想用我的钱。”

辛普洛涅斯说完就站起来转身走了。仆人听了很是生气，也很沮丧，他感叹说：“看来主人最后的希望也要破灭了，他总是不吝啬钱财去帮助朋友，最终就交了这些虎狼之心的人呀！”

钱没有借到，日子还得过。一大早上，泰门还没起来，家里就又来了讨债的人。他们来得真早，一见面打着招呼，对泰门家财败落的事情议论纷纷。也有仆人相互指责对方主人，拿了泰门的财物还来向泰门讨债。

一会儿讨债的仆人就来了一大群，大家相互看看又担忧起来，这么多人向泰门讨债，自己主人家的债能讨回来吗？

闹哄哄地过了好久，讨债的仆人好不容易等来了泰门的管家。管家一看见他们却说："哼，你们那些黑心的主人，吃着泰门大人肉食的时候，为什么不把借据送上来要钱？现在，你们跟我吵已经没用了，我已经被泰门大人解职了。我没有账可以管，他也没有钱可以用了。"

老管家被解职了，泰门的新管家也终于露面了，一看见讨债的仆人就说："各位朋友，要是你们愿意改日再来，我感谢不尽。不瞒各位说，我家大人今天心情很不好，有点儿不大舒服，不能起来。"

但是，讨债的仆人们没有讨到钱，不肯轻易离去，还和新管家争吵了起来。

声音越吵越大，终于把泰门喊出来了，他说："这么多人都挡在这里，是要把我的家变成监狱吗？"

看见泰门来了，各家的仆人都拿出借据来递给泰门，一张张借据在泰门的眼前晃动着。

泰门怒了，一挥手大叫："用你们的借据把我打倒吧，把我的血一滴一滴地数出来，扯碎我的四肢，连我的身体都拿去吧！"

泰门没有钱，只剩下愤怒，讨债的仆人们是讨不到钱的，看着这种景象也只好都叹着气离去。

钱财散尽，本来还指望朋友们接济也无望了，情绪激动的泰门无法安静下来，他思考了一会儿，叫来管家说："管家，我要请客，去，把我的那些朋友们都请来，路歇斯、路库勒斯、辛普洛涅斯……"

管家听了说："大人，您别说气话了。现在我们一点儿钱也没有，拿什么请客？"

泰门却说："你别管，去吧，把他们全都请来，让那些混账东西再进一次我的家门。"

这天泰门冷清了好久的家又热闹了起来，宾客盈门，邀请的客人们都到了。

好久不见的泰门又请客了，客人们也觉得奇怪，纷纷议论起来。

"我想尊贵的泰门前几天到处借钱的事，只不过是试探了我们一把。"

"我也这么想的，希望他不是故意装穷给朋友们看。"

"照他这次重开盛宴的情形看，他并没有陷入贫穷。"

"我也这样想。他很诚恳地邀请我，我本来还有许多事情，实在抽不出身，可是因为他的盛情难却，所以我不能不来。"

"我也有许多要事在身，可是他一定要我参加这次的宴会。我很抱歉，上次他叫人来借钱的时候，我刚巧手头没有现款。"

……

客人们还在说着话，泰门像往日一样站在了客人们面前，他大声说："各位朋友，今天照顾不周，又让你们久等了，实在抱歉。请先听一下音乐，我们就可以入席了。"

这时候那些没有借钱给泰门的人，就纷纷向泰门致歉，并说明自己没有借钱的种种理由。

泰门听了面无表情地说："请不要把这种事情记在心上。来，把盘子端上来。"

盘子里的食物全部被盖得严严实实，客人们又在交头接耳，猜测着盘中的美味。有的说盘子真大，有的说一定又是什么难得的佳肴。

等盘子都放好，泰门说话了：“请大家坐吧，菜肴都是一样的，不必谦让。我把我的钱财毫不吝啬地送给每一个需要的人，把肉食赏给来做客的人，在我最困难的时候却没有人愿意伸援手帮助我，让那些冷漠不知恩情的人都遭厄运吧，你们这一群口头上的朋友，今天款待你们的只有清水。这是被你们的虚情假意迷了心窍的泰门的最后一次宴会了。”

泰门大骂着就端起盘子掷了出去，客人们见状纷纷躲避，很狼狈地往外逃。慌乱中有人挤掉了帽子、鞋子和衣服，还有人被愤怒的泰门扔过来的盘子砸中，一瘸一拐地往外跑。

“快走，我的胳膊都被打中了，泰门疯了！”

“哎，高兴就给我们金刚钻，不高兴就用石子扔我们，泰门真疯了！”

“你们这些酒肉朋友，无情无义的东西。从此以后，泰门看透一切，痛恨一切人类！”泰门继续朝着人群掷盘子，大骂着。

杯盘破碎的声音、桌凳碰翻的响声和人们惊慌之中的喊叫声交织在一起。

4 洞穴里的野人

愤怒的泰门已经看透了人世的冷漠与虚假，他打碎了所有的杯盘，大骂着离开了雅典城。泰门走了，家里能卖掉和当掉的东西也都还了借债，如今一贫如洗，空空如也。几个仆人无事可干，他们都来找管家。

“总管，我们的主人呢？他不要家，也不要我们吗？我们的工钱还没付呢！”仆人说。

“唉！兄弟们，我应当对你们怎么说呢？上天做证，我跟你们是一样的。”管家说。

“没想到呀，这样富有的人家也会破落，这样高贵的主人也会一无所有，竟然没有一个朋友帮他！”仆人甲说。

“那些酒肉朋友看到他破产都悄悄溜走了。可怜的大人，如今要变成一个无家可归的叫花子了。”仆人乙说。

“我们都还穿着大人发给我们的制服，今天早晨还在一起做工，现在却必须要分开了。”仆人丙无奈地说。

“各位好兄弟，事到如今也是没有想到，我身上还有一些钱，分给你们吧。以后无论在什么地方相会，我们仍旧都是好朋友。现在，让我们摇摇头，叹口气，说：‘我们都是见过好日子的人。’来，各自都拿一些钱去吧。”管家说。

管家把自己身上仅有的一点儿钱分给了仆人们。

“啊，可怜的大人！他自己心肠太好，所以才到了今天这个地步！一个人做了那么多善事，回报他的却是冷漠和无情！”仆人甲说。

“我们最亲爱的大人，您的万贯家财害得您如此凄凉，富有却变成了最大的痛苦。”仆人乙说。

“唉！咱们仁慈的大人是因为看到了这些忘恩负义的朋友，才一怒而离家出走的，他没有带吃的和用的东西，我要去找他，在他需要的时候，我还可以帮帮他。”管家说。

仆人们和管家都念念不忘泰门，也都为泰门感到悲伤。大家感叹着，诉说着，相互拥抱后，依依不舍地分别了。

泰门离开雅典城，来到海滨附近的树林里。树林里有洞穴，泰门就住在洞穴里，每天以树皮和草根充饥。泰门一想起人世间的冷漠和无情，就会大喊大叫，又自言自语。财富的消失对他的打击并不大，人们的无情才是他愤怒的真正原因。

“一切都是歪曲偏斜的，一切都是邪恶的。我憎恨人类社会，也憎恨我自己。”泰门大喊着。

这一天，他在树林里游走，竟然发现了金子。黄黄的、发光的、宝贵的金子！泰门看到金子时的心情是复杂的，因为金子就是财富，而他自己的财富也正是他走向落魄的原因。但是，他还是收起了那些金子。

远远的有军队行进的鼓声。不一会儿，那个被元老院放逐的艾西巴第斯将军率领着军队来了。

走在前面的艾西巴第斯将军看见了泰门，可是泰门在野外住久了，头发披散，衣衫褴褛，完全像个野人了。

“那是什么？”艾西巴第斯将军吓了一跳，问道。

“哈哈哈，我跟你一样是一头野兽。因为你又让我看见了人类的面孔！”泰门从石头上跳了下来说。

“你到底是什么人，叫什么名字？为什么这样痛恨人类？”艾西巴第斯将军继续问。

“如果你是一条狗，我说不定还会喜欢你，人就算了吧。”泰门说。

“啊，我认出你了，你是泰门，可你为什么会变成这样？”艾西巴第斯将军认出泰门后很吃惊。

“我也认识你，除了我知道你是什么人，我不想再知道什么。跟着你的鼓声去吧，谁能责怪战争的残忍呢？”泰门又高声地说。

艾西巴第斯将军以前也多次去泰门家做客，也接受过泰门的礼物，他很愿意帮助泰门离开树林和石洞，但是都被泰门谢绝了。

“哎，尊贵的泰门怎么会变成这个样子？”艾西巴第斯将军忍不住感慨。

“我听到过一些你的事情，现在又看到了你的不幸，原来到你家里做客的时候你是很享福的。”艾西巴第斯将军说。

“哼，我现在才觉得有钱的时候，我才是真的不幸。请你敲起鼓来，快些走开吧。”泰门驱赶他。

艾西巴第斯将军见泰门非要留在树林里，他在自己军费拮据的情况下还坚持要送给泰门一些金子，泰门却坚决不收。

知道艾西巴第斯将军打算要打回雅典城去，这下泰门高兴了，他说：“太好了，把你的金子先收起来，我这儿还有些金子，给你一些，去把恶人杀尽吧！”

“好，敲起鼓来，向雅典进发！要是我此去能够成功，我会再来找你的。”艾西巴第斯将军走了。

艾西巴第斯走了不久，哲学家艾帕曼特斯找到了泰门。

艾帕曼特斯埋怨泰门没有听从他的劝告，才有了现在的下场。

泰门却还不以为然，问道："你为什么要来找我？"

艾帕曼特斯说："要是你过上这样艰苦的日子，目的只是要惩罚自己的骄傲，那么很好。如果你勉强自己过乞丐般的生活，有别的目的，那就是愚蠢的。"

泰门听了，感慨地说："我因为现在是个浪子而骄傲。你走吧，告诉雅典人，我这儿有金子。"

艾帕曼特斯还劝他说："你在这儿用不到金子，还是回去吧！"

而泰门却难以抑制对人类的憎恨，他数落着、指责着，怎么说也不肯回去。

艾帕曼特斯见说服不了泰门，就大骂他是个顽固不化的傻瓜，并嘱咐他好好活下去。

赶走了艾帕曼特斯，就来了两个窃贼，他们是听说泰门这里有金子才来的，又商量着怎么让泰门交出财宝来。

没想到泰门不但直接把金子给了窃贼，还带着内心的怨恨鼓励他们继续去做贼。

这金子来得太容易了，窃贼也觉得奇怪，互相看看，竟然决定要放弃做贼的歹事，打算回去替雅典维持治安，安分度日了。

窃贼走了，泰门的管家也找来了。看到泰门衣衫褴褛、枯瘦如柴，如同野人，管家想起曾经慷慨为善的泰门竟然落到这步田地，真是感伤。

管家走上前呼唤他："泰门大人！"

泰门对他大喊着："走开！"

"请您不要把我当作陌生人，我的好大人，我还剩下不多的钱在此，请您让我照顾您吧。”管家说。

泰门听了说：“我竟有这样一个忠心正直的管家？这世界上还有一个正直的人，而且他是个管家。但愿没有其他人和他一样，因为我痛恨一切人类！你这样老实，也太不聪明了。我虽然相信你，却不能不怀疑你的好心别有用意。”

“不，我的最尊贵的大人，您到现在才怀疑，已经太迟了。当初您大开盛宴的时候，就该顾虑到人情的虚伪。可是一个人总要到了无路可走，方才知道人心是不可轻信的。相信我，尊贵的大人，我只是想照顾您的饮食起居。”

泰门见管家这是诚心诚意的，就给了管家一些金子，让他快走。管家很委屈，不断要求留下来照顾他，泰门却断然拒绝了。

5 泰门的墓志铭

消息灵通的诗人和画家，听说泰门这儿有金子，也来到了泰门所住的洞穴前。

既然窃贼和泰门的管家都能得到金子，诗人和画家相信他们也能得到。他们深信，泰门宣布的破产，不过又是对朋友们的试探而已。所以，他们打算在泰门佯装窘迫的时候多多献些殷勤，将来好从泰门那里获得更大的利益。

诗人说：“先生，我常常得到您的财物，听说您隐居在这里，而您的朋友们都冷落了您，他们都是忘恩负义、没有良心的东西！居然会这样对待您，我简直气疯了。我打算为您写一首诗，揭露那些人的冷漠与绝情，彰显您的善良。”

画家也说：“我也常常受到您的赏赐，特意来感谢您的厚爱，也打算为您画一幅最好的画。”

其实这都是空口许诺而已，他们只是想像以前一样，利用泰门的诚实欺骗他的财产。

泰门听了却毫不客气地说：“你们大概是听说我有金子了才来的吧！”

诗人和画家却巧舌如簧，一再掩盖他们来这里的目的。

泰门也打算动一动歪脑筋，他说：“我很喜欢你们，只要你们愿意帮我把两个坏朋友除掉，然后再来见我，我一定会给你们很多的金子。”

画家和诗人居然很急切地问坏朋友是谁。

泰门说：“正是你们两个，快滚开！你们是为了金子而来的！”

泰门将二人打走。

管家却带着两位元老来了。管家对着洞穴喊：“泰门大人，出来跟您的朋友们谈谈吧。雅典城派了两位德高望重的元老来问候您了。”

听到管家的声音，泰门出来了。

一个元老说：“忘记那些让我们悔恨的事吧，我们都希望您回到雅典去，有很多荣誉等您接受呢。”

另一个元老也说：“我们承认过去对您太冷酷无情了。现在雅典城里的民众都知道了，没帮助您是个大大的过错，所以才派我们来道

歉，雅典将补偿您的财富，改正人们对您所犯的过失。”

两位元老所说的正是泰门耿耿于怀的，这使泰门多少有些感动。

两位元老又说：“如今雅典城里情况紧急，艾西巴第斯将军率领的军队已经兵临城下，雅典城危在旦夕。人们都盼望着您能够归来解决燃眉之急。请您跟我们一同回去，您将担任大将，率领勇敢的士兵一起打退那个来势汹汹的艾西巴第斯，捍卫雅典的和平吧！”

泰门静静听完两位元老的话，他说：“我希望艾西巴第斯能灭了雅典城，最好能血洗雅典城。”

元老们见泰门态度坚决，只好赶回雅典城。

这天，艾西巴第斯派士兵来看泰门。树林里泰门的洞穴旁，却多了一座新坟。

泰门已经死了，这就是他的坟墓。墓碑上有字，士兵不识字，就用蜡把它们拓了下来，准备拿给艾西巴第斯看。

雅典城里的战争已经明朗了，被元老们逐出雅典城的艾西巴第斯将军大喊着，要惩罚雅典人的胡作非为、不仁不义。

看到了艾西巴第斯将军过人的英勇气概，元老们慌了神，就不断给艾西巴第斯将军道歉，试图说服他不要乱杀无辜。

“尊贵的将军，当初是因为一些误会把您逐出城的，那是我们的过错。错误可以改正，总不该不分青红皂白就开始屠戮吧！”一个元老说。

“我们的雅典城不是得罪您的那些人建起来的，巍峨的高塔、数不清的房舍和孩子们需要的学校，都不应该毁于战火。当初迫使您流放的那些人，好多都已经死去。如果前人犯下了错误而要向现在的人报复，这实在不合理。”另一个元老说。

元老们想让雅典城免于被战争破坏的灾难，他们不停地劝说艾西巴第斯。这时，士兵带来了泰门的死讯，并把从泰门的墓碑上拓下来的文字交给艾西巴第斯将军。

艾西巴第斯将军得知泰门的死讯，大吃一惊，连忙打开碑文，却是几行诗句：

残魂不可招，
空剩臭皮囊；
莫问其中谁，
疫吞满路狼！
生憎举世人，
殁葬海之滑；
悠悠行路者，
速去毋相溷！

这几行诗句表明了泰门死前的心情。他虽然被人世的冷漠无情所伤，看不起人类的悲哀，蔑视一切人类，可是他终究原谅了人们的无情和过错。

艾西巴第斯读完也感慨不已，一个被人们的冷酷无情所伤的善良人都能原谅世人的过错，而他被放逐的事情又算得了什么？

想到这里艾西巴第斯高声喊道："高贵的泰门死了，他的精神将永留人间。将士们，我们要停止战争和杀戮！我带你们到城里去，我们要一手握着橄榄枝，一手握着宝剑，不忘安危，永葆和平！"

一场危机就这样化解了。没有了战争之祸的雅典城里敲起了欢快的鼓声，人们都在庆祝。而这一切却和雅典一个叫泰门的人有关。如今他已经死去，他的善良与豁达精神却永存世间。

《哈姆雷特》故事中的人物关系

克劳狄斯

新国王，
已故国王之弟

丹麦王后

哈姆雷特的母亲

丹麦已故国王

哈姆雷特的父亲

波洛涅斯

御前大臣

奥菲利娅

波洛涅斯之女

恋人

哈姆雷特

前王之子，今王之侄

霍拉旭

哈姆雷特之友

朋友

雷欧提斯

波洛涅斯之子

朋友

罗森格兰兹

吉尔登斯吞

哈姆雷特

1 露台上的鬼魂

在丹麦王宫里，深夜露台上值班的卫兵竟然看到了一个鬼魂。他不是别人，是刚刚故去不久的老国王——王子哈姆雷特的父亲。

鬼魂晚上十二点左右出现，身上穿着铠甲，就像他生前一样英勇，却一脸怒容，他会在公鸡打鸣时分隐去。卫兵们觉得事情有些蹊跷，哈姆雷特的好朋友霍拉旭也亲眼看到了，觉得一定要把这件事告诉哈姆雷特才行。

此时的丹麦国里，老国王去世后，新任国王是老国王的弟弟克劳狄斯，也就是哈姆雷特的叔父，更为奇怪的是哈姆雷特的母亲竟然嫁给了新国王，依然是这个国家的王后。

老国王死后，挪威年轻气傲的王子也趁机要求丹麦国把老国王原来强占挪威国的土地如数归还。

归还土地，可不是小事，挪威王子心情急切，为此还不断招兵买

马，极有可能挑起两国的纷争。新国王克劳狄斯遇到了这样的事情，也不敢怠慢，立即召集大臣们商议，并打算派出使者去挪威交涉以便和平解决。

“我已经写好了一封信，请交给挪威国王，他因为生病在床，不知道年轻王子所计划的事。在信里我请他要及时制止这一行动。你们现在就拿着这封信，赶紧出发吧！”新国王克劳狄斯催促说。两位使臣不敢怠慢，立即出发了。

御前大臣波洛涅斯的儿子雷欧提斯这时候也请求新国王，允许他回到法国去读书。新国王应允。

安排好几件紧迫的事情，新国王克劳狄斯看见了愁容满面的哈姆雷特。他这样子已经有一段时间了，新国王和王后都认为哈姆雷特是因为父亲去世太过悲伤的缘故。

王后一直安慰儿子说：“好哈姆雷特，不要老是愁容满面。谁都是要死去的，你不要这样悲伤。”

新国王克劳狄斯也不断开导和安慰他，说：“不要再悲伤了，我是你的叔父，既然你父亲不在了，就把我当作你的父亲吧。我要让全世界知道，你是王位的继承者。我要像父亲对待儿子一样对待你。你不要回到威登堡去继续求学了，我不希望你离开我们。”

在新国王和王后的劝阻下，哈姆雷特留了下来。克劳狄斯很高兴，用放礼炮的方式表示庆贺！但哈姆雷特心里却一直有所怀疑。父亲死得太突然，最让他不能接受的是母亲在父亲死后不久就嫁给了自己的叔父。丧事和喜事几乎是连着进行，来参加丧礼的人还没有离开，又接着参加了自己的母亲和叔父的婚礼。

恰好他的朋友霍拉旭，告诉了他露台上出现老国王鬼魂的事情。

“那正是您穿着铠甲、头发花白的父亲，就像我原来看到的他一样威武，只不过脸上的表情是愤怒的。”霍拉旭说。

“我父亲的灵魂披着铠甲？看来事情有些不妙，这里面一定有不可告人的秘密。”哈姆雷特听了，也觉得奇怪，他打算去看个究竟。

此时在大臣波洛涅斯家里，他的儿子雷欧提斯要去法国读书了，正在准备出发的行李。

雷欧提斯知道妹妹奥菲利娅和王子哈姆雷特在恋爱，叮嘱妹妹说：“哈姆雷特和你的爱情，不要当真，我看那就只是年轻人一时的冲动而已。”

妹妹答应着，笑着回答：“我的好哥哥，你不要像有些坏牧师一样，给我指点迷津自己却忘乎所以。”

波洛涅斯也给临行的儿子交代一番做人的道理，才催促他快快启程。

而对于哈姆雷特和女儿奥菲利娅恋爱的事，波洛涅斯也警告说：“不要相信他的爱情，那只是骗人的把戏。从现在起，不许你一有空就跟哈姆雷特聊天。”

奥菲利娅送走哥哥后，她决定听从父亲的话，远离哈姆雷特。

到了夜里十二点左右，卫兵们在执勤的露台上又看见了老国王的鬼魂。这次，鬼魂看见哈姆雷特，竟然向他招手。哈姆雷特走向鬼魂，发现竟然真的是自己的父亲，父亲说出了一些让他意想不到的事情。

“我按照每天午后的习惯，在花园里睡觉，你的叔父趁我不注意，悄悄溜了进来。他拿着一个盛着毒草汁的小瓶，并把毒汁注入我的耳

朵。我的皮肤上立刻生出无数疱疹，浑身长满了可怕的鳞片。就这样，我在睡梦中，被亲兄弟夺去了生命，还有王冠和我的王后。哈姆雷特，记住，要为我报仇！”鬼魂说完就隐去了。

“啊，竟有这样的事，那个脸上满含笑意的奸贼！我把这一切都记下来了，叔父，我要你血债血偿！”哈姆雷特愤怒地说。

哈姆雷特觉得这是一桩大阴谋，他要求在场的卫兵和自己的朋友当面宣誓，一定要保密，不把这件事说出去。

“你们必须再作一次宣誓。我今后也许会故意装出一副疯疯癫癫的样子，你们看见了我的古怪举动，一定不要躲躲闪闪，要替我保密，要守口如瓶。你们必须答应我，再次宣誓吧。”哈姆雷特再一次强调说。

2 哈姆雷特疯了

大臣波洛涅斯打算派仆人去一趟法国，一来送些钱给儿子，二来也是为了探听儿子读书的真实情况。

打发走了仆人，女儿奥菲利娅却急急向父亲讲述了哈姆雷特王子的一些事情。

“我在房间里做针线活，哈姆雷特殿下跑了进来。他的衣服没有扣扣子，头上也没戴帽子，袜子上沾着泥。他脸色苍白，好像刚从地狱里逃出来似的。他抓住我的手不放，拉着我向后退着走路，另一只手

遮在额角上，两眼一眨不眨地看着我。随后，他又发出惨痛而深长的叹息。他走出了门，两眼却还看着我……”奥菲利娅说。

“嗯，这肯定是恋爱不顺利引起的。一个人在恋爱上受到挫折，什么事情都干得出来。我很后悔考虑不周，冤枉了他。我以为他和你的感情不过是玩笑而已，我更怕耽误了你的终身大事。看来是我错了，我想我们应该立即去见国王，这种事情要是隐瞒不报，一定会闹出乱子的。”波洛涅斯听了女儿的讲述，他决定要马上把这件事报告给国王。

此时王宫里，新国王和王后正召见哈姆雷特从小一起长大的两位朋友。

“欢迎罗森格兰兹和吉尔登斯吞。这次请两位来，一方面是因为非常思念你们，另一方面也是因为有需要你们帮忙的地方。哈姆雷特已经和从前大不相同。除他父亲的死以外，究竟还有什么原因，使他成了这种疯疯癫癫的样子，我们也不知道。你们从小一起长大，知道他的脾气，所以我特地请你们来陪陪他，同时也看看他究竟有什么心事。我们想对症下药，帮他恢复健康。”新国王目光深沉地说。

王后也一再叮嘱两个人请他们帮忙，王室一定会感谢他们的。

罗森格兰兹和吉尔登斯吞两个人留了下来，他们被带到哈姆雷特身边。

这时波洛涅斯急匆匆地来见新国王，报告了派往挪威去的两位使臣已经回来。

两位使臣任务完成得很不错，挪威国王听说王子准备要回割让的土地，还私自征兵准备为此事发动战争，就立刻命令王子停止征兵，要他当着自己的面立誓决不侵犯丹麦国。年轻的王子也认识到了自己的错误，诚心悔过。

两位使臣向新国王克劳狄斯交了差。这件事情解决得很圆满，克劳狄斯很高兴，设宴款待两位使臣。宴会上，波洛涅斯就说起哈姆雷特的事情来。

波洛涅斯认为哈姆雷特是真的疯了，而疯了的原因正是和自己女儿的恋爱发展不顺利造成的。为了证明自己已经替新国王和王后分忧找到了哈姆雷特发疯的缘由，他又不断列举例子来说明，甚至还拿出哈姆雷特写给自己女儿的诗来读。

“我看见两个孩子恋爱，就对女儿说：‘哈姆雷特殿下是王子，不是你能高攀的，你们的恋爱不能继续下去。’我叫她不要和王子见面，也不要收王子的礼物了。女儿就照着我的意思做了，而王子遭到拒绝后，心里不痛快，饭也吃不下了，觉也睡不着了，身体一天天憔悴，精神恍惚，就变成现在这样了。”波洛涅斯肯定地说。

而受新国王和王后的委托，和哈姆雷特一起长大的两个朋友吉尔登斯吞和罗森格兰兹也行动了。他们整天围着哈姆雷特转，他们无意中说到戏班子唱戏的事情，这让哈姆雷特很感兴趣。

所以，吉尔登斯吞和罗森格兰兹不但找到了那个戏班子，而且把他们带进了王宫。哈姆雷特很高兴，立即和那些唱戏的演员混在了一起。哈姆雷特不但要演员们演《贡扎古之死》这场戏，还和演员们讨论怎么演好戏。

“我听人家说，犯罪的人在看戏的时候，因为剧情的巧妙，会良心发现，也有当场供认罪恶的。暗杀父亲的事情无论干得怎样隐秘，总会借着神奇的表演显露出来的。我要叫这班戏子在叔父面前，表演一出和我父亲惨死的情节相似的戏，我就在一旁察看叔父的神色。要是他有慌张不安的表情，我就知道应该怎么办了。”哈姆雷特对自己说。

3 一场惊人的戏剧

吉尔登斯吞和罗森格兰兹去邀请新国王和王后看戏。听说哈姆雷特对戏剧感兴趣，新国王和王后很高兴，他们如约来看戏。

在开演之前，波洛涅斯安排女儿奥菲利娅和哈姆雷特见了一面。而新国王和王后躲在暗处观察哈姆雷特的反应，以便判断哈姆雷特的疯是不是真的和恋爱有关。

只听哈姆雷特满嘴胡话，一度让奥菲利娅很难堪。而正是这样的见面，让新国王和王后明白哈姆雷特的疯癫和恋爱毫无关系。

新国王跟王后商量：“他的精神错乱不像是为了恋爱。他说的话虽然有些颠倒，也不像是疯狂。看来他是有心事，也许到海外各国旅游一趟，可以让他排解心事。”

波洛涅斯听了，说道：“陛下，就照您的意思办吧。您要是认为可以的话，不妨在戏剧终场以后，让王后跟他谈谈，我正好听听他们说些什么。要是王后也探听不出他的秘密来，您就让他到英国去散散心。”

戏要开演了，哈姆雷特特意嘱咐演员们要投入演戏。而新国王和王后也坐到了戏场中，这正合了哈姆雷特的心意。

哈姆雷特又特意把好朋友霍拉旭叫到一边，悄悄地告诉他说："今晚我们要在我叔父面前演一出戏，情节跟我父亲死的阴谋很相似，戏演出的时候，你集中观察我叔父，要是他在听戏以后，隐藏的恐慌还是没有露出痕迹的话，我们所看见的那个鬼魂就一定是个恶魔。我也要一直盯着他的脸看，过后我们再把各人观察的结果综合起来，下一个判断。"霍拉旭点头答应着。

新国王、王后以及波洛涅斯等大臣都来看戏了。哈姆雷特又装出一副糊涂样子，胡言乱语。

戏开演了：国王和王后出场，他们互相拥抱，为表忠诚，王后跪地向国王宣誓，国王扶起王后。国王在花园里的草坪上睡下，王后见国王睡熟后离去。另一人走过来，他从国王头上夺去王冠，并把毒药注入国王的耳朵里。

这时，坐在台下看戏的新国王克劳狄斯嗖的一下站了起来，他为了掩盖自己的吃惊，故意大喊着："去！给我点起火把来！"

众仆人去拿火把，戏还在演。哈姆雷特和霍拉旭已经同时注意到了新国王看戏时的异常行为——新国王在发脾气，而王后很难过。

戏演完了，新国王和王后看戏时的异常表现，已经坚定了哈姆雷特复仇的决心。这时，波洛涅斯来传达王后的话："王子殿下，王后请您立刻就去见她。"

而在宫殿里，新国王大喊着："我不喜欢他，纵容他这样疯闹下去对我是个很大的威胁，所以你们快去准备，马上叫人办好要递送的文

书，同时快快打发他到英国去。就我的地位而言，他的疯狂随时都可以危及我的安全，我不能让他留在我的身边！”

在寝室里，王后坐立不安，哈姆雷特却还没有来。波洛涅斯先来了，他告诉王后他要偷听他们母子谈话，之后要向新国王汇报，说完藏身在屋子的隐蔽处。随后，哈姆雷特进来。

王后告诉儿子，他已经得罪了新国王。哈姆雷特听了却不以为然。就在母子说话的时候，哈姆雷特觉察到帷幕后面有人，就立即拔剑刺了过去，杀死了正在偷听他们谈话的大臣波洛涅斯。

这事情让王后很吃惊，她责怪儿子不该这样冲动。可哈姆雷特报仇心切，愤怒中却揭穿母亲和叔父合谋杀死了父亲的事情。

接着，安静下来的哈姆雷特意识到说了不该说的话、做了不该做的事，惊出一身冷汗来。他一再要求母亲不要把他们的谈话和他的复仇计划告诉叔父。

念及母子之情，母亲答应要保密，哈姆雷特这才放了心，说：“波洛涅斯这一死，我可能会提前出发去英国。我先把尸体拖到隔壁去。母亲，晚安！”

4 复仇的雷欧提斯

惊魂未定的王后只向新国王说了哈姆雷特发疯杀死波洛涅斯的事。新国王听了又一次担忧起来，一边派罗森格兰兹和吉尔登斯吞尽快找到

波洛涅斯的尸体，一边又在筹划着让哈姆雷特尽早离开丹麦的事儿。

“太阳落山，就赶紧让他登船出发去英国。他杀人的罪恶行为，我只好替他掩盖过去。赶快把可怜的波洛涅斯的尸体找到，再把尸体搬到教堂里去。”新国王愤怒地说。

罗森格兰兹和吉尔登斯吞立即就去寻找波洛涅斯的尸体。可是，不管他们怎么向哈姆雷特询问，哈姆雷特就是不说尸体在哪里。

然而哈姆雷特已经成了新国王的心病，发生了一系列的事情，简直让他寝食难安。

“让这家伙任意胡闹，是一件多么危险的事情！群众还是很喜爱他的，如果我用刑法处罚了他，会受到群众的谴责，还是叫他迅速离开吧，必须当机立断。”新国王下定决心。

新国王克劳狄斯召见了哈姆雷特，他询问哈姆雷特到底把波洛涅斯的尸体藏在了哪儿，哈姆雷特又开始装疯卖傻。

“哈姆雷特，你干出杀人的事来我非常痛心。我很关心你的安全，你必须火速离开国境，船已经整装待发，同行的人都在等着你，一切都已经准备好了。你应该知道这都是为了你好。”新国王很无奈地说。

哈姆雷特听了又说着疯话走了。

而新国王却对要一起去英国的罗森格兰兹和吉尔登斯吞说：“你们跟在他后面，劝他赶快上船，今晚必须离开国境，和这件事有关的一切公文、信件我都已经密封停当了，你们一定要快一点儿！我已经在公文里要求把哈姆雷特处死，照着我的意思去做吧！我只有知道他已经不在人世才会放心。”

哈姆雷特一行人出发了，在路上却遇到了年轻的挪威王子征讨波兰的军队。

挪威人要借道丹麦去征讨波兰。当哈姆雷特问明是为了小小的一块荒芜的土地而发动战争时，他又被深深触动了。

“哎，瞧瞧人家挪威人，为了那么一点儿什么也不长的土地都要发动战争。而我的父亲被人惨杀，我的母亲被人污辱，我也要用这不共戴天的大仇激励自己，不要再隐忍，要视死如归地走下去。”哈姆雷特又暗下决心对自己说。

哈姆雷特走了。这天仆人来向王后禀报，奥菲利娅求见。

王后知道是自己的儿子哈姆雷特杀死了奥菲利娅的父亲，就故意躲起来不见。仆人一再说明奥菲利娅的悲伤与疯疯傻傻的样子，王后于心不忍，才答应见见奥菲利娅。

一见面，疯疯傻傻的奥菲利娅总说一些悲伤的话，王后听得直摇头，也替这个美丽的姑娘难过。这时候新国王也来了，也看出了奥菲利娅的异常。

“看来是她父亲的死造成了她的疯傻。紧紧跟住她，可不要让她再闹出乱子来。不幸的事情总是接二连三地来，先是她父亲被杀，再是凶手哈姆雷特的远走，可怜的奥菲利娅也因此而伤心得失去了理智。哎，这些事情同样使我不安，听说她的哥哥已经从法国秘密回来了。”新国王忧心忡忡地说。

果然，不久就有仆人来报，年轻的雷欧提斯，也正是奥菲利娅的哥哥，带领着一队叛军，打败了卫兵，冲进宫里来了。紧接着宫门被打坏了，雷欧提斯穿着军装领着一群丹麦人冲了进来。

“国王在哪儿？弟兄们，大家站在外面。罪大恶极的奸王，还我父亲来！”雷欧提斯大声喊道。

“雷欧提斯，你这样大张声势，兴兵犯上，究竟为了什么？快告诉我，你有什么冤屈的事情，说出来吧。”新国王站出来说。

雷欧提斯指着新国王，一直大声追问他父亲波洛涅斯是怎么死的，并一再追问凶手是谁，他要替父报仇。

“冤有头，债有主，我只找我父亲的敌人算账。”雷欧提斯又一次大声喊道。

新国王看到了年轻人的冲动，就一再劝慰他，避开年轻人的锋芒和他耐心地交涉着。

这时候雷欧提斯的妹妹，有些疯傻的奥菲利娅也来了。她胡言乱语，说她的悲伤，还说一些不相干的事情。

父亲被人杀死，妹妹现在也疯了，绝望的雷欧提斯几乎要崩溃了，他大喊着：“上帝啊，你看见过这种悲惨的事吗？”

新国王见他情绪激动，只好不断安慰他。等雷欧提斯逐渐安静下来了，才和他说：“我必须跟你谈谈。如果你不信任我，还可以找几个最有见识的朋友做见证。我们坦诚地谈话，要是他们认为是我杀害你的亲人，或者在杀死你亲人的这件事情上我负有主要责任的话，我愿意放弃我的国土、我的王冠、我的生命以及我所有的一切，作为对你的补偿。可是他们假如认为我是无罪的，你必须答应助我一臂之力，我们两人要合作，制订出一个惩治凶手的计划来。”

雷欧提斯听了，觉得新国王说得有道理，就答应了，说：“好吧，我愿意和您谈谈，父亲死得不明不白，下葬又是偷偷摸摸地，连遗体告别仪式都没有举行，怎能不让人感到愤怒呢！”

这场危机总算有了转机。

这天，仆人报告霍拉旭，说有人求见他。霍拉旭感到奇怪，来的是几个水手，水手们给霍拉旭和新国王带来了哈姆雷特的信。

信中说，去往英国的过程中，在海上的第二天，就有一艘很凶猛的海盗船向他们追击。因为他们的船太慢，只好躲避。在海盗船靠近他们的时候，哈姆雷特准备应战，跳上了海盗船。没想到的是，一起同行的罗森格兰兹和吉尔登斯吞却抛下哈姆雷特不管，开着他们的那条船离开了。哈姆雷特被海盗俘虏，还好海盗们知道了他的遭遇，很同情他，对待哈姆雷特也很有礼貌。

信中哈姆雷特还请求霍拉旭火速来见他："我有很重要的话要对你说，有一些事实比我告诉你的这些话还要严重得多。来人可以把你带到我现在所在的地方。罗森格兰兹和吉尔登斯吞到英国去了，关于他们我还有许多话要告诉你。速来！"

"好吧，给国王送完信，就请你们尽快领我到哈姆雷特所在的地方去。"霍拉旭看完信说。

这边王宫里，雷欧提斯和国王还在说着父亲波洛涅斯被杀、妹妹奥菲利娅疯了的事情，此时水手送来哈姆雷特的信。

新国王为了取得雷欧提斯的信任，当着面就把信读了出来："我已经光着身子回到您的国土上来了。明天我就要回到王宫，然后再向您禀告我这次突然回国的原因。哈姆雷特敬上。"

哈姆雷特要回来了，新国王也意识到了危险性，他立即鼓动雷欧提斯替父报仇。知道雷欧提斯剑术高明，还出主意让他和哈姆雷特比剑，并趁机报仇杀死哈姆雷特。

为了确保能杀死哈姆雷特，他们还合计给剑上涂上剧毒，给酒里下毒。

国王和雷欧提斯制订计划的时候，又传来了消息，已经疯了的美丽的少女奥菲利娅落水淹死了。

一连串的厄运让雷欧提斯陷入悲伤的深渊，也坚定了他报仇的决心。

5 宫中决斗

在空寂的墓地里，两个挖坟人一边说着话，一边干着活儿。他们在说新死去的一个姑娘的事，很同情她，并一起给这个可怜的姑娘挖着坟。

两个挖坟人说着说着还唱了起来，这一唱便引起了也在附近的哈姆雷特的注意。

“这些家伙在挖坟的时候还会唱歌吗？”哈姆雷特忍不住说。

“他们做惯了这种事，所以不以为然。”已经和哈姆雷特在一起的霍拉旭也侧耳听了听，回答说。

两个挖坟人还在说说笑笑干着活儿，哈姆雷特寻声而去，忍不住问：“两位大哥，这是给谁挖的坟？你们怎么一边干活，一边胡闹？”

挖坟人听了也都笑了，说：“胡闹归胡闹，还要加紧挖坟的。”

两个挖坟人和哈姆雷特又说了好多有关生生死死的话。坟刚刚挖好了，就看着一行人进了墓园。

远远的一行人走来，有教士、雷欧提斯、国王、王后及许多送葬者。

“他们是送什么人下葬呢？仪式又是这样草率？瞧上去他们所送葬的那个人是自杀而死的，同时又是个很有身份的人。让我们躲在一旁看个仔细吧！”哈姆雷特说着就与霍拉旭躲在一旁准备看个究竟。

他们先看到了雷欧提斯，又听到了教士的祷告语，才知道这死去的人不是别人，正是美丽的少女奥菲利娅。

真的是奥菲利娅死了，哈姆雷特再也控制不住自己了，他大喊着就朝奥菲利娅的坟墓跳了下去。

在众人的惊讶之余，是愤怒的雷欧提斯大声斥责的声音，他一把揪住了哈姆雷特，两个人随即就在坟坑里撕打开了。

新国王和王后都劝阻，侍从们也纷纷上手，才很费劲地将两人拉开。

而悲伤的哈姆雷特却大喊着：“我爱奥菲利娅，世界上的任何东西也抵不过我对她的爱。”

哈姆雷特说的是真心话，而失去妹妹的雷欧提斯听了这些话却越发愤怒，很快两个人又纠缠在了一起。场面有些混乱，新国王、王后好不容易才劝住了两个人。为了葬礼能顺利进行，新国王还让霍拉旭看紧哈姆雷特，省得他胡闹，这样奥菲利娅的葬礼才顺利结束。但是，哈姆雷特的出现也提醒了雷欧提斯要决斗、要复仇的事。

在王宫的一间屋子里，哈姆雷特给霍拉旭讲起了一件令人感到不可思议的事。

“我从舱里起来，把一件航海的宽衣罩在我的身上。黑暗中我找到了那封文书，我好奇地拆开，才发现文书上面说的正是我的事。国王把我说成是一个非常危险的人，让英国人接到文书之后，必须立即将我杀死。”哈姆雷特叹着气讲着这件事。

“有这样的事？”霍拉旭惊讶地问。

哈姆雷特又说：“我没有说谎，这就是原来的那封文书，有空你可以仔细读一下。我当时脑筋一转，干脆另外写了一封文书，用国王的名义，向英国人提出要求，请他们在读完这文书以后，立刻把两个送信的使者处死。”

“可是文书上没有盖印，那怎么行？”霍拉旭不解地问。

“哈哈，我的衣袋里恰巧藏着我父亲的私印，它跟现在丹麦的国玺是一样的，我把伪造的文书按照原来的样子折好，签上名字，盖上印章，小心封好，放回原处。第二天就遇见了海盗，我上了海盗船，我们原先乘坐的船和送信的两个使臣向英国去了。”哈姆雷特有些兴奋地说。

“这样说来，吉尔登斯吞和罗森格兰兹是去英国送死了。”霍拉旭也忍不住说。

哈姆雷特点点头，事情真是千回百转。哈姆雷特逃脱了厄运，吉尔登斯吞和罗森格兰兹却罪有应得。

霍拉旭听了觉得真是不可思议，为哈姆雷特的机智勇敢赞叹不已。

两个人正在说话，忽然听见有人来了，来的是雷欧提斯的仆人，他是来下挑战书的：“国王用六匹巴巴里骏马与六柄法国宝剑打赌。要是您和雷欧提斯交起手来，在十二个回合之中，我觉得他至多能赢您三回合，可是他却觉得可以稳赢您九个回合。殿下要是答应比试的话，马上就可以开始。”仆人说。

哈姆雷特听了，没有迟疑马上答应了下来。霍拉旭担心他会输，哈姆雷特就胸有成竹地说：“我一直在练习剑术，放心，我一定能打败雷欧提斯的。”

要比试了，新国王、王后、雷欧提斯和一些贵族都来了。在新国王的主持下，他们准备开始比试。

“雷欧提斯，请你原谅我吧。你一定听人家说过我是怎样被疯病害苦了。凡是我的所作所为，如果伤害了你、激起了你的愤怒，现在我声明都是我在疯狂中犯下的过错。当着众人的面，我为自己的无心之错向您道歉，请兄弟宽恕我的罪恶吧！”哈姆雷特欠欠身子，很诚恳地说。

“按理说，所发生的一切是我复仇和愤怒的主要力量，听了您的这番真诚的话，我决定放下悲伤。但是还有荣誉，我还要为荣誉而战。”雷欧提斯也回答说。

两个人说完就各自执剑，为比试做准备。而新国王则虚情假意地提示哈姆雷特，要哈姆雷特一定赢。还宣布只要哈姆雷特获胜一次就鸣炮一次、赏酒慰劳哈姆雷特一次。接着就宣布比试开始。

两个剑手正在交战，寒光闪闪，两个人影也来回腾挪、跳跃，剑击在一起发出砰砰的响声。一个回合后哈姆雷特险胜，新国王就命人端来慰劳的美酒要哈姆雷特喝。哈姆雷特集中精力比试，推说：“让我先赛完这一局，暂时把它放在一旁。”

王后在一旁看着自己的儿子真是担心，把自己的手绢递给儿子擦汗，紧张的王后端起了新国王赏赐给哈姆雷特的那杯酒喝了起来。

谁知那杯酒里竟然有毒，新国王想从王后手中夺下酒杯时，已经来不及了。

两人还在比试，雷欧提斯挺剑刺伤哈姆雷特。二人在争夺中彼此手中的剑又各被对方夺去，哈姆雷特用夺来的剑又刺伤了雷欧提斯。

比试还在进行，王后倒在地上，而比试受伤的两个人也都在流血。哈姆雷特担心母亲，而王后却指着酒杯说酒里有毒。

“好险恶的阴谋，把门锁上！查出来是哪一个人干的！”哈姆雷特当即停止比试，大喊着。

雷欧提斯也已倒在地上，说：“凶手就在这儿。哈姆雷特，你也中毒了。没有药可以救你，不到半小时，你就要死去。剑刃上都涂了毒药，这也害了我自己。我再也不会站起来了，你的母亲也中了毒，都是国王的主意。”

哈姆雷特这才知道，一切都是新国王的阴谋，就忍住疼痛，举起手中涂了剧毒的利剑刺向了新国王。新国王也中毒倒地，在场的人慌作一团。

“那毒药是他亲手调下的。尊贵的哈姆雷特，让我们互相宽恕吧。我不怪你杀死我和我的父亲，你也不要怪我杀死你！”奄奄一息的雷欧提斯说。

新国王和王后死了，雷欧提斯和哈姆雷特也中了毒。霍拉旭一看也准备喝毒酒自杀，却被哈姆雷特拦住了。

这时，有军队行进和鸣炮的声音传来，原来是年轻的挪威王子从波兰获胜归来，这是他发出的礼炮。

“霍拉旭，毒药已经发作，我不能听见好消息了。可是我可以预言挪威王子将被推立为王，你好好活着，正好把这儿所发生的事情告诉他。”哈姆雷特最后交代说。

等挪威王子到来的时候地上躺着四具尸体。挪威王子本来要来汇报他凯旋的消息，而此时赶来的英国使臣也打算汇报将罗森格兰兹和吉尔登斯吞两人处死的消息。但是，都晚了。

现场惨不忍睹，谁看了都唏嘘不已，霍拉旭把一切阴谋和复仇的经过讲给他们听。挪威王子命令把几具尸体收好准备安葬。但他对王子哈姆雷特却始终怀着崇敬之意，为了表示对他的哀悼，王子命令奏起了军乐，并用战地的仪式向他致敬。

随后，又高奏葬礼进行曲，鸣起了炮。人间一桩悲惨的事情也就这样了结了。

《奥赛罗》故事中的人物关系

罗德利哥

威尼斯绅士

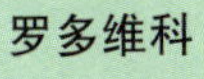

勃拉班修的亲戚

勃拉班修

元老

威尼斯公爵

奥赛罗的上司

凯西奥

奥赛罗的副将

奥赛罗

摩尔贵族，
供职于威尼斯政府

苔丝狄蒙娜

奥赛罗之妻，
勃拉班修之女

伊阿古

奥赛罗的旗官

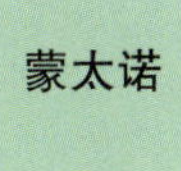

塞浦路斯原总督，
奥赛罗的前任

爱米利娅

伊阿古之妻

奥赛罗

1 黑将军奥赛罗

暮色四合，灯光点点，在威尼斯的街道上，绅士罗德利哥正在埋怨朋友伊阿古，说他花了自己那么多钱却没把事办成。而伊阿古也有一肚子委屈，本来他一直想做摩尔人奥赛罗手下的一名副将，结果花了罗德利哥不少钱，又托人说情都没办成，最后只当了个小小的旗官。所以，他恨透了没有让他做副将的奥赛罗，并发誓不会轻易放过他，有机会一定要报复他。

而绅士罗德利哥一直爱着女孩儿苔丝狄蒙娜，可是苔丝狄蒙娜竟爱上了将军奥赛罗，他们经常约会，听说都已经成婚。这也让罗德利哥痛恨不已。

罗德利哥听到伊阿古咬牙切齿地说要报复奥赛罗，他也积极响应，打算和伊阿古一起想办法，坚决不让奥赛罗有好日子过。

诡计多端的伊阿古出了个主意，罗德利哥认为很不错。他们决定要

向苔丝狄蒙娜的父亲勃拉班修揭发奥赛罗和苔丝狄蒙娜约会和偷偷成婚的事情。

两个人说干就干。他们站在苔丝狄蒙娜家门口，突然高声叫喊着："捉贼！捉贼！小心你家的屋子、你的女儿和你的钱袋！"

勃拉班修是王朝的重臣，也是一个很有威望很有权势的人。听到有人在门前这样喊，他很生气，走出来轰赶他们。而伊阿古和罗德利哥趁勃拉班修来赶他们时，就把苔丝狄蒙娜和奥赛罗两人的事情说了出来。

奥赛罗是个摩尔黑人，虽然他骁勇善战，也是摩尔贵族，但是人们向来对黑人有成见。所以，勃拉班修听到这个消息后勃然大怒，立即集合所有仆人，点起火把来要去找黑将军奥赛罗算账，还要找回他美貌的女儿苔丝狄蒙娜。

看到已经激起了勃拉班修的怒火，伊阿古留下罗德利哥给勃拉班修带路，自己悄悄溜走了，他要提前赶到奥赛罗的身边，好安排实施下一步的计划。

愤怒的勃拉班修气咻咻地走着，又不断埋怨女儿欺骗自己，不该和黑将军偷偷走到一起。这时候，罗德利哥又火上浇油，说："我想不止是约会那么简单，恐怕他们瞒着您早已经结婚啦。"

勃拉班修听了更加激愤，大声喊着说："天哪，早知道这样我就让你娶了我的女儿，总比她和摩尔黑人结婚要好呀！你们快去给我分头找，我一定要和那摩尔人算账。"于是，罗德利哥带路，一行人气势汹汹地向奥赛罗奔去了。

已经提前赶到奥赛罗身边的伊阿古佯装成毫不知情的样子，又告诉奥赛罗说，勃拉班修有意在毁坏将军的名誉，要他多多提防。

然而，这番挑唆的话，奥赛罗听了却只是淡淡地说：“我是真心喜欢温柔的苔丝狄蒙娜，我们彼此相爱，我才放弃了逍遥自在的单身生活。我们的相爱是正大光明的。”

他们还正说着话，就见一队人举着火把向这边来了，伊阿古暗自高兴，以为来人是勃拉班修一行。没想到，来的却是新上任的副将凯西奥一行人。

凯西奥报告说：“主帅，公爵请您立刻过去一趟。大概是关于塞浦路斯方面的事情，看样子很紧急。许多元老都被叫醒，在公爵府里集合了。他们正在到处找您，因为您不在家里，所以元老院派了三队人出来分头找您。”

奥赛罗正准备跟凯西奥走，勃拉班修的人也到了。勃拉班修大喊着：“给我上，杀死那黑人！”

双方都拔剑就要动武时，被奥赛罗喝住了。“老先生，有什么话您可以说，为什么要动武？”

而在气头上的勃拉班修就开始大声指责奥赛罗欺骗并窝藏了他美丽的女儿。

奥赛罗听了却没有否认，而是平静地问道：“照您这样说，我该到什么地方去答复您的控诉您才满意？”

“到监牢里去，等法庭传唤你的时候你再开口吧！”勃拉班修喊道。

元老院的使臣也匆匆赶到，见奥赛罗还不走，就催促他说：“公爵正在举行会议，等您快去。”

勃拉班修听了，也吵着说要跟着去，还嚷嚷着要请公爵给他主持公道。

元老院里，公爵和元老们围桌而坐，正在激烈地讨论土耳其船只擅自闯入塞浦路斯岛的事。

他们现在已经达成共识——要赶走入侵者，并打算派军队去抵御。这时，就又有人来报，说土耳其人正在调集舰队，准备向罗得斯岛进发。

这一新变动让元老们和公爵更加紧张起来。紧接着又有人来报，向罗得斯岛驶去的土耳其舰队已经和另外一支舰队会合了。

事关国家安全，看来应该立即派兵抵御土耳其人的入侵。在派谁去应战的问题上，元老们和公爵都达成一致——派善于作战的摩尔人奥赛罗去最合适。

奥赛罗一到，公爵就宣布让他迎战土耳其人的决定。见勃拉班修也跟着来了，公爵让他也参与到国事的讨论中来。

而在气头上的勃拉班修却并不谈国事，直接把奥赛罗和他女儿的事情讲了出来，并让元老们和公爵给自己评评理。

元老们也听奥赛罗说了他和苔丝狄蒙娜的相识相爱的经历。身为摩尔人的奥赛罗虽然其貌不扬，还是个黑人，却经历非凡，去过许多地方，博学多识，还常常被勃拉班修请到家里去，讲他那些有趣的见闻和经历，时间久了，美丽的苔丝狄蒙娜就被奥赛罗吸引并爱上了他。

在奥赛罗眼里，苔丝狄蒙娜也是一位美丽端庄的女子，两人互相爱慕，最终偷偷成婚。

但是，勃拉班修哪里肯相信奥赛罗的话。奥赛罗只好建议，请苔丝狄蒙娜自己来证明。

苔丝狄蒙娜很快被请来，证明了是她爱上了奥赛罗，而奥赛罗也爱她，偷偷成婚也是她的主意。女儿养大了，偷偷跟别人结了婚，而这个人还是个黑人，这一切他都不知道，这等于给勃拉班修重重一击。

奥赛罗马上就要奔赴前线，要去打仗总得把妻子安顿好，勃拉班修一气之下拒绝收留背叛了自己的女儿。奥赛罗又请求元老们派人护送妻子苔丝狄蒙娜到他将做总督的塞浦路斯岛去。

想去陷害别人，没想到却成就了美好姻缘，这样的结局是伊阿古和罗德利哥都没想到的。白辛苦一场的罗德利哥气得说要去跳海自杀。“你要信任我，别再提自杀的话了。去，弄一些钱来，我们要齐心协力向摩尔人复仇。”伊阿古说。伊阿古眼珠子一转，建议他和自己一起跟着奥赛罗到塞浦路斯岛去。奥赛罗打完仗就要去那里做塞浦路斯的总督，他们有的是报复的机会。

“好，我信任你，这就去把我的田地、房产一起变卖。”罗德利哥已经被伊阿古说动了心，为了自己心爱的苔丝狄蒙娜，竟然也决定要跟到塞浦路斯岛去复仇。

2 被解职的凯西奥

海上风浪很大，塞浦路斯岛的原总督蒙太诺站在高处朝海面上张望，等待着新总督奥赛罗的凯旋。

不久就有军官来报，土耳其人遇到大风浪已经溃败，而奥赛罗的副将凯西奥的船正向这边驶来。原来凯西奥和奥赛罗的船在海上的大风浪中失散，而凯西奥的船先到了塞浦路斯岛。

凯西奥登上了岛，受到了极热烈的欢迎，但是他们很快又都替还没归来的奥赛罗担心起来。这时候又有一艘船靠岸了，等船到岸，蒙太诺见船上坐着一位女士，问："她是谁？"

"她就是我们大帅美丽的夫人苔丝狄蒙娜，旗官伊阿古护送她到这儿来，他们路上走得快，比我们的预期还早七天。"凯西奥说。来的原来是旗官伊阿古护送苔丝狄蒙娜的船，他们穿过海上风暴顺利到达了塞浦路斯岛。

船上还坐着伊阿古的妻子爱米利娅和罗德利哥。到岸的苔丝狄蒙娜得知奥赛罗和凯西奥的船在海上失散，又担心起丈夫奥赛罗来。

这时候又有船靠岸，并且不断地从船上往空中放礼炮，这时吸引着大家都去岸边观看。

伊阿古看到副将凯西奥和苔丝狄蒙娜站在一起，一个是帅朗男子，一个是美貌女子，他立即心生歹念，想着如何使凯西奥栽跟头，又如何报复奥赛罗。

不久船靠岸了，果然是奥赛罗的船。船上的人走向站在码头上迎接他们的人，真是一次高兴的会面。尤其是苔丝狄蒙娜和奥赛罗，在大海风暴之后相见真有说不出的激动，紧紧拥抱彼此。

伊阿古看着恩爱的他们，继续谋划着心里的那个歹念。

"好消息，我们的战事已经结束，土耳其人全都淹死了。苔丝狄蒙娜，你在塞浦路斯将受到大家的欢迎，他们都是非常热情的。啊，我自己太高兴了！伊阿古，请把我的箱子搬到岸上来。"奥赛罗说。

伊阿古趁着搬东西的空当儿去见了罗德利哥，悄悄地对他耳语："好好听我说，我特意把你从威尼斯带来，想要报复奥赛罗，今晚就是个机会。凯西奥不认识你，一会儿你见了他就高声辱骂，还可以动手打他，逼他破坏军纪。这样我就可以制造一场暴动，而新上任的总督奥赛罗一生气，只能把凯西奥解职。这样你我的愿望就会一步步达到。"罗德利哥一听这主意非常不错，满口答应了他。

夜幕降临，为了庆祝打败土耳其人，也为了欢迎新总督奥赛罗的到来，酒窖、伙食房，一律开放，从下午五点起，直到深夜十一点，全塞浦路斯岛的人都在狂欢庆贺。

看着人们狂欢的热烈场面，奥赛罗嘱咐凯西奥一定要加强戒备。责任心强的凯西奥点头答应，就去查岗，见到伊阿古，就告诉他该守夜去了。伊阿古却推说时候还早，不断地引诱凯西奥喝酒。凯西奥深知守夜责任重大，一再推辞不能喝太多酒，伊阿古又找来蒙太诺和军官们陪凯西奥喝酒。最终，凯西奥推辞不过，被灌得酩酊大醉。

醉酒的凯西奥仍没忘记守夜的事，还是坚持出去守夜了。伊阿古朝罗德利哥使眼色，唆使他追上凯西奥找碴儿跟他打一架。

打斗的声音惊动了喝酒的军官，大家纷纷出来查看。蒙太诺赶来劝凯西奥住手，可喝醉酒的凯西奥不但打了罗德利哥，还无意中刺伤了蒙太诺。

得到消息的奥赛罗也赶来了，询问伊阿古事情的由来，伊阿古又把责任都推到了凯西奥身上。果然，奥赛罗一气之下就把凯西奥解职了。

被解职的凯西奥懊悔不已。伊阿古却又装作一副好人的样子，劝凯西奥向苔丝狄蒙娜求助。

“我们主帅心里、眼睛里都是他可爱的夫人，你只要在夫人面前忏悔，恳求她，她一定会帮助你官复原职的。”伊阿古说。

凯西奥也觉得这个办法好，很是欢喜，连声向他道谢，还决定明天一早就去找苔丝狄蒙娜。

然而挨了凯西奥一顿打的罗德利哥来找伊阿古，他说：“我的钱差不多花光了，今晚我还挨了一顿痛打，我想这些都是教训，我还是回威尼斯去吧！”

伊阿古听了，却把他训斥了一顿，说：“我们的行动已经使凯西奥丢了官职，是有成果的。你怎么这么沉不住气！我们现在只不过是经历了一点小小的痛苦而已，要有耐性！”听了伊阿古的话，罗德利哥又决定留下来。

“你回到宿舍里去，有什么消息我再来告诉你。”伊阿古说。

接下来，伊阿古打算让苔丝狄蒙娜的女仆、也就是自己的妻子爱米利娅，在苔丝狄蒙娜面前替凯西奥说好话。同时等到凯西奥去向苔丝狄蒙娜求助的时候，再让奥赛罗亲眼看见这一幕而产生误会。

3 一方手帕

为了能尽快恢复副将职位，一大早，凯西奥就来到了奥赛罗的房子前面。他先给了仆人一个金币，让他去查看伊阿古的妻子爱米利娅在不在。

仆人刚走，伊阿古就来了。伊阿古热心地要自己的妻子爱米利娅出来见凯西奥。爱米利娅很快出来了，凯西奥说起了他被解职的事。

爱米利娅说："将军和夫人正在谈此事，夫人一直在替您求情。将军说，被您伤害的那个人，在塞浦路斯是很有名望、很有势力的，为了平息此事，不得不把您革职。他说他很喜欢您，即使没有人替您说情，一有适当的机会，也会让您恢复原职的。"

"可是我还要求您一件事，要是可以办得到的话，请您让我单独见一见苔丝狄蒙娜。"凯西奥说。

爱米利娅答应了，凯西奥连忙致谢。

话分两头，伊阿古先去见奥赛罗，正要想办法支开他，奥赛罗拿着几封信对他说："这几封信你拿去交给舵师，叫他回去替我送到元老院。我就在堡垒上走走，你把事情办好以后，就到那边来见我。"

这正是伊阿古想要的结果。他高高兴兴地去送信，而奥赛罗也和众军官打算去看看防务情况。

凯西奥见了苔丝狄蒙娜，说出了自己的想法，爱米利娅也在旁边替凯西奥说情。苔丝狄蒙娜很爽快地答应帮忙，她说："当着爱米利娅的面，我保证你一定可以官复原职。请你相信我，要是我发誓帮助一个朋友，我一定会帮助他到底。"而凯西奥为了能早日复职，又嘱咐苔丝狄蒙娜要越快越好。

苔丝狄蒙娜也请凯西奥放心。

听了这话，凯西奥才放了心，就向苔丝狄蒙娜告辞。就在凯西奥要走的时候，奥赛罗和伊阿古正好回来，凯西奥却因为紧张而快速离开了，走在前面的伊阿古趁机阴阳怪气地说："嘿！我不喜欢那种样子。"

“你说什么？”奥赛罗问。

伊阿古故意吞吞吐吐，这让奥赛罗更加好奇，非得问个明白不可。伊阿古才说：“凯西奥一看见您来了，就好像做了什么亏心事似的，偷偷地溜走了。”可是，奥赛罗并没有在意这话。

苔丝狄蒙娜一见到奥赛罗，就请求他一定要将凯西奥恢复原来的职位。奥赛罗却说：“现在不急，亲爱的苔丝狄蒙娜，慢慢再说吧。”

苔丝狄蒙娜还是一个劲儿地为这件事请求丈夫，被妻子催急了的奥赛罗只好敷衍道：“亲爱的你放心，我叫他早一点儿复职就是了。”

见奥赛罗的回答似乎没有诚意，苔丝狄蒙娜又唠唠叨叨说了凯西奥的许多优点和他们两个恋爱时凯西奥的多次帮忙。

苔丝狄蒙娜这样迫切地要他恢复凯西奥的官职，倒让奥赛罗烦躁了起来，他说：“好了，不要说下去了，让他随便什么时候来吧，你要什么我都不会拒绝的。但是，现在你必须暂时离开我一会儿。”

苔丝狄蒙娜见丈夫答应了她的请求，高兴地离开了。一旁的伊阿古趁机把话题引到苔丝狄蒙娜和凯西奥的身上。

“您向夫人求婚的时候，凯西奥从头至尾都知道吗？”

奥赛罗很肯定地说：“凯西奥是我们爱情的见证者，也是促成我们婚姻的一个很重要的朋友。但是，你为什么会这么问呢？”

伊阿古装出一副提醒奥赛罗的样子说：“像凯西奥这样的美男子通常不会很老实。”

这更让奥赛罗疑惑了，非要向伊阿古问个清楚：“刚才凯西奥离开我妻子的时候，你说你不喜欢那种样子。你不喜欢什么样子呢？我告诉你我求婚的全部过程凯西奥都参与了，你又说出这种话，你到底想要说什么？”

看到奥赛罗已经一步步进入了他的圈套，伊阿古才说：“主帅，您要留心您的太太。如果夫妻双方，一方痴心疼爱，另一方又想办法欺骗，那才是活活受罪！”

奥赛罗听了，却不以为然地说：“我绝不相信苔丝狄蒙娜会背叛我。如果真有确凿的证据，到时我会一了百了，让爱情和嫉妒同时毁灭。”

伊阿古听了，又故意挑拨说：“在威尼斯，女人们可以不顾羞耻，背着丈夫干坏事。只要不让丈夫知道，就可以问心无愧。您夫人当初跟您结婚，曾经骗过她的父亲，她小小的年纪，就有这般能耐。所以，我劝您还是留心一下您夫人对凯西奥的态度吧！”

奥赛罗显然已经开始怀疑自己美貌的妻子，说：“我相信苔丝狄蒙娜是贞洁的，可一个人也难免会有迷失自我的时候。”

伊阿古见奥赛罗已经慢慢中计，就又嘱咐奥赛罗：“先把凯西奥复职的事情往后放一放，这段时间先看看夫人的表现吧。”

这时候，苔丝狄蒙娜进来催促奥赛罗：“我亲爱的丈夫，您宴请的客人们都在等着您呢。”

奥赛罗却还在猜疑中，很不快地回应了妻子，苔丝狄蒙娜觉得丈夫情绪不大对劲儿，就问：“您不大舒服吗？”

奥赛罗撒谎说：“嗯，我有点儿头痛。”

苔丝狄蒙娜猜测奥赛罗可能是睡眠不足，拿出一块手帕绑在奥赛罗的头上，奥赛罗急着去见客人，就伸手拽掉了手帕，和妻子一块儿去接见客人。

那块掉落到地上的手帕被仆人爱米利娅捡到了。她知道这手帕是奥赛罗送给苔丝狄蒙娜的爱情信物，丈夫伊阿古也多次提醒她想方设法偷出来，可是苔丝狄蒙娜非常珍视这块手帕，一直随身带着，甚至常常一个人的时候拿出来对着它说话，抚摸亲吻，所以，她一直没机会下手，没想到现在竟然捡到了它，这让爱米利娅异常兴奋。她满心欢喜，打算先把手帕上的花样描下来，再送给丈夫伊阿古，至于丈夫究竟拿去有什么用，她并不知道，反正只要丈夫高兴就好。

伊阿古拿到这块手帕，瞬间想到了一个绝妙的主意：把这手帕丢在凯西奥的住所里，让奥赛罗找到它。这虽然是一件小事，对于已经开始猜疑的奥赛罗来说，却是一件大事。他马上这样做了。

此时的奥赛罗已陷入猜疑不能自拔，当他再见到伊阿古时很痛苦地对他说："都是你这个万恶不赦的家伙在我耳边乱说话，让我不得安静。你如果拿不出我妻子不忠于我的证据，我非杀了你不可。"

伊阿古听了高兴极了，看来奥赛罗已经进入了自己的罗网。他先是编出了凯西奥在梦中大骂奥赛罗并喊苔丝狄蒙娜名字的事，接着又说："主帅，您妻子有没有一方绣着草莓花样的手帕？我今天看见凯西奥用这样的一方手帕抹他的胡子。"

奥赛罗听了大喊："我给过苔丝狄蒙娜这样的一方手帕，那可是我第一次送给她的礼物。啊，该死的苔丝狄蒙娜，我要让你的不忠付出死的代价！要立即行动，三天之内，我要听到凯西奥死亡的消息。谢谢忠实的伊阿古，现在你就是我的副将了。"可怜的奥赛罗不知道伊阿古的阴谋正在一步步得逞，反倒更信任他了。

屋子里苔丝狄蒙娜找遍了所有的地方，就是不见那方绣有草莓花样的手帕。那可是丈夫送给自己的爱情信物呢！她又向女仆爱米利娅询问。爱米利娅明知手帕的去向，却撒谎说不知道。

苔丝狄蒙娜的心里仍然记挂着凯西奥托她办的事，见了丈夫奥赛罗，她又一次提起帮凯西奥恢复官职的事，还说要请凯西奥来跟丈夫谈谈。

奥赛罗听了没有回答，却说："我的眼睛有些胀痛，老流眼泪，把你的手帕给我用一下。”

苔丝狄蒙娜赶紧把手帕递过去，奥赛罗却非要定情时送给她的那方手帕。苔丝狄蒙娜一阵慌乱，只好撒谎说没有带在身边。

奥赛罗步步紧逼：“你现在就去取来！”苔丝狄蒙娜自然是取不来，只好搪塞。

最后，苔丝狄蒙娜只好说了真话，说那块绣有草莓花样的手帕不见了。

4 愤怒的奥赛罗

可是，苔丝狄蒙娜始终没忘记答应过要帮助凯西奥官复原职的事情。此时，面对奥赛罗不断让她交出那方手帕，苔丝狄蒙娜却一再对丈夫说凯西奥的事，奥赛罗听了就更加厌烦，一怒之下自己离开了。

这时候，伊阿古怂恿着凯西奥向苔丝狄蒙娜求助，并且亲自陪着他来了。苔丝狄蒙娜就如实说了奥赛罗神情暴躁的情况。

伊阿古就自告奋勇要去和奥赛罗谈谈，苔丝狄蒙娜允许了。可丈夫奥赛罗为什么变得如此暴躁，她也不知道，就只好归因到他的工作上。她还答应了凯西奥就他的事还会向丈夫求情的。

凯西奥回到家，莫名其妙地捡到了一方绣有草莓花样的手帕，觉得很好看，就送给了自己的女朋友，让她把那好看的草莓花样描下来备用，万一失主找来还要还给人家。

见奥赛罗在苔丝狄蒙娜那里得到了证实，伊阿古费尽心机想让他看到更多的证据，以此来激起他满脑子的猜疑和渐渐无法控制的愤怒。

伊阿古除了不断给奥赛罗吹耳边风，还诱使凯西奥说出一些和女朋友之间才有的浪漫来故意让奥赛罗听到，让他以为那是在说苔丝狄蒙娜，当然也说到了那方绣有草莓花样的手帕，这真是让奥赛罗气得发抖了。

“啊，她这样不忠于我，太不顾羞耻啦！我不想再跟她多费唇舌了，今天晚上，我就要她死。”奥赛罗发誓说。

“好吧主帅，凯西奥我去想办法杀了他以解除你心头之恨。午夜前后，您一定可以听到消息。”伊阿古说。

这时候威尼斯的官员，也是苔丝狄蒙娜的亲戚罗多维科到了塞浦路斯岛，相互问候之后还带来了元老院写给奥赛罗的一封信。

奥赛罗接到信就读了起来。苔丝狄蒙娜则和罗多维科打听起威尼斯发生的事儿来。

罗多维科也问起了凯西奥副将，苔丝狄蒙娜如实告知，也说了他和自己的丈夫闹别扭，并期望罗多维科能使他们重归于好。

但是，读完信的奥赛罗情绪显然有些激动，嘴里不停地喊着“该死该死”。

罗多维科说：“这封信是要召奥赛罗回威尼斯，叫凯西奥代替他的职务。”

苔丝狄蒙娜听了很高兴，奥赛罗却嘴里骂着“魔鬼”，就来打苔丝狄蒙娜。

罗多维科被这一幕激怒了，喊道：“你打自己的妻子，太过分了。

向她赔罪吧，她在哭了。”

奥赛罗没有道歉，苔丝狄蒙娜哭着走开了，而罗多维科还想和她说说话，想让她回来。奥赛罗却已经大骂了起来，为了凯西奥要取代自己的事，更因为他对苔丝狄蒙娜的怨恨。

奥赛罗恶劣的态度让罗多维科难以接受，他感叹道：“这还是元老们称赞的那位德才兼备的英雄吗？竟然打妻子！他的头脑没有问题，神经没有错乱吗？太让人失望了！”

罗多维科又向伊阿古询问奥赛罗平常的情况，伊阿古就故作神秘地让他自己留意奥赛罗的行为举止。

已经陷入怨恨不能自拔的奥赛罗又询问女仆爱米利娅，想进一步找到苔丝狄蒙娜不忠于自己的证据。爱米利娅就如实汇报，还发誓说苔丝狄蒙娜是忠于奥赛罗的。

但是，已经深陷怨恨的奥赛罗却不肯相信。他让仆人找来苔丝狄蒙娜，支开仆人要她对自己坦白，还流着眼泪让苔丝狄蒙娜对他发誓说她是贞洁、忠诚的。清清白白的苔丝狄蒙娜尽管发了誓，可是愤怒已经不能自拔的奥赛罗却怎么也不相信自己的妻子，他甚至骂她是娼妇。

这让本来还想拯救自己婚姻的苔丝狄蒙娜陷入了绝望与无助，女仆爱米利娅再来安慰她也无济于事。

她哭着说：“我已经没有丈夫了，请你今夜把我结婚的被褥铺在床上，再去替我叫你的丈夫来。我不应该受到这样的待遇，我究竟做错了什么，让他如此痛恨？”

伊阿古来了，苔丝狄蒙娜就向他哭诉奥赛罗对待自己的不公。

爱米利娅也感慨说："当初多少名门贵族向夫人求婚，都被拒绝了，夫人抛下了老父，离乡背井，远别亲友，结果却被丈夫骂成是娼妇？这太叫人伤心了！"

但是，她们不知道想让一个存心不良的人给她们出什么好主意是做不到的。伊阿古听了只是安慰了几句，正好晚餐时间到了，就溜走了。

伊阿古刚一溜出来，罗德利哥影子似的追上了他。罗德利哥埋怨伊阿古欺骗他："我的钱都花光啦。你从我手里拿去送给苔丝狄蒙娜的那些珍贵的珠宝，说她已经收下了，不久就可以听到喜讯，可到现在还不见一点儿动静。我现在要亲自去见苔丝狄蒙娜，要是她肯把珠宝还我，我就回威尼斯去。"

可是能言善辩的伊阿古，又是发誓又是劝说，又让罗德利哥回心转意了，并答应要全力配合他的复仇计划。

伊阿古还透露说，威尼斯已经派了专使，叫凯西奥代替奥赛罗的职位。奥赛罗要到毛里塔尼亚去任职，要把美丽的苔丝狄蒙娜留下，就得制造点什么事来拖住他们，最好的办法是把凯西奥除掉。

伊阿古还给罗德利哥提供线索，说凯西奥今晚在女朋友家里吃饭。他设法让凯西奥出来，然后两个人一起杀掉凯西奥。

而晚餐后奥赛罗送走了客人，也吩咐妻子晚上支走女仆等着他。

5 悲惨的诀别

伊阿古还在教罗德利哥怎样发狠地杀掉凯西奥，凯西奥就出来了。没想到的是，罗德利哥去杀凯西奥，反倒被凯西奥刺中。

凯西奥自己也受了重伤，大喊着救命，倒在了地上。

奥赛罗听到了凯西奥的求救声，非但不理，还说："勇敢正直的伊阿古，你奋不顾身为朋友雪耻，真是难得！苔丝狄蒙娜，你心爱的人已经死在这儿，你的末日也到了！"

受了伤的凯西奥还在喊着："杀了人啦！杀了人啦！"被路过的罗多维科听到，这时候伊阿古也手持火把赶了过来。

当着罗多维科的面，伊阿古出手救了凯西奥，听到罗德利哥也在求救，他心里一慌，怕事情败露就趁夜色刺死了罗德利哥。

凯西奥得救了，而伊阿古在官员罗多维科面前也尽量显得殷勤而精干，替凯西奥包扎伤口，还到现场查看。

可怜的罗德利哥钱花完了，一直被骗，最终还被刺死。

爱米利娅听到声响也跑了出来。伊阿古告诉她，凯西奥被罗德利哥和几个同党袭击几乎送了命，罗德利哥已经死了。还让她快去告诉总督和夫人这儿发生的事情。

总督府里亮着灯，苔丝狄蒙娜已经躺下了，奥赛罗才回来。

已经绝望的奥赛罗没和苔丝狄蒙娜说上几句话就说："祈祷吧，我等着你。我不愿杀害没有被上帝赦免的灵魂。"

苔丝狄蒙娜也感觉到奥赛罗身上的杀气，觉得十分委屈，就问为什么非要置自己于死地。奥赛罗说她不该把他送的手帕又转送给凯西奥。苔丝狄蒙娜否认着，甚至还说可以请凯西奥来当面质问。

奥赛罗却认为妻子在抵赖，更加愤怒了，愤怒中奥赛罗双手掐住了妻子的脖子。

这时候爱米利娅来报告凯西奥被刺的事情。奥赛罗看看苔丝狄蒙娜

不动了才松了手，把帐幕拉下来，开了门，听取了爱米利娅的报告。

得知凯西奥没有死，奥赛罗很是失望，恰在这时，爱米利娅听到了自卧室传出的求救声。

爱米利娅去卧室一看，就大喊着："救命！救命啊！亲爱的苔丝狄蒙娜，亲爱的夫人，这是谁干的事！"

气息奄奄的苔丝狄蒙娜说："是我自己，我是无罪而死的。永别了！"

奥赛罗听了没有一丝同情，还指责说："凯西奥和她有私情，不信去问你的丈夫吧。她干了无耻的事，到死都不愿说一句真话。杀死她的是我！"

伤心的爱米利娅哭喊着："你冤枉她，你受了坏人愚弄了！你配不上这样的好妻子，你这种行为是上天都不容的。笨蛋！傻瓜！你做了一件不该做的事，我不怕你的剑。救命！救命啊！救命！摩尔人杀人啦……"

听到喊声的蒙太诺和伊阿古等人都赶到了。

爱米利娅先和自己的丈夫伊阿古对证，要他当着众人的面证明苔丝狄蒙娜的清白。可是，正是狡猾的伊阿古毁坏了苔丝狄蒙娜的名誉，他一直回避着妻子的追问，害怕妻子说出实情，还呵斥甚至是用剑要刺杀妻子爱米利娅。

爱米利娅也终于忍无可忍，说出了实情："总督说的那方手帕，是我偶然拾到的，把它给了我的丈夫。虽然是一件小小的东西，他却几次三番要我偷出来。现在看来，作怪的正是我的丈夫。苍天在上，我句句属实。"

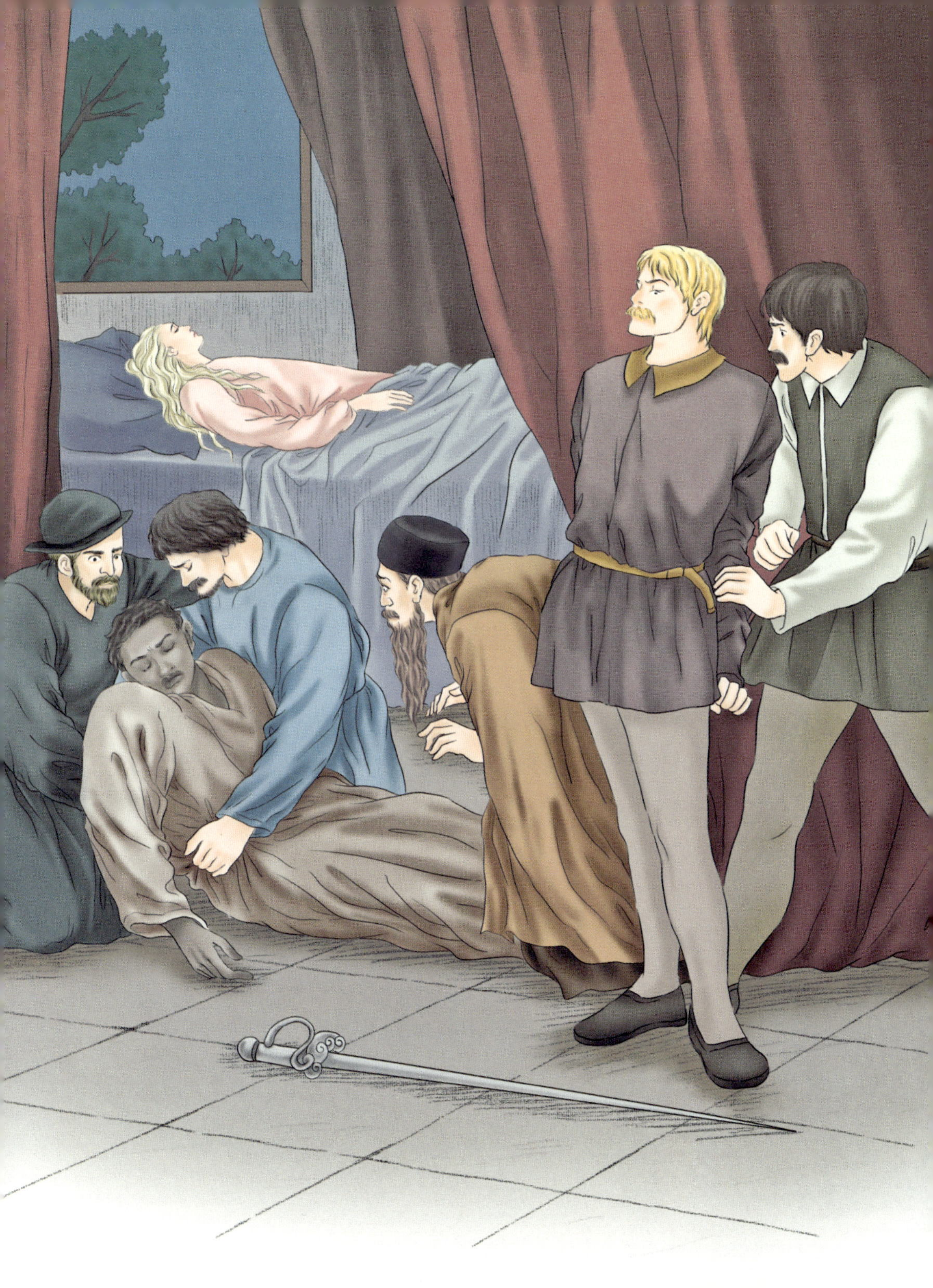

伊阿古眼看着事情就要败露了，立即举剑刺死自己的妻子爱米利娅后，逃走了。

伊阿古还是给捉住了，已经包扎了伤口的凯西奥和罗多维科也来了。拿出了罗德利哥写给伊阿古的两封信，那是在死去的罗德利哥衣袋里找到的。那上面把他和伊阿古合谋向奥赛罗报仇的事情写得清清楚楚。

可怜的苔丝狄蒙娜死了，而她的父亲也因为女儿婚姻上对家庭的背叛，悲伤而死。

知道了一切实情的奥赛罗懊悔不已，他看着自己死去的爱人，悲痛欲绝。正是他亲手杀死了自己挚爱的人，他也将难逃法律的制裁。

“请你们念在我在战场上多次立功的分儿上，报告这件事给当局的时候，就说我是一个对爱情很投入又容易发生嫉妒的人，尤其被人煽动以后，就是一个糊涂到极点的人。”奥赛罗交代完这些，走到床边看着已经死去的爱人，也举剑刺向自己。

在场的人们惊呆了，罗多维科更是愤怒地指向伊阿古：“这都是你这恶魔干的好事，对这样一个恶毒的人绝不能宽容。把这件事立即上报当局吧，这真是一件无法预料的悲惨事情啊！”

《李尔王》故事中的人物关系

高纳里尔

李尔王的大女儿

奥本尼公爵

李尔王的大女婿

康华尔公爵

李尔王的二女婿

里根

李尔王的二女儿

肯特伯爵

李尔王

不列颠国王

科迪莉娅

李尔王的三女儿

葛罗斯特伯爵

勃艮第公爵

法兰西国王

李尔王的三女婿

爱德加

葛罗斯特的大儿子

爱德蒙

葛罗斯特的小儿子

李尔王

1 三个女儿的嫁妆

不列颠国王李尔有三个女儿，个个美丽出众。大女儿高纳里尔，女婿奥本尼公爵；二女儿里根，女婿康华尔公爵；美丽的小女儿科迪莉娅，也正有法兰西国王和勃艮第公爵在竞争她的爱情，不久也会有结果了。

女儿们都很幸福，而李尔王自己也年岁已高，遂有退隐之意。

这一天，李尔王对大臣们说："我老了，打算把治国的事务交给年轻人，好让自己安享晚年。为了预防日后的争执，我现在就把三个女儿的嫁妆当众分配清楚。法兰西国王和勃艮第公爵正在竞争科迪莉娅的爱情，现在也应该有答复了。"

宣布完，李尔王又说："孩子们，在我还没有把我的政权、领土和国事的重任全部放弃以前，告诉我，你们谁最爱我，谁最有孝心，我就把最好的土地分给谁。"

大女儿高纳里尔听了，立即说："父亲，我对您的爱，不是言语所能表达的。我爱您胜过爱我自己，超越了一切贵重事物和我的生命。不会再有一个女儿这样爱他的父亲，也不会再有一个父亲这样被他的女儿所爱。我爱您是不能用数量来计算的。"

李尔王听了大为开心，就把一大块有森林、平原、河流和牧场的富庶土地划分给了大女儿和大女婿。

二女儿里根接着说："我跟姐姐一样爱您。姐姐所说的话，也正是我想说的。只有爱您才是我无上的幸福。"

李尔王听了又说不出的高兴，立即又从他的王国中划分出三分之一的肥沃土地，给了二女儿和二女婿。

该小女儿科迪莉娅了，她看了看两个姐姐，对父亲说："父亲，我是个笨拙的人，不会说话，我爱您一分不多，一分不少。您把我抚养成人，疼爱我、陪伴我、教导我，只有服从您、爱您、敬重您，才是我应该做的。要是有一天我出嫁了，我的丈夫将要得到我一半的爱、一半的关心和责任，到那时，我只能给您一半的爱了。"

听惯了甜言蜜语和恭维话的李尔王，一听这番话，认为小女儿不爱他这个父亲。他很是愤怒，一气之下把打算分给小女儿的国土，让大女儿高纳里尔和二女儿里根分掉了，小女儿科迪莉娅什么也没有得到。

看到李尔王的所作所为太偏激，肯特伯爵站出来说："国王，请收回您的决定吧，您要仔细考虑一下划分国土的举措才行。在我看来，您的小女儿并不是不孝顺您、不爱您，也不是无情无义，她只是不会说恭维的话而已。您这样做未免太绝情，将来会后悔的。"

但是，李尔王非但没有听从劝告，还认为肯特伯爵是有意和他作对，竟要把他驱逐出国境。

李尔王还命人叫来了法兰西国王和勃艮第公爵，告诉他们："我的小女儿科迪莉娅已经失去了我的爱，什么嫁妆也没有得到，谁要愿意带走她，尽快带走吧！"

看重财产和嫁妆的勃艮第公爵主动退出；看重真诚与坦率的法兰西国王，却带走了没有财产和嫁妆也失去了父爱的小女儿科迪莉娅。

把自己的国土分给他认为很爱他的大女儿高纳里尔和二女儿里根之后，李尔王就决定放下权力，只保留一百名骑士和国王的名义，而余生都将由两个女儿来供养。

再说李尔王，分完国土后不久，就带着他的一百名骑士，先到了大女儿高纳里尔家里。没想到的是，才住了半个月，大女儿就厌烦了她的父亲，她嘱咐仆人："你们要对他冷淡一些，不要那么热情。要是他不愿意，就让他到我妹妹那儿去吧。我知道我妹妹跟我一样，也会受不了他的。这个老废物已经放弃了他的权力，还想管这管那。年老的傻瓜就像小孩子，一味地包容会惯坏他的。一定要对他凶一点儿，记住我的话。"高纳里尔吩咐。

大女儿高纳里尔就侍从和卫队人数太多等问题跟父亲大吵一架。大女儿最终不顾丈夫奥本尼公爵的劝告，让仆人给她的妹妹立即写了一封信，信上夸大其词，指出父亲李尔王的种种过错，让妹妹也不要收留父亲。

李尔王和他的侍从们在大女儿家里受到冷遇，他满心愤怒。从前，都是别人看他李尔王的眼色行事，哪里受过这种气？生气的李尔王也给二女儿写了封信，说了他在大女儿这里的落寞情形，并告诉二女儿他将去往她的家里住。

忠心耿耿的肯特伯爵把自己装成了一个陌生的下等人，来到了国王身边照顾他。肯特伯爵帮李尔王去给他的二女儿里根送信。

2 父女决裂

因为先后收到了父亲和姐姐的信，二女儿里根和丈夫康华尔公爵就准备到葛罗斯特公爵家里去商量此事。

大臣葛罗斯特伯爵有两个儿子。大儿子爱德加诚实善良，但不被他的父亲喜欢；二儿子爱德蒙奸诈狡猾，能说会道，却很受父亲欣赏。

为了把财产和爵位争到手，二儿子爱德蒙有的是阴险狡猾的计划。他想方设法博得父亲的欢心，他还以哥哥的名义伪造了一封信，在信上因为财产继承的事情把父亲大骂一番。葛罗斯特伯爵看到那封信当即大发雷霆。见父亲上当了，他又在哥哥的面前说父亲的种种过错，哥哥和父亲的关系就此有了裂痕。

公主要来家里可是大事，知道了这个消息的爱德蒙觉得有机可乘，又开始实施自己的计划。他告诉还在躲避父亲的哥哥爱德加，公主是来捉拿他的，让他赶快逃跑。

结果，爱德加还没弄清楚是怎么回事，父亲葛罗斯特伯爵就来了。爱德蒙又趁机装出和哥哥打斗的样子，故意刺伤自己，嫁祸给哥哥。

还说哥哥要强迫他联手杀死父亲，他坚决不肯，哥哥把自己刺伤后逃走了。这让葛罗斯特更加憎恨自己的大儿子，发誓要抓到他，并处死他。

爱德蒙的诡计正一步步实施着。他表面看来很孝顺的举动，得到了来家里做客的里根和康华尔夫妇的赞赏。公主夫妇还承诺，会重用爱德蒙这样孝顺的人。

而可怜的爱德加受了弟弟的排挤和父亲的憎恨也就罢了，从此还得提防随时被捉住处死的厄运，真是提心吊胆。为了活命，他把污泥涂在脸上，只用一块毡布裹住腰，头发乱蓬蓬的，装成了一个疯乞丐。

见送信的肯特伯爵迟迟不回，李尔王来到了二女儿家，没见到他的二女儿，就向葛罗斯特伯爵家里走去。

到了葛罗斯特家，李尔王一眼就看见送信的肯特伯爵被足枷锁着。李尔王询问情况，肯特伯爵说是二女儿里根和康华尔夫妇所为，可李尔王不相信。

“不，不，他们怎会做出这样的事？”李尔王否认说。

但是，事实是毋庸置疑的。替李尔王送信的肯特伯爵正好碰到了姐姐高纳里尔的送信人，肯特伯爵跟他争吵了起来。而偏向于姐姐高纳里尔一边的里根和康华尔，就命人把肯特伯爵用足枷锁了起来。

肯特伯爵诉说完他的遭遇，李尔王大喊一声：“我要跟康华尔公爵和他的妻子说话。”

一看到二女儿里根，李尔王先是诉说大女儿高纳里尔的种种不是：“亲爱的里根，你的姐姐太不孝啦……”

里根听了，却淡淡地说：“父亲，您老了，是应该让姐姐管教管教的。我劝您还是回到姐姐那里去，向她赔个不是。”

李尔王一听又让他回到大女儿那里去，就一再央求二女儿："好女儿，我承认我年纪大了，不中用啦，让我跪在地上，请求你给我几件衣服穿，给我一张床睡，给我一些东西吃吧。"

可二女儿还是冷冷地劝他回到姐姐那里去。

李尔王恼了，他咒骂起来："我再也不回去了，她撤了我一半的侍从，不给我好脸看，还伤了我的心。愿上天把愤怒一起降在她的头上吧！愿她腹中的孩子，生下来就是个瘸子！"

谁知李尔王的咒骂却让二女儿和女婿康华尔发起了火："啊，我的天呀！您这样骂姐姐。我们要是惹怒了您，您也会这样咒骂我们吧！"

这时大女儿高纳里尔也来到了葛罗斯特的家里。

大女儿高纳里尔数落父亲不听从劝告，太讲排场，卫队人数太多。二女儿里根听了，就劝说父亲："您是个老人了，就将就点儿。您还是回去跟姐姐住在一起，少带一些侍从吧，等住满了一个月，再到我这儿来。我现在不在自己家里，要接待您也有许多不便。"

这样的条件李尔王坚决不接受，可两个女儿也坚决不包容他，于是父女就彻底决裂了。

这时候，天色暗了下来，狂风夹杂着尘土，昏天黑地。

看到父亲不肯屈从，大女儿高纳里尔就对葛罗斯特恶狠狠地说："伯爵，您千万不要收留他。"

二女儿里根也下令说："对于自以为是的人，只好让他自己教训自己了。不要收留他，关上门吧，他有一班侍从跟在身边，谁也不知道他们会干出什么事来，我们还是小心点儿好。"

看到女儿们都这样绝情，老国王李尔王愤然离开，消失在了暴风雨里。

3 告密的爱德蒙

旷野里狂风大作，这样恶劣的天气，连野兽都要吓得躲起来。而和女儿决裂后，受了打击的老李尔王却向旷野奔去。

事情已经发生，有先见之明的肯特伯爵，对一位看起来挺机灵的侍从说："凭着我的观察，奥本尼和康华尔之间已经有了冲突。会有一些密探把他们之间的明争暗斗传到法兰西去，听说有一支法兰西军队已经在几个港口秘密登陆了。现在，请你赶快到法兰西多佛去一趟，把国王的遭遇向王后报告。见到王后，把这枚戒指给她看，就知道我是什么人了。快去，我要去找国王了！"

旷野里受了打击的老国王，顶着一头被狂风吹乱的白发大喊着："雨、风、雷、电，你们都不是我的女儿，我不责怪你们的无情。我没有给你们国土，你们没有顺从我的义务。可是我仍然要骂你们是卑劣的帮凶，帮两个万恶的女儿来跟我这老头儿作对。啊！这太无情了！"

肯特伯爵顺着喊声找到了老国王，天色黑得可怕，不时惊雷响起，闪电划破夜空。

肯特伯爵拉住了他，说："陛下，这附近有一间茅屋，可以挡挡风雨。我们过去吧！"

在风雨中艰难行走的李尔王终于同意了，说："唉，好吧，来，领我先到茅屋里去吧！"

而站在家门口的葛罗斯特伯爵，也还在往暴风雨里张望，他埋怨自己没有照顾好李尔王，这样恶劣的天气让他受了委屈。

此时，在葛罗斯特伯爵家里，葛罗斯特伯爵对小儿子爱德蒙说：“我不赞成公主这么不近人情的行为。我本来要留下国王的，公主们却不允许，不许我再提起国王，也不许我替国王说一句体贴的话。哎，可怜的国王！不过，两个公爵已经有了矛盾。今天晚上我就收到一封信，信上说的事情很危险，我已经把信锁在壁橱里了。国王所受的委屈，一定会有人来替他报复的。已经有一支军队在路上了，我们必须站在国王一边。我马上就去找国王，暗地里帮助他。你去陪公爵谈谈，免得我被他们发现。要是他们问起我，你就说我不舒服，已经睡了。大不了是一个死，他们的确拿死来威胁过我。国王是我的老主人，我不能不管的。爱德蒙，你必须小心点儿。”葛罗斯特对爱德蒙说完就走了。

父亲走了，爱德蒙眼珠子一转，又打起了坏主意。他觉得父亲违背了公主和公爵的命令，暗地里去帮助国王的事，正是他献功邀赏的好机会。

“我立刻就要去告诉公爵，还有那封信我也要说出来。我的父亲因此会丧失他所有的一切，而他的全部家产也将落到我的手里。老的一代没落了，年轻的一代才会兴起。”爱德蒙兴奋地行动起来。

旷野风雨声中，肯特伯爵扶着李尔王，摇摇晃晃地准备进附近的茅屋躲雨。

李尔王依旧咒骂着：“好绝情的女儿呀，这样的夜里，把我关在门外！里根，高纳里尔！你们年老仁慈的父亲一片诚心，把一切都给了你们，你们却这样待他。啊！这样想下去是要发疯的，我不要再想了！”

肯特伯爵安慰李尔王，尽量使他安静下来。两个人来到了茅屋前，刚要进去却被藏在茅屋里的一个人吓得跳了出来。风雨正大，肯特伯爵朝屋里喊："喂，你是什么人？出来！"

茅屋里出来的是个可怜人儿，那正是为了保全生命，装成疯乞丐的爱德加。

他衣不遮体，头发胡乱打着卷儿，神态怪异，嘴里胡乱喊着。

肯特伯爵和李尔王观察了一阵，看他疯疯傻傻的，不像是什么坏人，这才放了心。

肯特伯爵照顾着疯疯癫癫的爱德加和李尔王。这时候，屋外的旷野里，隐隐约约地出现一点儿灯光。

来人正是葛罗斯特伯爵，他终于找到了李尔王。

"陛下怎么会跟疯子在一起？我不会抛下您不管的，快跟我回去吧。虽然他们叫我关上了门，把您丢在这刮着狂风、下着暴雨的黑夜中，可我还是大胆出来找您。我要把您带到有火炉、有食物的地方去。"葛罗斯特伯爵说。

李尔王却又说起了疯话来。肯特伯爵对葛罗斯特伯爵说："请您也劝劝他，他的神经有点儿错乱了。"

"唉，这能怪国王吗？他的女儿要他死呢！我自己也和国王一样要疯了。我的大儿子竟然要害我的命，现在已经断绝关系了。这也就是最近的事。我爱他，没有一个父亲比我更爱我的儿子。不瞒你说，知道他有这样的心思，我都气昏了。"葛罗斯特伯爵说。

而父亲前脚刚走，爱德蒙后脚就把父亲的行踪向康华尔公爵告发了。康华尔恶狠狠地说："我一定要惩罚他！我现在才知道，你的哥哥想要谋害他的性命并不过分，因为这多半是你父亲自找的。”

“这里还有一封信，可以证实他私通法兰西，还说法兰西军队已经秘密靠近我们的国土，准备征讨我们。”爱德蒙又继续说。

“爱德蒙好样的，你报告了重要的线索，我完全信任你。你将要取代你父亲，成为新一代葛罗斯特伯爵。快去找找你的父亲，我们要把他逮捕起来。”康华尔说。

茅屋里，李尔王终于安静了下来。葛罗斯特伯爵说：“把他抱起来吧，我听到有人要谋害国王。马车套好了在外边，快带着国王到法兰西多佛去。要是耽误了时间，国王的性命和所有人的性命都要保不住了。”

在葛罗斯特伯爵的安排下，熟睡的李尔王被放进马车里，马车火速朝法兰西多佛去了。

公主和公爵得到密报，也知道了葛罗斯特伯爵把国王送往法兰西的消息，他们暴跳如雷。派人四处找寻反贼葛罗斯特伯爵，声明要挖出他的眼珠来。

康华尔公爵还派爱德蒙护送大公主高纳里尔回去快快准备，要联合起来采取反击法兰西军队的行动。

不久，葛罗斯特伯爵就被抓住押了回来，他们对老人审问一番后，决定挖掉老人的眼珠。

在挖掉老人的一只眼珠以后，在场的一位仆人觉得实在是残忍，看不下去了，就想阻止这种骇人的行为。仆人被康华尔杀死，他们又继续残忍地挖掉了老人的另一只眼珠。

葛罗斯特伯爵从此双目失明。

4 逃往多佛

一个老仆人觉得双目失明的葛罗斯特伯爵太可怜，就把他偷偷带出了门。老仆人还想再照顾葛罗斯特伯爵，却被他谢绝了："送我到这里就好了，你快回去吧，他们看见了会伤害你的。"

"可是，您的眼睛看不见了，怎么走路呢？"老仆人担心地说。

"哎，我已经无路可走了，所以不需要眼睛。我能看见的时候也跌倒过。现在，没了眼睛还好了。啊！爱德加好儿子，你的父亲错怪你了，要是我能在死以前摸到你的身体，那我就又有了眼睛啦。"葛罗斯特伯爵说。

这时候老仆人发现一个疯乞丐，那正是爱德加，只是他的衣服又脏又破，老仆人已经认不出他了。

"哦，有个乞丐吗？好，你回去吧。就请他领我到多佛去。"葛罗斯特伯爵说。

"大人，他好像是个疯子。"老仆人不放心。

"疯子带着瞎子走路，也许正合适。你过来吧，我虽然不认识你，可是咱俩有缘分。你认识到多佛去的路吗？"葛罗斯特伯爵向爱德加问道。

爱德加却早已认出被挖去双眼的父亲，他满含热泪又克制着自己的情绪说："认识，先生。"

"认识就好，听说那边有座高高的悬崖，你只要领我到悬崖边上就好。我随身带的贵重东西你拿去，可以过些舒服的日子。”葛罗斯特伯爵又说。

“好吧，把您的胳臂给我，让我领着您走。”爱德加拉过父亲的手臂，一时间热泪盈眶，可是他抹掉眼泪，并不打算告诉父亲自己就是爱德加。

大公主高纳里尔和爱德蒙一起到了自己的家，丈夫奥本尼不但没有来迎接她，还不打算参与将要来临的战争，这让高纳里尔大为光火。

两个人争执不下，高纳里尔只好先让爱德蒙赶紧回去和妹妹一起准备应战法兰西军队，并准备进一步说服丈夫。

但爱德蒙走后，高纳里尔和丈夫奥本尼就争吵了起来。高纳里尔颐指气使、盛气凌人，奥本尼却不断劝她要远离战争，对父亲李尔王犯下的错要忏悔。

高纳里尔哪里肯听，她又对自己的丈夫一番羞辱和责骂，使两个人面对战争的分歧越来越大。

高纳里尔甚至骂道：“你这没有头脑的蠢货！”

奥本尼也不示弱说：“你这蛇蝎般的魔鬼，不要露出你的狰狞的面目来！”

两个人争吵得不可开交时，仆人来报：“大人，康华尔公爵死了。他是在挖葛罗斯特伯爵第二只眼珠的时候，一个仆人拔出剑来刺向他。仆人被他砍死，可他自己也受了重伤，终于不治身亡。夫人，这封信是您的妹妹写来的，请立刻给她一个回音。”

这个消息让人震惊，奥本尼又详细询问了事情的经过。知道是爱德蒙告发了父亲保护老国王的行为，而康华尔也因为挖去葛罗斯特伯爵的双眼而死亡，就大喊着："啊，罪恶是会受到报应的！葛罗斯特伯爵，我永远感激您对国王所做的一切，一定要替你报仇。"

载着老国王李尔王的马车一路往法兰西飞驰。

此前肯特伯爵的信使已经把信送到了身在法兰西的小女儿科迪莉娅手中，科迪莉娅接到信后很是伤心，她立即派遣拉发元帅率兵讨伐不列颠。

肯特伯爵很满意科迪莉娅的做法，他告诉科迪莉娅，可怜的李尔王已经到了法兰西。因为大女儿和二女儿的无情，他也不肯见他的小女儿。

"亲爱的父亲啊！伟大的法兰西国王被我的悲哀和眼泪所打动，同意出兵。这次讨伐不列颠的战争，完全是为了您。我们并没有侵略的野心，只想要替您主持公道。"科迪莉娅感叹地说。

法兰西的军队和不列颠的军队剑拔弩张，一场因为国王李尔的战争马上就要开始了。

奥本尼公爵因为内心还存留的善良使他不愿意率兵和法兰西科迪莉娅的军队对抗，高纳里尔就逼迫着他上马出征，并领着他们的军队准备和妹妹里根的军队会合。

爱德加和葛罗斯特伯爵走在法兰西多佛的乡间路上，爱德加决定不再装疯，要好好照顾父亲。

一路上，葛罗斯特伯爵不停地问："什么时候我才能够登上山顶？"

爱德加见父亲这样急于登上山顶上的悬崖，知道父亲一心想要寻死，就灵机一动骗他说："到了到了，把您的手给我，您现在离悬崖边只有一英尺了。”

葛罗斯特伯爵听了说：“很好，放开我的手吧。朋友，一起走了这么长的路，你其实并不疯。这个钱袋，里面有一颗宝石，拿去吧，够你过一辈子的。愿天神保佑你，向我告别完就走吧！”

爱德加就郑重地道了别，却并没有走远。只见葛罗斯特伯爵果然身子向前一扑，是打算从悬崖上跳下去自杀的。

结果可想而知，失去双眼的老人，因为看不见，仅仅是扑在地上摔了一跤而已。爱德加为了鼓起父亲活下去的勇气，告诉他：“哇，你的生命是个奇迹，从那么高的悬崖上摔下来都没有死。从此，您要站直了，站稳了，好好活着！”

葛罗斯特伯爵没有了眼睛，感觉也不像之前那么敏锐了，他真的以为自己是从悬崖上跳下来的，没有摔死，就决定要继续活下去。

看着老人坚定了活下去的勇气，爱德加真是高兴。

巧的是爱德加和父亲遇到了乱跑疯癫的李尔王，他衣衫褴褛，身上胡乱装饰着花瓣，一直在胡言乱语。失去双眼的葛罗斯特伯爵听出了李尔王的声音，才惊叫道：“哦，这声音我熟悉，是国王的声音！”

这时照顾李尔王的侍从找来了。侍从准备把李尔王接到法兰西王宫中——他的小女儿科迪莉娅身边去。爱德加从侍从口中得知法兰西在积极备战，为李尔王主持公道的战争一触即发。

高纳里尔的仆人遵从主子的命令，来到法兰西多佛捉拿“叛臣”葛罗斯特伯爵。他正好看到了在多佛的大街上行走的爱德加和葛罗斯特伯爵，高纳里尔的仆人拉了葛罗斯特伯爵就要走，被爱德加拦住。爱德加请求仆人放了父亲，但仆人哪里肯放手，两个人在撕扯中就打了起来。爱德加一心保护父亲，而仆人也不示弱，最后仆人被爱德加失手杀死。

临死前，这仆人把一封信交给了爱德加，他说："把我的钱袋拿去，请把我的尸体埋葬。我身边还有一封信，请你替我送给爱德蒙大人，他在不列颠军队里。"

信是高纳里尔写给爱德蒙的，信上埋怨她丈夫的种种不是，并承诺说等战争取得胜利之后将让爱德蒙取代她的丈夫。哥哥爱德加看到这个消息吃惊不已。

李尔王被送到了小女儿科迪莉娅的身边，好多天的奔波劳累已使他沉沉睡去。

科迪莉娅对一直隐瞒自己身份，照顾着老国王的肯特伯爵感激不尽，一再向他表示谢意。科迪莉娅对肯特伯爵说："您是时候换上一身干净的衣服恢复您的伯爵身份了。"

而深谋远虑的肯特伯爵却说："我现在还不能恢复身份，预定的计划还没完成。您必须还把我当作一个不相识的人。"

醒来的老国王李尔仍旧神志不清、胡言乱语。在科迪莉娅的不断关心和陪护下，老国王终于恢复了神智。他认出了自己的小女儿科迪莉娅，想到自己当年那样绝情地对待她，真是说不出的愧疚。他向小女儿科迪莉娅道歉，请他原谅自己的糊涂和无情。科迪莉娅早已原谅了自己的父亲，可她也为两个姐姐的不孝和绝情愤怒，为父亲经受的种种磨难感到伤心，这也坚定了她出兵讨伐不列颠的决心。

5 失败的战争

二女儿里根的丈夫康华尔公爵死后，诡计多端的爱德蒙成了座上客，讨得了公主里根的欢心不说，还成为军队的主帅。此刻，他正等待着和高纳里尔和奥本尼夫妇的军队集结。

不久，高纳里尔和奥本尼率领着军队到了。一见面，看着爱德蒙和妹妹关系亲密，也喜欢爱德蒙的高纳里尔竟然有说不出的嫉妒。

奥本尼公爵还想讨论一下即将打响的这场战争的必要性和正义性，就被里根和高纳里尔姐妹两个阻止了。

“这种话讲它做什么呢？”里根很不客气地打断奥本尼。

“我们是要同心合力，打退敌人，现在讨论什么正义问题，不合适。”高纳里尔也高声说道。

看到两姐妹极力反对他的观点，奥本尼转开话题：“那么，我们跟战士们讨论讨论，我们所应该采取的战略吧。”

这个话题大家都感兴趣，于是纷纷集合到一起讨论作战方案。

就在大家讨论完作战方案准备去战斗的时候，扮成疯乞丐模样的爱德加挡住了奥本尼。

爱德加看看其他人走远了，才递过信去对奥本尼悄悄说：“在您没有开始作战以前，先把这封信拆开看看。要是胜利了，可以吹喇叭为信号，叫我出来。虽然我是一个下贱的人，但我可以请出一个证人来，证明这信上所写的事都是真的。要是您失败了，一切阴谋也都无

能为力了。”

这封信正是高纳里尔托付自己的仆人送给爱德蒙的那封信。信上高纳里尔指责丈夫奥本尼公爵，并承诺战争获胜后爱德蒙可以代替自己丈夫的不耻之事全都让奥本尼看在眼里。

“好吧，我要仔细看看这封信上的内容。”奥本尼答应着。

“记住，时候一到，您只要叫传令官传唤一声，我就会出现的。”爱德加嘱咐完后消失了。

不久两军对阵，号角声响起，一场因为父亲李尔王的战争打了起来。这场战争中，科迪莉娅失败了。

在离战场不远的一棵树下，坐着失去双眼的葛罗斯特伯爵和一直照顾他但并未向他吐露身份的儿子爱德加，爱德加向父亲告别说：“哎，老人家，科迪莉娅失败了，李尔王和他的科迪莉娅都被捉去了。我要去营救他们，您要照顾好自己。”

葛罗斯特伯爵听了也是十分沮丧，但是很支持爱德加的想法，并催他快快出发。

很快，李尔王和小女儿科迪莉娅就被投进了大牢，科迪莉娅喊着要当面质问两位姐姐对父亲的不孝，而李尔王也在诅咒大女儿和二女儿。

看着父女俩被押走，奸诈的爱德蒙叫过来一个军官，对他说：“过来，把这份密令拿去，跟到监牢里去。我已经把你提升了一级，要是你能照密令上所说的执行，一定大有好处。不必多问，愿意就做，不愿意就另谋出路吧。”

军官一听可以升官，立即答应并一再表示要干得干净漂亮，绝不拖后腿。

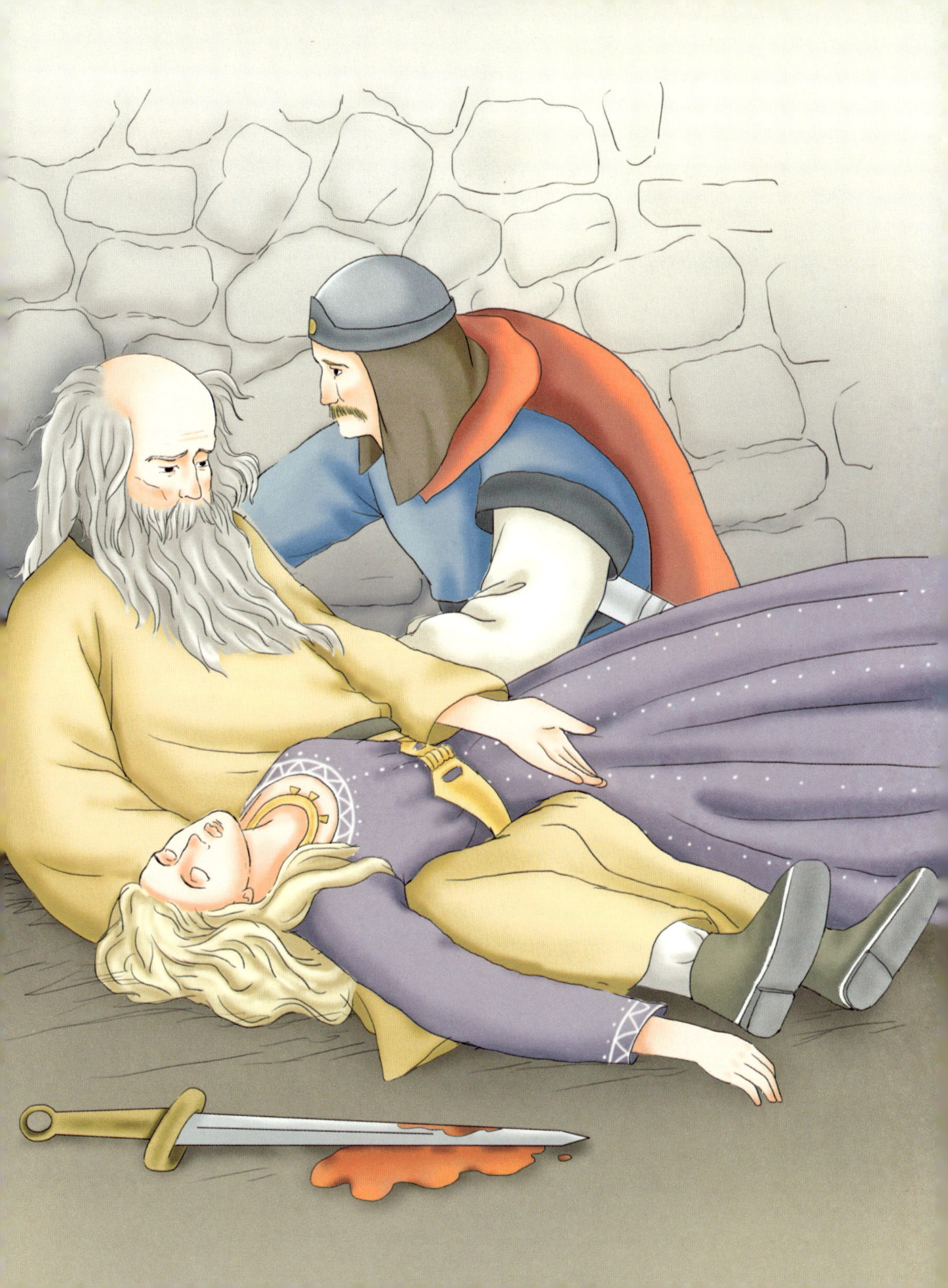

战争获得了胜利，奥本尼让爱德蒙把战俘李尔王和科迪莉娅交给他来处理，可爱德蒙却推说要在合适的时间审判，就是不交。

奥本尼也气恼地说："说一句不怕你见怪的话，你不过是一个随征的将领，我并没有把你当作一个同等地位的人来看。"

没想到这句话却激怒了里根和高纳里尔姐妹两个。

里根对奥本尼强调说："我把我的权力托付给爱德蒙，他就能和你一样称兄道弟，一样尊贵。我还要爱德蒙做我的丈夫呢！"

听到这番话的高纳里尔内心也打翻了五味瓶，因为她也喜欢爱德蒙，姐妹俩争吵了起来。

奥本尼实在看不下去，他拿出了那封信，并传来了证人爱德加。

爱德加当众揭露了爱德蒙所犯下的种种恶行。在两个人决斗时，爱德加刺伤了弟弟爱德蒙，奄奄一息的爱德蒙终于承认了自己对哥哥和父亲犯下的所有罪行。

都被爱德蒙蒙骗还爱着他的高纳里尔和里根姐妹看到这一切，都无法接受，竟双双自杀身亡。

这时候匆匆赶到的肯特伯爵问起了老国王李尔和科迪莉娅的行踪。爱德蒙说，他已经让军官传达他的密令——要科迪莉娅自杀。

肯特伯爵和爱德加马上赶往监狱。可是已经晚了，科迪莉娅已经自杀身亡，只剩下老国王李尔王在号啕大哭，这个不幸的老人一下子失去了所有的女儿。

罪有应得的爱德蒙也死了。奥本尼成为新国王。他宣布爱德加、肯特伯爵恢复原来的爵位，并赞扬两位的忠勇与善良。

《麦克白》故事中的人物关系

麦克白

1 三个女巫的预言

在苏格兰的荒野上，电闪雷鸣，乌云滚滚，一道闪电过后出现了三个相貌怪异的女巫，她们一见面就相互打起了招呼。

第一个女巫说：“我来了，狸猫精。”

第二个女巫说：“癞蛤蟆叫我了。”

第三个女巫说：“我也来啦，共同去见麦克白！”

但是，一眨眼工夫，三个女巫又都唱着奇怪的歌儿消失不见了。

前线还在打仗，在王宫福累斯附近的营地上，号角连天响。苏格兰国王邓肯和他的两个儿子——马尔康、道纳本不断得到前线战场上传回来的消息。

捷报不断传来，令人欣喜，大家都在夸赞麦克白将军的神勇无敌。最后，在征伐叛军麦克唐华德以及对挪威的两场战争都获得了胜利。

“啊，麦克白，我英勇的表弟！尊贵的壮士！”国王邓肯听到胜利的消息，不由得也称赞说，并打算授予麦克白考特爵士的称号。

这时候，荒原上又是一阵雷鸣电闪，三个女巫又出现了。听到鼓声，她们就异口同声说：“麦克白来了！麦克白来了！”

三个女巫来到麦克白面前。

第一个女巫欠了欠身子说：“麦克白！祝福你，葛莱密斯爵士！”

第二个女巫欠了欠身子说：“麦克白！祝福你，考特爵士！”

第三个女巫也学前两个女巫的样子，欠了欠身子说：“麦克白，祝福你，未来的国王！”

这话让麦克白听了着实吃了一惊。

“将军，您为什么这样吃惊，好像很害怕这种很好的消息似的。”麦克白的副将班柯问，接着他又对女巫们说：“等等，你们向我高贵的同伴致敬，并且预言了他的未来。可是，你们却没有对我说一句话。如果你们能够预知未来的话，也请对我说说吧！”

三个女巫打量一番班柯，齐声说：“祝福！”

第一个女巫说：“你比麦克白低微，可是你的地位在他之上。”

第二个女巫说：“你不像麦克白那样幸运，可是比他更有福。”

第三个女巫接着说：“你虽然不是国王，但是你的子孙将要君临一国。”

三个女巫说完就要告辞，麦克白却想问个清楚。然而，三个女巫却一闪就不见了踪影。

麦克白还有些惋惜，同行的班柯也有些疑惑。

“我刚听到，您的子孙将要成为国王，真是了不起。”麦克白对班柯说。

“我听得真切，您自己将要成为国王呢。”班柯也对麦克白说。

“她们是不是说，我还要做考特爵士？”麦克白问班柯。

两人还在相互调侃，报告消息的洛斯爵士就到了。

“麦克白将军，因为你战功卓越，国王将授予你考特爵士的称号！”

女巫所说的话居然应验了，麦克白和班柯惊讶极了。

“我真的被封为了考特爵士，女巫们说得很对，我将来要做国王，而你的子孙也会做国王的，想想多荣耀呀！”麦克白很是得意。

班柯不信，而麦克白却对女巫们的预言深信不疑了。

国王邓肯在宫中很高兴地迎接了从战场上凯旋的麦克白和班柯两位将军。

邓肯不断赞扬表弟麦克白的功绩，也充分肯定了两位将军为稳固国家所付出的艰辛。同时，国王邓肯还当众宣布立自己的儿子马尔康为储君。

打了胜仗，立了储君，一切都是高兴的事。满心欢喜的国王提出要去麦克白家里做客。

知道国王要来家里做客，麦克白说：“那我就先行告退，把您要光临的喜讯传达给我的妻子。”他告别国王，先行打马赶了回去。

麦克白回到家里，麦克白夫人正在读着麦克白寄回的家信，信上写的正是女巫的预言。麦克白把国王邓肯要来家里做客的事情告诉了夫人。

麦克白夫人却眼睛一转，她面露狰狞地说：“我们必须要好好地款待这位将要到来的贵宾。你如果想要永远掌握君临万民的无上权威，那就好好把握住今天晚上的机会，杀死邓肯，这件大事就交给我去办吧。”

麦克白却有些犹豫，他想：“第一，我是他的亲戚，又是他的臣子，按照名分绝对不能干这样的事；第二，我是主人，国王是客人，应当保障他的安全，怎么可以持刀行刺？更何况邓肯秉性仁慈，处理国政从来没有过失，要是把他杀死了，我将会犯下弑君重罪。”

麦克白夫人却一再鼓动麦克白说：“你要实现做国王的愿望，现在正是个大好的机会，绝对不能放弃。”

麦克白还是犹豫着说：“要是我们失败了……”

麦克白夫人却胸有成竹，她说：“只要你有足够的勇气，我们绝不会失败。邓肯赶了一天的路程，到时一定会睡得很熟。我再去陪他那两个侍卫饮酒作乐，灌得他们头脑昏沉。等他们烂醉如泥，像死猪一样睡去时，我们就可以随意摆布那个毫无防卫的邓肯了。我们还可以把这件谋杀案推到醉酒的侍卫身上。”

麦克白补充道：“要是我们在那醉酒的侍卫身上涂抹一些血迹，而且就用他们的佩刀杀人，人家会不会相信真是他们干下的事？”

麦克白夫人偷偷笑了：“到那时，我们再装出号啕痛哭的样子，还有谁会不相信呢？再说，只有杀掉国王邓肯，才能扫清你当国王的路。”

麦克白最后下定决心：“就这么决定了，我要用全身的力量完成这个可怕的行动，用我虚伪的笑脸去欺骗所有的人。”

2 国王邓肯之死

夜深了，跟随国王邓肯在麦克白家里做客的班柯将军和他的儿子弗里恩斯还没有睡。

父子俩正准备睡觉的时候，麦克白来了。

“爵士，还没有睡吗？国王已经睡了。他今天非常高兴，赏了你家仆人许多东西。这一颗金刚钻是他送给尊夫人的，他称她为‘最殷勤的主妇’。”班柯对麦克白说。

“我们因为事先没有准备，恐怕有许多招待不周的地方。”麦克白说。

“哎呀，已经很周到了。”班柯笑着说。

麦克白没有心情跟班柯说话，寒暄了几句后就离开了。

麦克白夫人来了，她催促麦克白：“我已经在侍从的酒里下了麻药，他们已经熟睡，门都开着，你赶快行动吧！要是他们醒过来，事情却还没有办好，那我们就毁了。我把刀子都放好了，你不会找不到的。若不是邓肯睡着的样子活像我的父亲，我早就自己动手了。你快行动吧！”

不久，麦克白就动手了。可准备杀害国王邓肯的麦克白却如同惊弓之鸟，一有响动就要躲起来，听到了侍从说梦话就吓得发抖，害怕人家发现他的罪恶。

在妻子的鼓动下，麦克白冲进邓肯的房间杀死了他。

麦克白手里拿着带血的刀返回来，他问夫人："你听见什么声音没有？"

夫人问："哪里有声音，你在说什么？"

麦克白惊恐地说："有一个声音在喊：'不要再睡了！麦克白已经杀死了邓肯。'"

"唉，我的大人，你不要胡思乱想。去拿些水来，把手上的血迹洗净。你怎么把这两把刀子带出来了？它们应该放在那两个熟睡的侍卫身边，把它们拿回去，再涂上一些血。"

可是麦克白已经没有胆量再去了，麦克白夫人就接过刀子自己送回到两个侍卫那里。

这时候传来了打门声，吓得双手沾满血污的麦克白心惊肉跳。正在惊慌，麦克白夫人也伸着沾满鲜血的双手出来了。

他们听了听，的确是打门的声音。麦克白已经不知道该怎么办了，而他的夫人却一如既往的镇定："嘘，别慌，一点点的水就可以洗净血迹，怕什么？打门声越来越紧，赶快披上睡衣，不要让他们看见我们还没有睡觉。快行动，别傻头傻脑地呆想了。"

打门声不断传来，也惊动了看门人，看门人开了门，来人是麦克德夫爵士和列诺克斯爵士，他们是来接国王邓肯的。

麦克白装作被惊醒的样子出来迎接这两位爵士。他们来到了国王邓肯休息的房间门口。

由麦克德夫进去叫国王，麦克白和列诺克斯在门口等候。

"昨天晚上风很大，我们住的地方烟囱都吹了下来。还有人听到了哀哭的声音和死亡的惨叫。人们都说，将要有一场大的纷争和混乱降

临了。黑暗中出现的凶鸟整整地吵了一夜，还有人说大地都发热而颤抖起来了。”列诺克斯说。

“果然是一个可怕的夜晚。”心不在焉的麦克白附和着说。

话音刚落就听到了麦克德夫的大喊声：

“啊，可怕！可怕！可怕！不可言喻、不可想象的恐怖，国王邓肯被人杀死了！”惊慌中有人敲起了警钟。

列诺克斯面露惊异，麦克白也装出惊慌的样子，麦克白夫人和班柯听到钟声，也急急赶来。

为了不被怀疑，麦克白夫人装出吃惊不小的样子。在场的人都无不震惊，无不悲痛。

马尔康和道纳本也到了，得知自己父亲的死讯后，追问：“是谁干的？”

列诺克斯说：“看上去像是那两个侍卫干的，他们的手上脸上都有血，佩刀上也有血迹。”

麦克白装出一副可恨的表情说：“我已经把这两个该死的家伙杀掉了。”

“我们现在身陷危险境地，不可知的命运随时都会伤害我们，还是忍住悲痛，早做打算吧！”道纳本说。

马尔康听了后也陷入沉思。

这时候，班柯建议说：“我们最好举行一次紧急会议，要详细彻查这件残酷血案的真相。我们不能只有恐惧和惊慌，一定要从尚未揭发的假面具下面找出叛逆者的阴谋，并消灭它。”

这样的建议得到了大家的支持，众人到厅堂里集合商讨这件事。

马尔康拉住道纳本说：“我们不要跟他们在一起，现在谁是叛逆者、谋杀父亲的凶手是谁我们根本不知道。这里很危险，我们还是快快离开比较好，我要回英格兰去。”马尔康说。

“我到爱尔兰去。我们两人各奔前程，这是比较安全的办法。是的，我们现在所处的环境，危机四伏，父亲死了，我们也有随时被杀的危险。”道纳本说。

“是的，赶快上马，趁早离开这里吧！”马尔康说。

兄弟俩满含悲伤匆匆告别之后，各自离去了。

国王被人杀死可是大事，大臣们正在彻查杀死国王的凶手，嫌疑最大的是国王的两个侍从。大臣们猜测他们是受人指使的，但是两个侍从已经被麦克白杀死，无法对证。这时候邓肯的两个儿子——马尔康和道纳本都不辞而别，也引起了大家的猜疑，甚至有人说，他们两兄弟也有杀死国王的嫌疑。

一时间，宫廷上下一片混乱，大臣们情绪低落，在把邓肯的尸骸安葬在家族墓地后，麦克白很顺利地被大家推举了出来，做了新国王。

3 暗杀

麦克白做了新国王，大臣和贵族们都来向麦克白道贺。

班柯却毫无掩饰、愤愤地说：“您现在已经如愿以偿了。葛莱密斯、考特、国王，一切都像女巫们预言的那样。但是，您得到这种名望的手段恐怕不太正当。据说您的王位不能传及子孙，我自己却要成为许多国王的始祖。她们所说的话已经在您身上应验，我想在我身上也会成真的。”

耿直的班柯不知道他的这番话让本来就猜忌心重的麦克白更是如芒刺在背了。

当天晚上，新国王麦克白要在宫中举行宴会，他特地邀请班柯参加。班柯欣然同意了，他说：“陛下，我今天下午要骑马出去，不过我会在天黑以后两个小时内回来的，放心，不会误了出席宴会的。”

麦克白面带忧愁地说：“我那两个可恶的王侄分别去了英格兰和爱尔兰，直到现在他们还不承认他们犯下了残酷的弑父重罪，还到处散播谣言，晚上等你回来，咱们详细地谈谈这件事情。”

麦克白嘴上这么说，实际上却在想：“这正给了我一个除掉你的可乘之机。我要把你跟你的儿子置于死地，让你的子孙永世乞讨，这样你的家族就不可能有人当国王了。”

送走班柯和他的儿子，麦克白叫来了两名刺客，他问：“你们俩是班柯的仇人？”

两名刺客回答：“是的，陛下。”

麦克白阴险地笑了两声，说：“我要借助你们两人的手做一件事情，这样我就可以遮过人们的眼睛。”

在两名刺客离开之时，麦克白一再命令这两人要将班柯和他的儿子全部杀死。

暮色四合，在通往王宫的路上却早已埋伏下刺客，可不知情的班柯和他的儿子打着火把，还在一边讨论天气，一边向王宫走来。

就在这时，刺客们出手了，他们先袭击了班柯，班柯大喊着：“啊，阴谋！快逃，弗里恩斯，逃，逃，逃！要替我报仇！”

刺客们杀死了班柯。这时恰好火把熄灭，班柯的儿子弗里恩斯趁着昏暗的天色逃走了。

王宫里新国王和王后正在宴请群臣，热闹非凡，麦克白笑意盈盈地穿梭在客人们之间，他一看见两名刺客的身影就走了过来。

在得知只杀死了班柯，而班柯的儿子弗里恩斯逃走了时，麦克白又担心起来："我的心病本来可以痊愈，现在它又要发作了。我依然被恼人的疑惑和恐惧所包围和拘束。"

打发走刺客，麦克白又重新换上笑脸回到宴会中，他大声说："来，请畅饮美酒吧，愿各位身体康健！"

满面春风的麦克白回身，准备坐在他的位子上。可他一看自己的王座，立即大惊失色，满身血污的班柯的鬼魂居然坐在那儿。麦克白顿时神色恍惚，胡言乱语起来："别对我摇晃你那被血染了的头发！"

众人惊异地看着麦克白，麦克白夫人赶紧打圆场："他从小就有说胡话的毛病，过会儿就好了。"

班柯的鬼魂一闪消失了，麦克白松了一口气，可是突然鬼魂一闪又出现了，麦克白大喊："你们看那边，本该躺在坟墓里的人怎么突然出现在了这里？"

麦克白夫人抓住他的胳膊，想让他清醒一些，她低声喝道："你是不是疯了！"

麦克白精神恍惚地说："刚才我明明看见他了！"

鬼魂一闪又出现了，麦克白彻底崩溃："走开，从我眼前走开，你这可怕的影子！"

麦克白夫人害怕麦克白说出什么不太妥帖的话来，就只好匆匆结束宴会。

鬼魂离开，麦克白终于清醒过来，他说："我明天要去拜访那三个

女巫，听她们还有什么话说。我非得从她们口中知道我的命运不可。有些事开了头就没办法结束了，我已经杀死邓肯，这件事弄得我疲惫不堪。以后，我想起一件事，就必须迅速实行，绝不留后患。”

荒原上，魔法总管赫卡忒正在责怪三个女巫不该向麦克白泄露和生死命运有关的秘密。

“为了一个刚愎自用、残忍狂暴的人，为了一个只知道自己的利益，一点儿不对你们存着什么好意的人泄露秘密，这太不值得了。你们必须要补救你们的过失。”赫卡忒说。

女巫们答应了，她们向着麦克白要来的地方去了。

王宫里，大臣和贵族们也是议论纷纷，议论最近发生的那些骇人听闻的杀戮事件，也议论着麦克德夫打算去英格兰投靠邓肯之子马尔康的事。大家都认为这个消息要是被暴君麦克白知道了一定会凶多吉少。

有人当下就替麦克德夫祈祷，甚至还有人说：“应该叫他想办法避开当前的祸害。要是有天使能飞到麦克德夫身边，把消息传给他就好了。”

4 逃走的麦克德夫

电闪雷鸣，一座山的山洞里，燃着大火，大火上架着一口大锅，锅里烧着滚烫的水。

女巫们围着锅，一边跳舞，一边唱歌。

麦克白来了，说："你们这些神秘的、奇怪的妖婆子，在干什么？凭着你们的法术一定要回答我一些问题。"

"你问吧，我们可以回答你。"女巫们答道。

麦克白说："我想把命运看清楚，叫他们出来，让我见见他们！"

霎时间天空中电闪雷鸣。第一个幽灵出现了，是一个戴着头盔的头。

"请告诉我，这是什么？"麦克白说。

"他知道你的心事，听他说，你不用开口。"女巫警告说。

只见那个幽灵说："麦克白！麦克白！留心麦克德夫，留心费辅爵士。放我回去。够了！"说完就不见了。

麦克白听得入神，说："不管你是什么精灵，我感谢你的忠告。你已经一语道破了我所忧虑的事。可是再告诉我一句话好吗？"

女巫看了他一眼说："他是不受命令的。这儿又来了一个，比第一个法力更大。"

又是雷鸣电闪。第二个幽灵出现，是一个流血的小孩儿。

第二个幽灵说："麦克白！麦克白！你要残忍、勇敢、坚决。你可以把人类的力量付之一笑，因为没有一个妇人所生的人可以伤害你的。"说完也不见了。

雷鸣电闪，第三个幽灵出现，是一个戴王冠的小孩儿，手持树枝。

麦克白见了说："这次出现的是谁？他的模样像是一个王子，他还是一个孩子，头上怎么戴着王冠？"

女巫警告说："嘘，静听，不要对它说话。"

第三个幽灵说："你要像狮子一样骄傲而无畏，不要关心人家的怨怒，也不要担忧有谁在算计你。麦克白永远不会被人打败！除非勃南森林会朝着邓西嫩高山移动。"说完也不见了。

麦克白忍不住说："那是绝不会有的事。谁能命令树木，叫它从泥土之中拔出深根来呢？幸运的预兆，好！勃南的森林不会移动，叛徒的举事也不会成功。可是告诉我，班柯的后代会不会在这里称王？"

众女巫们却齐声说："不要再问了。"只见那口大锅也消失不见了。

麦克白却大声说："我一定要知道究竟，要是你们不告诉我，我就诅咒你们！告诉我，快告诉我！"

女巫们见麦克白大喊，她们也跟着大喊起来："出来！出来！"头戴王冠的国王一个接一个地走出来，一下出来了八位，最后一个国王还拿了一面镜子，而班柯的鬼魂就跟在后面。

麦克白吓得大叫起来："他太像班柯的鬼魂了，下去！你的王冠让我难受。"

这些国王都戴着王冠，第一个和第二个一样，第三个又跟第二个一样。第四个、第五个、第六个、第七个，王冠闪闪。可是第八个出现了，他拿着一面镜子。镜子里面能看见许许多多戴王冠的人，有几个还拿着两个金球和三根杖。

"啊，可怕的景象！现在我知道这不是虚妄的，因为满脸血污的班柯在向我微笑，还用手指点着他们，表示他们就是他的子孙。真是这样吗？"麦克白又大喊着。

“这一切都是真的。麦克白，你为什么这样吃惊？来，姐妹们，让我们用最好的歌舞替他消愁解闷。我先用魔法在空中奏起乐来，你们就围成一个圈子团团跳舞，让这位伟大的国王知道，我们并没有怠慢他。”

女巫们跳起舞来，等音乐结束，女巫们也不见了。

麦克白如梦惊醒般说：“她们在哪儿？去了哪里？外面有人吗？”

列诺克斯进来了，问：“您有什么吩咐？”

麦克白问：“你有没有看见女巫？”

列诺克斯说：“没有。刚才有人来报告说，麦克德夫已经逃到英格兰去了。”

麦克白听了，大发雷霆，他当即决定要去突袭麦克德夫的城堡，把他的夫人和儿子以及一切跟他有血缘关系的人一齐杀死。

在麦克德夫爵士的城堡里，麦克德夫夫人正在埋怨丈夫抛下他们母子不辞而别。

有一个使者前来求见麦克德夫夫人，他说：“你们赶快逃走吧，否则会有生命危险。”

使者刚走，刺客就到了。刺客一刀杀死了麦克德夫幼小的儿子，又杀死了麦克德夫夫人及仆人。

在英格兰的王宫里，刚刚投奔英格兰的麦克德夫和马尔康却在斗智斗勇。

麦克德夫一心向国，历数暴君麦克白的种种暴政，并打算推翻暴君的统治。

而马尔康却一直和他兜圈子，赞扬麦克白的种种好处，还自我诽谤和贬损，直到麦克德夫气得要告辞，马尔康这才实言相告。

麦克德夫今天的这番谈话，让马尔康看到了他的真诚。原来，暴君麦克白居心叵测，已经派了好几批说客，想诱骗马尔康回去自投罗网。所以，马尔康也多了个心眼，不到万不得已是不会以真诚示人的。

洛斯也来到了英格兰，麦克德夫问："我的妻子和孩子是否平安？"洛斯带来了麦克德夫夫人、孩子、仆人都被麦克白杀害的消息。麦克德夫非常悲痛，他反复向洛斯确认："你是说他们全都被杀死了吗？我可爱的孩子和他们的母亲一起惨遭毒害了吗？我真该死，我的妻子和孩子有什么罪过，都是因为我不好！"

这消息让人感到沉重，也激起了大家的悲愤之情。

大家为暴君麦克白的行为感到愤怒，商讨着由储君马尔康带领军队，打回苏格兰去，讨伐暴君麦克白。

洛斯说苏格兰人民也已经不能忍受暴君麦克白的统治了，各个地方都有要起义的意思。再说，英格兰的国王也一直优待马尔康，还让老将军西华德带领一万士兵，装备齐全，准备向苏格兰出发了。再加上各方的力量，他们决定马上就组建堂堂正正的讨伐之师打回苏格兰去。

见大家意见一致，都有信心也有决心打回去，马尔康说："来，我们现在就见国王去。集合我们的军队，一切准备好，只待整装出发。暴君麦克白，你的末日到了，黑夜无论怎样漫长，白昼总会到来的。"

5 麦克白的灭亡

城堡中，侍女陪着医生走来。

麦克白夫人也就是现在的王后得了一种很奇怪的病，侍女把医生请了来。

侍女向医生详细介绍了王后的病情，她说："国王出征以后，我经常看见王后从床上坐起来，披上睡衣，开了橱门上的锁，拿出信纸，把它折起来，在上面写字。写好，读上一遍，然后把信封好，再回到床上去。可这一切，都是在梦中做的。"

听了侍女的话，医生说："这是心理因素造成的，就是在睡眠的状态中，还能像醒着一样做事。"医生又追问，"在这种睡眠不安的情形下，除了走路和做事，你有没有听见她说过什么话？"

侍女还没有来得及回答，就见麦克白夫人端着蜡烛出来了。

睡梦中的麦克白夫人竟然像醒着的时候一样，好像刚洗了手似的，正在做着擦手的动作。麦克白夫人嘴里说着："这该死的血迹，怎么总也洗不干净？我的大人，你是一个军人，怎么也会害怕？为什么我们要怕被人知道？满手都是血腥味，怎么所有的香料都用上了也不能让这双手变得香一些？"

絮絮叨叨中，麦克白夫人把杀害邓肯时的情形和杀害麦克德夫一家及班柯将军被杀的事全都说了出来。说完就一直在洗手，末了她又说："班柯已经下葬了，他是不会从坟墓里走出来的，洗净你的手，去睡吧！"麦克白夫人终于洗完了手，上床躺下了。

医生观察完麦克白夫人的情况，无奈地对侍女说："良心不安的人，往往会在梦中泄漏他们的秘密。她需要的是教士的训诲，而不是医生。上帝饶恕我们一切世人！留心照料她，凡是可以伤害她的东西全都要从她手边拿开，随时看着她。她所做的恶事，使我恐惧。我心里所想到的，也不敢说出来。"

此时，英格兰军队已经迫近，领军的是马尔康、英格兰大将西华德和麦克德夫三人。他们都燃起了复仇的怒火，为了那些痛入骨髓的仇恨，他们已经拥有了征伐的决心。按行军速度，这些正义之师在勃南森林附近将要和麦克白的军队相遇。

一场激战将要到来，城堡里的麦克白却不断接到将士叛逃的消息。

"一个个都逃走吧，我是不知道有什么事情值得害怕的。除非勃南的森林会向邓西嫩移动，马尔康那小子算得什么？他不是妇人所生的吗？精灵曾向我宣告：'没有一个妇人所生的人可以加害我。'那么逃走吧，不忠的爵士们，去跟那些英格兰人在一起吧。我的头脑永远不会被困扰，我的心灵永远不会被恐惧所占有。"麦克白大喊着。

这时，有仆人战战兢兢地来报："又有一万英格兰兵士赶过来了！"正在气头上的麦克白大声喊着："好，让他们来吧！这次的战争，也许会使我从此高枕无忧，也许可以立刻把我毁灭。我已经活得够长了，我的生命日渐枯萎，像一片凋谢的黄叶。凡是老年人所应该享有的尊荣、敬爱、服从和一大群朋友，我是没有希望再得到了。代替这一切的，只有诅咒和口头上的恭维，还有一些违心的假话。"麦克白这一次做好了应战的准备。

在勃南森林附近的乡野，马尔康的正义之师压境而来。为了做好掩护，每个兵士都砍了一段树枝拿在手上。

麦克白的将士们看见敌人，都惊叫起来："他们来了！"

这时，有女人们的哭声传来。

麦克白问："她们为什么哭？"

仆人回答："陛下，王后死了。"

麦克白叹着气说："死亡总会来临的，人生就是这样，登场片刻，而后无声无息地退下，没有一点儿意义。"

随后，又有仆人来报："看见勃南那边的森林正在向邓西嫩移动。"真的有森林向邓西嫩移动！这使麦克白想起了女巫们的预言，不由得害怕了起来，但是他不愿做一个临阵脱逃的人。

号角声响起，两军交战，马尔康的军队步步紧逼，麦克白的队伍却节节败退。

"他们已经来了，我不能逃走，我必须像熊一样挣扎到底。哪一个人不是妇人生下的？如果是妇人所生就不能伤害我，我怕什么？"麦克白又想起了女巫们的预言，给自己壮胆说。

双方还在激战，麦克德夫来了，他决定要亲手惩治这个暴君。

"暴君，露出你的脸来，要是你已经被人杀死，等不及我来取你的性命，那么我的妻子儿子的阴魂一定不会放过我。我的剑如果不能刺中你，麦克白，我宁愿让它闲置不用。上帝呀，让我找到他吧！"麦克德夫继续寻找，他们终于相遇了。

"转过身来，地狱里的恶狗，转过身来！"麦克德夫大喊着。

"啊，是麦克德夫，我最不愿意看见你。你回去吧，我的双手已经沾满了你一家人的血，我不想再杀掉你，你走开吧！"麦克白带着哀怨之情说。

“哼，我的话都在我的剑上，你这个干尽坏事的恶魔！”麦克德夫说着就挥剑冲了上去。

“你这是白费气力，我的生命是有魔法保护的，没有一个妇人所生的孩子可以伤害我。”麦克白却自以为是地说。

“不要再相信你的魔法了吧，让你所信奉的神灵告诉你，我的母亲是剖腹生下的我。”麦克德夫冷笑一声回答说。

麦克白听了一怔，女巫们的预言将要成真，他几乎失去了交战的勇气。但是，麦克白却不愿意投降。在两人的对战中，愤怒的麦克德夫终于杀掉了无恶不作的暴君麦克白。

由于麦克白的军队已经溃不成军，战争很快到了尾声，马尔康的正义之师大获全胜。

新国王马尔康说：“承蒙各位拥戴，我们将论功行赏。各位爵士，从现在起，你们都得到了伯爵的封号，在苏格兰你们是最初享有这样封号的人。在这除旧迎新的时候，我们还有许多事情要做。那些因为逃避暴君的迫害而逃亡国外的朋友们，我们必须召唤他们回来。这个屠夫虽然已经死了，他的魔鬼一样的王后，据说也已经自杀，可是帮助他们杀人行凶的党羽，我们必须一一搜捕，进行惩治。此外一切必要的工作，我们也都要分出先后，逐步处理。现在我要感谢各位的相助，还要请你们陪我到斯贡去，参加加冕大典。”

麦克白的时代彻底结束。

罗密欧与朱丽叶舞台剧

主要角色：

罗密欧：蒙太古之子。

班伏里奥：蒙太古的侄子，罗密欧之友。

茂丘西奥：亲王的亲戚，罗密欧之友。

朱丽叶：凯普莱特之女。

亲王：维洛那城的管理者。

提伯尔特：凯普莱特夫人的侄子。

劳伦斯神父：法兰西斯派教士。

蒙太古：互相敌视的两家家长之一，罗密欧之父。

凯普莱特：互相敌视的两家家长之一，朱丽叶之父。

次要角色：

市民；蒙太古夫人；凯普莱特夫人；朱丽叶的奶妈；帕里斯伯爵；约翰神父；侍童；两家亲属；卖药人；乐工；巡丁及侍从等。

第一幕　两大家族的世仇

地点：维洛那的广场；凯普莱特家中。

旁白：在意大利维洛那城，有两家门第相当的贵族：一家是蒙太古家族，另一家是凯普莱特家族。他们积怨多年，相互争斗。这两个家族的人彼此敌视，甚至仆人见面都互相打骂。这天，两家的仆人不期而遇，紧接着就像好斗的公鸡一样斗在一起。

（蒙太古家的仆人和凯普莱特家的仆人打在一起。班伏里奥上场，提伯尔特随后上场。）

班伏里奥　（击下众仆人的剑）快分开，蠢才！你们在干什么？收起你们的剑。

提伯尔特　（提剑怒喝）班伏里奥，你居然跟我家这些不中用的仆人打架！过来，让我结果你的狗命。

班伏里奥　（质问）你哪只眼睛看见我殴打你家仆人了？我是在维护和平！

提伯尔特　（愤怒）你都拔出了剑，还说什么和平？我痛恨这两个字，就跟我痛恨所有蒙太古家的人一样。看剑吧，懦夫！

（二人相斗。两家仆人加入争斗。一群市民持棍棒加入混战。）

众市民 （加入）打！打！打倒凯普莱特！打倒蒙太古！

（凯普莱特及夫人同上场。）

凯普莱特 （颤颤巍巍）因为什么事吵起来的？把我的长剑拿来。

凯普莱特夫人 你要剑干什么？

凯普莱特 （敲拐杖）一定是蒙太古那老东西来啦！我绝饶不了他。

（蒙太古及夫人上场。）

蒙太古 （往前冲）凯普莱特，你这奸贼在这儿！让我跟你打！

蒙太古夫人 （拉住）你要去跟人家吵架，我连一步也不让你走。

（亲王率侍从上场。）

亲王 （生气）凯普莱特、蒙太古，这个月你们已经三次因为一句话打起来了！你们引起了市民的械斗，扰乱了安宁。现在都给我退下！你们两个下午到审判厅来，听候我的宣判。

（除蒙太古夫妇及班伏里奥外皆下。）

蒙太古 （询问）侄儿，这回是谁先惹的事？他们动手的时候，你也在场吗？

班伏里奥 （绘声绘色描述）我来之前，两家的仆人就打成一团了！于是，我拔出剑来分开他们。就在这时，提伯尔特来了，他张嘴就骂我，把剑舞得嗖嗖响。我俩打在了一块。然后，人越来越多，有的帮这边，有的帮那边，就乱哄哄地打起来了。

蒙太古夫人 （东张西望）罗密欧呢？你看见他了吗？我很高兴他没参加这场争斗。

班伏里奥 （回答）今天天还没亮，我去郊外散步的时候，看见罗密欧在那儿走来走去。他一看到我就躲到树林深处去了。

蒙太古 （叹气）一连好多天罗密欧都去那儿散步。他有时候默默流泪，有时候长吁短叹。太阳出来就溜回家，一个人躲在房间里不出来。他的状况让人好担忧啊！

旁白：班伏里奥经询问得知，原来罗密欧喜欢上了一个叫罗瑟琳的姑娘，这个姑娘却发誓终身不嫁。罗密欧失恋了。罗密欧和班伏里奥正在聊天，凯普莱特家的仆人拿着名单走了过来。他家今晚要举行舞会，可是仆人斗大的字不识一个，于是请罗密欧帮忙念念。

班伏里奥 （开心地）嘿，罗密欧，估计罗瑟琳也会去凯普莱特家赴宴。不如你也去看看吧！宴会上肯定有很多名媛小姐，你把罗瑟琳的容貌跟别人比较比较，就知道你眼中的天鹅不过是只乌鸦罢了。

罗密欧 （不服气）照你这么说，我倒要去看看，去看罗瑟琳怎样艳压群芳！

（同下场。）

场景转换：凯普莱特家中一室。凯普莱特夫人及奶妈上场。

凯普莱特夫人 （给朱丽叶戴首饰）朱丽叶，英俊的帕里斯已经来向你求婚啦！今晚宴会上你就能看见他。你能接受帕里斯的爱吗？

朱丽叶 （望着镜子）妈妈，如果我看见他能够产生好感，那没准儿我会喜欢他。一切看缘分吧！

场景转换：凯普莱特家中厅堂，乐工持乐器等候，几个仆人忙作一团。

（凯普莱特、朱丽叶及其家族等自左方上场，众宾客及假面舞者等自右方上场，相遇。）

凯普莱特　（举杯）亲朋好友们，欢迎光临！来，乐工奏起音乐来。大家尽情地跳起来吧！

（乐工奏乐。众人跳舞。）

（灯光追随。宾客在跳舞。罗密欧走到一旁。）

（灯光聚拢。朱丽叶上场，翩翩起舞。罗密欧看呆了。）

罗密欧　（凑近仆人）搀着那位骑士手的小姐是谁？

仆人　（摇头）我不知道，先生。

罗密欧　（吟诵诗歌）啊！火炬远不及她明亮，她是天上明珠降落人间！

提伯尔特　（寻找）听这个人的声音，好像是仇家蒙太古家的人。这人一定是来捣乱的，我去把他杀死！

凯普莱特　（望向罗密欧）他是罗密欧那小子吗？

提伯尔特　（咬牙切齿）正是罗密欧这小杂种。

凯普莱特　（安慰）好侄儿，随他去吧！瞧他的举动倒也规矩。在维洛那城里，他也算得上一个品行很好的青年。别理他，不要打断大家的兴致。

提伯尔特内心独白：我不能忍受这样的耻辱，姑父叫我息事宁人，真是气得人浑身哆嗦。总有一天我要报这个仇。

（提伯尔特下场。）

（灯光聚拢。罗密欧邀请朱丽叶跳舞，朱丽叶应允了。两个人一见钟情。）

罗密欧 （牵朱丽叶的手）美貌的小姐，多希望我能握一握您那纤纤玉手，借此表达我最虔诚的礼敬！可是，我又怕亵渎了神明。

朱丽叶 （害羞递手）神明的手允许信徒接触。

奶妈 （跑过来）小姐，夫人要跟你说话。

罗密欧 （询问）谁是她的母亲?

奶妈 （走开）她的母亲就是府上的夫人呀！我是她的奶妈。

罗密欧 （晴天霹雳）她是凯普莱特家的人?唉，我爱上了仇人的女儿。

朱丽叶 （回头）奶妈，刚才跟我跳舞的人是谁?

奶妈 （无奈）他的名字叫罗密欧，是蒙太古家的独子。

朱丽叶内心独白：啊，恨灰中燃起了爱火，要是不该相识，何必相逢！昨天的仇敌，今日的情人，这场恋爱怕要种下祸根。

第二幕　月夜阳台来相会

地点：凯普莱特花园；劳伦斯神父所在的教堂。

旁白：夜幕降临，舞会结束了。罗密欧站在墙外，仿佛丢了魂儿一样。他已经爱上了朱丽叶。于是他趁人不注意，攀上了院墙，跳入凯普莱特家院内，他想再看一眼心爱的姑娘。过了一会儿，朱丽叶打开了窗子，出现在阳台上。

（罗密欧上场。朱丽叶自上方窗户中出现。）

罗密欧　（抬头）那边窗子里亮起来的是什么光？那就是东方，朱丽叶就是太阳！她比星星还要亮的眼睛里满是心事。瞧，她用纤手托住了脸，那姿态是多么美妙！

（灯光聚拢。朱丽叶手托香腮。罗密欧望着她。）

朱丽叶　（惆怅）罗密欧啊，罗密欧，为什么你偏偏是罗密欧呢？抛弃你的姓名吧！也许你不愿意这样做，那么只要你宣誓做我的爱人，我也不愿再姓凯普莱特了。

罗密欧内心独白：我是继续听下去呢，还是现在就对她说话？

朱丽叶　（继续惆怅）我多么爱你。只有你的名字才是我的仇敌，罗密欧，抛弃你的名字吧！我愿意用我的整个心灵去赔偿你这个空名。

罗密欧　（走近）那么我就听你的话，从今以后永远不再叫罗密欧了。

朱丽叶　（又羞又怒）你是谁，在黑夜里偷听人家的说话？

罗密欧　（深情地）我没法告诉你我叫什么名字，我痛恨这个名字，因为它是你的仇敌。

朱丽叶　（惊喜地）我认识你的声音，你不是罗密欧吗？你怎么会到这儿来？要是我家人瞧见了，他们一定不让你活命。

罗密欧　（深情地）我是借着爱的轻翼飞过了院墙。我愿意为爱冒险，所以我不怕你的家里人干涉。

朱丽叶　（惊慌）要是他们瞧见了你，一定会把你杀死的。

罗密欧　（望着朱丽叶）只要你用温柔的眼光看着我，我就充满了力量，不怕他们伤害我。与其得不到你的爱情而在这世上挣扎，还不如死在仇人的刀剑下！

朱丽叶　（娇羞）幸亏黑夜遮挡了我脸上羞愧的红晕，否则我真是无地自容了！罗密欧，如果你爱我，就请你真诚地告诉我吧！也许你会觉得我的举动有点儿轻浮，可是为了爱情，我宁可不要那些虚伪的矜持。

罗密欧　（发誓）姑娘，凭着这轮皎洁的月亮，我发誓——

朱丽叶　（打断）啊！不要指着月亮起誓，它是变化无常的，每个月都有盈亏圆缺。你要是指着它起誓，也许你的爱情也会像它一样无常。

罗密欧　（疑问）那么我指着什么起誓呢？

朱丽叶　（真诚地）不用起誓！如果起誓，就凭着你自己起誓，我一定会相信你的。

（奶妈在房间呼唤朱丽叶，朱丽叶回头。）

朱丽叶　（回头）我就来了，奶妈！亲爱的罗密欧，站在这儿再等一会儿，我还会回来的。

（自上方下。）

罗密欧内心独白：幸福的夜啊！这该不会是梦吧？这样美满的事不会是真实的。

（朱丽叶自上方重新上场。）

朱丽叶 （表白）亲爱的罗密欧，你要是真心爱我，想光明正大地娶我当妻子，那么，明天九点我派人去找你。你定好婚礼的时间和地点，到时候，我就会把我的整个命运交托给你。

旁白：天快亮了，罗密欧和朱丽叶山盟海誓后，不得不分别。罗密欧没有回家，而是去找劳伦斯神父。劳伦斯神父看出罗密欧一夜没睡，问他发生了什么事。罗密欧就把他和朱丽叶相遇、相爱的事情告诉了他。

场景转换：劳伦斯神父所在的教堂。劳伦斯神父上场，罗密欧上场。

罗密欧 （祈求）神父，请您一定答应今天替我们成婚。

劳伦斯神父 （点点头）我很高兴你和朱丽叶心心相印，我愿意帮助你们。你们的结合或许会使两家的关系改善，那真是天大的幸事了。

（奶妈上场。）

奶妈 （对罗密欧）先生，我家小姐叫我来找您。

罗密欧 （拿出钱）请你家小姐今天下午想方设法到劳伦斯神父的教堂来，我们就在那里举行婚礼。

奶妈　（摆手）今天下午吗，先生？好的。

罗密欧　（央求）好奶妈，我去叫仆人拿一捆绳子来给你带去。我准备在夜里攀着它去找朱丽叶。

奶妈　（叹口气）好先生，帕里斯伯爵已经向我家小姐求婚了。可是我家小姐瞧他比瞧一只蛤蟆还讨厌，瞧您却像瞧一朵花儿似的喜欢。

罗密欧　（开心）听您这么说，我的心里比喝了蜜还甜呢！

（仆人送来绳子，奶妈扛着下场。）

场景转换：凯普莱特家的花园。朱丽叶上场，焦急地走来走去。

朱丽叶　（担忧）唉，九点钟我就派奶妈去找罗密欧，她答应半小时之内回来。可是现在都十二点了，她还没有回来。是奶妈没找到罗密欧，还是她走得太慢？

（奶妈上场。）

朱丽叶　（迎上去）好心肝奶妈，你找到罗密欧了吗？

奶妈　（坐下）我累死了，让我先歇一会儿。哎呀，我的骨头好痛呢！

朱丽叶　（给奶妈捶腿）我但愿把我的骨头给你，你把消息给我。求求你，快说呀，好奶妈。

奶妈　（捂着头）哎哟，我的头痛死了，还有我的背也痛。

朱丽叶　（摇晃奶妈）奶妈，你别胡搅蛮缠啦！快说，罗密欧怎么说的？

奶妈　（大笑）他约你到劳伦斯神父的教堂里。他在那边等着你去做他的妻子哩！我还拿了绳子，等到天黑的时候，罗密欧就偷偷来与你相会啦！

朱丽叶　（亲奶妈）奶妈谢谢你，我要找寻我的幸福去啦！

（各自下场。）

场景转换：劳伦斯神父的教堂。劳伦斯神父及罗密欧上场。

劳伦斯神父　（胸前画十字）愿上天祝福这神圣的结合，不要让日后的懊恨把我们谴责！

罗密欧　（央求）无论将来发生怎样悲惨的事，都抵不过我看到朱丽叶的快乐！只要您为我们举行婚礼，就算是死，我也没有什么遗恨了。

（朱丽叶上场。）

朱丽叶　（施礼）您好，神父。

劳伦斯神父　（回礼）孩子，看到你真高兴。

罗密欧　（拉住朱丽叶）啊，朱丽叶！你知道我有多么快乐吗？

朱丽叶　（望向罗密欧）真诚的爱情充溢在我的心里，我也感到非常幸福。

劳伦斯神父　（招呼）跟我来。我来见证你俩的爱情，为你们主持神圣的婚礼。

（同下。）

第三幕　被放逐的罗密欧

地点：维洛那广场；凯普莱特家的花园；劳伦斯神父的教堂。

旁白：这天，罗密欧的好朋友茂丘西奥、班伏里奥在街上走，碰到了朱丽叶的表哥提伯尔特。提伯尔特是个暴躁的男子，他在宴会上曾发誓要杀死罗密欧。现在碰到了茂丘西奥和班伏里奥，就责怪他俩不该与罗密欧为伍。为此，三个人争吵不休。罗密欧上去劝架。

（罗密欧上场。）

提伯尔特　（咒骂）罗密欧，你是一个恶贼！

罗密欧　（温和地）提伯尔特，你无缘无故地骂我，我本来是不能容忍的，可是因为我有必须爱你的理由，所以不跟你计较了。

提伯尔特　（拔剑）小子，你冒犯了我，赶快拔出剑来迎战吧！

罗密欧　（摇摇头）我从来没有冒犯过你。凯普莱特，我尊重这个姓氏，就像尊重我自己的姓氏一样，咱们还是讲和吧！

茂丘西奥　（拔剑）哎哟，罗密欧，你什么时候变得这么懦弱？让我来帮你打架吧！提伯尔特，拔出你的剑。

提伯尔特　（拔剑）好，我愿意奉陪。

（二人互斗。）

班伏里奥　（焦急地）把他们的武器打下来。

罗密欧　（劝架）提伯尔特、茂丘西奥，亲王已经明令禁止在街道上斗殴。快点儿住手！

（灯光聚拢。茂丘西奥被提伯尔特刺中倒地，捂着伤口。提伯尔特一伙人下场。班伏里奥扶着茂丘西奥下场。）

罗密欧内心独白：茂丘西奥是亲王的亲戚，也是我的好友。如今他为了我，伤得这么严重。亲爱的朱丽叶啊，你的美丽使我变得懦弱！

（班伏里奥重新上场。提伯尔特随后上场。）

班伏里奥 （惊慌地）啊，罗密欧，茂丘西奥死了！看，暴怒的提伯尔特又来了……

罗密欧 （愤怒拔剑）茂丘西奥死了，他却活得好好的！现在，我只好抛弃一切顾忌为好朋友报仇。提伯尔特，茂丘西奥等着你去跟他作伴呢！

提伯尔特 （迎战）哼，你生前跟他做朋友，死后也去陪他吧！

（灯光聚拢。二人互斗，提伯尔特被罗密欧击中，倒下。）

班伏里奥 （大喊）罗密欧，提伯尔特死在这儿了。你快逃跑！

罗密欧 （叹气）唉！我是受命运玩弄的人。

（罗密欧下场。）

（亲王率侍从，蒙太古夫妇、凯普莱特夫妇及余人等上场。）

亲王 （威严地）班伏里奥，是谁开始这场血斗的？

班伏里奥 （回禀）死在这儿的提伯尔特，他是被罗密欧杀死的。罗密欧曾经劝他不要打架，并且也提起您的禁令，可是提伯尔特就是不听。他拔出剑向茂丘西奥刺了过去。茂丘西奥就和他打在一起。罗密欧赶去劝架。谁知道提伯尔特怀着毒心哪！他将茂丘西奥杀死了，然后回来又找罗密欧。罗密欧正是满腔怒火，就跟他打了起来。我还来不及阻止，提伯尔特已经中剑死了。罗密欧见他死了，转身逃走了。

凯普莱特夫人 （愤怒）他是蒙太古家的亲戚！他说的话都是徇着私情。殿下，请您主持公道，罗密欧杀死了提伯尔特，他必须抵命。

亲王 （歪头）罗密欧杀了他，他杀了茂丘西奥。那茂丘西奥的命又该由谁抵偿呢？

蒙太古 （施礼）殿下，罗密欧不应该偿他的命。他是茂丘西奥的朋友，他的过失不过是执行了提伯尔特依法应处的死刑。

亲王 （宣判）为了这一个过失，我现在宣布将罗密欧立刻放逐出境！不然的话，一经发现他，就地把他处死。

（同下场。）

场景转换：凯普莱特家的花园。朱丽叶上场，奶妈上场。

旁白：朱丽叶从劳伦斯神父的教堂回来，焦急地盼望着天黑。她和罗密欧约好，今晚罗密欧会趁着夜色和她在花园中相会。忽然，奶妈慌慌张张地跑来了。她告诉朱丽叶罗密欧杀了提伯尔特又被放逐的消息。这个噩耗简直是晴天霹雳。朱丽叶悲痛欲绝。她只好让奶妈去找罗密欧，见他最后一面。

场景转换：劳伦斯神父的教堂。劳伦斯、罗密欧上场。

罗密欧 （焦急地）神父，有什么消息吗？亲王的判决怎样？

劳伦斯神父 （松口气）亲王很仁慈，他没有判你的死罪，只是宣布把你放逐到曼多亚去。这可是莫大的恩典呢！

罗密欧 （流泪）这是酷刑，不是恩典。朱丽叶所在的地方是天堂，没有她的地方是地狱，而我要被放逐到地狱去。

（传来急促的敲门声。奶妈上场。）

劳伦斯神父 （走过去）谁在敲门？你有什么事？

奶妈 （回答）我是从朱丽叶小姐那里来的，快让我进去！

罗密欧 （走过来）奶妈，朱丽叶现在怎么样？

奶妈 （夸张）姑爷，小姐哭呀哭个不停。一会儿叫一声提伯尔特，一会儿哭一声罗密欧，然后就昏了过去。

罗密欧 （跺脚）都是我惹的祸！我这一双该死的手杀死了她的亲人。

（罗密欧想要拔刀自杀。劳伦斯神父拦住。）

劳伦斯神父 （制止）你死了，朱丽叶怎么办呢？如果你听我的话，就先去安慰安慰她。然后你按照命令去曼多亚。等我找个机会，把你们的婚姻宣布出来，和解了两家的仇怨，再向亲王请求特赦，那时候你就能和朱丽叶长相厮守了。

奶妈 （拿出指环）这个指环小姐叫我拿来送给您，请您赶快就去，天色已经很晚了。

（同下场。）

场景转换：凯普莱特家中一室。凯普莱特、凯普莱特夫人及帕里斯上场。

帕里斯 （拿出聘礼）我在你们正伤心的时候来求婚，实在是太冒昧了。

凯普莱特 （收聘礼）帕里斯伯爵，我大胆地替我的孩子做主，答应这门婚事了。夫人，一会儿你去看看朱丽叶。对她说，在这个星期四，她就要嫁给这位伯爵了。

帕里斯 （开心地）老伯，您答应了这门婚事，我很高兴。

场景转换：朱丽叶的卧室。罗密欧及朱丽叶上场。

朱丽叶 （拉住罗密欧）罗密欧，你现在就要走了吗？天亮还有一会儿呢！

罗密欧 （回头）瞧，爱人，夜晚的星光已经烧尽，不作美的晨曦已经升起。我必须走了。

朱丽叶 （推罗密欧）唉，罗密欧，你快走吧！

罗密欧 （难舍难分）天越来越亮，我们悲哀的心却越来越黑暗。

（奶妈上场。）

奶妈 （警告）小姐，你的母亲就要来了。天已经亮啦，小心点儿。

（下场。）

（罗密欧由窗口下降。朱丽叶看着他。）

朱丽叶内心独白：上帝啊！我有不祥的预感。罗密欧站在下面，我仿佛望见他像一具坟墓底下的尸骸。也许是我头昏眼花了。

第四幕　朱丽叶服毒诈死

地点：劳伦斯神父的教堂；朱丽叶卧室。

旁白：罗密欧走了。朱丽叶闷闷不乐。母亲以为她是因为表哥的死而伤心，不停地劝慰她，紧接着把帕里斯求婚的事告诉了她。朱丽叶急坏了，她表示绝不出嫁。而且朱丽叶已经同罗密欧秘密地结婚了。于是，她忙找到父亲说了一堆理由。凯普莱特以为是女儿害羞，坚决让她星期四就嫁给帕里斯。朱丽叶如热锅上的蚂蚁——急得团团转。她决定去找劳伦斯神父想想办法。

场景转换：劳伦斯神父的教堂。帕里斯、劳伦斯神父上场。

劳伦斯神父　（无奈）你们在星期四举行婚礼？时间太仓促了吧？

帕里斯　（微笑）这是我岳父凯普莱特的意思。提伯尔特死后，朱丽叶伤心过度，他怕朱丽叶出什么意外，所以才决定提早替我们完婚。

（朱丽叶上场。）

帕里斯　（迎上去）您来得正好，我的爱妻。

朱丽叶　（愠怒）伯爵，等我做了您的妻子以后，也许您可以这样叫我。

朱丽叶　（对神父）神父，您现在有空吗？我想做个祈祷。

劳伦斯神父　（对朱丽叶）我现在有空。伯爵，我们要祈祷了，所以请您出去吧！

（帕里斯下场。）

朱丽叶 （哭泣）神父，我已经没有希望了！

劳伦斯神父 （叹气）朱丽叶，我知道你现在很难过。我听说你在星期四必须要跟伯爵结婚。

朱丽叶 （拿出刀）神父，您帮帮我吧！您已经替我和罗密欧主持了婚礼，我怎么能再嫁给别人呢？

劳伦斯神父 （制止）住手，朱丽叶。我忽然想到了一个主意，你愿意冒险试试吗？

朱丽叶 （擦擦眼泪）只要不嫁给帕里斯，无论什么办法我都愿意去做。

劳伦斯神父 （拿出药瓶）好。你先假装答应嫁给帕里斯。明天就是星期三了，明天晚上你要一个人独睡。等你上床后，就把这药水喝下去。这是一种假死药。结婚那天，他们发现你死了，会把你葬进本族的坟墓里。等二十四小时后，你会苏醒过来。这过程中，我会派人去找罗密欧，等你一醒来，就把你接到曼多亚去。

朱丽叶 （接过药瓶）谢谢您，亲爱的神父！

（各自下场。）

旁白：婚礼又提前了一天，定在了星期三，星期二这天晚上……

场景转换：朱丽叶的卧室。朱丽叶及奶妈上场。

朱丽叶 （祷告）好奶妈，今晚你不用陪我了。因为我还要念许多祷告呢！我求上天宽恕我过去的罪恶，保佑我将来的幸福。

（凯普莱特夫人上场。）

凯普莱特夫人 （询问）女儿，要不要我帮你？

朱丽叶 （拒绝）不用，母亲！今晚你和奶妈还有很多事情要做。我想一个人在这儿。

凯普莱特夫人 （微笑）早点睡觉，你应该好好休息休息。

（凯普莱特夫人及奶妈下场。）

朱丽叶 （拿出药瓶）再会吧，母亲，不知道我们何时再能见面了。要是这药水不起作用，是不是我明天就得去结婚？如果这药水有用，到时我醒了，肯定是在墓室里，那里到处都是祖先的尸骨，我肯定会被吓死的！唉，不想那么多了。罗密欧，我来了！我为你干了这一杯！

（倒在幕内的床上。）

旁白： 朱丽叶毅然地喝下了假死药。星期三早上，帕里斯伯爵高兴地来迎亲了。等待他的却是朱丽叶的“尸体”，一场喜事变成了丧事。

（奶妈上场。）

奶妈 （撩开帷幕）小姐！喂，小姐！她准是睡熟了。怎么一声也不响？新郎快来了。我必须把你叫醒。小姐！小姐！哎哟，救命啊！我的小姐死了！

（凯普莱特夫人上场。）

凯普莱特夫人 （上前）吵什么？发生了什么事？

奶妈 （指给她）瞧，瞧！哎哟，好伤心啊！

凯普莱特夫人 （扑过去）哎哟，我的孩子，你快点儿醒醒！睁眼看看妈妈。你死了，叫我怎么活得下去？来人哪！

（凯普莱特上场。）

凯普莱特 （走过去）怎么还不送朱丽叶出来？她的新郎已经来啦！

奶妈 （哭泣）启禀先生，小姐她死了，死了！

凯普莱特 （查看）什么？让我瞧瞧！哎哟！我的朱丽叶呀！她的身上冰冰冷冷，她的血液已经停止流动。死神哪你太残忍了，你夺去了我的孩子，让我悲伤得说不出话来。

凯普莱特夫人 （哭倒）哎哟，我的命好苦啊！我的女儿，你怎么就死了呢？

（劳伦斯神父、帕里斯及乐工等上场。）

劳伦斯神父 （询问）新娘预备好了吗？她应该上教堂去了。

凯普莱特 （痛哭）唉，她已经预备动身，可是这一去再也不回来了。死神夺走了我的女儿！我也快要死了！

帕里斯 （伤心地）难道我眼巴巴地望到天亮，盼来的就是这么一番凄惨的情景吗？

凯普莱特夫人 （哀号）我就生了这一个孩子，她是我唯一的宝贝和安慰，白发人送黑发人，这让我以后怎么活哟！

奶妈 （捶胸）这是我这辈子最伤心的日子、最凄凉的日子！

帕里斯 （仰天长叹）啊！朱丽叶，我的爱人！我的生命！

凯普莱特 （痛哭）女儿啊女儿，你死了，我的快乐也随着你被埋葬了！

劳伦斯神父　（制止）安静！你们这样乱哭乱叫是无济于事的。现在朱丽叶已经完全属于上天，这是她的幸福。谁也不能避免死亡，你们在这里大声号哭，她的灵魂也得不到安息的。擦干你们的眼泪，按照习惯，把她穿着盛装抬到教堂里去。

凯普莱特　（哀号）我们本来为了喜庆预备好这一切，现在却要变成悲哀的葬礼了。我实在是太伤心了。

劳伦斯神父　（摆摆手）唉，大家准备准备，去送朱丽叶下葬吧！

（凯普莱特夫妇、帕里斯、劳伦斯神父同下。）

第五幕　永恒的金像

地点：曼多亚；维洛那。

旁白：一切按照劳伦斯神父的计划进行。劳伦斯神父主持了她的葬礼。与此同时，他写好了信，派约翰神父去找罗密欧，告诉这一切都是假的，让罗密欧一定在半夜前赶来，等待朱丽叶苏醒。可惜，罗密欧的仆人却先一步送去了朱丽叶死亡的噩耗。命运的悲剧不久就降临到这对爱侣身上了。

场景转换：曼多亚街道。罗密欧上场，恍惚地走。仆人随后上场。

仆人　（喊叫）少爷……

罗密欧　（激动地）是神父叫你给我送信的吧？我的爱人怎么样？

仆人 （垂头丧气）少爷，恕我带来了坏消息，朱丽叶小姐已经死了。我亲眼看见她下葬，立刻飞马前来报告。

罗密欧 （几乎跌倒）天哪，怎么会有这样的事？你去给我雇快马，我今天晚上就要动身回去。

（仆人下场。）

罗密欧内心独白：朱丽叶，你死了，我也不愿孤单地苟活，今晚我要睡在你的身旁。我想起了一个卖药的人，我去买些致命的毒药。

（卖药人上场。）

卖药人 （询问）谁在高声叫喊？

罗密欧 （拿钱）过来，朋友。这儿是四十块钱，请给我能够迅速致命的毒药。

卖药人 （挠头）毒药我倒是有，可是法律禁止买卖呀，我怕要被处死刑哩！

罗密欧 （温和地）难道你这样穷苦，还怕死吗？把这些钱收下，把药卖给我吧！

卖药人 （拿出药）把这药喝下去会立刻送命。

罗密欧 （自言自语）这不是毒药，这是解除痛苦的仙丹。

（各自下场。）

场景转换：劳伦斯神父的教堂。劳伦斯神父、约翰神父上场。

劳伦斯神父 （迎上去）约翰师弟，欢迎你从曼多亚回来。罗密欧怎么说？他给我回信了没有？

约翰 （叹气）哎呀，别提了！半路上我遇到了巡逻，他们疑心我去过染着瘟疫的人家，就把我抓了起来，所以我没能到曼多亚。信也没有送出去。

劳伦斯神父 （往外跑）糟了！这封性命关天的信没送出去，恐怕会引起大祸。现在我必须独自到墓地里去。在这三小时之内，朱丽叶就会醒来。我先去救她，然后等着罗密欧的到来。

（下场。）

旁白：罗密欧带着毒药连夜出发了，他准备到朱丽叶坟前去，和她死在一起。与此同时，帕里斯伯爵来到朱丽叶的坟前祭拜。

场景转换：凯普莱特家墓地。帕里斯及侍童携鲜花、火炬上场。

帕里斯 （吩咐）孩子，你到紫杉树下给我把风。有人来的话，你吹一个口哨通知我。

侍童 （退后）好的，伯爵。

帕里斯 （献花）朱丽叶，我来祭奠你。我对你的思念永不停止！

（侍童吹口哨。）

帕里斯 （擦擦眼泪）这孩子警告我有人来了。哪个该死的家伙来打扰我的凭吊？让我躲在一旁看看。

（退后。）

（罗密欧及仆人持火炬、铁锹等上场。）

罗密欧 （吩咐）把那铁锹给我。一会儿你走得远远的，不要打扰我。我之所以要去这个坟墓，一是因为要看看我的爱人，二是因为要去取定情的指环。

（灯光聚拢。罗密欧掘土，仆人躲起来。）

仆人内心独白：虽然这么说，我还是要偷偷看着少爷。他的脸色使我害怕，我不知道他究竟打算做出什么事来。

罗密欧 （慨叹）你这无情的泥土，吞噬了我的爱人。

帕里斯 （冲上前）原来是被放逐的罗密欧！你杀死了我爱人的表哥，现在又要来掘墓盗尸了。哼，我要抓住你。万恶的罗密欧，赶快束手就捕！

罗密欧 （继续掘土）年轻人，不要激怒一个不顾死活的人，快快离开吧！

帕里斯 （拉扯罗密欧）你是一个罪犯，我要逮捕你！

罗密欧 （站起身）你一定要激怒我吗？那么好，来吧！

（二人格斗。）

侍童 （跑下）哎哟，他们打起来了，我去叫巡逻！

（灯光聚拢。罗密欧击中了帕里斯。）

帕里斯 （倒下）啊，我要死了！如果你有一丝仁慈，把我葬在朱丽叶身边吧！

罗密欧 （扶着）原来是帕里斯伯爵！我听说，你本来想娶朱丽叶的。唉，我们都是被命运捉弄的人呀！

（灯光追随，罗密欧将帕里斯放在墓中。）

罗密欧 （望着朱丽叶）我的妻子，你还是这么美丽！我会永远地陪着你。我干了这一杯！（饮药死。）

（灯光追随，劳伦斯神父持灯笼、铁锹自墓地另一端上场。）

劳伦斯神父 （跌跌撞撞）哎呀，我这双老脚今天晚上绊来跌去的。谁，谁在那里？

仆人 （走出来）我是罗密欧的仆人。

劳伦斯神父 （惊喜）罗密欧来了？他来多久了？

仆人 （算一算）足足半个小时了。

劳伦斯神父 （跑起来）哎哟，这坟墓的石门上怎么都是血？

劳伦斯神父 （进墓）罗密欧，啊，他的脸色这么惨白！天哪，帕里斯也躺在这儿，浑身浸在血泊里。上帝呀，发生了什么事？

（朱丽叶醒。）

朱丽叶 （睁开眼）善心的神父，我的罗密欧呢？

（喧哗声传来。）

劳伦斯神父 （搀扶朱丽叶）我好像听见有人来了。小姐，咱们快离开这个死亡的墓穴吧！罗密欧已经死了，帕里斯也死了。巡夜的人马上就要来了。

朱丽叶 （不动）你走吧，神父，我不愿意走。

（劳伦斯神父下场。）

朱丽叶 （拿起杯子喝）罗密欧，一定是这毒药结果了你的生命。这上面或许还留着一些毒液，我去陪你吧！

（几个巡丁和侍童提着灯笼走了过来。）

朱丽叶 （自言自语）毒药已经没有了，是有人来了吗？那么我必须快点了结。等着我，罗密欧，我马上就来了。

（抓住罗密欧的匕首，以匕首自刺，扑在罗密欧身上死去。）

（亲王及侍从上场。）

亲王 （威严地）一大清早的发生什么祸事了？

巡丁 （施礼）报告大人，帕里斯伯爵被人杀死了。罗密欧也死了。已经死了两天的朱丽叶身上还热着，又被人重新杀死了。

亲王 （命令）你们用心去搜寻，把这场万恶的杀人命案的真相调查出来。

（凯普莱特及夫人、蒙太古及余人上场。）

凯普莱特 （痛心地）天啊，夫人，瞧我们的女儿胸前插着罗密欧的匕首。

凯普莱特夫人 （昏倒）我受不了这惨象了！

蒙太古 （抱住罗密欧哭）不孝的孩儿呀，你怎么可以抢在你父亲的前面死去，这让我怎么活呀！

旁白：亲王开始审理案子，劳伦斯神父把真相说了出来。亲王又审问了罗密欧的仆人和帕里斯的侍童，证明劳伦斯神父的话是真实的。

亲王 （痛心疾首）凯普莱特、蒙太古，瞧你们的仇恨已经受到了多大的惩罚？你们两家还要把仇恨继续下去吗？

凯普莱特 （伸出手）蒙太古大哥，把你的手给我。这就是你给我女儿的一份聘礼。

蒙太古 （握住凯普莱特的手）我要给朱丽叶铸一座金像，只要维洛那城存在一天，朱丽叶的雕像就矗立在那儿。

凯普莱特 （眼含泪花）我也会为罗密欧铸金像，和朱丽叶永远地在一起。

喜剧

孩子读得懂的
莎士比亚
William Shakespeare

马广娟 - 编著 [英] 吉尔伯特 - 绘

北京理工大学出版社
BEIJING INSTITUTE OF TECHNOLOGY PRESS

图书在版编目（CIP）数据

孩子读得懂的莎士比亚. 喜剧 / 马广娟编著 ;（英）吉尔伯特绘. —北京 : 北京理工大学出版社, 2020.12（2022.6重印）

ISBN 978-7-5682-9113-2

Ⅰ. ①孩… Ⅱ. ①马… ②吉… Ⅲ. ①儿童故事—图画故事—中国—当代 Ⅳ. ①I287.8

中国版本图书馆CIP数据核字（2020）第186811号

出版发行 / 北京理工大学出版社有限责任公司
社　　址 / 北京市海淀区中关村南大街 5 号
邮　　编 / 100081
电　　话 / （010）68914775（总编室）
（010）82562903（教材售后服务热线）
（010）68948351（其他图书服务热线）
网　　址 / http: //www.bitpress.com.cn
经　　销 / 全国各地新华书店
印　　刷 / 唐山才智印刷有限公司
开　　本 / 700 毫米 × 1000 毫米　1/16
印　　张 / 12.5
字　　数 / 138千字
版　　次 / 2020 年 12 月第 1 版　2022 年 6 月第 3 次印刷
定　　价 / 207.00元（全 3 册）

责任编辑 / 徐艳君
文案编辑 / 徐艳君
责任校对 / 刘亚男
责任印制 / 施胜娟

前　言
PREFACE

威廉·莎士比亚（William Shakespeare，1564年4月23日—1616年4月23日），华人社会常尊称他为“莎翁”，是英国文学史上最杰出的戏剧家，也是欧洲文艺复兴时期最重要、最伟大的作家，是人文主义文学的集大成者以及全世界最卓越的文学家之一。

莎士比亚在埃文河畔斯特拉特福出生长大，他不仅是演员、剧作家，还是宫内大臣剧团的合伙人之一，此剧团后来改名为“国王剧团”。

不得不说，莎士比亚是一位语言大师，他擅于使用各种比喻，笔触常带着诗意，这都是他剧作的魅力所在。他剧作中的人物形象性格鲜明，如性格忧郁的哈姆雷特王子、因嫉妒而失去理性的奥赛罗、意气用事的李尔王、权欲熏心的麦克白……这些经典形象给一代又一代的读者留下了深刻的印象。

莎士比亚的剧本创作可大致分为早期、中期和晚期三个阶段，早期剧本主要是喜剧和历史剧，中期剧本主要是悲剧，在他的剧本创作晚期主要是悲喜剧。

本套《孩子读得懂的莎士比亚》精选了莎士比亚剧作中的喜

剧、悲剧和历史剧中最著名的作品，邀请了多位儿童文学作家参与编写，在保留原作精髓的前提下，将剧本重新解构，改编成更适合孩子阅读的儿童故事形式，引导孩子能轻松阅读莎士比亚剧作故事，进一步了解莎士比亚剧作，了解西方文化。书中配图选用英国著名铜版画家吉尔伯特所作黑白插图为底本，因这些经典插图年代久远，不够清晰，况且又是黑白插图，已不能满足现代审美需要，所以我们在图书制作过程中对大师的图片进行了二次修复，提升了这套书的阅读氛围，并为孩子开拓了想象及审美的空间。同时在每本书后还附有舞台剧，方便小读者排练演出。

本书的改编创作、排版制作经过了各项严格的审查程序，但由于学识有限，或仍存在不妥之处。如有发现，恳请各位读者朋友不吝指正。

目录

CONTENTS

《驯悍记》故事中的人物关系

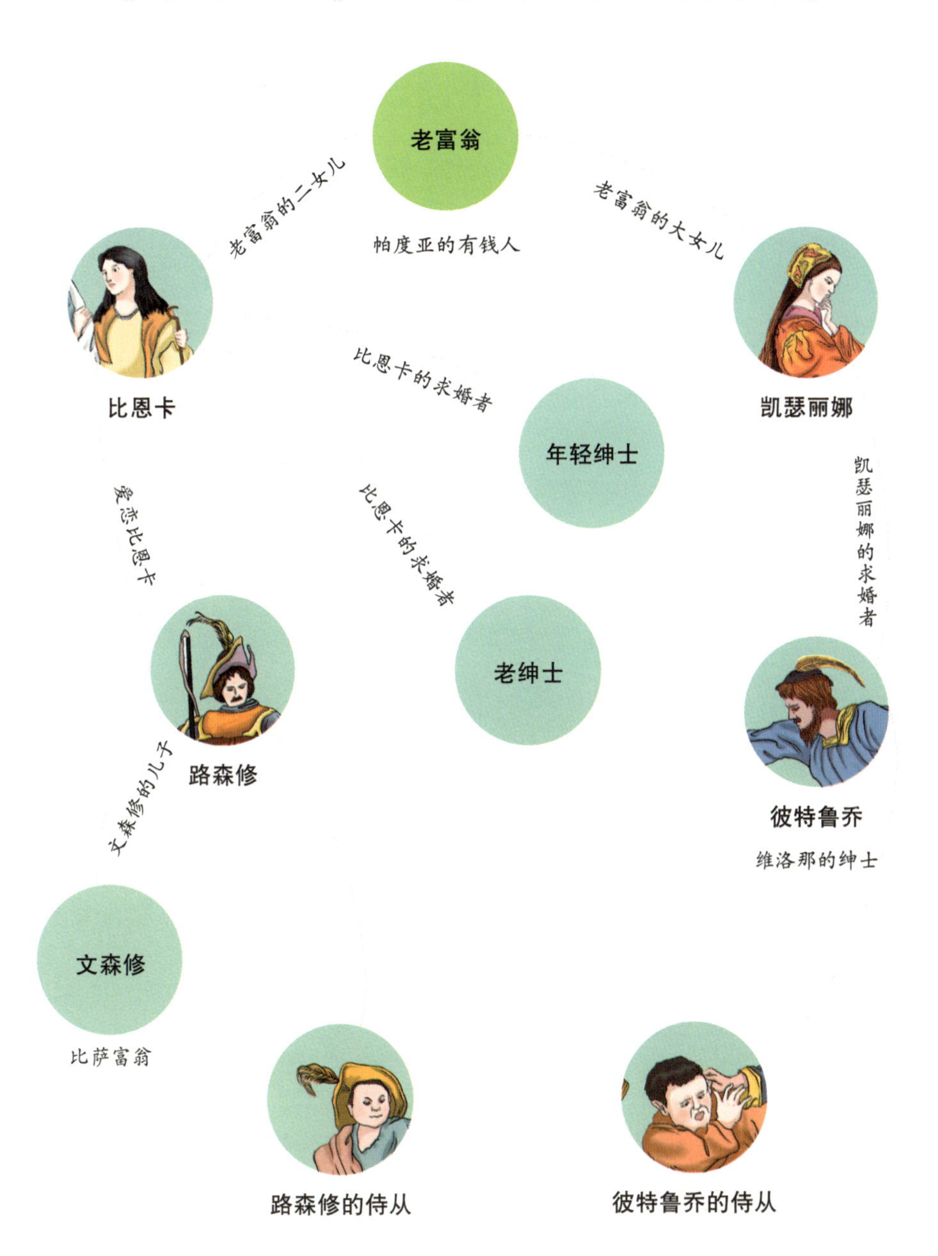

驯悍记

1 “活阎王”凯瑟丽娜

黄昏时分，清风穿过树丛，荡起绿色的波涛。比萨富翁文森修的儿子路森修拉住马缰绳，抑制不住内心的欣喜：终于来到帕度亚啦！他从小生活在佛罗伦萨，一直渴慕到帕度亚来，这里人文荟萃，景致优美，方便他研究学问。他的侍从可没有他那么激动，侍从坐在一匹满载行李的矮脚马上，被颠得屁股生疼。

忽然，前方一座大宅子前，吵吵嚷嚷地拥着一群人。什么事这么热闹？路森修和侍从跑过去看。原来，这里是老富翁巴普提斯塔的家。让他远近闻名的除了数不尽的财富，还有他的两个女儿。两个女儿同样如花似玉，同样受过良好的教育。大女儿凯瑟丽娜是出名的悍女，脾气像恶鬼一样暴躁，外号更是吓人，叫“活阎王”，没有一个人愿意娶她。小女儿比恩卡则恰恰相反，她温柔娴雅，好像一朵美丽的百合，每日来向她求婚的人络绎不绝。

今天，一老一年轻两位绅士同时来向比恩卡求婚。老富翁焦头烂额，一面要应付这两位绅士，一面还要侧耳倾听，提防着楼上的大女儿，谁知道她什么时候发脾气呢！老富翁巴普提斯塔对两位求婚者说：“两位先生，多余的话不要再说了！我的意思非常坚决，必须先让我的大女儿有了丈夫以后，才会让小女儿出嫁。你们谁喜欢凯瑟丽娜，向她求婚，我一定答应你们。”

老绅士急忙摆手，对年轻绅士说：“向她求婚？我可吃不消哩！你娶了她吧。”

年轻绅士更是把头摇成拨浪鼓，说：“我才不愿意呢！是个男人都得被她吓跑了……”

“啪”的一声！二楼的窗户打开了。凯瑟丽娜伸出头，朝着两位绅士咆哮道：“我还不愿意嫁给你呢！如果我嫁给了你，我管保用三只脚的凳子打破你的鼻头，把你的脸涂成大花脸！”说着，她朝着年轻绅士甩下一只三脚凳，“嘭”地又关上了窗户。

侍从坐在马车上，乐滋滋地指着凯瑟丽娜，让路森修看她有多么泼辣。可是，路森修却一眼看到了凯瑟丽娜的妹妹比恩卡。比恩卡漂亮得好像落入凡尘的仙子，声音更是如画眉鸟在歌唱。她顺从地听从老富翁的建议，去看书，玩乐器，那样子贤淑极了。这惊鸿一面，让他坠入了爱河。

无论两位绅士说什么，老富翁死活不愿意。他一直坚持只有大女儿出嫁后，小女儿才能嫁人。他顺便请两位绅士帮忙：“我的小女儿喜欢音乐和诗歌，请你们两位帮她物色一位好的家庭教师。”

路森修一听，这可是一个大好的机会呀！但他初到此地，人生地不熟。于是他决定，让侍从顶替他，充当他的主人，而他自己改名换姓，扮作一个家庭教师，去老富翁家里应聘，好追求比恩卡。路森修脱下华贵的外套，把它穿在了侍从的身上，将他体面地装扮了起来，而他则换上了粗布衣裤。为了更加逼真，他还安排另一个即将赶来的小奴仆侍候侍从。

两位绅士碰了一鼻子灰，都心有不甘。为解忧愁，他们相约来到酒馆里喝上一杯。年轻绅士提出一个建议："听我说，咱们得先给悍女凯瑟丽娜找一个丈夫。"

老绅士撇撇嘴说："还是找个魔鬼给她吧！虽然她的父亲有钱，但你以为会有傻子愿意娶个活阎王吗？"

年轻绅士倒不这么想："我们虽然受不了她，可肯定有人会为了钱，把她当活菩萨一样娶回家的。"

他俩达成了共识，那就是给老富翁的大女儿找个丈夫，这样，老富翁的小女儿就有了嫁人的机会，然后两个人再竞争。

年轻的绅士吃饱喝足后，朝着家走去。忽然，看见一个大胡子男人骑在马上横冲直撞。他歪戴着礼帽，训斥奴仆的大嗓门响彻了整条街。这个满脸络腮胡、面庞黑红的男人叫彼特鲁乔，是年轻绅士的好朋友。

"该死的……给我上去，打。"

"打，老爷！叫我打谁？"

"浑蛋，我说给我打门，打我朋友的门！不然我就要打你几个耳光了。"说着，彼特鲁乔一把就揪住了奴仆的耳朵，痛得他直叫唤。彼特鲁乔粗鲁无比，脾气暴躁，动不动就打人。

"列位乡亲，救人哪！我主人疯了。"奴仆连滚带爬地向过路的人求救。

年轻绅士认出了彼特鲁乔。他急忙去制止，让主仆两个人言归于好。

“好朋友，哪阵风把你从维洛那吹到帕度亚来了？”年轻绅士边寒暄边打开了家门。

“不瞒你说，家父已经去世，所以我才到这异乡客地来，想要物色一位妻子，成家立业。”彼特鲁乔牛饮一般地喝光了水袋里的水。

娶妻？年轻绅士眼前一亮，他仿佛看到了大救星，高兴地将彼特鲁乔请进了家，还特意准备了一桌上好的晚餐。

酒酣耳热之际，年轻绅士试探着说：“彼特鲁乔，你既然想娶妻，我倒想起一个人来了。可惜啊，她脾气太坏，我想你一定不中意。不过我向你保证她很有钱。”

“嘿，咱们是知己，用不着多废话。我求婚主要是为了钱，无论那个女人怎样淫贱老丑，泼辣凶悍，我都不在乎。只要她的嫁妆丰厚就行。”彼特鲁乔说。

真是“踏破铁鞋无觅处，得来全不费工夫”。年轻绅士心花怒放，忙介绍说：“其实这位姑娘年轻貌美，又有钱，她叫凯瑟丽娜，父亲是个大富翁。她只有一个缺点，那就是脾气坏得要死。”

彼特鲁乔高兴地一拍大腿。只要有钱，就算娶一个木偶都行。他希望马上就去老富翁家见上一面。

年轻绅士答应帮助彼特鲁乔娶到凯瑟丽娜，而他自己则扮成一个琴师，拜托彼特鲁乔把他举荐给老富翁，这样他好有机会向比恩卡当面求爱。

2 莽汉疯狂的求婚

年轻绅士带着彼特鲁乔去求婚。路上他们遇到了老绅士。老绅士领着一个英俊的小伙子——装扮成家庭教师的路森修。转过街角，他们又遇到了衣着华丽的侍从，他现在摇身一变，是主人路森修了。他要去向比恩卡求婚，当然，这都是路森修授意的。一行人浩浩荡荡地向老富翁家走去。

刚到门口，就传来了凯瑟丽娜的叫骂声。众人同情地看向彼特鲁乔。“嘭！”凯瑟丽娜又一拳将窗子打得四分五裂，吓得众人慌忙后退，跑得慢的老绅士直接摔了一个四脚朝天。

“难道我不曾听见过狮子的怒吼、巨熊的咆哮？你们现在却说女人的口舌如何可怕，把一枚栗子丢在火里，那爆炸声也要比它响得多哩！”彼特鲁乔迎头而上。

众人跟着彼特鲁乔走进了屋子。只见屋里乱糟糟的，空中还飘荡着凯瑟丽娜甩枕头时飞出的鹅毛。比恩卡伏在父亲的肩头哭泣。

“请问，您是有一位美貌贤德的女儿名叫凯瑟丽娜吗？”彼特鲁乔问。

老富翁尴尬地挠挠头，道：“哎，我是有个女儿叫凯瑟丽娜。”

“如果我娶您女儿为妻，您要给她陪送多少嫁妆？”彼特鲁乔走到老富翁面前问。众人小声地指点彼特鲁乔，要委婉一点，不要如此莽撞。

“我久闻令爱美貌多才，举止温柔，所以冒昧前来。我叫彼特鲁乔。那么，如果我得到了您女儿的芳心，您给她陪送多少嫁妆呢？”彼特鲁乔这一通滔滔不绝地说辞，听得老富翁嘴角直抽搐。

彼特鲁乔还在喋喋不休，并且开始介绍由年轻绅士装扮的琴师。

“为表寸心，我特地把这位朋友介绍给您。他熟谙音律，可以担任令爱的音乐老师。”

“嗯，我死了以后呢，我田地的一半都给大女儿……”老富翁边说边偷眼观察，发现彼特鲁乔喜形于色，于是继续往下说，“另外再给她两万克朗！”

哎呀，我的天，嫁妆还真不少！彼特鲁乔高兴坏了，他表示完全赞成。老富翁也激动坏了，带着彼特鲁乔去花园里散步，一边走，一边预备定下大女儿的婚事。老天爷开眼，终于有人肯娶凯瑟丽娜了！

彼特鲁乔是一个急脾气的人，他想马上就把关于嫁妆的契约签好。老富翁还是建议彼特鲁乔先去求爱，万一凶悍的大女儿不同意，那可就谈不成了。彼特鲁乔拍拍胸脯，表示这根本不算什么难事，因为他的脾气更火爆哩，管保让凯瑟丽娜见了他一定会屈服。

正说着，凯瑟丽娜的房间里传来了尖叫声，老富翁无奈地挠挠头，带着彼特鲁乔推开了门。只见年轻绅士的头上套着七弦琴，怎么拔也拔不出来，女仆们乱作一团，不知如何是好。

“怎么了，先生？我的大女儿不是一个可造之才？”老富翁帮他把琴摘了下来。

由年轻绅士假扮的琴师吓得站都站不稳：“哎，您的大女儿呀，用琴打人的手段倒是十分高明！我不过是说她把音柱弄错了，她就发起火来，‘砰’地给我迎头一下子。瞧瞧，我的头颈被琴套住了。她最好去当兵打仗，只有铁链才能锁住她！”

“哎呀，好一个勇敢的姑娘！啊，我真想跟她谈谈天！”彼特鲁乔马上恭维起来。门里传来凯瑟丽娜摔东西的声音，彼特鲁乔心里想着应付的招数：“要是她开口骂人，我就对她说她唱的歌儿像夜莺一样曼妙；要是她叫我‘滚蛋’，我就向她道谢。”考虑好了，彼特鲁乔推门进去了。

“早安，凯德，我听说这是你的小名。”彼特鲁乔大声地说。

“算你耳朵会听，可是我这名字是会刺痛你的耳朵的。人家都叫我凯瑟丽娜。”凯瑟丽娜放下凳子，转过头来。

彼特鲁乔看得发了怔。他没有想到，凯瑟丽娜如此美貌多姿！尽管头发蓬乱，但是仍然掩盖不了她那明亮的眼睛和珍珠一样的贝齿。

“你骗我，你的名字就叫凯德。你是可爱的凯德，我特地前来向你求婚，请你答应嫁给我做我的妻子。”彼特鲁乔坐下来说。

“做你的梦去吧！”凯瑟丽娜朝着凳子一脚踹过去，害得彼特鲁乔摔了一个屁股蹲儿。凯瑟丽娜提起裙子，逃之夭夭了。

彼特鲁乔到处找凯瑟丽娜。他循着花园小径，绕过谷仓，一头钻进储藏室的地道，终于发现了她。凯瑟丽娜一看彼特鲁乔要顶开地道的盖子，上去就是一通拳打脚踢，揍得彼特鲁乔只好缩回了头。趁此机会，凯瑟丽娜提着裙子爬上梯子，跑到二楼，然后麻利地撤走了梯子。她以为这样，彼特鲁乔会知难而退。谁知，彼特鲁乔荡着一条挂满风干火腿的绳子，猴子般跃到了凯瑟丽娜身边。

“你的父亲已经答应把你嫁给我做妻子。你愿意也好，不愿意也罢，我一定要和你结婚。凯德，我们两人是天造地设的一对。我要把你从一个野性的凯德变成贤妻良母。”彼特鲁乔一边追，还一边说着绵绵情话，试图打动她。

凯瑟丽娜快被气疯了，她爬上了高高的房顶。彼特鲁乔暗叫一声：“哎呀，凯德，我的两万克朗呀！”他亦步亦趋地爬上了房顶，准备将凯瑟丽娜救下来。谁知，她拼命挣扎，两个人踏破了瓦片，双双栽进了储藏室。

凯瑟丽娜摔伤了腿，痛得哭了起来。彼特鲁乔于心不忍，轻轻地搀扶起她。任凭凯瑟丽娜怎么捶打，他都搀着她，走出了储藏室。见女儿和彼特鲁乔相依相偎地走出来，老富翁揉了揉眼睛，以为眼睛出问题了呢！

“彼特鲁乔先生，谈得怎么样？”老富翁期待地问。

“岳父大人，人家说的那些话都是错的。她泼辣的样子是装出来的，其实她像鸽子一样温柔哩！我们已经决定在星期日举行婚礼了。”彼特鲁乔踢了踢凯瑟丽娜的腿，痛得她只能连连点头。

3 史无前例的婚礼

星期日很快就到了，老富翁家里布置一新，到处洋溢着喜庆的气氛。当结婚的钟声敲响，新娘凯瑟丽娜款款走了出来。她一改往日的泼辣凶悍，穿着束腰的绸缎礼服，绾着娇俏的发髻，碧绿的眼睛投下迷人的秋波，樱桃般的唇边含着微笑，看上去亭亭玉立，风华绝代，所有来宾都看呆了！

伴随着浪漫的乐曲，凯瑟丽娜在老富翁的牵领下，慢慢地向教堂走去。她高昂着头，宛如一只白天鹅。她要让全城的人都知道，她要结婚了！

可是，从早上等到黄昏，连新郎的影子都没有！牧师等着为新夫妇证婚，新郎却不知去向，这不是一件丢脸的事吗？老富翁不停地发着牢骚。果然，人群中开始交头接耳，指指点点：“瞧，那就是疯汉彼特鲁乔的妻子，要是他愿意来和她结婚的话，啊哈哈……”

凯瑟丽娜快气疯了。如果不是父亲和牧师拉着她，她早就冲进人群揍得那个人满地找牙了。正当大家喧闹的时候，不知道谁喊了一声：“彼特鲁乔来了！”所有的人都伸长了脖子向路口遥望。

只见彼特鲁乔戴着一顶大红帽，穿着一件旧马甲，那条破旧的裤子裤管高高卷起，一双靴子千疮百孔，都能用来插蜡烛了。他还佩着一柄破剑，柄也断了，鞘也坏了。他骑的那匹马的鼻孔里流着鼻涕，浑身都是疮疖。他看上去就是一个十足的叫花子！他的奴仆装束跟那匹马差不多，破帽子上插着一卷烂纸充当羽毛，样子活脱脱像个妖怪！彼特鲁乔完全不在乎人们的目光，高兴地和大家打招呼。

“凯德呢？我可爱的新娘呢？各位先生，你们怎么都皱着眉头？怎么都盯着我看，好像瞧见了什么奇迹，难道有彗星吗？”彼特鲁乔从马上下来。人们高兴地欢呼起来，当然，这欢呼声完全是欢迎一个哗众取宠的小丑。

老富翁实在看不下去了，催促彼特鲁乔道：“你快把这身衣服换一换，这不是让人笑掉大牙吗？你打算就这样和我女儿结婚吗？”

“当然，就是这样！她嫁给我，又不是嫁给我的衣服。”彼特鲁乔说着，将帽子丢给了老富翁。

忽然，彼特鲁乔一抬头，看见了凯瑟丽娜。她是那么的迷人，那么的娴静。彼特鲁乔眉开眼笑地说：“我现在该向我的新娘请安去了。”

凯瑟丽娜一把将他推倒了，气得像大猩猩一样噘嘴跳脚。她一头跑进了教堂。彼特鲁乔一骨碌爬了起来，追了上去。到了教堂，他站在了凯瑟丽娜边上。凯瑟丽娜一看他来了，死命地捶打他的屁股，恨不得将他打成马蜂窝。

这真是帕度亚史无前例的婚礼！全城的人都涌进了教堂——看笑话。孩子们唱起赞歌，主持婚礼的牧师穿着白袍走了出来，喧闹的人群这才安静下来。忽然，彼特鲁乔自顾自地端起了圣酒，一股脑儿地喝了个精光，还把浸在酒里的面包丢到教堂司事的脸上。这个疯狂的新郎还打了牧师，幸好，牧师很有风度，爬起来继续主持婚礼。

"彼特鲁乔，你愿意娶凯瑟丽娜为你的合法妻子吗？"牧师问。

"是啊！"他哈哈大笑起来。

"凯瑟丽娜，你……"牧师望了望新娘，却被她冒着怒火的眼睛吓得连连倒退，嗫嚅地问道，"你愿意嫁给彼特鲁乔，让他成为你的合法丈夫吗？"

新娘撩开白色面纱，大声地吼了起来："我不……"谁知道，"不"字还没说完，就被彼特鲁乔给堵住了嘴！

牧师恨不得马上结束这场可怕的婚礼："我宣布，你们成为合法夫妻，阿门！"

音乐响了起来，婚礼结束了。凯瑟丽娜清醒过来，高喊着"不"，却被人群狂欢的声音给淹没了。

老富翁家里早已准备好了丰盛的酒席，人们载歌载舞，庆祝这一对新人的美好日子。彼特鲁乔却当场宣布，他因为事情很忙，不能留下来吃饭，要马上离开。

无论人们怎么热情地挽留，彼特鲁乔都坚持要走。

凯瑟丽娜气得牙痒痒，她喊了起来："随你的便吧！反正我今天不走，明天也不走，要是一辈子不高兴走，我就一辈子不走。你刚一结婚就摆出这种威风来，将来我岂不是要整天看你的脸色？一个女人如果一点儿不知道反抗，她会终生被人愚弄的。”她号召宾客入席，尽情地吃喝，不要管彼特鲁乔。

彼特鲁乔走到凯瑟丽娜身边，拉住她说：“大家痛快地吃喝吧！可是，我的新娘，这就要跟我走了！”说着，不管凯瑟丽娜如何顿足，如何尖叫，如何疯狂地踢打，他干脆将她一把扛在了肩头，走出了老富翁的家。

外面正下着大雨。彼特鲁乔将凯瑟丽娜丢在了跛脚马上，用力地一拍马屁股，那马儿“嘚嘚嘚”地颠了起来。就这样，彼特鲁乔冒着瓢泼大雨，带着他的新娘和奴仆离开了帕度亚。

路森修望着他们远去的背影，问比恩卡：“小姐，您怎么看您的姐姐？”

比恩卡笑嘻嘻地回答：“我的姐姐她就是个疯子，现在配给一个疯汉了。”

众人一听，笑得前仰后合。

4 设局迎娶小女儿

大雨滂沱，道路被冲得泥泞不堪。马背上的凯瑟丽娜冻得瑟瑟发抖，她抑制不住内心的愤怒，失声咒骂：“我嫁给了一个半疯的鲁莽的恶棍！”彼特鲁乔听了只是哈哈大笑。凯瑟丽娜拉着马缰绳，拐到了一条岔路上。她想趁其不备，冲下坡去将彼特鲁乔撞飞。谁知道，她的力气太小，反而被彼特鲁乔撞翻了，凯瑟丽娜直接从马背上掉到了烂泥里。她挣扎着伸出手，想让彼特鲁乔将她从烂泥中拉出来，谁知，彼特鲁乔却扬长而去！

彼特鲁乔先回到了他在乡间的住宅。这里虽然宽敞，却脏乱得很，柱子上结满陈年蛛网，桌子上积着厚厚的尘土。他的几个奴仆更是蓬头垢面，穿得破破烂烂。彼特鲁乔抱出财宝箱，那里装着老富翁给的两万克朗。他抓出一大把赏给了他的奴仆，大家开心地又蹦又跳。忽然，门“吱嘎”一声响了，疲惫的凯瑟丽娜挤了进来。她已经冷得嘴唇冻结在了牙齿上，快失去知觉了。

彼特鲁乔一看凯瑟丽娜来了，马上吼叫起来：“你们这些木头一样的奴才！怎么不去欢迎女主人？”

奴仆们慌乱起来，又是排队又是欢迎。凯瑟丽娜连挥手的力气都没有了，她踉跄着刚想走到火炉旁边烘暖，忽然，彼特鲁乔又炸雷一般吼了起来，将她吓了一大跳。

“浑蛋们，上菜！”

整个屋子立刻乱成了一锅粥。女仆们飞奔着抓逃跑的鸡，准备烘烤。男仆们搬盘子、拿碟子，叮叮当当好不热闹。他们忙得团团转，恨不得多生出几只手，不然，以彼特鲁乔那个坏脾气，没准会飞过来一只拖鞋，打破他们的头哩！

终于，饭菜准备停当。一个仆人给凯瑟丽娜搬来了一把椅子。凯瑟丽娜的眼睛紧盯着盘子里的烤肉，她早就饿得前心贴后背了。彼特鲁乔却并不让她吃，而是让奴仆先端水给她洗手。仆人一失手将水壶跌落在地上，彼特鲁乔恶狠狠地踢向那名仆人。

“您别生气了，他也不是故意的。”凯瑟丽娜大声地制止彼特鲁乔的粗鲁行为。

凯瑟丽娜舔了舔嘴角，她刚想伸手去抓烤肉，彼特鲁乔又让大家做饭前祈祷，一遍接一遍，一遍接一遍。饥肠辘辘的凯瑟丽娜实在受够了，她大吼一声，手伸向了烤肉。

没想到，彼特鲁乔一把给夺了过来，咒骂道：“谁拿上来的？烧焦了，所有的肉都烧焦了。”紧接着，他如风暴一般掀翻了桌子，“这批懒骨头，哪个混账厨子，知道我不爱吃这种东西，竟然还敢把它端上来！”

凯瑟丽娜欲哭无泪。她不停地劝解彼特鲁乔，说：“我的丈夫，请您不要那么生气，这肉烤得还不错。”

“哎，我对你说，凯德，它已经烤焦了，吃下去有伤脾胃，会使人脾气暴躁的。我们两人的脾气本来就暴躁，所以还是挨些饿，不要吃这种烤焦的肉吧！请你忍耐些，明天我叫他们烤得好一点，今夜大家饿一夜。来，我领你到你的新房里去。”

凯瑟丽娜到了新房，本想美美地睡一觉，可是彼特鲁乔故意嫌被褥铺得不好，把枕头、被单、线毯满房乱丢，还说都是为了爱惜她才这样做。只要她昏昏思睡，他就骂人吵闹，吵得她睡不着。

此时在老富翁家里，因为大女儿凯瑟丽娜已经出嫁，小女儿的追求者们正在展开各种攻势。老绅士竞争不过，直接退出了。路森修仗着他英俊的外表和渊博的学识，慢慢地赢得了比恩卡的芳心。他已经向比恩卡吐露身份，他是比萨富翁文森修的儿子，为了得到她的爱，

特意化装前来求婚。而那个衣着华丽的“路森修”则是他的侍从假扮的。

阳光如金色的羽毛，让一切变得轻盈而曼妙。比恩卡和路森修漫步在花园中，一边谈哲学，一边享受着秋日的美景。年轻绅士看着他俩成双入对，有说有笑，妒火中烧。

他将满心的愤懑倾诉给路森修的侍从，直抱怨得嘴唇干枯，眼睛冒火。他认为，他是一个爱情失败者，或许只有同样竞争失败的“路森修”能明白他的心境。

侍从憋着笑，故作生气地说：“比恩卡，那个朝三暮四的女人！我真想不到有这种事情。”

“哼，老实告诉你吧，我不是什么琴师。我为了她不惜降低身价，乔扮成这个样子。谁知道她不爱绅士，却爱上那个穷酸小子。”年轻绅士气得抓下了头上的灰帽子。

“哎呀，原来您是一个绅士呀！失敬失敬！久闻足下对比恩卡十分倾心，现在，你我都亲眼看见她这么轻狂了，咱们把这一段痴情割断了吧。”侍从长吁短叹，心里却在想：你是冒牌的琴师，我是冒牌的路森修。我主人的计谋真是狡猾哩，果然将你劝退了。

年轻绅士恨恨地发誓，从今往后，绝不再向比恩卡求婚了，像她这样的女人是不值得他爱的。而且，他要在三天之内和一个有钱的寡妇结婚，她已经爱慕他很久了。侍从也赶忙捶胸顿足地发誓：他坚决舍弃比恩卡，再也不向她求婚了。年轻绅士气哼哼地离开了老富翁的家。现在，情敌都走光了，路森修主仆二人笑得比阳光还要灿烂。只需过了老富翁的关，路森修就能得偿所愿了。

为了尽快让主人能够完婚，侍从物色了一个学究，准备冒充主人路森修的父亲——文森修去提亲。这天，他带着学究去拜访老富翁。

“小儿向我说起，他跟令爱十分相爱。我很愿意让他俩早早成婚，了却一桩心事。要是您不嫌弃的话，关于聘礼的种种条件我都答应……”学究装得像极了，俨然一副庄严的父亲做派。

“如果您家愿意给小女一份适当的聘礼，我们就此一言为定吧！”老富翁一看这学究文质彬彬，家庭条件应该不错，同时，侍从扮演的路森修也非常阔绰，比较符合他的心意。

侍从定下了一条妙计。这边他让老学究借口商谈婚事，将老富翁骗了出去；那边，他派人给路森修送信，让主人带着比恩卡快去教堂找牧师证婚。

“少爷，你和比恩卡快点儿去教堂，举行婚礼。”送信的人一边说，一边笑个不停。

“到底出什么事了？她父亲还没同意呢！”路森修完全不明白这是怎么一回事。

“他呀，无暇东顾，正在和一个冒牌的父亲讨论，关于冒牌的父亲的儿子的婚事哩！这不是您盼望已久的好机会吗？你们去秘密结婚，到时候木已成舟，再也不怕比恩卡被别人抢走了。”

路森修一听十分高兴，带着比恩卡去教堂结婚了。老富翁听到路森修和小女儿已经结了婚，也只好作罢。

5 悍妇变贤妻

在彼特鲁乔家里，经过几日的驯教，凯瑟丽娜渐渐消磨了戾气。彼特鲁乔见她饿得紧，给她端来一盆肉。彼特鲁乔说："在吃这肉之前，你应该谢谢我才对！"

凯瑟丽娜含混不清地说："谢谢您，夫君。"凯瑟丽娜说完，抓起肉来一顿狼吞虎咽。

看着凯瑟丽娜风卷残云般的吃着食物，彼特鲁乔心想：凯瑟丽娜如今已经变得低眉顺眼，可是还不够呢！还是要继续磨掉她野兽般的尖爪子，这样她的性情才会温顺。

这天，彼特鲁乔收到了请柬，原来是老富翁邀请他们夫妇去参加路森修和比恩卡的婚宴。

"凯瑟丽娜，我们要打扮得非常体面，我给你找来了裁缝，你去试一试新衣服吧！"

"这是您叫我做的帽子。"帽匠拿过一顶丝绒帽子。

"呸！样子像一只汤碗，寒酸死了。"彼特鲁乔挖苦道。

凯瑟丽娜却很喜欢，忙说："这顶帽子样式很新潮，淑女们都是戴这种帽子的。"

彼特鲁乔撇了撇嘴角，说："那就等你成为淑女之后再说吧！"说着，用剑砍破了帽子。

裁缝拿过一件紫色礼服。凯瑟丽娜眼前一亮，这件衣服真是太漂亮

了。可是，彼特鲁乔却咆哮起来："这算是什么古怪的衣服？上上下下都是褶儿，和包子一样。"他将衣服撕得一条条、一道道，成了一些碎抹布。

裁缝和帽匠吓得大气也不敢出，乖乖地走了。凯瑟丽娜从没有受过这种气，她将自己关在房间里，谁也不想看见。

彼特鲁乔推门走了进来，看她仍然在生闷气，轻声安慰道："凯德，我们就穿着家常便服，到你父亲家里去吧。想要显得通身气派，还是要靠心灵，布衣粗服可以格外显出一个人的正直。"

凯瑟丽娜转过身去不想理他，眉眼间充满了悲伤。

"那好吧，凯瑟丽娜，我们马上出发吧！穿上漂亮的衣服，高高的绉领，飘飘的袖口，还有琥珀的镯子……"彼特鲁乔说。

"真的？"凯瑟丽娜简直不相信自己的耳朵。

"真的。"彼特鲁乔看了看表说，"现在大概是七点，我们可以在吃中饭以前赶到那里。"

"可是，现在明明是两点呀！"凯瑟丽娜瞪大了眼睛。

"我说几点就是几点，要不，今天不去了！"彼特鲁乔拂袖而去。

"好吧，夫君，是七点。"凯瑟丽娜违心地说。

他们动身出发了。他们赶了一夜的路，天边泛起微光，太阳升起来了。彼特鲁乔故意说："瞧，月亮照得多么光明！"

"什么月亮？这是太阳。"凯瑟丽娜难以置信地望着他。

"老是跟我闹别扭，闹别扭！我说它是月亮，它就是月亮。我说它是什么，它就是什么。你要是说我说错了，我就不到你父亲家里去了。来，掉转马头，我们回去了！"彼特鲁乔拨转马头就要往回走。

“我们已经走了这么远，请您不要再回去了吧！您高兴说它是月亮，它就是月亮。您高兴说它是太阳，它就是太阳。随您叫它名字吧，您叫它什么，我也叫它什么就是了。”凯瑟丽娜无奈地说。

彼特鲁乔十分高兴，他终于看到凯瑟丽娜不再像以前那么强势了。他大叫一声，马儿“嘚嘚嘚”往前奔跑。走了一半路，碰到一个白发老头。彼特鲁乔指着那个老头对凯瑟丽娜说：“亲爱的凯德，你可曾看见过一个比‘她’更娇好的淑女？”

“嗯，您真是一位年轻娇美的姑娘。”凯瑟丽娜走过去对那个老头说。

这时，彼特鲁乔又变了卦：“凯德，你疯了吗？他明明是一位老先生，你怎么说是姑娘？”

“哎呀，老丈，请您原谅我一时眼花，阳光太炫耀了，我看什么都模糊。”凯瑟丽娜急忙改口。

“你们这样打趣我，倒把我弄得莫名其妙了。我叫文森修，现在要到帕度亚去看我的儿子路森修。”老头耸耸肩，原谅了年轻人的恶作剧。

彼特鲁乔一听是路森修的父亲，热情地邀请他和他们一路同行。他将老先生直接送到了路森修的公寓前。

“路森修在家吗？他的老父亲来了。”文森修冲着窗口高喊。

“胡说，他的父亲是我，正在窗口和你说话哩！”学究大声反驳。

“岂有此理！你假冒我的名字在这里坑蒙拐骗！”

“我看你才是个大骗子，想要讹诈我呢？”

文森修和学究立刻对骂起来。正巧，侍从和老富翁经过，文森修一眼就瞧见了他的异样。而侍从见到了老主人，硬着头皮装作不认识。不然，那可会露马脚的！

“哎呀，你这狗才！你居然穿起绸缎的衫子、大红的袍子！你还管那个冒牌货叫父亲。”文森修气得吹胡子瞪眼。忽然，他像是想到了什么，撕扯着侍从大喊道：“啊，你是不是把你的小主人谋害了！来人啊，快抓住他！”

侍从抵死不认账，被老主人打得嗷嗷怪叫。纸里包不住火，路森修只好走出来向父亲请罪。因为他爱上了比恩卡，所以和侍从交换了身份，让他在城里顶替他的名字，侍从的所作所为，都是被他强迫的，现在他已经美满地达到了心愿。文森修这才平息了怒气。

比恩卡的婚礼酒筵热闹非凡，桌子上摆满了精致而丰盛的食物，宾客们欢饮畅聊。年轻绅士还带来了他的妻子——那个寡妇。之后，女眷们去了花园休息。

男人们继续喝酒闲聊，他们取笑彼特鲁乔娶了最泼悍的女人，说他这辈子会做牛做马，日子会艰难得要命。彼特鲁乔不以为意，他和大家打赌，各人去叫自己的妻子出来，谁的妻子最听话，出来得最快，谁就能赢得一百克朗。没有一个人认为彼特鲁乔会赢。

路森修打发人去叫比恩卡。一会儿，那个人就跑了回来，回禀说：“女主人说她有事来不了。”

看到路森修输了，年轻绅士吃吃发笑，让人去叫他的妻子。那个人学着寡妇的尖嗓门，回复说：“她说，您在开玩笑，让您去见她！”

轮到彼特鲁乔了，他自忖肯定不能赢，所以不抱任何希望。

“夫君，您叫我出来有什么事？”凯瑟丽娜远远地走了过来。所有的人都惊呆了。彼特鲁乔又惊又喜。

年轻绅士啧啧称奇：“怪了，怪了，这预兆着什么呢？”

彼特鲁乔踌躇满志，得意扬扬地说：“这预兆着和睦、恬静的生活，总而言之，预兆着一切美满和幸福！”

众人连连点头。没想到，这个莽汉将一个悍女驯成了最听话的贤妻。

《一报还一报》故事中的人物关系

公爵

维也纳统治者

公爵之友

安哲鲁

在公爵假期中摄政

托马斯神父

伊莎贝拉

克劳狄奥的姐姐

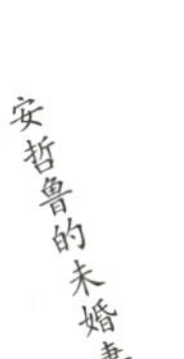

安哲鲁的未婚妻

玛利安娜

克劳狄奥

青年绅士

克劳狄奥之友

路西奥

朱丽叶

克劳狄奥的恋人

一报还一报

1 公爵离宫放权

五月到了，树上结满了小小的青苹果，整个维也纳城飘着好闻的香气。要不了多久，阳光会让果实成熟而芬芳。文森特公爵站在窗前远眺，能看到仆人们将闪亮的马具套在马上。再过一会儿，他就要乘坐马车离开宫殿了。

公爵是一个宽厚仁慈的君王，治理维也纳城已经14年了。虽然制定了严酷的法律，但是他一向宽容，臣民们犯了罪，能饶恕就饶恕，导致法律根本不起作用，一些人越来越胆大妄为。公爵想改变这种不良风气，重振法律的威严，但是他又怕施行仁政太久了，一旦重新从严责罚，百姓们就会骂他是个大暴君。思来想去，公爵想到了一个妙策，他决定假装离开维也纳，任命另一个人代为行使他的权力。

他命令侍卫去叫安哲鲁大人来觐见。

安哲鲁来了，他向公爵行礼道：“听闻殿下召唤，小臣特来恭听谕令。”安哲鲁看上去特别严厉，青白的面皮，紧抿的嘴唇，头发上还抹了油，一丝不乱。他戴着雪白的硬领，穿着法兰绒外套，浑身上下没有一处不整齐，没有一处不透着严肃。“安哲鲁，我即将动身去波兰。我不在的时候，你就全权代表我吧！你尽管放手去干，不必有什么顾虑。”公爵拿过一份诏书给了安哲鲁。他安排完各项事宜，就坐着马车离开了宫廷。

为了掩人耳目，公爵故意绕了很远的路，来到了一座教堂门口。托马斯神父出来迎接，他满面诧异，心想：“公爵不是要去波兰吗？怎么来到了这儿？”他猜想公爵来这儿一定另有隐情，于是将他引到了一间僻静的房间。

“神父，我将在你这里落脚，办一些事情。”公爵正色道。

“殿下，您尽管吩咐，我愿意效劳！”神父谨慎地关上了所有的门窗。

“我现在把权力交给了安哲鲁。一方面我想重振法律，另一方面我要考察考察他，看看他有了权力后，是不是还是那么公正。我想扮成一个教士去各处访察，请你借给我一套衣服，教我作为一个教士的行为举止吧！”

神父答应了公爵的要求。就这样，公爵住在了教堂里，装成教士的模样，每天暗地里走访民情。

这天，维也纳出了一件大事，街头巷尾议论纷纷。克劳狄奥被关进了监牢，原因是他使朱丽叶小姐有了身孕。原来，在维也纳有一条旧法律，如果男人引诱女人，让她未婚怀孕，就会被处以死刑。不过，公爵在的时候，这条法律从来没有实行过。安哲鲁新官上任三把火，

立刻把克劳狄奥抓了起来。这个年轻人可倒大霉了！安哲鲁还有更狠的，为了羞辱克劳狄奥，警示百姓，还给他戴上镣铐去游街！

克劳狄奥蓬头垢面，狼狈极了。他由两个狱官押着游街，后面还跟着哭哭啼啼的朱丽叶小姐。百姓们指指点点，乱作一团。路西奥挤到了克劳狄奥面前，他们两个是好朋友。

路西奥吃惊地问：“哎呀，克劳狄奥，你怎么戴起镣铐啦？是杀了人吗？”

克劳狄奥泣不成声地回答：“我没杀人……”

克劳狄奥乞求狱官，想单独和路西奥讲两句话。看狱官默认了，他扯着路西奥来到一旁，说：“事情是这样的：我和朱丽叶订了婚约，她就要成为我的妻子了，只是没有举行婚礼而已。她有一份嫁妆在她亲友那儿保管，因为我们害怕他们会反对我们相爱，所以暂时保守了这个秘密，等她拿到那份嫁妆，我们就举行婚礼。谁知，不幸的是，朱丽叶怀孕了。”

路西奥挠挠头，说：“太糟糕了，这是真的吗？”

“哎，正是。”克劳狄奥面带愁云，说，“我猜，安哲鲁就是想拿我开刀！为了威慑人民，他故意来这么一次下马威。”

“先别说这些了。你还是想办法叫人追上公爵，向他求情开脱吧！”

“我试过了，可是不知道公爵在哪儿呀！路西奥，我想请你帮我一个忙。我姐姐伊莎贝拉今天要进圣克来教堂当修女。你快去把我的事告诉她，让她替我向安哲鲁求求情。”

克劳狄奥紧紧地握住路西奥的手。见他点了点头，克劳狄奥这才放心地跟狱官走了。

路西奥是一个热心的小伙，他受了好友的嘱托，即刻赶往教堂。伊莎贝拉打开了门，询问他有什么事。

“你可以带我去见伊莎贝拉吗？她也是在这儿修行的，她有一个不幸的兄弟叫克劳狄奥。”路西奥说明来意。

“我就是他的姐姐。发生什么事了？”

“你弟弟现在被抓进监牢了，他让她的未婚妻怀了孕！”

听到这话，伊莎贝拉几乎晕倒。她想了想，问：“那女孩是朱丽叶吗？”

路西奥说：“就是她。”

伊莎贝拉怦怦乱跳的心这才平静，说：“让他俩结婚就好了嘛！”

路西奥咂咂嘴巴，表示事情非常棘手：“哎，问题就在这儿啊！公爵突然离开了，代替他摄政的是安哲鲁，这个人出了名的冷血无情。你弟弟按照法律应当处死，现在安哲鲁正好拿他儆戒百姓。哎，你弟弟就快死了，托我让你去向安哲鲁求求情，万一能饶他一命呢！”

伊莎贝拉向路西奥道了谢。她回去脱下修女服，换上了漂亮的绸裙，急忙去找安哲鲁，为弟弟求情。

很多人都到安哲鲁的府中求情，大家都说，警告一下克劳狄奥就行了，不用非得将他处死。

“我们不能把法律当作吓唬鸟用的稻草人！哼，鸟儿们见惯以后，就再也不会害怕了。”安哲鲁冷若冰霜，他甚至表示，“以后我若犯了同样的错误，也会照例给自己执行死刑。”他将那些求情的人通通骂出去了。

“狱官，明天早上九点把克劳狄奥处决！给他找个神父，让他忏悔一番，他的生命就快结束了。”安哲鲁斩钉截铁地宣布。说完他斟了一杯茶，吃了一块甜饼。这就是他的午餐。他从不像别的高官，美酒珍馐吃得满嘴流油；相反，他活似一个清道夫，这也是他引以为傲的地方。吃完饭，他继续审理其他案子。

2 伊莎贝拉去求情

“大人，犯人克劳狄奥的姐姐求见。”仆人进来禀报。

“他有一个姐姐吗？”安哲鲁合上卷宗，按了按太阳穴。

“是的，大人。她是一位贞洁贤淑的姑娘，听说她预备去做修女呢！”

安哲鲁挥挥手，说：“让她进来吧！”

伊莎贝拉上前施礼。安哲鲁问：“小姐，你来此有何贵干？”

“我是来向大人求情的。”她低眉顺眼，仿佛一朵静雅的百合花。

“哦，你说吧！”安哲鲁目光落在了伊莎贝拉身上。只见她穿了一件香槟色的软绸长裙，搭着白色的细绒披肩，衬得她的鹅蛋脸粉粉嫩嫩，气度安静娴雅极了。

“我的弟弟被判了死刑，我来请求大人网开一面，宽恕这个犯了过失的人。”伊莎贝拉诚恳地说道，她希望得到安哲鲁的宽恕。

“如果宽恕了他，那我的命令不就等于一句空话了吗？”安哲鲁厉声说道。

“唉，法律是公正的，可是太残酷了！我的弟弟必须死吗？”看到安哲鲁如此暴怒，伊莎贝“扑通”一声跪了下来，哭着哀求道，“大人，求您饶恕他吧！您要是肯开恩的话，一定会得到上天和众人的赞许。”

“他已经定了罪，太迟了。”安哲鲁冷冷地说。

“太迟了？”伊莎贝拉说，“不，我现在要是说错了一句话，就可以把它收回。相信我的话吧，任何大人物的装饰，无论是国王的冠冕、摄政的宝剑、大将的权杖，还是法官的礼服，都比不上‘仁慈’更能表达出他们的高贵！求求您大发仁慈吧！”

安哲鲁不耐烦极了，他说：“判你弟弟有罪的是法律，而不是我。即便他是我的兄弟，或是我的儿子，我也一样秉公处理。他明天一定要死。”

“明天？”这简直就是一个晴天霹雳！伊莎贝拉捂住了胸口，她有些喘不过气来，“啊，那太快了！饶了他吧！饶了他吧！我们就是在厨房里宰一只鸡鸭，也要按着季节呢！更何况是一个大活人呀，就可以这样毫无顾虑地杀死吗？大人，请您想一想，以前有多少人犯过这样的罪，谁曾经因此而死去？”

“法律虽然暂时昏睡，但它并没有死去。要是第一个犯法的人受到了处分，那么许多人也就不敢为非作恶了。”安哲鲁挑了挑眼皮说道。

“可是您也应该发发慈悲呀！”

“我在秉公执法的时候，就是在大发慈悲。别再说了，你弟弟明天是一定要死的。”

“请您问一问自己的心，有没有犯过像我弟弟这样的错？法律无情人有情，请您饶我弟弟一命吧！”伊莎贝拉匍匐在安哲鲁脚边，眼睛里涌动着星光一般的眼泪。这楚楚动人的模样，倒惹得安哲鲁心思摇摆不定起来。

这是怎么了？安哲鲁感觉呼吸急促。他转身想走，伊莎贝拉大声地恳求道：“大人！请您听听，我要怎样报答您的恩惠。”

“怎么，你这是要贿赂我吗？”安哲鲁饶有趣味地问。

“我不向您呈献黄金钱财，也不向您呈献珍珠宝石，我要献给您的是我最虔诚的祈祷。我会为您日夜祈祷，让上天保佑您平安喜乐。”伊莎贝拉恳切地说。她没有意识到，她这番话惹得安哲鲁方寸大乱。他终于被说动了。他让伊莎贝拉明天再来，那时候会给她一个答复。

伊莎贝拉走了，房间里只剩下安哲鲁。他松了松领巾，不知道为什么，见到伊莎贝拉后，他的心口烫得仿佛有把火在燃烧！他摸了摸脸颊，简直不相信自己的失态。这是怎么了？

安哲鲁在屋子里烦躁地走来走去。此时此刻，他满脑子都是伊莎贝拉，心里涌起了一个邪恶的念头。

天亮了，一夜没有睡好的安哲鲁眼睛里布满血丝，他的坏念头兀自在那里奔腾。直到仆人说伊莎贝拉求见，他才胡乱地洗了一把脸，宣布让她进来。

伊莎贝拉施礼道：“我来听候大人的旨意。”

安哲鲁非常想拉一拉伊莎贝拉的手，抚摸一下她乌黑的头发。安哲鲁假装镇定地说：“我问你，你是愿意让法律取走你弟弟的命呢，还是愿意像那个被他奸污的姑娘一样，牺牲肉体的清白，从而把他救赎出来？”

伊莎贝拉瞧着安哲鲁灰白的脸。那张脸始终板着，不苟言笑，她不明白他为什么这么问：“大人，相信我，我宁愿牺牲肉体，也不愿玷污灵魂。如果我替弟弟向您乞求宽恕是一种罪恶，那么我愿意承担上天的惩罚。如果您准许我的请求是一种罪恶，那么我会每天祈祷，让惩罚加到我身上，绝不带给您！”

“不，你误会我的意思了。也许是你不懂我的话，也许是你假装不懂，那可不大好。”安哲鲁走到伊莎贝拉面前。他知道，这个秀美聪慧的姑娘应该听明白了。只是她冰清玉洁，不愿意上钩！

“如果你，他的姐姐，被一个人爱上了，他可以运用权力，把你弟弟从法网中救出来，唯一的条件是你必须跟这个人在一起，否则你弟弟只能送命，那么你准备怎么办？”安哲鲁在伊莎贝拉耳旁低语，他的样子猥琐又恶心。伊莎贝拉一下子就明白了他的险恶用心。

她正气凛然地说道：“那我宁愿接受死刑！”

“那么，你的弟弟可就不能活喽。”安哲鲁压低了声音，带有一丝强迫，一丝蛊惑。

伊莎贝拉咬了咬牙，坚决不同意安哲鲁的坏条件。安哲鲁看着她碧蓝的眼睛，那双眼睛里澄净得不带一丝杂质。

3 趁火打劫的坏蛋

“老实说，我爱上你了。”安哲鲁换了一种腔调，他又拿爱慕当挡箭牌。

“我的弟弟爱朱丽叶，你却对我说他必须因此受死。”伊莎贝拉仰着头，不卑不亢。

“伊莎贝拉，”安哲鲁挑起伊莎贝拉的一缕发丝，说，“只要你答应爱我，就可以免你弟弟一死。”

“安哲鲁大人，你自恃德行高，但是你这样对我肆意轻薄，似乎有失体面吧？”

“凭着我的名誉，请相信我的话出自本心吧！”

“相信你的名誉？瞧瞧你那卑鄙的心吧！你就是一个虚伪的正人君子！”伊莎贝拉站了起来，一口气说了一大串话，“安哲鲁，我要公开你的罪恶，你等着瞧吧！快给我签署一张赦免我弟弟的命令，否则我要向世人宣布你是一个怎样的人。”

“哼哼。”安哲鲁没有害怕，反而冷笑起来，“谁会相信你呢，伊莎贝拉？我的清白的英名，我的严正的作风，还有我的权力，都可以压倒你的控诉！你快别自取其辱了，人家会把你的话当作诽谤！明天给我答复吧，否则今晚我要让你弟弟吃吃苦头喽！”

安哲鲁简直是一只披着人皮的禽兽！没想到，他让法律供自己驱使，是非善恶都由他任意判断！伊莎贝拉因为愤怒而神情恍惚，都不知道自己如何离开的。两行清泪从她洁白的脸颊上滑落下来。这种事她不知道向谁诉说，又有谁会相信她呢？“伊莎贝拉，你必须做一个清白的人，不能屈服于坏人的淫威！”想到这里，她决定去监牢里看看弟弟，将这件事告诉他。

公爵一直在调查克劳狄奥的事。他扮成教士，找到了朱丽叶，了解到她和克劳狄奥是彼此自愿的，而且他俩准备结婚，虽然触犯了法律，但是根本没那么严重。公爵心中有了打算。他又去监牢里探望克劳狄奥。正当他让克劳狄奥忏悔时，伊莎贝拉走了进来。由于刚刚哭过，她的眼圈还是红红的。公爵拉了拉斗篷，起身告辞，然后他让狱官带他来到了隔壁的监牢，偷听姐弟俩的谈话。

“安哲鲁大人还是想让你死。”伊莎贝拉哭了起来。

“啊，姐姐，一点儿办法都没有吗？”克劳狄奥呆住了。

“你想得到吗，克劳狄奥？”伊莎贝拉擦擦眼泪说，“要是我同意当他的爱人，他就会把你放了。”

“天啊，简直岂有此理！”

“而且我必须今夜决定，否则你明天就要死了。”

隔壁的公爵听到这里，整个人都惊呆了！他没想到，外表俨如圣人的安哲鲁，居然是一个趁火打劫的坏蛋，他虚伪的灵魂就像一口黑潭。

克劳狄奥一想到明天必须死，就忍不住浑身颤抖。他哀求伊莎贝拉道：“好姐姐，让我活着吧！你为了救你弟弟而犯的罪孽，上天不但不会责罚你，而且会把它当作一件善事。”

“呀，你这畜生！”伊莎贝拉没想到弟弟这么苟且偷生，她愤怒了，“你想靠着我的丑行而活命吗？为了苟延残喘，不惜让你的姐姐蒙污受辱？从今以后，我和你义断恩绝，你去死吧！哼，我祈祷你快快死去。”

眼见着姐弟俩反目成仇，言辞激烈，公爵重新走了进来。他对克劳狄奥说：“我已经听到了你们的谈话。安哲鲁并没有对她图谋非礼的意思，他不过是想试探下她的品性。现在，你姐姐冰清玉洁，断然拒绝了他的试探，安哲鲁异常欣慰。所以你趁着这点时间赶紧祈祷，准备明天受死吧！”

克劳狄奥痛哭流涕，后悔自己的贪生怕死。他匍匐在姐姐的脚下，乞求姐姐的谅解。他表示，他对生命已经毫无顾恋，但愿速了此生。

公爵称赞伊莎贝拉道：“姑娘，你不仅美貌，还有着美好的品格。这件事，你想怎么办呢？”

伊莎贝拉怒火中烧，她恨恨地回答：“我现在就去答复安哲鲁，我宁愿让弟弟死于国法，也不会顺从他！哎，公爵可是被安哲鲁欺骗得团团转。等他回来以后，我一定要向他揭穿安哲鲁的罪行！”

公爵微笑地看着这位自爱的姑娘。她显然并不知道，她已经在揭发了。“美丽的姑娘，万一安哲鲁说他没有坏心思，只是试探你呢？”公爵的话让伊莎贝拉陷入了沉默。的确，她无凭无据，真的拿安哲鲁毫无办法。“我想到了一个主意，你不妨听听看。”公爵的声音非常柔和，让伊莎贝拉十分信任。

“只要无愧良心，我什么都敢去做。”

“你听说过玛利安娜吗？”见伊莎贝拉点了点头，公爵继续说道，“她和安哲鲁本来订婚了，可是，她的哥哥在海中遇了难，玛利安娜的大笔嫁妆也落入了大海。于是安哲鲁暴露了他的本性，说她品行不端，就将她抛弃了。哎，尽管安哲鲁如此无情无义，玛利安娜还是爱着他。”

夕阳落了下去，在天空中铺了一层橘红色的彩霞，上演着最后的绚烂。

公爵将伊莎贝拉送出了监狱。他们已经商量好了一个偷梁换柱的计划。他让伊莎贝拉去见安哲鲁，假装答应他的要求，然后伊莎贝拉提出这样的条件：约会的时间不能太长，而且必须在安静幽暗的地方。一旦安哲鲁答应了，他们就去劝玛利安娜顶替伊莎贝拉。这样，一来能够救出克劳狄奥，二来伊莎贝拉的清白不受污损，三来可怜的玛利安娜能因此破镜重圆，四来虚伪的安哲鲁可以得到教训。简直一举多得！

4 偷梁换柱的妙计

伊莎贝拉蒙了面纱，顺着长满白玫瑰和冬青的花径来到了教堂附近的田庄，玛利安娜住在那里。玛利安娜长得十分柔美，她有一双水汪汪的绿眼睛，看上去明媚而忧伤。两人谈完后，伊莎贝拉又去找了安哲鲁。

伊莎贝拉回来见公爵。

“伊莎贝拉，”公爵招呼她，“你来得正好，事情谈得怎么样？”

伊莎贝拉回答：“安哲鲁有一个周围砌着砖墙的花园，在花园西面有一座葡萄园，必须从一道板门里进去，这把大钥匙便是开这道板门的。从葡萄园到花园之间还有一扇小门，可以用这个钥匙去开。我已经答应安哲鲁，在今夜夜深时分，到那个花园里和他相会。”说着伊莎贝拉拿出了两把闪亮的钥匙。

玛利安娜同意了偷梁换柱的计划，夜深时分，她将代替伊莎贝拉去和安哲鲁约会。伊莎贝拉非常细心，她特意嘱咐玛利安娜，为了避免露马脚，分别的时候，千万不要多说话，只需轻轻地说一句：“别忘了我的弟弟。”

玛利安娜点了点头，一一记在了心上。苍茫的暮色已经逼近，她要去准备一番，好以其人之道，还治其人之身。

午夜时分，公爵寻思着玛丽安娜已经完成了约会。于是，他赶到了监牢，找到了狱官，问：“善良的狱官！刚才有什么人来过没有？”

狱官回答："熄灯钟鸣以后，就没有人来过。"

"啊，伊莎贝拉也没有来吗？"

狱官答："没有。"

公爵十分奇怪，他忍不住又问："你没有接到撤回成命的公文吗？赦免克劳狄奥的？"

狱官一五一十地回答："没有。"

这是怎么回事？时间一分一秒地流逝，公爵不停地向外张望。他有些焦躁。天眼看着快亮了，在破晓以前，大概还会有消息传来的吧？

忽然，一个使者来了，送来了安哲鲁签发的公文。使者还特意嘱咐狱官，必须依照命令行事。公爵急忙凑过去看那公文。他原以为是克劳狄奥的赦状，其实并不是。里面的内容让他大惊失色：务必于四点处决克劳狄奥。克劳狄奥首级于五点送到，以凭查验。

天哪！公爵心里大叫：这个安哲鲁太邪恶了！他引诱伊莎贝拉，等到得逞了，他却不兑现承诺，还要杀了她弟弟。真是凶残至极！可怜的伊莎贝拉！

公爵掂量着那份要命的公文，思来想去，说："狱官，我一眼就看出你诚实可靠，所以我大着胆子，跟你商量一件事，把克劳狄奥暂缓处刑怎么样？"

"唉！这怎么办得到呢？安哲鲁大人有命令，限定时间，还要把首级送去查验。我要是稍有违背，我的头怕是也保不住了。"狱官吓得浑身颤抖。

"你要是听我吩咐，我可以保你没事。等到早上，你把杀人犯巴那丁处决了，把他的头送到安哲鲁大人那边去冒充，不就行了吗？"公爵说道。

狱官连连摆手，说道："这可不行，他们两个人安哲鲁大人都见过，他认得出来。"

公爵想了想，说："那你把巴那丁的头发剃光，胡子扎起来，这样就能蒙混过关了。"

无论公爵怎么游说，狱官都不敢这样做。公爵只好拿出了一封带有他图章的亲笔信，狱官这才放下心来。他认为这位教士一定得到了公爵的密谕，没准儿还是特使呢！狱官决定听命于这个神秘的教士。幸运的是，狱官发现监狱里有一名大海盗和克劳狄奥长得很像，这下都不用化妆了。于是将他处决了，将首级送去查验。

公爵望了望天空，晨星已经从云端里出现，黎明即将到来，一切就快水落石出了。他在煤油灯下写信给安哲鲁，说他已经要从波兰回来了，让安哲鲁率领官员士绅在城外的圣泉旁迎接他，同时，交出权力。信中还特别强调，百姓们如果谁想告状，他一进城就可以当街上告。其实，公爵是要当着人民的面，不动声色地揭露安哲鲁的罪恶。

正在这时，伊莎贝拉来了，她是来打听她弟弟的赦状有没有下来的。公爵想将计就计，于是他隐瞒了所做的一切，只是告诉伊莎贝拉，她的弟弟已经被处决了。伊莎贝拉一听，犹如五雷轰顶，号啕大哭起来。她边哭边痛骂安哲鲁，同时哀痛自己是多么的不幸。

公爵劝了她一番，继而说："伊莎贝拉，你这样哭根本于事无补。我得到了一个确切的消息，公爵明天就要回来了。快擦干眼泪，按照我说的去做，控告安哲鲁！"

伊莎贝拉点了点头。她发誓一定要揭露安哲鲁的罪行。

安哲鲁收到了公爵的信函。他恨恨地将纸揉成一团。公爵这么快就要回来了？万一他知道自己做的坏事，那不就完蛋了吗？想到这里，安哲鲁急得如热锅上的蚂蚁。

清晨，旭日从云层中钻了出来，照得整个维也纳红光一片。城楼上的喇叭手吹响了嘹亮的号声。公爵穿着他华贵的长袍，拿着权杖进了维也纳城。有身份的士绅老爷们都恭立在城门口迎接，百姓们更是欢呼雀跃。

“贤卿，久违了！”公爵向安哲鲁致意，“我在外面听人说起你处理政事公正严明！”说着，公爵牵起了安哲鲁的手，让士绅民众知道他享有无上荣光的礼遇。安哲鲁内心诚惶诚恐，但是他始终高昂着头。

5 一报还一报

忽然，伊莎贝拉拨开人群，冲了出来，跪在公爵面前，高喊：“殿下，冤枉啊！请您给我主持公道，主持公道啊！”

公爵低头看着她，和蔼地问：“你有什么冤枉？安哲鲁大人可以给你主持公道，你只要向他诉说就好了。”

伊莎贝拉愤怒地瞪了安哲鲁一眼。她恨不得眼睛里射出箭，将他万箭穿心。伊莎贝拉叙述了事情的经过，她继续说道：“后来，为了弟弟，我答应了安哲鲁的条件。可是第二天早晨，他照旧处死了我弟弟！”

“她弟弟是依法处决的！她一定是怀恨在心，打击报复我。要么，就是伤心过度，得了失心疯！”安哲鲁希望公爵将她撵走，越快越好。

“来人！把她关起来！难道可以让这种恶意的诽谤诬蔑我所亲信的人吗？这一定是一个阴谋。说，是谁给你出的主意，叫你到这儿来的？”公爵佯装不信伊莎贝拉的话。

“是洛度维克教士，我希望他也在这儿。”伊莎贝拉向人群中眺望。其实，洛度维克教士就是公爵扮成的那个教士。他分身无术，自然不能站出来。

托马斯神父走了出来，他在维也纳城颇有威信。“上帝祝福您，殿下。我一直在旁边听着，这个姑娘控告安哲鲁大人的话都是假的。”

这是公爵和托马斯神父商量好的，目的就是让百姓们知道，伊莎贝拉是清白的。公爵朝着神父挤眉弄眼，说：“神父，我相信你的话。那你认识洛度维克教士吗？他可是本案的关键人物呢！”

“他现在害着一种奇怪的毛病。他知道有人来向您控告安哲鲁大人，所以特意叫我来说明真相。看，我带来了一位证人，就是这位姑娘。”

玛利安娜蒙着面纱走了出来。她说：“请殿下听我说。伊莎贝拉完全是在撒谎！她说他和安哲鲁在一起，但那个时候安哲鲁和我正在花园幽会呢！他以为去的人是伊莎贝拉，其实那个人是我。”

“简直一派胡言！说得太荒谬离奇了。让我们看一看你的脸吧。”安哲鲁气得吹胡子瞪眼。

玛利安娜摘下面纱，忍不住骂起安哲鲁的背信弃义。安哲鲁心中大惑不解，怎么会是她呢？

公爵问安哲鲁：“你认识这个姑娘吗？”

安哲鲁说：“殿下，我承认我认识她。五年前，我曾经和她有过婚约，可是后来没成。从那时起直到现在，我发誓从来没有见过她。”

“殿下！”玛利安娜喊了起来，“星期二的晚上，真的是我和他在花园里幽会。如果我说的有一句谎话，就让我跪在地上永远站不起来，变成一座石像！”

安哲鲁忍不住跳了出来，他义正词严地说：“刚才，我还觉得挺可笑，现在我可是再也忍耐不住了。殿下，给我审判她们的权力吧！这两个无耻的女人，背后一定有人在操控着。她们只不过是爪牙，哼，让我来揭露她们的阴谋诡计。”

公爵心里暗笑：正求之不得哩！那我就看看你怎么审理，到时候可别露出你的狐狸尾巴！

公爵故意板着脸说：“这两个刁恶的女人，还有这个愚蠢的老神父！你们以为串通造谣，就能破坏一个正人君子的名誉吗？很好，安哲鲁，照你的意思，重重地处罚她们吧。狱官，你去把那个教士找来……”说着，公爵趁机离开，让安哲鲁来审判。

公爵找了一个隐蔽的地方，扮回了教士，跟着狱官重新来到了审判现场。

“啊哈！是你叫这两个女人来诽谤我的吗？她们已经招认是受你的主使。”安哲鲁问道。

公爵故意用低沉的声音说：“没有那回事。我只是恰好路过维也纳，却看见这里的法律好像是聋了的耳朵——没用处。”

百姓们叽叽喳喳地议论开了。这个教士也太大胆了吧！当着安哲鲁大人的面，居然敢抨击法律。这时一个汉子冲了上去，一把扯下了教士的头巾。这下所有的人都惊呆了——站在他们面前的是公爵！

公爵也不再隐瞒了，他重新坐到审判席上。安哲鲁顿时惊慌失措起来，他差点从椅子上滑了下来。他知道，公爵肯定目睹了他做的坏事，这下可完蛋了。“殿下啊，您明察秋毫，如果我还想掩饰，就是罪上加罪了。请您判处我死刑吧！”

公爵回答说：“安哲鲁，你犯了奸淫和背约两项重罪，我就判你在克劳狄奥被斩首的刑台上受死，也像他一样被迅速地处决，这才叫报应循环！安哲鲁的财产嘛，就判给玛利安娜吧！你已经成了他的妻子，可以凭这份财产找一个比他更好的丈夫。”

“啊，好殿下，我不要别人，也不要比他更好的人。”玛利安娜跪了下来，痛哭流涕。这个善良的姑娘还是爱着安哲鲁的，她甚至恳求伊莎贝拉帮她求情，让公爵免安哲鲁一死，她会生生世世记住这个恩情。

大家本以为伊莎贝拉肯定不会为安哲鲁求情，谁知她却跪在了玛利安娜的旁边，说：“仁德的殿下，我的弟弟犯法而死是咎由自取。安哲鲁的用心虽然可恶，却并没有害到我。请您减轻他的罪吧！”

公爵非常高兴。伊莎贝拉不仅美貌忠贞，而且很善良，他发自内心地爱上了她。公爵下令，让狱官放出了克劳狄奥。这真是一个天大的惊喜！见到弟弟还活着，伊莎贝拉忍不住喜极而泣。公爵当场向伊莎贝拉求婚，伊莎贝拉欣然答应了。在她的心中，公爵聪明仁慈，非常值得她托付终身。

因为玛利安娜和伊莎贝拉的求情，安哲鲁不用死了，他的眼里有了亮光。公爵看着安哲鲁，语重心长地说：“安哲鲁，好好地去爱你的妻子玛利安娜吧！你要待她好一点，因为她你才能活命。”安哲鲁点了点头。他曾经的心肠是多么狠毒，现在得到了赦免，方才感觉到仁慈多么重要！

经过了这件事，维也纳的法律得到了百姓的遵守。大家都认为公爵不仅仁慈，而且英明公正。伊莎贝拉嫁给公爵后，她的贤淑品格成了女人们的榜样，维也纳的风气越来越好。公爵和伊莎贝拉在百姓的爱戴中，过着幸福的日子。

《仲夏夜之梦》故事中的人物关系

雅典城的公爵

伊吉斯

乡间戏班子成员

赫米娅

恋着拉山德

波顿

织工，乡间
戏班子成员

拉山德

恋着赫米娅

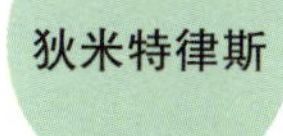

恋着赫米娅

海丽娜

恋着狄米特律斯

奥布朗

仙王

提泰妮娅

仙后

精灵

仲夏夜之梦

1 顽固父亲阻真爱

时节一进入仲夏，整个雅典城变得浪漫而忙碌。在清晨的天光里，薄雾尚未散尽，儿童们打着呵气抱着成打的鲜花，驴子拉着装满青菜的车，全都赶往公爵的宫殿。四天后，公爵要结婚了。这段日子，宫殿的仆人们更是忙得团团转。偌大的厨房里香气蒸腾，男仆们翻烤着乳猪，女仆将烤鸡刷上糖浆。每一个人都喜气洋洋，努力地为婚礼筹备着。

花园中，公爵正在和未婚妻散步。贵族老头伊吉斯赶来觐见。只见他吹胡子瞪眼，好像别人偷了他的银钱似的。他的身后还跟着一个少女和两个小伙子。

这个贵族老头伊吉斯是来控告他女儿赫米娅的。原来，他已经答应将女儿嫁给小伙子狄米特律斯，可是，赫米娅不同意，她想嫁给拉山德。

“哼，拉山德这个大坏蛋！他经常在月夜来到我女儿窗前，用做作得要死的腔调唱情歌，还送腕环、花束这些小玩意儿，就这样诱骗了我女儿的芳心。我女儿原来多么听话呀，现在处处跟我顶撞，都是被拉山德带坏的！”老头骂完拉山德，又咬牙切齿地骂起女儿，“殿下，赫米娅是我的女儿，我想怎么办就怎么办。今天，当着您的面，要么她答应嫁给狄米特律斯，要么按照雅典法将她处死吧！”

父亲的话简直犹如晴天霹雳！赫米娅放声大哭。公爵将她叫到另一个房间里。他望着这个身形纤细、眼睛像湖水一般美的少女说：“美貌的姑娘，父亲对于你来说应当是一尊神明。你就像他捏成的蜡像，他可以保全你，也可以毁灭你。在我看来，狄米特律斯是一位很好的绅士呢！你应该依从你父亲的想法。”

赫米娅摘下缀满鲜花的纱帽，鼓足了勇气说：“请殿下宽恕我！我不知道是一种什么力量使我如此大胆。我爱拉山德。要是我拒绝嫁给狄米特律斯，会有什么厄运降临到我头上？”

这个少女真是胆大妄为啊，敢不听从父命！公爵目光复杂，他说：“赫米娅，如果那样的话你要么受死刑，要么当修女。当修女就得终生幽闭在修道院中。你这么光鲜美丽，考虑一下青春吧！等到我大婚那天，你必须做出决定！”

赫米娅擦了擦眼泪。她和拉山德的爱情就像大海一样深厚，想到这里，她宁愿去当修女，哪怕只有清风孤月，也不要嫁给狄米特律斯。

公爵和少女谈完，回到了烛火通明的大厅。此时，拉山德掐住狄米特律斯的脖子，狄米特律斯薅住拉山德的头发，两个人大打出手，都快扭成麻花了。

狄米特律斯喘了一口气，说："拉山德，放弃你那无理的要求，不要再跟我抢赫米娅了！"

拉山德从狄米特律斯的胳膊下钻出来，活似一只炸毛的鸡："哼，赫米娅是爱我的。她父亲不是爱你吗？干脆你跟她父亲结婚好了……"

老头伊吉斯一听这话就恼了！他跳着脚咆哮："无礼的拉山德！赫米娅是我的女儿，我要把我在她身上的一切权利都授给狄米特律斯！"

凭什么呀？拉山德彻底被激怒了！他和狄米特律斯一样出身好，一样有钱，更重要的是赫米娅爱的是他。这个老头简直就像茅坑里的石头一样又臭又硬，非要拆散这对恋人。拉山德豁出去了，将压在心底的秘密一股脑儿地抖了出来。他禀报公爵，说狄米特律斯根本没脸和他争赫米娅，因为他曾经向海丽娜调过情，那可爱的姑娘到现在还痴恋着他哩！狄米特律斯被揭了短，气得脸红脖子粗，又朝拉山德冲了过去。

清官难断家务事！公爵挥挥手，让他们退下，最后他警告赫米娅："谁也没有法子变更法律。为了自己的终身幸福，你好好考虑吧！"

从公爵的宫殿中出来，赫米娅蹲在地上，捂住脸抽泣。拉山德站在她身后，心里非常酸楚，他安慰道："真爱的道路永远崎岖多阻。它像声音般易逝，像影子般匆促。但是，真爱又像黑夜中的一道闪电，霎时能照亮整个夜空。"

拉山德坚定而执着的话语，让赫米娅十分欣慰。她擦了擦眼泪，说："既然真心的恋人们永远要受折磨已是一条有关命运的定律，那

么让我们练习着忍耐吧！”别看她长得娇小可爱，胸膛里却蓄积了巨大的力量——那就是真爱。这股力量是照进她生命的微光，将指引着她义无反顾地奔向前方。

拉山德忽然想起来，他有一个寡居的伯母，一向把他当儿子看待。她的家离雅典城二十公里。他决定带赫米娅私奔到那里结婚，那是雅典的法律管不到的地方。拉山德扳过赫米娅的肩膀，说：“听着，赫米娅，晚上溜出家门，去郊外三公里路的森林，我在那儿等你。”

赫米娅重重地点了点头。“凭着丘比特最坚强的弓，凭着他的金镞的箭，明天我一定到达！”两个人定下了月夜出逃的计划。

海丽娜经过这里，她是赫米娅的闺密。以前的她热情得宛如一把火，可是现在却只顾闷头走路，看上去愁云惨淡。

“美丽的海丽娜，你要去哪儿啊？”赫米娅冲她招招手。

这句话立刻触痛了海丽娜。自从爱上狄米特律斯那一刻起，她就把赫米娅当作了情敌。她嚷了起来：“你说我美丽？可是，狄米特律斯却爱着你的美丽！你的眼睛是两颗明星，你的声音比云雀唱歌还要动听。我多么希望变成你，好得到狄米特律斯的爱！”

看到闺密耿耿于怀，赫米娅把私奔的事告诉了她，好让她释然：“听着，海丽娜，今晚我将和拉山德在那片长满樱草花的森林相会，然后我们就要离开雅典城了。再会啦，愿你重新得到狄米特律斯的心！”

海丽娜听到这样的消息，她认为这是一个讨好狄米特律斯的机会。于是，她将这个消息告诉了狄米特律斯。谁知，狄米特律斯一心想娶赫米娅，他决心等到月夜，去森林阻止那对出逃的恋人。

2 月光下的秘密

公爵的婚礼是雅典城最大的事，各地要组织艺人去演出。剧目一旦被选中，每个人会得到六便士赏钱哩！在乡下，老木匠昆斯组织了一个戏班子，准备进城去表演。成员都是粗鲁的手艺人，有细工木匠斯纳格、织工波顿、修风箱者弗鲁特、补锅匠斯诺特和裁缝斯塔佛林。

织工波顿是个倒霉蛋！别看他人到中年了，但是做事却不靠谱。他满嘴跑火车，吹的牛比他织的布都多。这不，他昂首挺胸，像只公鸡似的踱来踱去。“好昆斯，咱这出戏剧讲的是什么？扮戏的人都是谁？”

“戏名是《最可悲的喜剧，以及皮拉摩斯和提斯柏的最残酷的死》。”老木匠说，“我叫谁的名字，谁就答应。你，波顿，扮演皮拉摩斯……”

“等等，皮拉摩斯是谁呀？一个情郎呢，还是一个霸王？”波顿吹吹八字胡，打断了昆斯的话，他总爱这么干。

老木匠瞅了瞅波顿，回答：“他是一个有情郎，为着爱情的缘故，他挺勇敢地把自己毁了。”

“哟——”波顿的脑瓜像风车一般转开了，“咱能演得活灵活现，管保叫全场人痛哭流涕。但是嘛，我感觉扮霸王挺适合我的。瞧瞧，这就是霸王的眼神！”说着，波顿努力地翻了翻小三角眼，那样子滑稽得要命。

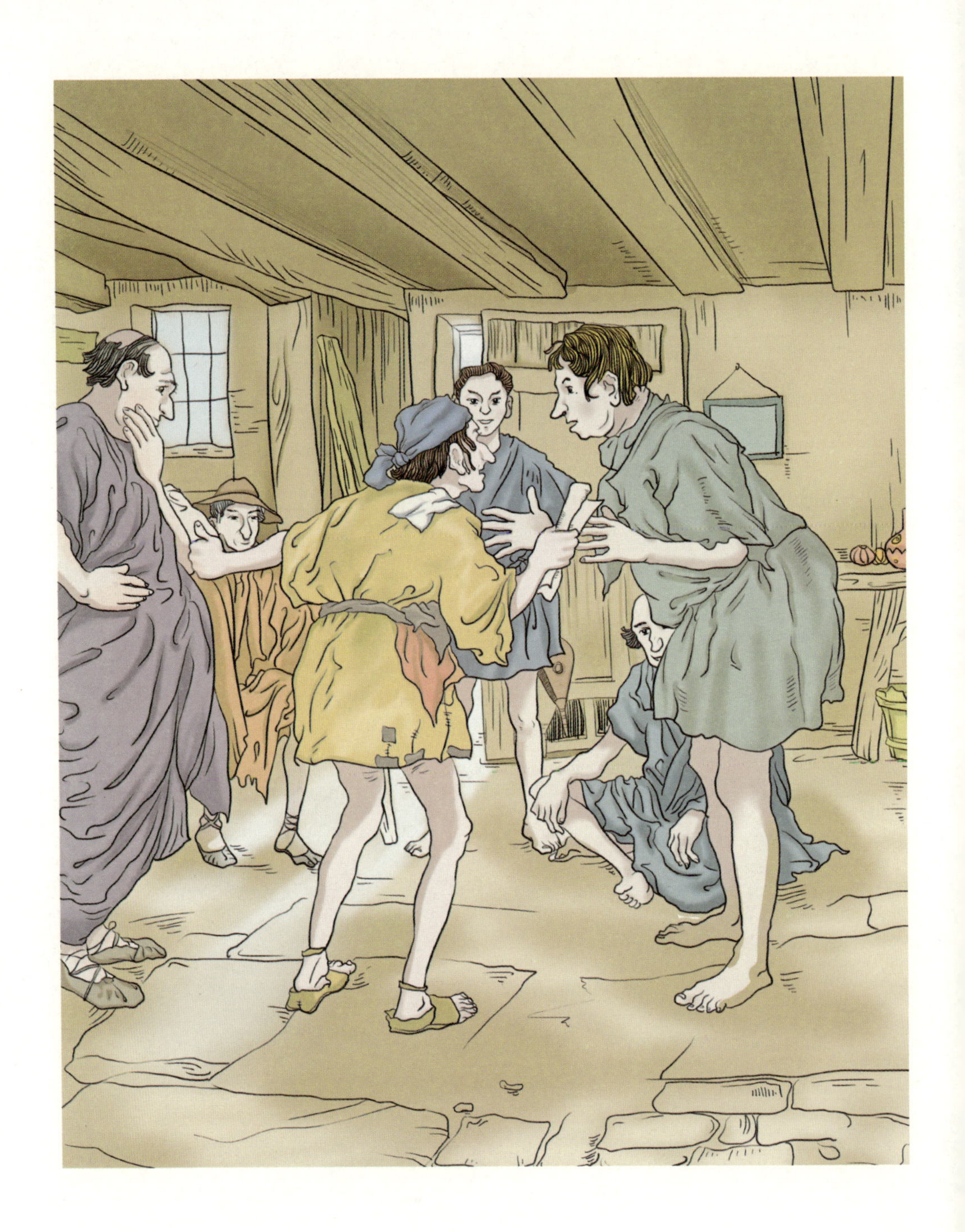

老木匠没有搭理波顿，继续安排角色："弗鲁特，修风箱者，你得扮演提斯柏。"

"提斯柏是谁呀？一个游侠吗？"弗鲁特期待地问。

"那是皮拉摩斯爱的姑娘。"老木匠眨眨眼睛。

"什么？"修风箱者好悬才没从干草垛上摔下来。他严重抗议，这次可不想再扮演姑娘了。他的胡子已经长起来啦，嗓子也粗里粗气的，根本不适合。

"提斯柏！提斯柏！"忽然，波顿粗声粗气地喊了起来。他不知从哪里掏出一条丝巾，裹在了头上，像个鸡婆婆似的，又变幻了女人的腔调，尖起嗓子说，"那个姑娘也让咱来扮演吧，咱最会细声细气地说话了。"

众人被波顿的怪模样弄得哭笑不得。他怎么又开始抢戏了？老木匠摇了摇头说："不行，不行。你必须扮演皮拉摩斯。修风箱者，你必须扮演提斯柏。"

波顿一看抢戏没成功，只好悻悻然地摘下了丝巾，团进了口袋。大家继续听老木匠安排角色。

"裁缝，你扮演提斯柏的母亲；补锅匠，你扮演皮拉摩斯的爸爸；我扮演提斯柏的爸爸；细工木匠呢，你就扮演一只狮子好了。"

细工木匠是个粗壮的汉子，他抓了抓杂草般的头发，问老木匠："你有没有把狮子的台词写下来？给我吧，我记性不大好。"

"你不用预备，你只要吼几声就好了。"老木匠说。

波顿又想演那只狮子了。他嗷呜地大吼了几下，直吼到干咳为止："让咱来扮演狮子吧！"

唉，老木匠很无奈地望着他："听着，波顿，你只能扮演皮拉摩斯。因为皮拉摩斯是一个讨人喜欢的体面人，可爱的绅士，因此你扮演皮拉摩斯最适合。"

"好吧，那咱装饰什么胡须呢？稻草色的须、橙黄色的须、紫红色的须，或者法国金洋钱色的须……"波顿歪着头，他又开始瞎琢磨了。

"你还是光着脸蛋吧。"老木匠合上剧本，望了望天。天色不早了。"嘿，咱们这个可是秘密，千万不能让人抄袭了去。这样吧，月亮升起时，咱们去郊外的森林排练，谁也不准误事！"

众人散去。波顿边走边琢磨着他的角色，"咚"的一声撞到了树上，惹得孩童们哈哈大笑。

夜幕低垂，雅典城内家家户户准备用晚餐。没有人注意到，城外的森林悄然变幻着。这里一到夜晚就成了仙人们的领地，有总爱争吵的仙王和仙后，还有仙子、精灵和小矮人。粉色的薄雾妖娆地游荡在枞树和橡树间。颜色奇异的花儿竞相绽放。仙子们扇动着翅膀来回飞舞，她们正在为仙后服务，有的访寻草环上甘美的露水，有的给每朵花挂上珍珠耳坠。

乘着银月光，一个黄衣仙子轻盈地飞来了。游荡的精灵"咚"的撞到了她。这个精灵是仙王的侍从。哎！最近仙后和仙王又吵架了。因为仙后得到了一个印度小孩，她像心肝儿一般疼爱他，可是仙王非要让这个小孩充当侍童，仙后怎么肯呢？

"快点走开吧，粗野的精灵。一会儿我们的仙后要来了。"黄衣仙子警告精灵。

精灵叼着草根儿，才不在乎呢！他可是狡猾的、淘气的精灵。“哎哟，我们的仙王也要在此地举行欢宴。千万别让他俩碰面，不然，又要吵翻天喽！”

仙子飞到精灵面前，打量着他的脸。嗬，这不是有名的捣蛋鬼吗？有时他暗中替人家磨谷，有时弄坏了酒使它不能发酵。他最爱玩的是把走夜路的人引入歧途，自己却躲在一旁偷笑。

精灵耸耸肩，表示仙子的话全中！他搔了搔尖尖的耳朵，说：“我就是那个快活的夜游者，最会逗仙王开心。我顶爱捉弄人类，有时候我掀翻老太婆的大麦酒，有时候我化作三脚凳，等老婶婶刚想讲故事时，便从她的屁股下滑走，把她翻了一个人元宝……嘘，仙子你快让开，仙王来了！”

黄衣仙子也叫了起来：“不好，我们的仙后也来了。”他俩悄悄地躲藏起来。

3 进入梦幻森林

月光洒满了林间小路。在仙子们的簇拥下，衣着华美的仙后走了过来。她足尖踏过的地方，绽放出朵朵莲馨花；手指碰过的地方，小精灵拨响美妙的竖琴。

仙王从路的那一头走了过来，阴阳怪气地说：“真不巧，又在月光下碰见你——骄傲的提泰妮娅！”

仙后拂了拂她金色的卷发，不屑一顾地道：“嘿，嫉妒的奥布朗！仙子们快走，我已经发誓不和他同游同寝了。”

仙王一把扯住了仙后洁白的裙纱：“等一等，坏脾气的女人，谁嫉妒了？”

仙后用力地扯出裙纱，妙目圆瞪：“自从仲夏之初，咱俩就老吵架，人间就遭了殃。毒雾化成瘴雨下降到地上，庄稼腐烂，尸横遍野，再也听不到欢乐的颂歌。天时不正，气候反常，我们的不和是一切灾祸的根源！”

仙王摊摊手，说：“只要你把那个小孩交给我做侍童，一切不都解决了吗？”

仙后雪白的脸气得绯红，勃然大怒道：“你死了这条心吧！你拿整个仙境也休想换得这个孩子。他的妈妈是我的信徒，因为是个凡人，生下他便死去了。我一定要好好地抚养他。”

说完，仙后率领仙子们拂袖而去。她一刻都不想看到仙王。仙王像咸鱼一样被晾晒在一旁。他的怨恨又增加了一层，望着仙后的背影，他决定给她点颜色看看。于是，他招招手，精灵急忙上前听命。

“精灵，你去西方把爱懒花给我采来。它的汁液有魔力，如果滴在睡着人的眼皮上，醒来第一眼看见什么生物，就会疯狂地爱上它。在鲸鱼还不曾游过三公里路之前，必须回来复命。”

精灵深深施礼：“领命！我可以在四十分钟内环绕世界一周。”说着，他化作一阵烟雾消失了。

仙王舒服地卧在草地上想：“哼，花汁一到手，我就趁着仙后睡着时，滴在她的眼皮上。她醒来后，无论看见的是狮子、熊、狼还

是猴子，都会爱上它。嘿嘿，想想多么可笑呀！然后我会用另一种仙草解除这个魔力，前提是，她得把那印度小孩给我，啊哈哈哈！”仙王正沉浸在惩罚仙后的幻想中，忽然，他听到了越来越近的争吵声。当然，凡人是看不见仙王的。他忽然来了兴趣，想听听凡人们都在吵些什么。

夜色渐渐呈深蓝色，草木气息愈来愈浓。萤火虫被人惊扰，“呼啦啦”飞了起来，亮灿灿的仿佛星空。狄米特律斯气急败坏地在森林中奔走，他在疯狂地寻找赫米娅和拉山德。海丽娜跌跌撞撞地跟在他的后面，汗水浸湿了她的花边上衣，蓬松可爱的袖笼被树枝刮得破破烂烂。

“赫米娅！你在哪儿？”狄米特律斯边走边喊。他绕过山毛榉树，心情糟糕到了极点。

回头看见海丽娜还在跟着他，狄米特律斯的怒火腾地起来了。他让她快点儿滚蛋，海丽娜依然像只可怜的哈巴狗一样跟随着。海丽娜听到了骂声，心里又委屈又凄凉。她不惜放弃和赫米娅的友谊，将他们私奔的消息告诉了狄米特律斯，来换取他的好感。可是到头来，狄米特律斯对她还是一如既往地厌恶。

“哎呀呀”，仙王看着凡人的争闹，他啧啧嘴巴。这个海丽娜痴心一片，她爱得如此卑微。可是这个黄发小伙子呢？他可是一副铁石心肠哪！

争吵还在继续。狄米特律斯大声地呵斥：“海丽娜，我不爱你，所以求你别跟着我了。我一看见你就头疼，不要过分惹起我的厌恨吧！”

海米娜的眼泪在眼眶里打转，强忍着不让它们掉下来，说：“可是，我不看见你就心痛。”

狄米特律斯丝毫不为所动。他如同一只公鹿般跳开了，边跑边喊：“我要逃开你，躲在丛林中，任凭野兽把你怎样处置吧！”海丽娜急忙去追。怎奈宽大的绸裙成了累赘，她一下子摔倒在地。这时狄米特律斯早就跑得无影无踪了，她只好绝望地扑到草丛中呜呜哭泣。

仙王看到这一切，他很同情海丽娜，于是，决定帮助她。这时精灵从烟雾中现身，他找到了几朵爱懒花。仙王留下一朵，预备亲手将花汁涂在仙后的眼皮上。其余的花儿都给了精灵，让他找到狄米特律斯，将花汁涂在他的眼皮上：“精灵，那个薄幸的小伙子穿着雅典人的装束，你必须辨认清楚，不准弄错。这样，他醒来后，会第一眼看到那个可怜的少女，就一定会爱上她的。啊哈，多么圆满呀！”

精灵拿着爱懒花，化作一阵烟雾走了。

丛林深处，雾气缥缈。茴香盛开的水滩边，淡红色的樱草花、盈盈的紫罗兰、馥郁的金银花和野蔷薇怒放着。仙后饮了蜜酒，在百花吊床上酣醉。夜莺鼓起清弦，为她唱着催眠曲。仙王悄无声息地现身了，此时的仙后睡得正熟。他将爱懒花汁滴在了她的眼皮上。啊哈，等到明早她一睁眼，看见豹子、大狗熊那些丑东西，然后爱上它，想想就笑破肚皮哩！

微风拨弄着树尖，月色越来越浓。拉山德和赫米娅在森林中迷了路，他们早已筋疲力尽，却始终找不到出口。拉山德气喘吁吁地说：“赫米娅，让我们休息一下，等到天亮再说吧！”

赫米娅也累极了。苍白的脸颊上挂着汗珠，澄澈的眼睛没有了神采。她一屁股坐在花坛上，靠着一棵大榛树，预备就在那儿睡下。她

让拉山德去另外寻找一处能睡觉的草坪。两个人怀着甜蜜而美好的幻想，各自进入了梦乡。

静寂的深宵，万籁俱寂。精灵几乎找遍了整个森林，却连雅典人的影子都不见。“咕咕！”突然，猫头鹰大叫，精灵吓得一激灵。这当儿，他看见了正在草丛中睡觉的拉山德。哎呀，他穿着雅典人的衣服！这不正是主人让我找的那个欺负少女的薄幸情郎吗？想到这里，精灵将爱懒花汁涂在了拉山德的眼皮上。“坏家伙，我已经在你的眼皮上注入了鲜花的力量。当你醒来，爱情就会捉弄你，啊哈哈哈！”可是，精灵不知道，他搞错了对象。于是，一场阴差阳错的大戏就要开演了！

4 精灵乱点鸳鸯谱

“我到底做错什么了？我越是千求万告，越是惹狄米特律斯憎恶。他这样逃避我，像逃避一个丑妖怪。”海丽娜追着狄米特律斯，追得两腿发软。她只好坐下来休息。忽然，她发现草丛中躺着一个人，走近一看，是拉山德。海丽娜走过去推醒他。

“我愿为你赴汤蹈火，玲珑剔透的海丽娜！”醒来的拉山德含情脉脉地望着她。是的，他被精灵涂了花汁，在鲜花的力量下，他爱上了第一眼看到的海丽娜。

海丽娜吓了一大跳。这家伙是睡糊涂了吗？她喊了起来：“拉山德！不要这样说！你爱的是赫米娅呀，你应该心满意足了。”

拉山德猛烈地摇头。

拉山德爱上了她？这简直荒谬绝伦！这一定是拉山德故意的，他在嘲讽她，嘲讽她没有人爱，挖苦她，笑话她。

“你用卑鄙的样子向我假献殷勤！哼，我还以为你是个有教养的上流人哩。”海丽娜转身就跑。她才没有闲工夫和拉山德扯，她还要去找狄米特律斯呢。

“等等我，海丽娜……”拉山德一骨碌爬了起来，追了上去。

赫米娅还在睡觉，她并不知晓这变故。过了一会儿，她从噩梦中惊醒，发现拉山德并不在身边，于是揉了揉眼睛，走向森林，去寻找她的爱人。

丛林深处，仙后睡得正香。幽深的小路上传来参差不齐的歌声，原来是老木匠组织的戏班来排练了。他们提着灯笼，找寻着适宜的空地。哟，这丛山楂树是天然的后台哩，这处草地又平又柔，当舞台最好。几个人就在仙后卧榻附近放下道具，开始排练。当然，他们是看不到仙后的。

正在这时，精灵游荡过来了。他抬眼一看，这还得了？一群凡人在仙后卧榻之旁鼓唇弄舌，万一吵醒了她怎么办？再细心一看，原来是在排练戏剧。精灵托着腮帮子，津津有味地看了起来。

只听波顿清了清嗓子，说起了台词：“提斯柏，花儿开得十分腥——”

老木匠赶忙在一旁提词：“十分香，十分香。”

“开得十分香。好人儿，你的气息也是一个样。听，那边有一个声音，你且等一等，一会儿咱再来和你诉衷情……”说着，波顿下台了，他绕到了山楂树后。

“啊嘿，请看波顿变成了怪妖精！”精灵玩心大起，他决定捉弄捉弄波顿。他挥挥手变出一顶礼帽。再吹一口气，树桩变成了镜子。波顿一扭头，发现有顶礼帽，于是他捡起来戴在头上，对着镜子美了一会儿，感觉自己怪好看的。

又轮到波顿上台了。这时候，扮成姑娘的人说起了台词：“最俊美的皮拉摩斯，脸孔红如红玫瑰……”啊？他看到波顿脱下礼帽，“轰——”变成了驴头怪！众人吓蒙了，见了鬼般地逃命。波顿变成一头蠢驴啦！大家连滚带爬地跑。荆棘刺破了他们的衣服，有的失去了袖子，有的掉了帽子，他们全都顾不上了，一瞬间跑得无影无踪。只留下呆若木鸡的波顿，他感到莫名其妙极了，不知道发生了什么事。他猜想，一定是伙伴们想吓唬他。于是，他放声歌唱，让伙伴们知道他根本不怕：“山乌嘴巴黄沉沉，浑身长满黑羽毛，画眉唱得顶认真，声音尖细是欧鹪。”

仙后被歌声惊醒，她从百花卧榻中醒来，一眼就看到了驴头怪波顿。她用甜蜜的声音说：“温柔的凡人，请你唱下去吧！我的耳朵沉醉在你的歌声里，我的眼睛又为你的样貌所迷惑。在第一次见面的时候，你的美姿已使我爱上你了。”

因为花汁的魔力，波顿能看到仙后。他目瞪口呆，从没有见过这么美妙的人儿！披散的长发如锦缎般发光，王冠衬托出她不凡的出身，特别是那一双碧绿的眼睛，让他的身心沉浸在玫瑰色的梦境中。

波顿想起自己是卑微的乡巴佬，怎么配得到这么漂亮的人的爱？他转身就跑。仙后忙命令藤蔓、蛛网抓住他，倒吊着送到了她的面前。

仙后祈求道："请不要跑出这座林子！我将让仙子们侍候你，他们会从海底捞起珍宝献给你。而我会为你洗去凡俗之气，使你像精灵般轻盈。豆花！蛛网！飞蛾！芥子！给他吃杏子、鹅莓和桑葚，在流萤的眼睛里点上火，照亮他的路……"

波顿简直受宠若惊。他向蛛网先生鞠了一躬，和豆花小姐握了握手，他称呼芥子为"好先生"，虽然他曾经辣得他舌头疼。

在森林中的另一处，仙王感到百无聊赖，于是，他召唤来了精灵，想知道仙后那边怎么样了。精灵一想起来就咯咯发笑，直笑得腮帮子疼："我将一个蠢才变成了驴头怪。仙后醒来，第一眼看见的就是他，立刻爱上了这头驴子，别提多可笑啦！"

仙王想想那滑稽的画面，也是笑得前仰后合。"哎呀，这可太讽刺了，比我预料的好玩！还有，你有没有照我的吩咐，把花汁涂在了那个雅典人的眼皮上？"

精灵拍拍胸脯回答："我已经趁他熟睡的时候办好了。"

两个人又笑了好一会儿。忽然，狄米特律斯和赫米娅跑了过来。仙王指着狄米特律斯对精灵说："瞧，他就是那个雅典男人。"

什么？精灵瞪大了眼睛，说："是这个女人没错，那男人可不是。"

正在这时，赫米娅绕过大树，走了出来。她怎么也找不到拉山德。忽然，她看到狄米特律斯在前面。赫米娅气坏了，一定是狄米特律斯因为嫉妒杀了他！赫米娅二话不说，挥拳就向狄米特律斯揍去。狄米特律斯一看是赫米娅，又惊又喜，急忙解释他并没有杀拉山德。赫米娅暂且相信了，她气鼓鼓地跑了，一头冲进森林，继续寻找。

一切都乱套了！仙王气得拍打精灵的脑袋瓜：“看你干的好事！你弄错了对象。”精灵只好尴尬地用双手捂住了脸。

“用风一般的速度去寻找海丽娜，用法术将她引到这儿来。我会给狄米特律斯施展魔法，直到海丽娜赶来，让他们见面，相爱！”仙王奥布朗抚着额头。

精灵领命，边飞边叫：“我去，我去，用风一般的速度，我快过利箭。”

5 太阳升起皆大欢喜

不一会儿，精灵引来了海丽娜。她身后跟着拉山德，一把鼻涕一把眼泪地在表白。他是多么的爱她呀！她是多么的美貌呀！但是海丽娜认为每一句话都是嘲讽。她并不知道，拉山德的眼皮上曾经被精灵涂抹了魔力花汁。

真是冤家路窄。狄米特律斯被仙王施了魔法，朝着这边走了过来。现在他也爱上了海丽娜，他边走边吐露着情话：“啊，海丽娜，完美的女神！圣洁的仙子！”

海丽娜大吃一惊，这家伙不是一直逃避她吗？哦，她恍然大悟，狄米特律斯一定也是来嘲笑她的。唉，倒霉！该死！两个男人原本是情敌，一同爱着赫米娅，现在转过身来一同嘲笑她，海丽娜伤心透顶。

拉山德和狄米特律斯情敌见面，分外眼红，为了海丽娜展开了决斗。当他们打得正热闹的时候，赫米娅也到了。她一眼就瞧见了拉山德，急忙抓住他的手，却被拉山德像甩可恶的蛇一样甩掉。

赫米娅怔住了。拉山德瞪着眼睛，用恶毒的话咒骂她：“我不要看见你的脸了。我厌恨你，我爱海丽娜。”

天啊，赫米娅顿时感觉天旋地转。她痛苦地冲着海丽娜大叫：“你这个骗子！你这个爱情的贼！哼！你乘着黑夜，悄悄地把我的爱人的心偷去了吗？”

海丽娜也处在气头上，叉着腰回击：“哼！你这装腔作势的人！你这给人家愚弄的小玩偶！”

“你这涂脂抹粉的花棒儿！请你说，我是怎样矮法？矮虽矮，我的指爪还能挖得到你的眼珠哩！”说着，赫米娅冲了过去，和海丽娜打作一团。

仙王看着四个人乱成一锅粥，他又好气又好笑，直揪精灵的耳朵，都是他干的好事！精灵忙不迭地喊疼，只好承认是自己弄错了。仙王拿出解药仙草交给精灵，让他去解除魔法。

精灵领命而去，呼地一甩斗篷，释放出冥河水般的浓雾，森林里顿时黑茫茫一片，什么都看不清了。大雾中，拉山德快跑断了腿，狄米特律斯摔了好几个跟头。海丽娜累得瘫倒在地，赫米娅抱着树喘着气。他们跌跌撞撞，直到精疲力竭，倒地睡去了。

啊哈，时候到了。精灵收了浓雾，将仙草汁涂在了拉山德的眼皮上。啊呀呀，他差一点儿又搞错了。幸好，他停止了恶作剧。“让一切都恢复原状吧！这两对恋人将回到雅典城去，订下白头到老、永无尽期的盟约。”

仙王的气也消了，他飞去寻找仙后，要解除她的魔法。

丛林深处，仙后正把麝香玫瑰插在波顿的驴头上。在她的眼中，波顿是那么的帅气，尤其是那双驴耳朵，是如此的俊俏，如此的与众不同。

仙后问："你要不要听一些音乐，我的好人？"

波顿想了想，说："我最擅长音乐了。那咱们来敲一下锣鼓吧。'噼里啪啦'多么喜庆！"

仙后指着一堆仙果，问："好人，你要吃些什么呢？"

"您要是有好的干麦秆，也可以给咱大嚼一顿。咱怪想吃那么一捆干草的。"

波顿的话，惹得仙子们偷偷地发笑。仙后在款待一头蠢驴，真是滑稽又好玩。仙后却浑然不觉，她和波顿说了一会儿甜言蜜语，两个人趁着凉爽的晚风进入了梦乡。

仙王出现了，他对仙后痴恋一头蠢驴于心不忍了。原来，仙后已经差遣仙子把那个印度小孩送到了寝宫，他已经得偿所愿了。于是，他决定解除她的幻想。

"喂，醒醒吧，我的好王后！"仙王用仙草轻触仙后的眼皮。

"我的仙王！我看见了怎样的幻景？我好像爱上了一头驴子啦。"仙后忐忑不安地说。

奥布朗努努嘴，示意躺在一旁的波顿就是仙后的"爱人"。仙后看到了驴头怪，吓了一大跳。原来，梦中的景象是真的啊！

仙王让人奏起柔和的催眠乐曲。波顿、狄米特律斯、海丽娜、拉山德、赫米娅全都睡着了。等他们醒来后，这一切的戏谑就会像一场荒诞而奢华的梦。仙王挽着仙后的手回仙境去了。

金色的阳光穿透浓雾，鸟儿叽叽喳喳地唱着晨曲。公爵和贵族来森林里狩猎，他们瞧见了那两对睡在地上的恋人。公爵很好奇，这些人不是冤家对头吗？怎么会变得这样和气，而且还睡在一块儿？侍卫叫醒了那四个人。当着公爵的面，拉山德说他爱的是赫米娅，狄米特律斯承认他恋着的是海丽娜。公爵笑着应允了，并且决定，他们会与公爵一同举行婚礼。赫米娅的父亲看到这一切，也只好同意了。仲夏之夜的奇幻经历，微细而无从捉摸，慢慢化成了云雾渐渐散去。四个年轻人跟着公爵回到了雅典城。

哦，森林里还有一只驴头怪哩！他正呼呼睡得香甜。忽然，百花吊床猛然下坠，“噗——”他摔在了地上，变回了原来的模样。波顿揉了揉摔疼的屁股，回味着自己看到过的奇妙景象。他忍不住陶醉地笑了：“那是人类不曾见过的梦境。我要称它为‘波顿的梦’，因为这个梦没有止境。”

波顿开心地跑回城里。此时，城里的伙伴们正抱头痛哭呢！他们想起了波顿的种种好处，正在捶胸顿足。忽然，波顿从晨光中兴冲冲地跑了过来，大声地打着招呼：“嘿，伙伴们！”伙伴们看见波顿非常激动，跑过去紧紧地拥抱他。

这下，老木匠组织的戏剧班的成员到齐了。他们来到宫殿，为公爵的婚礼表演助兴。在经过了一个又一个精彩的节目后，终于轮到他们上场了。大家从来没有如此紧张，这可是他们第一次登大雅之堂！波顿倒是一贯地喋喋不休，好似他是个百事通。“伙伴们，把咱的行头收拾起来，胡须要用坚牢的穿绳，舞靴上要结簇新的缎带。各人背熟自己的台词。总而言之，咱们的戏已经送上去了。无论如何，扮演姑娘的可得穿得体面一点。还有扮演狮子的那位别把指甲剪掉，因为那样才显得气势汹汹。顶要紧的，伙伴们，别吃洋葱和大蒜，咱们可不能把人家熏得倒胃口哩！”

演出开始了，波顿油腔滑调地念开场诗。扮演提斯柏母亲的裁缝瓮声瓮气地说着俏皮话，扮演狮子的细工木匠傻头傻脑，反而像是一只呆头鹅。最要命的是，剧中波顿扮演的皮拉摩斯要死去，可是他却死完一次站起来一次，不停地抢戏，让所有的人大跌眼镜，惹得公爵和贵族们快笑破了肚皮。

哎，这次的表演恐怕砸锅了！老木匠他们等在大厅中，心里怦怦怦直打鼓。公爵那么高贵体面，怎么会喜欢刚才那出乡巴佬的闹剧呢？正当大家心灰意懒的时候，管家送来了公爵的手信，上面写着：“非常精彩的演出。”戏剧班的成员激动地跳了起来。从此以后，波顿可有得吹嘘了，他是一个顶不错的演员哩！

仲夏之夜，真是颠颠倒倒，皆大欢喜。

《威尼斯商人》故事中的人物关系

威尼斯统治者

安东尼奥

威尼斯商人

巴萨尼奥

安东尼奥之友，
鲍西娅的求婚者

夏洛克

犹太人，放
高利贷者

父女

鲍西娅

富家嗣女

杰西卡

杰西卡的恋人

鲍西娅婢女

嫁与葛莱西安诺

罗兰佐

葛莱西安诺

巴萨尼奥之友

威尼斯商人

1 签订割肉的契约

16世纪，威尼斯是个美丽的水上之城，船儿如同一弯弯新月，载着人们来来往往。这里的阶层分化很严重，因为大部分欧洲人信仰基督教和罗马天主教，犹太人被视为异教徒。按照法律规定，犹太人只能住在旧工厂里，还必须戴上一顶红帽子。犹太人禁止拥有私人财产，他们以放高利贷为生。基督徒们认为这种行为亵渎了基督精神，骂犹太人为狗，甚至当街殴打他们。

在这些基督徒中，有一个商人叫安东尼奥，他的生意十分兴隆，拥有好几艘商船。他还是一个慈善家，借钱从不收利息。这天，安东尼奥的好友巴萨尼奥来拜访他。他是一个没落的贵族后裔，风流不羁，温文尔雅。当然，他同样有着纨绔子弟的坏毛病，挥霍无度，大手大脚。今天的巴萨尼奥看上去闷闷不乐。

“嘿，你去拜访那位心仪的小姐了吗？”安东尼奥问。

巴萨尼奥叹了口气，说：“安东尼奥，你知道的，我的资产早被挥霍光了。为了维持表面的光鲜，我不得不一直向你借钱。说实话，我欠你的真是太多了……”

“好兄弟，千万不要这样说。我的钱你随便用，我甚至愿意为你赴汤蹈火。说吧，你到底遇到了什么困难？”安东尼奥投去温柔的目光。

巴萨尼奥立刻来了精神，他从扶手椅子上弹了起来：“嘿，你知道贝尔蒙特吧？那儿有位叫鲍西娅的富家小姐，她美貌绝伦，品格高洁，我深深地被她迷住了。可是，求婚者太多了。如果我有相当的财力，我相信一定能打败他们，赢得鲍西娅的芳心。可惜我现在两手空空呀！”

安东尼奥走向窗前，望着划过水面的小船思绪万千。他所有的财产都在海上的商船中。手里既没有钱，也没有能变现的货物。为了好朋友，他决定用自己的信誉担保，去借钱。巴萨尼奥非常感动，安东尼奥一直是他最坚实的靠山。

他们乘坐木船，来到了犹太人聚居区，在幽暗的居所里找到了犹太人夏洛克。他是个吝啬、贪婪、凶残的老头，靠放高利贷为生。他终年戴着一顶红帽子，阴郁的脸上有一个鹰钩鼻。在他的眼里，什么都比不过他的金钱。

巴萨尼奥急急地说明来意：“我需要借三千块钱，为期三个月。这笔钱由安东尼奥签立字据。你听说过他吧？他在威尼斯可是个有名的大好人哪！”

夏洛克露出漠然的眼神，说："他是一个好人，只是他的财产有些问题呢！"他一板一眼地算了起来，"他有四艘商船，买卖虽然多，但是都在海外。船呢不过是几块木板，海上还有暗礁等各种风险。不过，他这个人还是靠得住的。三千块钱，嗯，我想我可以接受他的契约。"

一听夏洛克答应借钱，巴萨尼奥禁不住心花怒放。不过，夏洛克想同安东尼奥谈谈。正说着，安东尼奥走了过来。他戴着顶黑礼帽，披着紫金丝绒斗篷，身姿挺拔，步伐稳健。夏洛克眼底闪过仇恨的光。他记得，就是这个安东尼奥，曾经向他吐过口水，只因为他是个犹太人！

夏洛克曾暗暗下决心："哼，他这个基督徒，借钱给人不收利息，把放债这一行的利息都给压低了。他还憎恨我们的民族，当众辱骂我。要是有一天让我抓住把柄，我一定痛痛快快地报复！"

不过，看到安东尼奥走近了，夏洛克又马上换上一副谄媚的嘴脸，热情地喊了起来："哟，安东尼奥先生，哪阵香风把您吹来了？"

安东尼奥单刀直入地说："我们借三千块钱，三个月为期。"

"三千块钱可是一大笔钱呢！您的借据呢？让我瞧一瞧。可是，好像您说您从来借钱不讲利息。"夏洛克边说边把安东尼奥迎进了晦暗的办公室。夏洛克戴上眼镜，展开安东尼奥的借据，一本正经地算起利息来。安东尼奥摊了摊手。虽然作为一个基督徒，他不喜欢犹太人，但是此时此刻，他还是不得不客气地表示，这次承蒙夏洛克照顾了。

看到安东尼奥的态度有些低声下气，夏洛克把压抑在胸中的话喊了出来："尊贵的安东尼奥先生，好多次您在交易所里骂我，说我盘剥利息，我总是忍气吞声，因为忍受迫害是我们民族的特色。"说到这里，夏洛克将头扭向一边，继而又转了过来，"您骂我是异教徒，向我吐唾沫，只因为我用自己的钱，收取了几个利息。好啦，这次你向我求助了。现在请问你，一条狗有钱吗？一条恶狗能借人三千块钱吗？"

安东尼奥非常尴尬，默默地走到一旁。夏洛克还在喋喋不休，枯瘦的脸由于太过激动而青筋暴突，愤懑早已充满了胸膛。

安东尼奥打断了夏洛克，说："我还是想骂你。哪有朋友间通融几个钱也要利息的？好吧，你就权当把它借给你的仇人了。如果我失了信用，你照契约处罚就行了！"

夏洛克耸耸肩，说："哎哟，瞧您生这么大的气！我愿意跟您交个朋友。您现在需要多少钱，我愿意借给您，而且不收一个子儿的利息……"

夏洛克拿着那张借据，招呼他俩去找一个公证人，然后在那里签约。走到门口，夏洛克仿佛想起了什么，回过身来说："嘿，亲爱的安东尼奥，咱们开个玩笑怎么样？要是你不按契约规定还钱的话，就得从您的身上割下一磅肉，作为惩罚！"

从人身上割下肉来？这个犹太人是疯了吗？安东尼奥笑了起来，说："很好，我愿意签下这样一张契约。"

巴萨尼奥感到一丝莫名的恐惧袭上心头，他让安东尼奥不要签。安东尼奥却拍了拍他的肩膀，表示大可放心，因为他的商船还有两个月就要回来了，他将有两万多块钱进账，那时候距离契约到期还有一个月呢！

最终，安东尼奥和夏洛克在公证人面前，将鲜红的火漆印在了契约书上。契约签订，谁也不能违背。

2 贝尔蒙特最美的传奇

与威尼斯城的繁华不同，贝尔蒙特一派田园风光。这里有一座显眼的白色城堡，屋主是贵族小姐鲍西娅，她是贝尔蒙特最美丽的传奇，仪态雍容，美貌聪慧。她有一头波浪般的金色卷发，鹅蛋脸上嵌着一双碧蓝的眼睛。鲍西娅喜欢穿粉红硬绸的长裙，束着宝石腰带，显得她身材苗条好看。

自从父亲死后，鲍西娅一直很不开心，时常望着胡桃木柜上的三个匣子发呆。原来，她的老父亲留下遗嘱，鲍西娅必须按照遗嘱，由求婚者猜匣定婚。在这金、银、铅三个匣子上分别刻有三句话，其中只有一个匣子里放着鲍西娅的画像。如果哪个男人选中了带画像的匣子，那么她将嫁给那个男人。现在，楼下就聚集着大批慕名而来的求婚者，他们等待着鲍西娅的接见。

“别看我这么年轻，但是我感觉生活无聊透顶！”鲍西娅叹了一口气说。

“哎，小姐，您真是饱汉子不知饿汉子饥。老爷为您留下了巨额财产，无数的王公贵族为您的美貌所倾倒，您还有什么不满意的呢？”

婢女显然无法理解上流小姐的哀伤。

鲍西娅抚摸着那三个匣子，幽幽地说："哎，我那死去的老父亲呀，弄了一个这么可恶的遗嘱！瞧，我根本不能自由地选择爱人！而是随便谁，只要他选中了父亲预定的匣子，我就得嫁给他。万一这人是瞎子、瘫子、傻子，我的人生还不全毁了？"

"谢天谢地！到现在为止，求婚者还没有什么瞎子、瘫子、傻子呢！不是王孙贵族就是豪门公子，小姐，您真是好福气哩！"婢女一边咂着嘴巴，一边往楼下望了望。

这段时间，来了许多求婚者。其中有那不勒斯的亲王，鲍西娅说他活像一匹蹩脚的劣马；有一位德国少爷，鲍西娅说他是个十足的酒鬼，为了防止他选中匣子，她还让婢女在错误的匣子上放了一杯葡萄酒，吸引他选错。只有一位威尼斯人，名字叫巴萨尼奥，长相帅气，人品优秀。一想起他来，鲍西娅禁不住一丝红晕袭上脸颊，如果命中注定，巴萨尼奥能选中正确的匣子就好了！

正沉思间，只听见楼下响起了嘹亮的喇叭声，原来是摩洛哥亲王率领侍从驾到了。这个亲王黑得像块炭，当他微笑时，洁白的牙齿越加突兀。亲王一见到鲍西娅就开始自吹自擂："嘿，美貌的小姐，你千万不要讨厌我的黑皮肤，我的相貌曾经吓退最勇敢的勇士，我们国家的少女都喜欢得紧哩！"

鲍西娅礼貌地笑笑，说："在我的眼里，您和其他求婚者没有什么不同。我的命运不是我说了算的，全由猜匣子决定。"

亲王搓了搓手，说："那好吧，带我去看看那几个匣子，试一试我的命运吧！"

婢女揭开帐幕，露出三只匣子。金匣子上刻着：“谁选择了我，将会得到众人所希求的东西。”银匣子上刻着：“谁选择了我，将会得到他所应得的东西。”铅匣子上刻着冷酷的警告：“谁选择了我，必须准备把他所有的一切作为牺牲。”

“我怎么知道我选的对不对呢？”摩洛哥亲王问。

“尊贵的亲王，这三只匣子中，有一只里面藏着我的小像。您要是选中了那只，我就嫁给你。”

摩洛哥亲王念着铅匣子上的字：“谁选择了我，必须准备把他所有的一切作为牺牲。”为了铅而牺牲一切？他撇撇嘴说：“咳，这匣子上说的话怪吓人！我可不愿为了卑微的铅做出牺牲。”

摩洛哥亲王走到了银匣子前，念道：“谁选择了我，将会得到他所应得的东西。”得到他所应得的东西！我就选这个吧。且慢！摩洛哥亲王又看到了耀眼的金匣子。“谁选择了我，将会得到众人所希求的东西。”他眼前一亮，啊哈，那不指的正是这位小姐吗？达官贵人们千里迢迢地赶到这儿来求婚，不都是想希求绝世姿容的鲍西娅吗？摩洛哥亲王打定了主意，选择了金匣子。

鲍西娅将钥匙递给了他。摩洛哥亲王打开金匣子。哎哟，该死！这是什么？一个骷髅！那空空的眼眶里藏着一张有字的纸卷。亲王拔出纸卷，念道：“发光的不全是黄金，古人说的话没有骗人。蛆虫占据着镀金的坟。再见，劝你冷却这片心。”

摩洛哥亲王只好率领侍从灰溜溜地离开了。望着他们远去的背影，鲍西娅悬着的心终于放了下来。但愿像他一样黑肤色的人，都选不中！

接下来选匣子的是阿拉贡亲王。他昂着尖尖的头颅，活像一只穿红礼服的白鹅。阿拉贡亲王走到铅匣子前，念了起来："谁选择了我，必须准备把他所有的一切作为牺牲。"

"为你做出牺牲？"他盯着鲍西娅瞧了瞧，"那你应该长得再漂亮点儿才对！"阿拉贡亲王又走到金匣子前，摇了摇头，"我才不会随波逐流呢！"他低头读着银匣子上的字："谁选择了我，将会得到他所应得的东西。"

阿拉贡亲王宣布："我就是来取我应得的东西的。"他选择了银匣子。打开后，里面是一张傻瓜画像，还有一张卷纸："知道世上尽有些呆鸟，空有一个镀银的外表；随你娶一个怎样的妻房，摆脱不了这傻瓜的皮囊！"

"嗷——"阿拉贡亲王气得吹胡子瞪眼，气哼哼地离开了。

3 平地风波乍起

自从拿到了安东尼奥作为担保借到的三千块钱，巴萨尼奥准备大摆筵席，还定做了好几套漂亮的衣服。他收留了原来夏洛克的小奴仆，并让他今晚去请旧主人吃饭。在楼梯口，小奴仆碰到了夏洛克的女儿杰西卡。杰西卡想逃离地狱般的家，于是，她写了一封信，让小奴仆带给她的恋人罗兰佐先生，想让他趁着这次机会，将她偷偷地接走。

忽然，楼下伴随着丁零作响的钥匙声，有脚步声传来，是夏洛克回来了！“杰西卡！”夏洛克边踏上楼梯，边呼叫着女儿的名字。他的手里拿着一沓账目。小奴仆递上请柬，说他的主人请他去赴宴。

夏洛克嘱咐女儿照看好门户，来到了巴萨尼奥的府邸。这里灯火通明，绅士、小姐们觥筹交错，大吃大喝。在这一群光鲜亮丽的贵族中，夏洛克的红帽子显得尤为刺目。正好罗兰佐也在。

罗兰佐收到了杰西卡的信，趁着夏洛克还在吃饭，他带着几个人从筵席上溜了出去。他们戴好假面，拿着火炬，顺着街道向夏洛克家走去。杰西卡早早地换上男孩衣服等待着，这样就没有人能认出她来。一看到罗兰佐的身影，杰西卡激动得快哭了。她急忙收拾些金银珠宝，趁着夏洛克还没回来的空当儿，和罗兰佐私奔了！

远处雷声滚滚，暴风雨来临了。等到夏洛克的女儿和罗兰佐一逃走，巴萨尼奥就宣布取消假面舞会，带着好朋友葛莱西安诺，还有几个仆人乘坐渡船，去往贝尔蒙特求婚。

大雨中，安东尼奥来到渡口，送别好友巴萨尼奥。临行时，他噙着一包眼泪，嘱咐他："好兄弟，不要将契约放在心上。你要高高兴兴地，施展你所有的魅力，去赢得鲍西娅的芳心吧！"

巴萨尼奥紧紧地拥抱了安东尼奥。漆黑的夜雨中，船桨划开威尼斯的航道，驶向美好的贝尔蒙特。

与此同时，宴会结束了。夏洛克冒雨回到家。他呼喊杰西卡，却无人应答。天哪，所有的钱都不见了，女儿也跑了！在黑漆漆的屋子里，夏洛克捂着心脏痛苦地嚎哭。他跑到大街上，蹚着没膝盖的水，一步一滑地到处找女儿。他乱叫、乱跳、乱喊，如同疯了一般："我的女儿，我的银钱！我的女儿，我的银钱！"

在交易所里，商人们交头接耳。其中一个大胡子和瘦子戏谑地谈论着那个丢了女儿、丢了钱的夏洛克，说他跑去找公爵，于是公爵派人去搜巴萨尼奥的船，只可惜，去晚了，早没有了船的影子。嘿嘿，夏洛克简直悲惨至极！两个人笑了一阵。忽然，大胡子压低了声音说："那可得提醒安东尼奥，留心那张契约。那个犹太狗没准儿会趁机报复的。"

瘦子挠了挠秃头，说："哎，安东尼奥有一艘满载着货物的船在海峡里倾覆了，船上的人丧了命，货物全损失了。"

正说到这里，夏洛克来到了交易所。大胡子走上前，小心翼翼地问夏洛克："安东尼奥不能按约偿还，你该不会真要他的肉吧？那有什么用处呢？"

夏洛克冷哼一声说："哼，拿来钓鱼也好！即使他的肉不中吃，我还能解解气！他曾经羞辱我，夺去我的生意，最无法容忍的是，他侮蔑我的民族！"

夏洛克越说越激动，气急败坏地吼："安东尼奥的理由是什么？只因为我是一个犹太人！难道犹太人没眼睛吗？难道犹太人没有五官四肢、没有知觉、没有感情、没有血气吗？我们和基督徒是一样的呀！一样要吃饭、要生病。报仇！你们已经把残虐的手段教给我，我一定会照着你们的教训施行，而且还要加倍奉还哩。"

夏洛克说完，转身离开了交易所。他的亲信将船靠了过来，夏洛克伸手将他拉上岸。原来，夏洛克派他去热那亚打探消息去了。

"找到我女儿了吗？"

"哎，我到了那儿，听到人家说起她，可是找不到。"

"哎呀，糟糕！糟糕！糟糕！"夏洛克失望透顶，他哀号道："我的价值两千块钱的金刚钻哟！我的贵重的珠宝、银钱，找不回来啦！我希望我的女儿死在我的脚下。为了寻访她，又花去了多少钱？结果是一无所得！只有我一个人倒霉，只有我一个人流眼泪！"

亲信说："倒霉的不单是你一个人。我在热那亚听人家说，安东尼奥——"

一听提到安东尼奥倒霉，夏洛克开心地叫了起来：“什么？什么？他也倒了霉吗？”

亲信就把从水手那儿打听来的消息告诉了夏洛克。原来，安东尼奥有一艘大船触礁了，他这次要破产了！

“哎呀，好消息！”夏洛克激动得直拍大腿，“我要折磨折磨他，要叫他知道我的厉害！”

夏洛克一算，发现再有半个月，安东尼奥的借约就到期了。一旦安东尼奥逾了约，他发誓要挖出他的心来，方解他心头之恨。

4 猜匣定婚

这天，鲍西娅刚打发走了一个求婚者，男仆又风风火火地跑上楼来禀报：“小姐，那个威尼斯人来了！我从没见过这么体面的贵族！”

鲍西娅匆忙起身去迎接。婢女靠在墙上祈祷：“但愿来的是巴萨尼奥。”因为她喜欢上了巴萨尼奥的朋友葛莱西安诺。

嗬，巴萨尼奥的排场又大又奢侈，巨大的彩船喊着号子靠了岸。他穿着崭新的黑丝绒灯笼袖外套、妥帖的紧身裤和闪亮的皮靴子。就连那二十多个仆人也是穿着鲜红的衣衫。巴萨尼奥微笑着走进城堡，仿佛穿过玫瑰丛中的黑天鹅，优雅而高贵。

巴萨尼奥摘下礼帽，大步流星地走到了三只匣子前。鲍西娅拉住他，轻声劝解，让他好好考虑一下，过两天再选。要是选错了，他们就不能在一块儿了。巴萨尼奥怎么能忍受这种煎熬呢？他急切地从威尼斯赶来，就是想猜中匣子。“让我去瞧瞧那几只匣子，试试运气吧！”此时，巴萨尼奥就像一名上战场的勇士，而鲍西娅作为观战的人，心中犹如十五只吊桶打水——七上八下。她多么希望金色的阳光能够照射进来，穿透那三只盒子，让巴萨尼奥选中。

巴萨尼奥抚摸着匣子，自言自语道："人们容易被表面的装饰所欺骗。炫目的黄金，我不要你！惨白的银子，我也不要你！寒碜的铅，你的质朴更能打动我的心，我就选你吧！"

巴萨尼奥猜对了！他从铅匣子里拿出了鲍西娅的画像。众人欢呼雀跃。鲍西娅含情脉脉地说："巴萨尼奥，你赢得了我，这个屋子，这些仆人，乃至我所有的财富，还有一颗柔顺的心……"

人们开起了狂欢派对。席上巴萨尼奥念起匣子中的纸卷："你选择时不凭着外表，果然让你顺利猜中！胜利既已入你怀抱，你莫再往别处追寻。"眼前这一切，仿佛一场奇幻的梦境，巴萨尼奥感到目眩神迷。

鲍西娅给巴萨尼奥套上一个指环，说："这个指环给你。要是你把它送给别人，或者丢了，那就预示着咱们爱情的毁灭……"

巴萨尼奥发誓道："如果这指环离开我的手指，那么我就去死！"

葛莱西安诺也非常开心，因为婢女答应了嫁给他。两对新人决定一起举行婚礼，这可真是喜上加喜！

巴萨尼奥和鲍西娅正在用餐。忽然，外面有人来访，是罗兰佐、杰西卡和大胡子。原来，大胡子来给巴萨尼奥送信，路上碰到了罗兰佐和杰西卡，不由分说地将他俩一块拉了过来。

巴萨尼奥展开信件，上面写道："我的船全部遇难，还款的期限已过。如果按契约处罚，我必死无疑。你欠我的旧债一笔勾销吧！我只希望能在临死前见你一面就心满意足了。"安东尼奥出事了！巴萨尼奥的脸色顿时变得煞白。

鲍西娅看到他的手指都在颤抖，忍不住问：“信里写了什么？让你紧张成这样？”

巴萨尼奥叹了一口气说：“我们初见面的时候，我就向你坦白过，我唯一的家产就是我高贵的家世。除此之外，我一无所有，而且欠了我的好友安东尼奥一大笔钱。这次，为了给我求婚筹钱，我还连累他欠了仇家的钱。”

“这是真的吗？难道他没有一艘船平安到港吗？”回过神来，巴萨尼奥接着问大胡子。

“全军覆没！”大胡子惋惜地说，“最可恨的是那个犹太人夏洛克。公爵、有名望的绅士都劝他，让他放过安东尼奥，可是他坚决要按照契约的规定，处罚安东尼奥！”

巴萨尼奥捶胸顿足，不知道如何是好。鲍西娅让他带上相当于二十倍借款的钱，赶往威尼斯，去看安东尼奥。两个人刚刚结婚，就要分别，巴萨尼奥于心不忍。

鲍西娅说：“放心吧，我和婢女守护在这里，等着你回来。”

巴萨尼奥带着几个仆人即刻动身。他们乘坐小船，离开了贝尔蒙特。巴萨尼奥刚刚离开，鲍西娅马上找到了罗兰佐，让他和杰西卡帮她照看城堡，她要和婢女去修道院祈福，要在那儿住上一阵子。离开家后，鲍西娅喊过来一个男仆，让他将一封信火速送往帕度亚，交给她的表兄培拉里奥博士。“要是他有什么回信和衣服给你，你就赶快带着它们，乘船到威尼斯去。我会在威尼斯等你。”

婢女被小姐的一番行为弄得摸不着头脑。鲍西娅拉着她上了远行的马车。马儿“嘚嘚嘚”地跑了起来，婢女发现方向反了，她急忙喊了起来：“小姐，错了，这不是去修道院的路！”

“这是去威尼斯的路！”鲍西娅爽朗地笑道，她这才将自己的计划一五一十地告诉了婢女。原来，她们要女扮男装去往威尼斯，她已经写好了信，将代替表兄培拉里奥博士审理安东尼奥割肉的案子。

“小姐，你真是聪明！”婢女由衷地赞叹。

“那当然！对了，扮起男孩子，记得你要沙哑着喉咙讲话，昂首阔步走路，千万别露出马脚……”鲍西娅粗声粗气地说话，逗得婢女咯咯直笑。

巴萨尼奥快马加鞭地赶到了法庭。这里的气氛非常凝重，无论公爵怎么苦口婆心地劝，夏洛克始终心如铁石，非要从安东尼奥身上割下一磅肉。巴萨尼奥快气疯了，事情因他而起，他怎么能忍心安东尼奥为他去死呢？他决定多还三倍的钱，但是夏洛克死活不同意，他非要照约处罚。

公爵还想做和事佬，他对夏洛克说：“你有点慈悲之心吧！不然，将来怎么能够希望人家对你也慈悲呢？”

夏洛克才不管什么慈悲不慈悲，他不耐烦地瞪了瞪眼，说：“不照约处罚，难道法律是一纸空文吗？殿下，请快些回答我，我到底能不能拿到这一磅肉？”

法庭里顿时鸦雀无声。看来，夏洛克势必割下安东尼奥的一磅肉了。

公爵敲了一下木槌，说：“我已经差人去请博士了，他非常有才华，我将请他来审判这件案子……”

公爵的话音刚落，有一位从帕度亚来的使者求见。公爵命使者进来，只见扮成书记的婢女大踏步地走到了进来，她带来了博士的书信。公爵展开信，静静地看了起来。

趁着公爵读信的空儿，夏洛克蹲在地上，“咔嚓咔嚓”地磨起刀来。此时此刻，任何恳求都不能打动夏洛克，他已经化身为残暴而贪婪的豺狼，非要置安东尼奥于死地！“嚯嚯——嚯嚯——”空旷的大厅里，只有可怕的磨刀声，仿佛磨在了人们的心尖上。

读完信，公爵的眉头舒展开来。他问婢女：“那位渊博的博士将出席法庭，他在什么地方呢？”

“他等待着您的召见呢！”婢女粗声粗气地说。

公爵赶紧派人将博士请了进来。那博士不是别人，正是鲍西娅乔装改扮的。她穿了一套法官的黑色礼服，英姿飒爽，凛然不可冒犯。

公爵将鲍西娅请到上座。她昂首阔步，派头十足。接着就询问谁是那个商人，谁是那个犹太人。安东尼奥和夏洛克走上前来。

5 女扮男装巧审判

鲍西娅问安东尼奥："你承认这借约吗？"

安东尼奥点点头。

鲍西娅又转向夏洛克，说："犹太人你应该慈悲一点。"

夏洛克喊了起来："我不会慈悲，哪怕一点点！我只要求法律允许我照约执行处罚！"

鲍西娅提高了嗓门，问："安东尼奥，你是不是无力偿还这笔借款？"

巴萨尼奥急忙回答："不！我愿意替他当庭还清。哪怕十倍、百倍，甚至拿我的手、我的头、我的心做抵押也行！请大人稍稍通融一下吧！"

鲍西娅挥挥手说："那可不行。要是开了这一个先例，后来者就有了借口。"

夏洛克一听，激动地大呼起来："聪明的青年法官啊，你多么的正直无私！"

鲍西娅拿过契约，她沉思了一会儿，说："夏洛克，他们愿意出三倍的钱还你呢。"

夏洛克喊："不，把整个儿威尼斯给我，我都不能答应！"

鲍西娅只好说："根据法律，这个犹太人有权要求从这个商人的胸口割下一磅肉来。"听到这里，人们全都望向安东尼奥，充满了同情的目光。巴萨尼奥差点儿晕厥过去。

鲍西娅转头对夏洛克说："我劝你，还是慈悲一点。这样好了，给你三倍的钱，让我撕了这张契约吧？"

人们高呼起来，"同意，同意！"

夏洛克气急败坏地跳了起来："不可能，谁的话我也不听，我只等着执行契约！"

鲍西娅捋了捋她的假胡子，走到安东尼奥面前，叹了一口气说："哎，没有办法了，你只好把你的胸膛袒露出来了。"

"称肉的天平有没有预备好？"鲍西娅问。

夏洛克从包里掏出天平，开心地说："我已经带来了。"

鲍西娅问安东尼奥还有什么话要说，安东尼奥颓丧地摇了摇头。临死前，他握住了巴萨尼奥的手。两个好朋友泪眼相望，马上就要阴阳两隔了。

巴萨尼奥难过地哭了起来，道："安东尼奥，我爱我的妻子，她就像我的命一样珍贵。可是，我的命、我的妻子，在我的眼中都比不上你的命，我愿意丧失这一切去救你。"

鲍西娅憋着笑，说："尊夫人要是听见您这么说，恐怕会生气吧？"

鲍西娅接着宣判道："夏洛克，按照法律，你可以从安东尼奥的胸前割下一磅肉。"

“博学多才的法官！判得好！来，预备……”夏洛克举起了刀。

鲍西娅阻止道：“且慢！这契约上可没有允许你取他的血，只是写着‘一磅肉’。所以你可以照约拿一磅肉，但是要是流下一滴基督徒的血，你的土地、财产，按照法律，就要全部充公！”

听到这里，全场哗然，山呼博学多才的法官！夏洛克的脸色都绿了。他改变了主意，表示他愿意接受三倍还款，放了安东尼奥。巴萨尼奥急忙把钱袋拿了出来。

鲍西娅讪笑地挡了回去：“别忙！这犹太人刚才不是嚷嚷，除了照约处罚不能接受其他的赔偿吗？”

夏洛克擦着额头上的冷汗，不知道如何是好，他恨不得收回说过的话。

“夏洛克，你动手割肉吧！记住，不准多也不准少，更不准流一滴血。要是违反了一点，就要你抵命，你的财产全部充公。”

别看鲍西娅说得云淡风轻，可是在夏洛克听来却是句句惊雷。他讪笑着，表示只要本钱就行了。鲍西娅用他的话嘲笑他，一定要履行契约。

“我不打这官司了，让我走吧！”夏洛克哆嗦着嘴唇说。

“等一等，犹太人。威尼斯的法律规定：凡是一个异邦人企图谋害任何公民，他的一半财产将归受害人所有，另外一半没入公库，犯罪者的生命悉听公爵处置。现在，已经足以证明你危害被告人安东尼奥的生命。快快跪下来，请公爵开恩吧！”

夏洛克只好跪下，磕头如捣蒜。公爵饶了他的死罪，不过，他的一半财产要划归安东尼奥，另外一半没入公库。安东尼奥慈悲为怀，他

让夏洛克当庭写下文契，声明他死了以后，他的全部财产传给他的女儿杰西卡和女婿罗兰佐，他就不予追究了。夏洛克伏倒在地，痛哭不已，走投无路的他只好答应了这个条件。

案子审理完毕，公爵极其佩服鲍西娅的聪明才智，于是邀请她去赴宴，鲍西娅婉言谢绝了邀请。

“您的大恩大德，我是永远不忘记的。”安东尼奥由衷地感谢鲍西娅。

为了表示谢意，巴萨尼奥要给鲍西娅三千块钱。鲍西娅表示这没有什么。巴萨尼奥坚持要送些东西，聊表寸心。

鲍西娅想了想，指着巴萨尼奥手上的指环说："那就这个指环吧！"

巴萨尼奥顿时面露难色，说这个不能送，他愿意搜访威尼斯最贵重的戒指。

鲍西娅撇了撇嘴，责难他没有诚心。巴萨尼奥进退两难，只好实话实说："这戒指是我的妻子给我的。我曾发誓永远不把它送人或遗失。"

鲍西娅假装嗔怒道："这都是借口，不愿意给就算了。"

见鲍西娅帮了这么大的忙，安东尼奥也劝解巴萨尼奥。于是，巴萨尼奥只好将戒指送了出去。扮成书记的婢女追上了葛莱西安诺，也要来了他的指环。拿到戒指的两个人笑作一团，这下回到贝尔蒙特，看诅咒、发誓不丢指环的巴萨尼奥和葛莱西安诺还怎么说。一想到他俩到时的窘样，就开心得不得了！

她们提前回到了贝尔蒙特，换回了漂亮的女装，坐等他们回来。不一会儿，巴萨尼奥风尘仆仆地回来了，他还带来了安东尼奥。正当他们嘘寒问暖时，花园里传来了激烈的争吵声。

"什么事啊？"鲍西娅高声问。

"为了一个金圈圈儿。她给了我一个不值钱的指环，然后我送人了，她就气成了癞蛤蟆。"葛莱西安诺指着婢女说。

"哼，你曾经发过誓的，说你要戴着它直到死去！现在可好，送给一个书记了。当誓言是放屁吗？"婢女叉着腰质问。

"这就是你的不对了。"鲍西娅对着葛莱西安诺说，"你怎么可以

把妻子给的第一件礼物随便送人？”

“那巴萨尼奥大人也把他的指环给法官了呀！”葛莱西安诺打小报告。

这下鲍西娅火了！她仿佛一只愤怒的母鸡，咯咯地责问个不停。旋即又唉声叹气，怀疑巴萨尼奥是送给了其他的女人。

安东尼奥十分过意不去，他出来做证，因为他的缘故，巴萨尼奥不得不违心地将指环送给了那个法官。

“好吧！”鲍西娅说，“安东尼奥先生，请您做他的保证人，把这个给他，叫他好好保存，不要再丢了。”

巴萨尼奥接过指环一看，惊得嘴巴能塞进鸡蛋了：这不是鲍西娅送给他的那只指环吗？看到他的滑稽表情，鲍西娅忍不住哈哈大笑。她拿出一封信来，这封是表哥从帕度亚寄来的，说审案的那位博士就是鲍西娅，她的书记便是婢女。

原来如此呀！巴萨尼奥瞪大了眼睛，他怎么就没有瞧出乔装改扮的鲍西娅呢？

鲍西娅还给了安东尼奥一个大惊喜。她通知了他一个好消息：安东尼奥有三艘商船满载而归，马上就要到港了。鲍西娅就像个天使，播撒着幸运。她还给了杰西卡和罗兰佐一张文契，那是夏洛克写的，死后财产将属于他们。

巴萨尼奥非常开心，因为他娶到了一位美貌、智慧的妻子，等待他们的是一场热闹而隆重的结婚大典。

《皆大欢喜》故事中的人物关系

新公爵

老公爵之弟，篡位者

老公爵

在流放中

父女

罗瑟琳

西莉娅

奥兰多

奥利弗的弟弟，鲍埃爵士的小儿子

奥利弗

老公爵的大臣鲍埃爵士的大儿子

老仆人

跟随奥兰多

皆大欢喜

1 奥利弗的阴谋

法兰西的一个小公国，紧挨着亚登森林，那是一片蓊郁的古老森林。管理公国的老公爵非常贤德，臣民们都很拥护他。他有一个漂亮、聪颖的女儿叫罗瑟琳。老公爵的弟弟莱德里克却野心勃勃，他一直觊觎爵位。终于有一天，他发动政变，夺得了爵位，将老公爵流放去了偏远的亚登森林。一大批忠臣贤士追随老公爵而去，气得新公爵吹胡子瞪眼，却没有一点儿办法。

其实，新公爵莱德里克还想将老公爵的女儿一并赶走，但是莱德里克的独生女儿西莉娅不愿意。

西莉娅说："父亲，我不让堂姐走。那样没人陪我玩，没人陪我读书，我会难过死的！如果你非让她走，干脆将我一块轰出去得了。不然，我就死给你看！"说着，西莉娅扁了扁樱桃般的小嘴，哭了起来。哭到难过处，还扑到父亲的怀里，将眼泪、鼻涕全蹭在了他的礼服上。西莉娅从小和堂姐一起长大，她怎么忍心让罗瑟琳去可怕的森林呢？新公爵十分宠爱女儿，只好允许侄女罗瑟琳留在了宫廷里。

鲍埃爵士是老公爵的忠臣和密友。鲍埃爵士去世后，留下了一份遗嘱，遗嘱中规定，让大儿子奥利弗照顾两个弟弟。奥利弗长了一副坏心肠，他想独霸家产，他把年龄稍大的二弟送走，留下了小弟奥兰多给他喂马养牲畜。

奥兰多整日和佃工一起生活，吃的是粗糠烂菜，穿的是破衣烂衫，只有一个老仆人疼爱他。尽管哥哥百般虐待，奥兰多还是像一棵顽强的小草，长成了英俊的青年。这天，他切完了一大堆草料后，坐在树下休息。他闻到了鸢尾花的香气，还有厨房那边飘过来的烤苹果派的甜香，一定是哥哥又在请上流社会的公子、小姐们吃饭了。

“苹果派真好吃呀，搭配上杜松子酒……”奥兰多沉浸在遐想中。忽然他感到脸颊异常疼痒，睁开眼一看，是马驹在啃他的脸！“去！一边去！”奥兰多气呼呼地站了起来。他将马儿牵回马厩，不小心又踩到了一泡马粪。真是倒霉透顶啊！这种打杂的日子什么时候是个头？瞧我的哥哥每日珍馐美味，歌舞升平，而我呢，已经沦落成一个村汉了。我明明也有着高贵的血统，应该活跃在舞会和宴席上，而不是在这里伺候牲畜。奥兰多越想越气，心中反抗的芒刺破土而出。

“哎，”奥兰多将头歪向他的老仆人，“我实在受够了！我记得父亲的遗嘱上给我留了一千块钱，干脆我从哥哥那里拿回来，自己过活去！”

“嘘……”老仆人将手竖在嘴边，向远处张望，“少爷，这种话还是不要说的好。你的哥哥快过来了，让他听见，咱们就惨了。”

正说着，奥利弗走了过来。“奥兰多，你怎么不去做事？”他看到小弟无所事事，就气不打一处来。

“做什么事？去喂你的猪，和它们一起吃糠吗？”奥兰多从围栏上跳了下来。

“奥兰多！”奥利弗翻了翻眼睛，训斥道，“你知道你在和谁说话吗？”

“我知道你是我的哥哥。按照礼法，你是长子，身份比我高一些，但是父亲遗嘱上都说了让我去上学，你为什么不让我去？”

“你胡说八道什么呢？臭小子！”奥利弗气急败坏。

“你骂谁是臭小子？”奥兰多挽起袖子，冲向奥利弗。

两个人扭打在一起。养尊处优的奥利弗怎么可能是奥兰多的对手？奥兰多三下五除二就将奥利弗打倒在地。奥兰多讨要父亲在遗嘱里留给他的钱，他的哥哥气急败坏，不仅不给钱，还让他马上离开。

走就走！奥兰多将粗麻大衫搭在肩头，搀扶着老仆人离开了庄园。

“没良心的家伙！”奥利弗朝地上猛啐了一口。这个小弟如此不听他的话，那么，将来也是他的绊脚石……想到这里，奥利弗决定铲除他。

正当他左思右想、无计可施的时候，拳师来求见。明天是角斗的日子。拳师力大无穷，他曾经一天击败过三个大力士。奥利弗撇着嘴角暗笑，他想借拳师之手除掉弟弟。

“嘿，你明天要在新公爵面前表演角斗吗？”奥利弗微笑地看着拳师。

拳师长得膀大腰圆，就像一头大狗熊。“正是哩，大人！我这次来是要通知您。听说，令弟奥兰多明天想跟我交手……”说到这里，拳师晃了晃他铜锤般的拳头，“您知道的，这拳脚无眼，万一伤了他可就不好了。我特地来让您劝劝他，快打消这个念头。”

“我盼的就是你的拳脚无眼呢！”奥利弗心里这么想，嘴上却不能这么说。他挑了挑眉毛，故作忧愁地叹了口气说：“哎呀，我也曾经劝过他哩！我弟弟那个人死性不改，他最瞧不得别人好。这不，看你

那么有名，他就害了红眼病啦。”奥利弗拍了拍拳师宽大的胸膛，以示亲密，继续说：“就连我这个兄长，他都不放过，老是用阴谋诡计陷害我。这次，你要是不给他点颜色看看，他就会用毒药毒你，耍尽各种下三烂的手段！”

“真是无法无天。我非揍得他满地找牙不可！”拳师将骨节攥得咔咔作响。奥利弗高兴得有些颤抖，他挑拨成功了！这个拳师会替他把弟弟这个“眼中钉”解决掉的。

2 力量悬殊的角斗

宫廷的御花园里鸟语花香。西莉娅和罗瑟琳一边散步，一边欣赏着美景。她们已经长成了亭亭玉立的姑娘。西莉娅个头娇小，水灵灵的眼睛，一头金发；罗瑟琳身材高挑纤细，淡淡的眉眼，一头又浓又厚的黑发。

“姐姐，请你快乐起来吧！你整天皱着眉头，我也很不好受。”

“哎，我的父亲被放逐了，一想到他在森林中，我的心就堵得要命，你让我怎么快乐得起来？”罗瑟琳叹了一口气。她多羡慕堂妹呀，每天过得无忧无虑。

“姐姐，我的父亲就我这一个孩子，等到他将王位传给了我，我将他抢到伯父的东西通通还给你。要是我违了誓，让我变成个大妖怪，最丑最丑的那种！”

看到西莉娅一本正经地发誓，罗瑟琳忍不住笑了起来。在这冰冷的宫殿里，幸好还有堂妹像一道明媚的光，温暖着她的心房。

西莉娅和罗瑟琳聊得正热闹，一个侍从走了过来。他最爱给姐妹俩讲花边新闻。他告诉她们，这里马上要进行一场角斗比赛，有一个小伙子向拳师发起了挑战，那位拳师可是远近闻名的角斗士，久经沙场，一拳能打断人的三根肋骨！

正说着，钟鼓声由远及近，仪仗队和侍卫们依次排开，新公爵率领着臣子们逶迤走来，除此之外，还有换好了斗士服的奥兰多和拳师。

罗瑟琳指着奥兰多，小声地问侍从："挑战者是不是他？"侍从点了点头。罗瑟琳见他皮肤微黑，蓬着一头栗色的头发，看上去弱不禁风，她不禁很为这个小伙子捏了一把汗。

"女儿、侄女，你们也来看角斗吗？"新公爵看见了西莉娅和罗瑟琳，道，"你们还是别看了，没什么好看的。双方实力悬殊！挑战者这么瘦小，和拳师比起来，简直是蚂蚁和大象。"新公爵坐到了看台上。

拳师已经跑到了场地中间进行热身训练，他发出狮子般的咆哮，惹得观众一片欢呼。拳师很享受这种感觉，他又晃了晃臂膀，引起了更热烈的尖叫声。

相反，却没有一个人给奥兰多加油。西莉娅很同情他，将奥兰多叫了过来，劝解道："年轻的先生，您的胆量太大了。您没看到对手的蛮力吗？您再看看自己的身材，我劝你为了安全着想，还是放弃这次比赛吧！"

罗瑟琳也忧心地注视着奥兰多，希望这个小伙子退出比赛。奥兰多优雅地行了一个礼，说：“我要请你们原谅，胆敢拒绝两位美貌出众的小姐的要求。可是，让你们的好意伴着我去角斗吧！假如我被打败了，那不过是一个无足轻重的人丢了脸；假如我死了，也不过死了一个自己愿意寻死的人。”

奥兰多扶了扶腰带，默默地向赛场中间走去，没有人给他欢呼，更没有人给他鼓掌。

“但愿我所有的一点微弱的力气也加在他身上。”罗瑟琳祈祷着。

“我也愿意把我的力气加在姐姐的力气上面。”西莉娅握住了堂姐的手。

拳师早就等得不耐烦了。他四下撞击着围栏，显示着他无穷的力量。看到奥兰多走了过来，拳师的眼底闪动着野兽般的凶光。奥兰多却沉稳而镇定，脸上没有一丝惧色。

“送死的人在哪里？有胆量你走过来！”拳师“咣咣”地碰拳。他根本没把这瘦弱的“羔羊”放在眼里，傲慢地撇着嘴角，“我只用一下就能把你揍成肉饼！”说完，拳师挥拳如风，向着奥兰多的脸打了过来。

奥兰多灵巧地躲开了拳头。拳师的第二拳又打了过来，眼看着就要打到奥兰多的额头了。罗瑟琳的心提到了嗓子眼儿，她闭上眼睛不停地祈祷着：“我多么希望我有隐身术呀，这样可以去拉住拳师的腿。”

“哗——”等到她再次睁开眼睛时，正看到奥兰多抱住了拳师的腰带，他的头用力地向上一顶。他总是用他坚硬的脑袋顶秸秆草料包。拳师受不住了，他感觉肚子上仿佛被施加了千钧之力，立刻呼吸困难

起来。趁着这工夫，奥兰多猛然加力，双臂如钳子一般箍住拳师。“将他掀翻！一定要将他掀翻！”奥兰多暗暗鼓励自己。拳师太轻敌了，他一点儿防备都没有。“咚！”他庞大的身体被摺倒了。那张四方大脸上，眉毛、鼻子、眼睛因为疼痛而皱在一起，看上去就像被狠踩了一脚的大饼。拳师无法相信这个事实。此时，他懊悔极了，恨不得找个地缝儿钻进去。

太棒啦！观众们一下子欢呼起来，整个赛场响起“噼里啪啦”的掌声。新公爵也站了起来，祝贺奥兰多赢得了胜利。

“你叫什么名字，年轻人？”新公爵命人给奥兰多倒上一杯庆祝酒，他想征召他进入侍卫队。

“禀殿下，我叫奥兰多，是鲍埃爵士的小儿子。”奥兰多说。

一听到鲍埃爵士，新公爵的脸拉得比驴脸还要长，他不快地说：“我倒希望你是别人的儿子。人们都说你的父亲是个好人，但他却是我永远的仇敌。如果你是别族的子孙，今天我会给你加官晋爵。但是，你是他的儿子，还是算了吧！”

鲍埃爵士是老公爵的忠臣，他的儿子怎么能效忠我呢？想到这里，新公爵立刻打消了任用奥兰多的念头。

罗瑟琳本就对这个扭转乾坤的奥兰多惊奇不已，这下听到他是父亲老部下的儿子，心里产生了微妙的转变。“这场角斗实在是太危险了，如果早知道他的身份，我一定会含着眼泪劝他不要去冒险的。哎呀，我这是怎么了？怎么会对一个陌生人感到心怦怦跳？”罗瑟琳捂住了胸口，那里仿佛有只小鹿在乱撞，惹得她心慌意乱。

3 赶走罗瑟琳

善良的西莉娅看出了堂姐对奥兰多有好感，同时，觉得父亲的变卦不符合礼仪，于是，对罗瑟琳说："姐姐，我父亲的无礼、猜忌使我很痛心。我们去鼓励一下那位先生吧！"

罗瑟琳羞涩地一笑。西莉娅拉着罗瑟琳的手，来到了奥兰多的面前。罗瑟琳和奥兰多越谈越投机。西莉娅翘起弯弯的睫毛，看看这个，瞧瞧那个，感觉这两个人好像天生的一对。

临分别的时候，罗瑟琳摘下项链送给奥兰多作为纪念。她眼含笑意，潜藏着少女最美的情愫。奥兰多接过项链，心中有千言万语，此时却成了没嘴的葫芦——一句也倒不出来。直到罗瑟琳离开了，他才感慨道："可怜的奥兰多啊，你给征服了！取胜你的，不是拳师，却是比他更柔弱的人儿。"

后来，奥兰多得知，那两个姑娘中一个是新公爵的女儿西莉娅，另一个是老公爵的女儿罗瑟琳。罗瑟琳过得并不好，因为最近新公爵越发讨厌这个侄女。

罗瑟琳和西莉娅回到了闺房。罗瑟琳还沉浸在分别的哀伤中，她郁郁寡欢，一言不发。

西莉娅知道堂姐一定是中了丘比特的爱神之箭才如此落寞，于是，她俏皮地说："喂，罗瑟琳！喂，爱神呢，没有说一句话吗？"

罗瑟琳冰雪聪明，知道堂妹想拿她开玩笑，于是，手托着腮说：

“连一句能丢给狗的话也没有。”

“罗瑟琳，你的话那么宝贵，怎么能丢给贱狗呢？丢给我几句吧！”西莉娅把脸贴在罗瑟琳蓬松的裙摆上，像小猫咪一样蹭来蹭去。罗瑟琳被堂妹的调皮逗得哭笑不得。

“罗瑟琳，你怎么会突然爱上爵士的小儿子呢？”西莉娅揪着一朵蔷薇花，粉色的花瓣撒满了桌子。

“我的父亲和他的父亲非常要好呢！”罗瑟琳抿了抿坚韧的薄唇。

“因此你也必须和他的儿子要好吗？照这样说来，我的父亲很恨他的父亲，因此我也应当恨他了。可是，我却不恨奥兰多。”西莉娅仰起红红的脸蛋。

事到如今，罗瑟琳不得不老老实实地承认，除了父亲的缘故，她应该是对奥兰多一见钟情了。罗瑟琳透过窗户，看见新公爵率领着侍卫走来了。西莉娅顺着目光望去，吸了一口气说：“谁得罪我父亲了？看，他满眼都是怒气。”

罗瑟琳心里咯噔一下，隐隐有一种不祥的预感。在宫廷中生活，她每日都如履薄冰。最近，她听到了一些风言风语，民间还在称颂老公爵的贤明，咒骂新公爵的无道，同时颂扬罗瑟琳贤良淑德，相反，就会贬低西莉娅。这些话传到新公爵的耳朵里，就变成了利剑，扎得他寝食难安。

“你！赶快收拾一下，离开宫廷！”新公爵严厉地说。

“我吗，叔父？”罗瑟琳站起身来。她望着新公爵的王冠，想不通自己犯了什么错误。

“对。十天之后，要是发现你在离宫廷二十公里之内，就把你处死！”新公爵脸上浮现出憎恶，他挥了挥手里的剑，恐怖的气息像热风席卷了房间。

“亲爱的叔父，我从来不曾起过半分触犯您老人家的念头呀！”罗瑟琳匍匐在地，以此表现出她的谦卑与顺从。

“一切叛徒都是这样的。我不信任你，这句话就够了。”新公爵用略带嘶哑的声音说。

“您的不信任不能使我变成叛徒。请告诉我，您有什么证据？”罗瑟琳坚决不接受这项莫须有的罪名，何况还是扣了一顶“叛徒”的帽子？

“哼，你是你父亲的女儿，还用得着说别的话吗？”新公爵俯视着罗瑟琳。这个花容月貌的姑娘的确没有做什么错事，她错就错在了喧宾夺主，她用她的美貌和美德遮挡了西莉娅的光芒。

“父亲，听我说……”西莉娅刚张口，就被新公爵给打断了。

“乖女儿，罗瑟琳太阴险了，你斗不过她的。她的和气、她的沉默和忍耐，都能感动人心，叫人民可怜她。你就是个傻子，要知道她已经夺去了你的名誉。把她赶走之后，你就会显得格外光彩而贤德了。所以闭住你的嘴，她必须被放逐！”

这次，任凭西莉娅哭破喉咙，踢打着小腿，她的父亲仍铁石心肠，坚决不收回成命。

“姐姐，无论你怎么说，我都要跟你走！”西莉娅笃定地说。

“可是，我们能到哪儿去呢？”罗瑟琳忧愁极了。

“咱们去找你的父亲！到亚登森林找伯父去！”西莉娅表示。

西莉娅提出了一个大难题。那里路途遥远，她们两个美貌的姑娘一

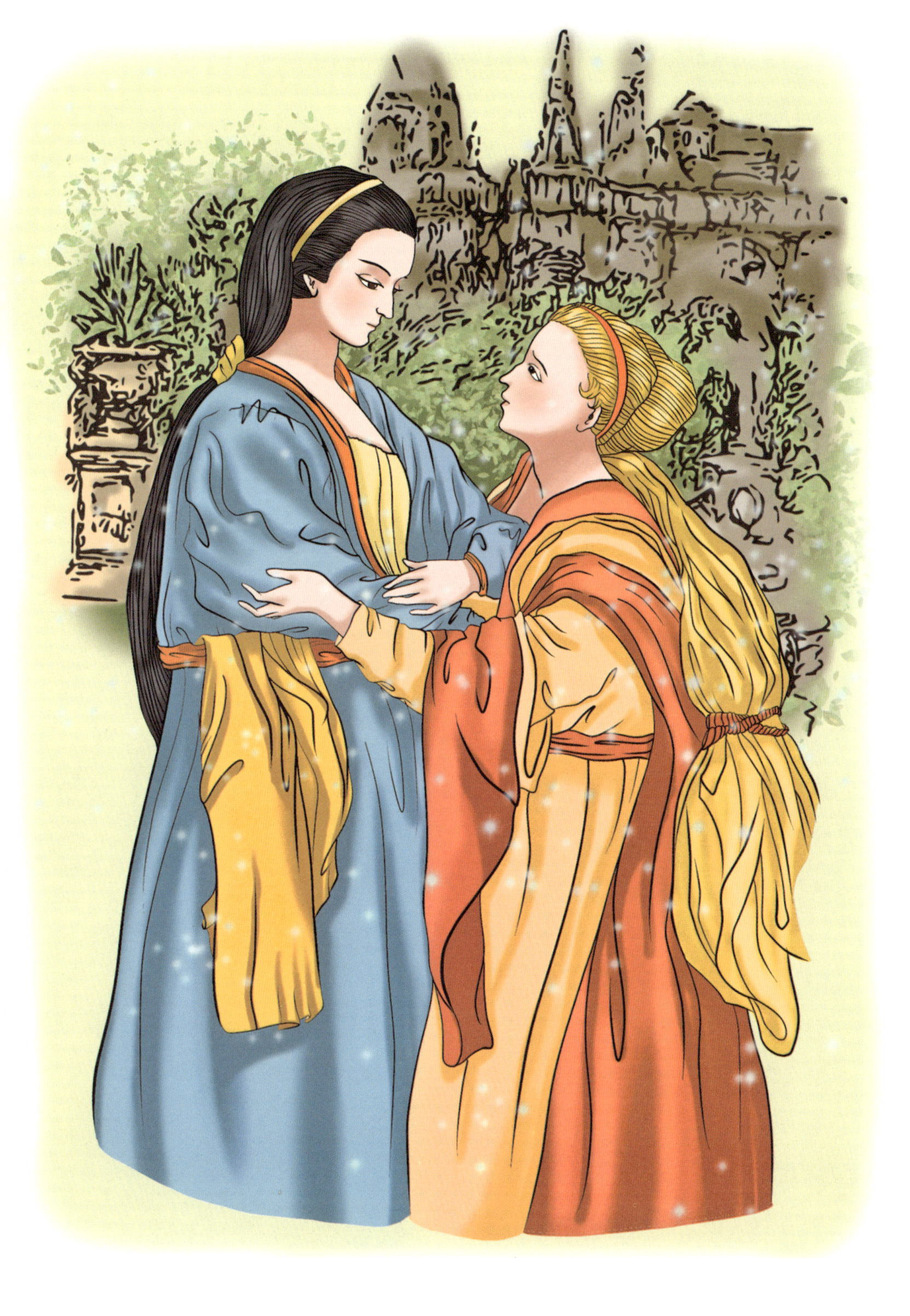

路上会非常不安全。西莉娅眼珠子一转，表示可以穿破旧的衣衫，脸上涂些黄泥，怎么丑怎么打扮，这样就安全了。

罗瑟琳受到了西莉娅的启发，自己身材高挑，装扮成男人岂不是更好？于是，她穿上男子的衣服，腰间插上匕首，还给自己改了名字叫作盖尼米德，而西莉娅装扮成他的妹妹——俊俏的村姑。她们收拾了一些钱财，连夜出发了。两个人满心欢畅地去寻找自由。

去往亚登森林的路异常艰险，两个娇滴滴的姑娘哪受过这般苦？一路上罗瑟琳穿着褐衫短裤，西莉娅穿着粗布麻裙，风餐露宿，早就没有了当初的兴奋劲儿。

这天，又是整整一天没吃没喝。西莉娅一屁股坐在了地上，有气无力地说："哎，我饿得头昏眼花，实在走不动了。"

"打起精神来吧，这儿就是亚登森林了。"虽然罗瑟琳也很疲惫，但是她还得给妹妹打气。

两个人互相搀扶着又往前走了一段路。一个老牧羊人迎面而来，扮成哥哥的罗瑟琳走了过去，道："老人家，我们在这荒野迷了路，请你告诉我哪里能买到吃的，哪里有休息的地方？我的妹妹赶路疲乏，快要晕过去了。"

"我很愿意帮助你们，但是我只是一个给别人看羊的人。羊儿虽然归我饲养，羊毛却不归我剪。我的东家小气得要命，他从不做善事。而且他的草屋、羊群和牧场现在都要卖出去了。现在他不在家，牧舍里没有多少吃的东西。不过，你们跟我瞧瞧去吧，我是极其欢迎你们的。"说着，老牧羊人领着她们来到了牧场。他拿出仅有的面包屑款待了姐妹俩，铺了暖和的毛毯供她们休息。

4 相聚亚登森林

西莉娅很喜欢这个地方。经过和场主协商，她们买下了整个牧场，留下了老牧羊人打理一切，给他加了不少工钱。老牧羊人高兴极了。就这样，罗瑟琳和西莉娅在牧场住了下来。她们继续扮成兄妹，一边打听老公爵被流放的地方，一边享受着难得的自由生活。

在遥远的宫廷里，新公爵暴跳如雷。他本来是想流放罗瑟琳，谁料，亲生女儿西莉娅跟着一起逃亡了。“她们可能逃到哪里去呢？难道没有一个人看见她们吗？一定有奸人知情串通！”

“禀告殿下，我曾经听到小姐们称赞角斗比赛中获胜的奥兰多。我相信，那个少年一定跟他们在一起……”侍女唯恐被气头上的新公爵处死，急忙禀告。

岂有此理！一定是奥兰多拐走了她们！新公爵于是派侍卫到奥兰多的哥哥家去找。

奥兰多的哥哥奥利弗本想借拳师之手干掉弟弟，谁知道，不仅没干掉，反而让弟弟声名鹊起。奥利弗碧绿的眼睛里闪过凶光，决定干脆一不做二不休，直接烧死弟弟好了。天色变得昏暗，奥利弗与一个恶仆在枞树后密谋。碰巧，弟弟的老仆人过来采摘浆果，他听到了一切。“上帝呀，他们要暗害奥兰多！”老仆人擦擦额头上的冷汗，直到奥利弗他们走远了，他才跌跌撞撞地跑去找奥兰多。

“少爷，少爷！大事不好了！”老仆人终于找到了奥兰多。

“怎么了，难道后面有猛兽要害你吗？”奥兰多调笑道。

“少爷，不是要害我，是要害你！”老仆人就把奥利弗如何因妒生恨，如何派恶仆准备连夜烧了奥兰多住的屋子的事讲了出来。“要是这次计划不成功，他还会想出别的法子来除掉您的。咱们还是快逃走吧！”

老仆人拿出了五百块钱做盘缠，那是他积攒了一辈子的银钱，和奥兰多连夜逃出了城。

阴暗的暮色笼罩着大地，恶仆蹑手蹑脚地靠近奥兰多的房子。他看四下无人，悄悄地点燃了稻草堆，“轰——”一时间火光冲天，房子和马厩熊熊燃烧起来。

恶仆来见哥哥奥利弗，讨要赏钱，谁知，却得到了两个大嘴巴子。原来奥兰多根本不在屋子里，早就跑得无影无踪了。

奥兰多和老仆人一路披星戴月，风餐露宿。也不知道走了多少天，他们来到了亚登森林。他们已经两天水米未进了。这里是野兽的领地，到处危机四伏，忧愁苦闷笼罩着奥兰多。

“好少爷，我再也走不动了。唉，我要饿死了。再会吧，你要好好地活下去……”老仆人躺在地上，虚弱得像是能被一阵风刮走。

奥兰多将老仆人背到了背风的地方，安慰他说：“你别胡思乱想，振作起来吧！我去找一些吃的东西。”奥兰多快步走进森林，发誓一定要找到吃的东西。

老公爵和一群流亡的王公大臣在一棵大橡树下铺好了餐布，摆满了果子、烤肉、面包、奶酪、麦芽酒……甚至还有一只腌鸡。他们高谈阔论了一番，准备席地而食。

“停住，不准吃！”奥兰多冲了出来，用利剑指着食物。

在场的人全都吓了一跳。老公爵打量着奥兰多破烂的装束，和颜悦色地问：“朋友，你是因为落难而变得这样强横吗？”

奥兰多一下子被说中了心事，十分窘迫。他原本出身高贵的家族，现在却做出抢劫这种粗野的事情，完全是被逼无奈。

“年轻人，你要什么？如果客气地向我们说明，我们一定会更客气地对待你的。请坐，随意吃吧！”老公爵指着满桌子的食物，让他随便享用。

奥兰多几乎哽咽了。他道出原因，说老仆人跟着他跋山涉水地来到这里，如今又累又饿，眼看就要死了。如果老人吃不到食物，他是绝不会吃的。老公爵听了奥兰多的话，称赞他是一个有情有义的人。于是，他吩咐手下不要吃了，等待奥兰多将老仆人带来。

过了一会儿，奥兰多背着老仆人来到大橡树下。老公爵非常欢迎，传话开宴，命人奏起音乐，给他们倒满了麦芽酒，让他们尽情享用。当老公爵得知奥兰多是老朋友鲍埃爵士的小儿子时，他再也抑制不住内心的惊喜，高兴地拥抱了他。得知他的遭遇后，老公爵又流下了同情的泪水。从此，老公爵将奥兰多留在了身边。

森林中的光影时隐时现，变幻莫测。安定下来的奥兰多心里挂念着罗瑟琳，每每想起那个皓月般的姑娘，仿佛有一根玫瑰花的锐刺，扎痛了他的心。现在，罗瑟琳怎么样了呢？这爱情的火焰啊，在他的胸腔中燃烧起来。于是，奥兰多打猎的时候，会在树上刻写罗瑟琳的名字，在叶子和纸上写下相思的诗句。

罗瑟琳和西莉娅在牧场里生活下来。她们扮成牧羊小伙和牧羊女，每日在森林里找寻着老公爵的行踪。这天，罗瑟琳发现一棵树上刻着诗："从东印度到西印度找遍奇珍，没有一颗珠玉比得上罗瑟琳。她的名声随着好风播满诸城，整个世界都在仰慕着罗瑟琳。"一连七八天，她和西莉娅都发现了诗句。

"到底是谁写的呢？"罗瑟琳纳闷极了。

"奇怪啊！奇到无可再奇怪的奇怪！"西莉娅咯咯地笑，"姐姐，你真的猜不出来吗？"

罗瑟琳摇了摇头。西莉娅告诉她，是奥兰多！她曾经在森林里见过他，穿着猎人的衣服。忽然，奥兰多背着弓箭，从森林中走了过来。

"天呀，真是他！"罗瑟琳捂住怦怦乱跳的胸口。此时此刻，奥兰多自然认不出她来，而且绝对想不到美丽的罗瑟琳会出现在荒僻的丛林中。

罗瑟琳对西莉娅说："我要装成一个无礼的小厮给他捣捣乱，考验考验他。"说完，她大模大样地走到了奥兰多面前。因为她扮成了小伙子，奥兰多根本没认出她。

"猎人，请问现在是几点钟？"罗瑟琳说。

"你应该问我现在是什么时辰。森林里哪儿来的钟呢？"奥兰多回答。

"既然这样，那么森林里也不会有真心的情人了，否则每分钟的叹气，该会像时钟一样计算出时间懒懒的脚步来。"罗瑟琳说。

听完这一番话，奥兰多连连称奇。眼前这个美貌、纤瘦的少年虽然穿着牧羊人的衣服，但是谈吐高雅，举止大方。没想到，穷乡僻壤还有如此才俊！

5 有情人终成眷属

“可爱的少年，你住在哪儿？”奥兰多产生了好奇。

“和我的妹妹一起住在这儿的森林边。”罗瑟琳咳嗽一声说，“最近林子里来了一个怪人，在树上刻满了‘罗瑟琳’，把树木糟蹋得不成样子。哼，要是碰见了那个卖弄风情的家伙，我一定要教训教训他。”

“哎呀呀，我就是那个怪人，我被爱情折磨得快昏了头。”奥兰多老老实实地承认，并且询问罗瑟琳有没有能够医治的方法。

罗瑟琳发现奥兰多仍然真心爱着她，顿时心花怒放。她装模作样地表示，她惯会治疗各种疑难杂症，这种相思病曾经治愈过一例。奥兰多仿佛抓到了救命稻草，急忙询问方法。

罗瑟琳说：“我能把你治好。你把我当作罗瑟琳，每天到我的草屋里来向我求爱，这样一天天表演，你就能被治好啦！”

就这样，奥兰多每天打完猎，就会特意来到牧场草屋，向罗瑟琳表演求爱。

“奥兰多！你这些时辰都在哪儿？你要是再迟到，不用来见我了。”

“我的好罗瑟琳，我不过迟来了一小时……”

日复一日，草屋里上演着美妙的“戏剧”。罗瑟琳慢慢地知道了，奥兰多对她是真心实意的，心里就像喝了蜜一般甜。

在遥远的宫廷，新公爵派人去奥利弗家里抓奥兰多，却空手而回。他非常愤怒，责令奥利弗找到奥兰多，否则，就没收他的全部财产，甚至将他处死！

奥利弗吓坏了。他收拾行装，找遍弟弟可能去的所有地方，始终一无所获。最后，他猜想弟弟可能去了亚登森林。于是，奥利弗独自一人上路了。他在茫茫的森林里走了几天几夜，饥寒交迫，靠着一棵满覆苍苔的橡树睡着了。

奥兰多正在林中寻找着猎物。他想抓一只野兔回去。忽然，他看见一个衣衫褴褛的人仰面睡着了，一条金绿色的蛇正准备咬住那个人的咽喉。蛇看见奥兰多，蜿蜒地溜进林莽中去了。天哪，不远处还有一只饥肠辘辘的狮子！它头贴着地蹲伏在那儿，等待着机会扑向熟睡的人。

奥兰多凝目一看，这个人不是别人，正是他的哥哥奥利弗！哼，哥哥不顾手足之情，几次三番地加害于他，于是奥兰多想转身离去，可是善心比复仇更高贵。他提着剑冲了上去，和那头饿狮搏斗着，狮子咆哮着抓住了奥兰多的手臂，鲜血登时流了出来。奥兰多忍着剧痛，将狮子杀死了。奥利弗听见搏斗声，从睡梦中醒了过来，他明白了一切。

“奥兰多？弟弟！”奥利弗失声痛哭。

“我没事，哥哥……”奥兰多苦涩地一笑。他步伐踉跄地领着奥利弗来到老公爵面前。奥利弗又懊恼又后悔，原本他这次来是抓弟弟回去，让他受到处罚的，没想到，弟弟却奋不顾身地救了他。奥利弗泪流满面地把回来后就昏了过去的弟弟救醒，为他包扎伤口，请求弟弟的宽恕。

奥兰多非常宽容，他原谅了哥哥，并且托付哥哥一件事。那就是他今天不能到牧场里去表演求爱，让哥哥带着染有血迹的手帕交给牧羊小伙盖尼米德，说他不幸受伤，请原谅他的失约。奥利弗来到了草屋，罗瑟琳一见到血手帕，当场昏了过去。

西莉娅吓坏了，大声地呼叫："哥哥！醒醒啊！"罗瑟琳悠悠醒转，长长地舒了口气。

"嘿，提起精神来，一块血迹手帕就把你吓昏啦？你太没有男子汉气概了。"奥利弗嘲笑道。

"一点不错，我承认。"罗瑟琳说，"这些天，我一直假装罗瑟琳，让你的弟弟奥兰多向我求婚。请你回去告诉他，说是装得像极了。"

"这可不是假装哦！你的脸色证明了一切，这是真情流露。"尽管罗瑟琳说得云山雾罩，一语双关，但是奥利弗还是看出了真相。

提到他怎么来到了亚登森林，奥利弗向牧羊人兄妹讲述了一切。他诚心诚意地表达着对弟弟的抱歉和悔过。西莉娅非常喜欢奥利弗的真诚，她爱上了他。同时，奥利弗也喜欢上了这个娇小可爱的牧羊女，他发誓，他不计较贫穷，一定要娶她为妻。

日暮时分，奥利弗回到了弟弟那里。奥兰多迫不及待地让哥哥讲述一切，生怕漏掉了一个字。奥利弗告诉他，牧羊小伙看到血手帕晕了过去。末了，他很郑重地说："弟弟，我喜欢上了小伙的妹妹——牧羊女！她甜蜜得令人陶醉。我向她求婚，她也答应了。我愿意把所有的财产都让给你，在这里终生做一个牧羊人。"

奥兰多瞪大了眼睛。这么仓促的时间，哥哥居然要和牧羊女结婚了。他是多么幸运啊，这么快就找到了自己的爱人！

罗瑟琳还是牧羊小伙打扮，她来探望奥兰多。奥兰多叹了一口气，无精打采地说：“我的哥哥和你的妹妹商讨明天的婚礼去了。唉，瞧瞧，他们看上去好幸福啊！而我却非常烦闷。如果我能和罗瑟琳结婚就好了。”

“我明天可以充当你的罗瑟琳呀！”牧羊小伙安慰道。

“不，我不能靠着幻想活着了。”奥兰多用手捂着脸，非常痛苦。

牧羊小伙拍拍他的肩膀说：“我可以实现你的愿望。我从三岁起，就和一个术士学习魔法。我可以施法，让罗瑟琳明天就出现在你的面前。那么，你哥哥结婚的时候，你也可以和罗瑟琳结婚，就可以四个人一起举行婚礼啦！”

“真的？”奥兰多目光火热地望着牧羊小伙。

牧羊小伙郑重地点点头，说：“我以我的生命发誓，我说的是真话。所以你得穿上你最好的衣服，邀请你的朋友们来。只要你愿意在明天结婚，你就一定可以结婚。”

他们正说着，一个红发青年拉着一个金发少女找了过来。红发青年一见牧羊小伙就气不打一处来，因为他爱着金发少女，但是金发少女却爱上了牧羊小伙，也就是易了装的罗瑟琳。

几个青年争吵不休，就像一群狼向着月亮嗥叫。罗瑟琳知道一切事情都是因她而起，也该到面对的时候了。于是，她挥挥手，结束了争吵。她让大家明天到大橡树下集合，她将会解决一切难题。

第二天，奥兰多请来了老公爵。他对老公爵说：“牧羊小伙会法术，能够将您的女儿罗瑟琳召唤到这儿来！快，跟我去看看。”所有人都半信半疑，他们赶到了大橡树下。牧羊小伙早早地等在那里。当人们到齐了，她又重申了一遍约定的条件。

她对老公爵发问："假如我把您的罗瑟琳带来，您允许她嫁给奥兰多吗？"

老公爵激动地说："即使跟我要几个王国作为陪嫁，我也愿意。"

罗瑟琳又转向奥兰多："假如我真的把罗瑟琳带来，您愿意娶她吗？"

奥兰多干脆地答道："当然！"

罗瑟琳又问金发少女："假如您不能嫁给我，您愿意嫁给这位忠心无比的青年吗？"

金发少女望了红发青年一眼，同意这样做。同时，青年也表示非她不娶。

罗瑟琳要施法了。她带着西莉娅走进了一道门。当门再次打开时，走出来的是穿着女装的罗瑟琳和西莉娅。

所有的人都惊呆了，老公爵更是喜极而泣。罗瑟琳讲出了一切。老公爵高兴极了，为这几对青年主婚，并且宣读了婚礼祝辞，祝愿奥兰多和罗瑟琳患难不相弃，祝愿奥利弗和西莉娅同心永系，祝愿红发青年与金发少女相亲相爱。

忽然，传来了马蹄声，信使飞身下马，他带来了一个好消息。原来，新公爵率领大军前来讨伐老公爵，但是途中他遇见了一位知识高深的修道士，交谈之后，他悔悟了，决定把他的权位归还给兄长，退隐了。

这可是一份特别的新婚贺礼！老公爵命令举行最热闹的狂欢。音乐奏起来！美食摆起来！人们围着新郎和新娘载歌载舞，大家纷纷举杯庆祝，亚登森林里的欢乐声响彻云霄，空前热闹。

《第十二夜》故事中的人物关系

奥西诺公爵

伊利里亚的统治者

奥丽维娅

富有的伯爵小姐

薇奥拉

落海少女，后成为公爵侍童

兄妹

西巴斯辛

老酒鬼

管家

自作多情地恋着奥丽维娅

侍女

服侍奥丽维娅

薇奥拉的救命恩人

第十二夜

1 天有不测风云

圣诞节的第十二日，这一天也被称为“主显节”。宫廷和贵族家里常常演剧庆祝。

这天夜里，在一艘驶向梅萨林的客船上，人们同样在举行盛宴欢庆。餐桌上摆着浓浓的牛肉洋葱汤，油亮亮的烤肉泛着焦香。当侍从们托着“国王蛋糕”经过时，你会一眼瞥见上面的美味蜜饯和霜雪一般的糖粉。通常蛋糕里还会有一粒蚕豆，有幸吃到的人就会成为当天的“国王”。最令人开心的是一对双胞胎兄妹的表演，他俩长得惊人的相似，一般人很难将他们区别开来。

正当大家开怀大笑时，忽然，海上狂风大作，暴风雨使客船偏离了航向，颠簸的船只撞到了暗礁，风浪怒吼着将船掀翻了，人们争先恐后地逃生。双胞胎中的妹妹薇奥拉落入海中，眼看着就要沉入海底，哥哥西巴斯辛奋力地游过去，将她托举到一条划过来的救生小船上。

这时，一个巨浪扑了过来，忽地将哥哥冲走了。妹妹在暴风雨中痛苦地号叫，可是于事无补。巨浪击碎了船只，也拆散了这对相依为命的亲人。

客船被迅速淹没了，只有到了救生小船上的几个人侥幸生还。他们与死神抗争了一夜，筋疲力尽，昏死了过去。也不知道时间过了多久，暴风雨停止了，刺眼的阳光使妹妹薇奥拉苏醒过来。她叫醒了老船长和其他人，发现来到了一个陌生的地方。

“这是什么地方？”薇奥拉问老船长。

“这里是伊利里亚，姑娘。”老船长仔细地辨认着环境。

“我在这里干什么呢？我的哥哥已经死了……”想到这里，薇奥拉跑向大海想自尽。老船长一把抓住了她，并且安慰她说：“波涛汹涌时，我看见你的哥哥西巴斯辛把自己捆在一根浮在海面的桅樯上，他如此机智，一定能够生还的。”听了老船长的话，薇奥拉决定活下去，等待着与哥哥团圆的一天。

老船长很熟悉伊利里亚。这座城市由奥西诺公爵统治着，他是一个高贵而多愁善感的人，年轻有为，魅力不凡。公爵长期向美貌的奥丽维娅求婚，不过，奥丽维娅并不为公爵的深情所动。

奥丽维娅的父亲是位伯爵，在一年前死去，把她交给了哥哥照顾，可是哥哥不久后也死了。此后，奥丽维娅一直沉浸在失去哥哥的痛苦中，她发誓要守丧七年，不再跟男人们在一起或者见他们的面。

真是一位情深义重的小姐！薇奥拉被奥丽维娅的深沉感情所打动，很想去做她的侍女服侍她。可是，老船长说这根本不可能，奥丽维娅谁都不见，终日闭门忧思。

“这里人生地不熟，我必须为生计打算，要想办法活下去。如果我能够待在公爵身边，到时候不仅衣食无忧，还有寻找哥哥的便利条件……”既然不能做小姐的侍女，那么做公爵的侍童也好呀！她会唱歌，精通音乐，一定能够得到公爵的重用。想到这里，薇奥拉恳求老船长，她要装扮成一个男侍童，求老船长将她推荐给公爵。老船长看着这个可怜又可爱的姑娘，决定帮助她，并且不将她女扮男装的秘密泄露出去。

公爵坐在宫殿里，听着乐师演奏的乐曲黯然神伤。那乐曲经过他的耳畔，就像微风吹拂一丛紫罗兰，发出轻柔的声音。可是，公爵一想到奥丽维娅就伤心起来。

侍从看到公爵一直眉头紧皱，说：“殿下，您要不要去猎鹿，解解闷儿？”

“猎鹿？”公爵的脑海里回想起第一次遇见奥丽维娅的情景，他感觉空气都被她澄清了。那个时候，他好像变成了一头鹿，想时时刻刻蹦跳在美丽的奥丽维娅身边。他沮丧地说：“不，我哪儿也不想去。有奥丽维娅的消息吗？”

“哎，您得再等七年。因为她要纪念对于死去哥哥的爱，这七年她都要像尼姑一样蒙着面纱生活，每天待在自己的卧室里虔诚哀悼。”

听完侍从的报告，公爵叹了一口气，颓废地靠在红羊皮安乐椅上，茶褐色的头发掩映着他那双失神的眼睛，容颜憔悴得仿佛快要隐没的夕阳。

正在这时，老船长赶来觐见，他将薇奥拉举荐给了公爵。此时的薇奥拉剪去了秀发，改名叫西萨里奥。她完全是男人打扮，穿着一件蓝

色丝绒外套和黑色的紧身裤，戴着一顶小小的帽子，露出一圈短短的乌黑头发。她现在看上去特别像她的哥哥。

薇奥拉受过良好的教育，谈吐优雅，唱起歌儿来更像是夜莺在报春。公爵一下子就喜欢上了这个瘦弱的“男孩”，他留下了这个侍童。

薇奥拉聪明伶俐，懂得察言观色，她学得很快，也做得很好。公爵更是将她视为宠信的近侍，将他心中的一切秘密告诉她，尤其是他苦恋奥丽维娅而迟迟得不到回应的事。这天，公爵让薇奥拉去游说奥丽维娅。

“听着，你还小，还算不上成人呢！一定比那些面孔死板的使者们更能引起她的注意。你想办法见到奥丽维娅，把我的一片挚诚说给她听，你表演起我的伤心来一定很出色。”

“我愿意尽力替您去向您的爱人求婚。”薇奥拉听从了公爵的吩咐，但是她却十分难受。因为在不知不觉中，薇奥拉已经爱上了多愁善感的公爵，而今，她要抑制住这份情感，替他向另一个女人求婚。

薇奥拉带着两个随从，沿着铺满枯黄落叶的路，来到了奥丽维娅的府邸。

2 薇奥拉替公爵求婚

奥丽维娅的叔父托比接见了她。托比是一个老酒鬼，他长得肥头大耳，终日里喝得醉醺醺的。

老托比和薇奥拉没说几句话，就醉倒在地上呼呼大睡。侍女只好去禀告奥丽维娅。

奥丽维娅不耐烦地对管家说："假若是公爵差来的，就说我病了，或者不在家，随你怎样说，把他打发走吧！"

管家去了一会儿就回来了。他觉得这个使者伶牙俐齿，聪颖异常，他打发过无数的人，但是从来没有见过这么难对付的。"小姐，那个少年发誓说一定要见您。我找了很多理由，他都有说辞对付我。我现在理屈词穷，实在没有什么话对他说了。"

"那你就对他说，我不想和他说话。"奥丽维娅说。

"这我早就对他说过。"管家烦恼地搔了搔后脑勺，"他说，他要像城堡门前竖着的旗杆那样立在您的门前不走，像凳子的脚一样直挺挺地站着不动，非得见到您不可。"

这个人倒是执着又有趣！奥丽维娅心里很好奇。她站起身来，拉了拉洁白柔软的白披肩，问："他长得怎么样？多大年纪了？"

"他长得很漂亮，说话也很刁钻。年纪吧，不大不小，有些乳臭未干。"管家摸着自己稀疏的胡子说。今日他这个管家着实有些失败，碰到这么一个难缠的"小鬼头"。

奥丽维娅眨了眨灰色的眼睛。从她舒展的眉头可以看出来，她对这个少年很感兴趣。奥丽维娅命令侍女拿过面纱，罩住她的脸，她要见一见这个公爵的使者。

"你是从什么地方来的，先生？"奥丽维娅把玩着一个美丽的花球——镂空的花纸，包裹着淡黄色的花朵儿，衬托得她无比的娴静优雅。

“除了我背熟了的一些话，我不能说别的话。您的问题是我所不曾预备作答的。温柔的美人儿，您是不是这府里的贵小姐？好让我陈说我的来意。”薇奥拉躬身行礼。她抬起头来，不卑不亢地望着奥丽维娅，甚至还调皮地眨了眨眼睛。她那双眼睛尤其迷人，像宝石般熠熠生辉。

啊！眼前的少年纤细轻盈，面色红润，充满活力，卷曲的黑色短发显得他更加可爱。虽然他穿着仆人的衣服，但是风度翩翩，谈吐不俗。仿佛有一股春风拨动了奥丽维娅的心弦，她的脸色微微一红，手不自觉地拉了拉脸上的面纱，“噗嗤”笑出声：“你是个唱戏的吗？说得怪好听的。来，你把重要的话说出来，恭维就免了吧。”

薇奥拉故意叹了一口气：“唉！我好不容易才把那些话背熟，而且它非常有诗意。”

“那多半是些鬼话，请你留着不用说了吧！让你进来，我只是想看看你究竟是个什么人，并不是要听你说话。”

侍女听出了主人的意思，站起身来就要送客。她晃荡着两条粗壮的手臂驱赶，薇奥拉只好连连倒退。与膀大腰圆的侍女相比，薇奥拉就像一只可怜的弱鸡。她挥动着双手，试图求得奥丽维娅的同情。

“亲爱的小姐，请您劝劝您这位‘彪形大汉’，叫她别那么神气活现。”

“有什么话你就直说吧！”奥丽维娅好脾气地打量着薇奥拉。

“我是一个使者。”

“那么，现在，先生，请说你的经文。”

“在奥西诺公爵的心头。”

“在他的心头？在他心头的哪一章？”

“照目录上排起来，是他心头的第一章。”

“噢！那我已经读过了，无非是些旁门左道。你没有别的话要说了吗？”

“好小姐，让我瞧瞧您的脸。”

“贵主人有什么事要差你来跟我的脸接洽的吗？”奥丽维娅又好气又好笑。她听惯了各种各样奉承她的话，那些陈词滥调让她很不耐烦，而薇奥拉的话，句句出人意料，听上去非常新鲜。这少年相貌俊美，举止高贵，奥丽维娅对他的兴趣，早就超过了公爵派他捎来的情话。

“你瞧吧！我不妨揭开面纱，让你看看这幅图画。先生，我就是这个样子，它不是画得很好吗？”奥丽维娅撩开面纱，露出风致韵绝的姿容。

天哪！薇奥拉心中阵阵纳罕。她见过的美人儿无数，而且她自己本身就是一个美人儿，但是，奥丽维娅是她见过的最惊艳的一个。浓淡适中的朱唇娇艳欲滴，一双灰色的倩目顾盼生辉，天鹅般的玉颈，让一切珠宝项链黯然失色，尤其是那雍容大方的风度，是很多贵族小姐无法比拟的。

薇奥拉不禁发出由衷的赞叹：“这真是各种色彩精妙调和而成的美貌！小姐，您是世上最狠心的女人，您怎么能甘心让这种美埋没在坟墓里，不给世间留下一份副本呢？”

奥丽维娅听着十分受用，她兴致勃勃地望着薇奥拉。薇奥拉转述着公爵的爱慕，说他如何茶饭不思，如何整夜哭泣，只盼奥丽维娅答应他的求爱。

“我知道您的主人很尊贵，有很好的名声，他慷慨、博学、勇敢，长得又十分体面。但是我不爱他呀。其实，他老早就得到我的回复了。”奥丽维娅一边说着，一边偷眼瞧着薇奥拉。但见薇奥拉一双眼睛亮晶晶的，脸蛋儿红红的，真是一个可爱的人哪！她越看越喜欢。

“如果我也像我的主人一样爱您，我肯定不会让您拒绝我。”薇奥拉大胆地直视奥丽维娅的眼睛说，“我要在您的门前用柳枝筑成一所小屋，好能不时地去造访您；我要吟咏最忠诚的爱情诗篇给您听；我要向着山崖呼喊您的名字……直到您同情我，答应我的求爱！”

“天哪，我一定被爱神之箭射中了！”奥丽维娅只感觉一颗心在怦怦地乱跳。她急忙捋了捋金色的秀发，以掩饰自己的情感。

奥丽维娅毫不怀疑薇奥拉的性别，认为她是一个口才和美貌并存的少男。于是，她旁敲侧击地打听他的家世。听说他是一个有身份的绅士，心中越加高兴。而薇奥拉的语调和她的肢体、动作、精神各方面都可以证明她很高贵。奥丽维娅感觉薇奥拉和她十分相配。

“告诉你的主人，我不能爱他。叫他不要再差人来了，除非是你来见我。”接着，奥丽维娅打算赏给薇奥拉几个钱，却被薇奥拉拒绝了。这更让奥丽维娅对她另眼相看，芳心大动。

薇奥拉完成了使命，告辞离开了。奥丽维娅怔了半晌，心中空落落的。这个少年的美，已经悄悄地溜到了她的眼中、她的心里，让她难以自持，从而生出缠绵的爱意来。

3 一片春心相思错

怎么才能让这个美少年再来呢？怎么才能让他明白自己的心意呢？奥丽维娅用细长的手指敲打着桌子。忽然，她看到了手指上戴着的宝石戒指，马上想到了一个主意。她摘下戒指，交给管家，煞有介事地说："你去追上那个无礼的使者。刚才，他不管我要不要，硬把这戒指留下了。告诉他，我才不要这东西呢！请他转告公爵，我跟他没有缘分。要是那少年明天还来拜访，我倒是可以告诉他为什么。"

管家可不知道小姐的小心思，他连跑带颠地去追薇奥拉。管家对薇奥拉说："先生，我们小姐让我把这枚戒指还给您！小姐还说，让公爵死了心吧！"管家可不愿意跑这一趟，因为埋怨，他的扫帚眉都快拧在一起了。他将戒指丢到薇奥拉的怀里，转身就走了。

薇奥拉丈二和尚摸不着头脑，心想："我没有留下戒指呀，这位小姐是什么意思？"她边走边思索，回想起刚才在房间里的情景。啊，对了，奥丽维娅曾经腮边布满红晕，她如蜜蜂粘着花朵一般，看她看得入了迷，说起话来也是没头没脑，颠三倒四。"糟糕，她一定是迷恋上我了。我竟然成了她的意中人，这可太滑稽又出乎意料了！"

薇奥拉长长地叹了一口气："哎，可怜的小姐，她真是做白日梦了！都怪我女扮男装。公爵深深地爱着奥丽维娅，而我又爱着公爵，奥丽维娅却爱上了我……这可如何是好？"

薇奥拉没有想到事情变成了这样，她心事重重地回到了公爵的宫殿。公爵没有去玩纸牌，也没有去打猎，他始终沉浸在忧愁的乐曲里，空荡荡的厅堂被一股凄凉的气氛笼罩着。虽然薇奥拉不忍心，但还是不得不将奥丽维娅拒绝一事禀告给公爵。

“殿下，小姐说，她不能爱您呢！”

“我不要得到这样的回答。”公爵坚决不相信，他认为自己还有希望。

薇奥拉努力奉劝公爵不要再单相思了，这样痴心的单恋毫无意义。

“殿下，假如有一位姑娘，也像您爱奥丽维娅一样痴爱着您，”薇奥拉竭力让自己的口气显得轻松自然，“我的主人，假如有一位姑娘像您爱小姐一样爱您，您也不答应她，她不也得忍受吗？”

“哎，不要把一个女人对我的爱情与我对奥丽维娅的深情相比！我的爱就像饥饿的大海，能够消化一切。”公爵从椅子上站了起来，没奈何地拍了拍薇奥拉单薄的肩头。

薇奥拉欲言又止，强装笑容，只好编了一个故事，其实说的就是她自己：“我有一个妹妹，她爱上了一个男人，好比假如我是女人一定会爱上殿下一样。我妹妹从来不向人诉说她的爱情，最后因相思而日益憔悴……”薇奥拉动情地望着公爵，说得委婉而真挚。可惜，公爵只是以为，薇奥拉谈论的只是他那可怜的妹妹，完全没有听出弦外之音。薇奥拉空有一片痴情，却无从表达。

“好啦，你再到奥丽维娅小姐那儿去，把这颗珍珠送给她，说我的爱情永不会认输。”公爵言辞恳切，甚至带着哀求。薇奥拉心里无比凄惶，只好含着泪接过了珍珠，答应替他再次拜访小姐。

自从薇奥拉离开后，奥丽维娅一直心绪不宁，茶饭不思。那奥妙的、意味无穷的、带着惆怅的爱恋始终缠绕着她。她总是独自一人透过窗户向外眺望，渴望美少年的身影再次出现。

与此同时，在奥丽维娅的花园里，发生了一件滑稽可笑的事。老酒鬼托比与他的几个酒友还有侍女正在密谋。他们早就对管家古板刻薄、盛气凌人的样子不满意了，于是，他们决定戏耍他一番。侍女模仿奥丽维娅的笔迹写了一封信，信上写着的是小姐爱上了这个管家。然后她故意将信丢在了管家常走的路边，等待着“鱼儿”上钩。他们躲在黄杨树后看好戏。

管家走了过来，他捡到了信。哎呀，这可是天大的美事！管家看得心花怒放，自言自语道：“一切都是运气哩！怪不得小姐待我比待其他的下人显得分外尊敬。原来她爱上我啦！我俩成婚后，我身上披着绣花的丝绒袍子，威严又神气。我就警告那个老酒鬼，让他必须把喝酒的习惯戒掉。”

老酒鬼咒骂了一句：“该死，这个坏东西！”

旁边的人怕老酒鬼被管家发现，急忙拍了拍他的头，警告道：“小点儿声！管家已经痴心妄想得变成火鸡了，瞧他那蓬起了羽毛高视阔步的样子！”

侍女冷笑一声：“等着吧。如果他上当了，肯定会穿起黄袜子，那正是小姐讨厌的颜色。他还要朝她微笑，小姐的心情正低落呢，她一定会不高兴的！”

他们小声嘀咕着。只听，管家又自言自语起来：“穿了黄袜子，扎着十字交叉的袜带，我要摆出高傲的神气来。嘿嘿，在信里小姐是这么命令我的。我立刻就去装束起来。”管家欢天喜地地走了。

老酒鬼他们看着管家马上要上当了，笑了好半天才散去，等待着看下面的好戏。

4 西巴斯辛还活着

这天，薇奥拉受公爵委托，再次拜访奥丽维娅。奥丽维娅破天荒地走出房门，亲自来迎接她。薇奥拉上前施礼，用动听的声音说："最卓越、最完美的小姐，愿诸天神为您散下芬芳的香雾！我的来意，只能让您自己的玉耳倾听。"奥丽维娅微笑着，屏退左右的仆人，关上了园门。

见四下无人，薇奥拉再次说明来意："小姐，我来是替公爵说动您的心的。"

奥丽维娅惆怅极了："啊！对不起，请你不要再提起他了。可是如果你肯为另外一个人求爱，我愿意听一下你的请求，胜过于听天乐。"她多么希望得到薇奥拉的垂青呀！

奥丽维娅轻声说道："上次也不知道怎么回事，见到你我就被你迷住了。我为了再次见到你，命人拿着戒指追上你。对不起！虽然我把明知道不属于你的东西强塞给你，一定会使你看不起我，但是像你这样敏慧的人，难道还不明白我的心意吗？"

薇奥拉真是进退两难。她不能直接说自己其实不是男人，那样她就再也不能在公爵身边待下去了。面对小姐的痴情，她只好深深地叹了一口气说："啊，不，亲爱的小姐，这可不行呀！"

薇奥拉决心赶快离开这尴尬之地。奥丽维娅苦笑了一下。即便是薇奥拉拒绝的样子，在奥丽维娅看来也是十分美丽的。

老酒鬼托比曾经将他的一个酒友介绍给奥丽维娅。怎奈这个酒友又难看又粗鲁，奥丽维娅拒绝他很多次了。酒友听到了薇奥拉他们的谈话，他那淡黄色的大脸，好似一头受了气的马，阴阳怪气地对老酒鬼说："我在花园里瞧见，你的侄小姐对待公爵的仆人比对我好得多。我还是走吧！"

老酒鬼拍了拍啤酒肚，说："嘿，你怎么能这么快就放弃呢？你应该把你的命运建立在勇气之上！去，向那个少年挑战，在他身上戳十来个窟窿，那时我的侄女一定会注意到你。世上没有一个媒人会比一个勇敢的名声更能说动女人的心了。"

薇奥拉刚一离开，奥丽维娅就想起，还有一些话没说，急忙又差人去请薇奥拉回来。她让管家送过来一些葡萄酒和甜饼。管家托着葡萄酒来了，他不停地傻笑，笑得酒在杯里乱晃。他还穿着明黄色的袜子，活似母鸡腿儿，样子滑稽透了。侍女憋着笑，在心里嘲笑管家真是癞蛤蟆想吃天鹅肉！管家放下酒后，还不肯离开，不停地朝着小姐挤眉弄眼，并背诵着信上的字句。小姐心想："哎哟，这家伙简直中了暑般在发疯，说些什么混账话呢？"她实在受不了，急忙命人将管家拖走了。

薇奥拉来了。奥丽维娅愁肠百结，多情总被无情伤，她面对的难道是一颗石头一样的心吗？奥丽维娅摘下脖子上的项链，吊坠内藏有她的小像，她把吊坠交给了薇奥拉，并且希望她明天还能来。

薇奥拉拿着项链，低着头走在花园小径上。老酒鬼迎面走来。他一向喜欢开玩笑，他煞有介事地对薇奥拉说："嘿，上帝保佑你！有一位壮士对你怀恨在心，他正在花园的尽头等着你呢。你要拔出你的剑来，赶快预备好，这位壮士可是一个敏捷而可怕的人。”

薇奥拉吓坏了！她可不会打架，心里盘算着，这该如何是好啊？

刚怂恿完薇奥拉，老酒鬼又跑去找到那个酒友。他夸张地手舞足蹈，说公爵的仆人特别厉害，曾经在波斯王宫里当过剑师，完全能够一招致命。那个酒友吓得心惊肉跳，脸色发白。其实，双方都上了老酒鬼的当，但是浑然不觉。

在花园路口，薇奥拉果然碰到了那个酒友。他俩只好都拔出剑来，硬着头皮对战。可怜的薇奥拉望着这个比她整整壮一圈的男人，心脏都快蹦出来了。就在她想干脆坦白自己是女人的时候，忽然冲出来一个身材挺拔的陌生男人，他挡在了薇奥拉的前面，替她迎战。

这个男人是海盗船长。原来，他看错了人，将穿男装的薇奥拉看成了西巴斯辛。

其实，她哥哥西巴斯辛并没有死。他落水后，在大海上漂流了一段时间，被一个海盗船长救了起来。海盗船长看他彬彬有礼，很快和他成了好朋友。这天，他们上了岸，也来到了伊利里亚城。西巴斯辛对这个城市很感兴趣，想去参观一下名胜古迹；但是海盗船长曾经参加过海战，和公爵的舰队作过对，一旦进入这个城市，怕被人发现遭到逮捕。于是，他将自己的钱袋留给了西巴斯辛，和他约定，等到他逛够了，可以到南郊的大象旅店去找他。

海盗船长看时间过去了很久，西巴斯辛迟迟没有去找他，就放心不下，焦急地到处寻找。他刚到这座花园，就碰到了这场决斗。一看来了外人，老酒鬼也提着剑摇摇晃晃地冲了上去。这下可热闹了，仆人们急忙喊来了两个警察。

一个警察认出了海盗船长，正是他们一直追捕的人，于是说：“嘿，我奉公爵之命来逮捕你。”

海盗船长瞅了瞅薇奥拉，说：“哎，我必须去服罪了。现在我不得不向你要回我的钱袋了，我好去打点。”

薇奥拉简直莫名其妙：“什么钱袋，先生？我是个穷小子，不过看在你见义勇为的分儿上，我愿意把我身上仅有的钱给你一半。”说着，薇奥拉拿出了几个钱。

海盗船长非常伤心，他没想到西巴斯辛这么忘恩负义，不仅只给他几个钱，还装作素不相识。他忍不住大骂起来：“我从死神的手中将你救了出来，我把你当作好朋友，没想到你却如此对待我。西巴斯辛，原来你是一个邪魔外道！”

警察们押着海盗船长走了。薇奥拉听到海盗船长喊的是“西巴斯辛”，顿时恍然大悟，一定是他把自己错认作哥哥了！这样想来，那哥哥一定还活着！薇奥拉又惊又喜，急匆匆地返回宫殿。

薇奥拉刚走不久，闲逛的西巴斯辛也来到了这座花园。那个酒友一看见他，以为薇奥拉又回来了，于是他提着剑怒气冲冲地迎了上去。西巴斯辛可不是一个懦夫，他提着剑奋起还击，打得酒友嗷嗷怪叫。老酒鬼带着仆人们赶来帮助他，一群人将西巴斯辛团团围住了。

“你们住手！”奥丽维娅走了出来。她转向西巴斯辛，将他认作了薇奥拉。“哎，这回的惊扰实在太失礼了，请你不要生气，跟我到舍下去吧。”

西巴斯辛心中狐疑，不过，他还是跟着这位美貌的小姐走进了屋子。奥丽维娅继续对他诉说着绵绵情话，还送给他一颗定情的珍珠。西巴斯辛听得云里雾里，恍如梦境，他甚至怀疑这位小姐神经不正常。可是看她吩咐奴仆合情合理，安排家务井井有条，完全是个正常人。

尽管西巴斯辛觉得十分蹊跷，但是他看到奥丽维娅神情端庄，举止得体，立刻喜欢上了她，以至奥丽维娅叫来牧师，向西巴斯辛提出结婚的事，他也毫不犹豫地答应了下来。牧师为他俩主持了婚礼，两个人立了婚约的盟誓。此时西巴斯辛满脑子的不可思议。随后，他离开了妻子，去找海盗船长，想去听听他的意见。

5 各遂所愿结良缘

薇奥拉将小姐的话捎给了公爵。公爵还是不死心，他走出宫殿，想最后一次向奥丽维娅求婚。

熙熙攘攘的大街上，警察押着海盗船长迎面走来，见到公爵，他们急忙上前施礼。警察说："启禀殿下，这就是海上劫持货物的海盗，也就是上次把您的侄子削去了腿的那个人。我们看见他穷极无赖，跟人家打架，因此抓了来。"

薇奥拉追上来对公爵说："殿下，就是这个人救了我。他曾经拔刀相助，可是后来却对我说了一番奇怪的话，好像发了疯。"

公爵上下打量着海盗船长，目光凛凛地说："真是'踏破铁鞋无觅处，得来全不费工夫'！你这个海盗可够猖狂的，敢明目张胆地跑到我的领地来！"

海盗船长忙为自己申辩，说他来到伊利里亚不是故意挑战公爵的权威，而是有着特殊原因。说着，他一指薇奥拉，痛心疾首地说："就是您身边那个少年，他最没有良心了！我从大海中将他救了出来，和他成了朋友，无条件地相信他。为了他，我才来到这里。看到他被人围攻，我就拔剑相助。可是您看，现在我被逮捕，他恶毒的心肠恐怕我会连累他，便假装不认识我了！最可恨的是，我给他的钱袋，他也不肯还给我！"

薇奥拉蹙着眉头，这些事根本没有发生在她的身上呀！公爵看了看她懵然的表情，继续问海盗船长："那他在什么时候到这城里来的？"

海盗船长说："三个月来，我们天天在一起，从没分开过，半小时前他才到这里来。"

"你这家伙完全在说疯话！"公爵拉过薇奥拉说，"这孩子已经侍候我三个月了。"忽然，他一眼看到了奥丽维娅带着奴仆们朝着这边款款走来，公爵马上停止审判，迎了上去。

奥丽维娅披着鸵鸟白披肩，轻轻巧巧地提起缎子长裙，优雅地给公爵行礼。她抬起头来，风姿楚楚动人。"殿下，有什么指示？除了求婚，凡是我力所能及的，一定愿意效劳。"

"小姐，你对我就这么冷酷无情吗？你坚定初衷不改吗？"公爵紧紧地盯着奥丽维娅。见她摇了摇头，公爵伤心地捂住了胸口。他的一片真心被泼了冷水，发誓再也不向她求婚了，说着，气得转身就走。

奥丽维娅看到薇奥拉也跟着要走，她焦急地上前去拉她："我的夫君！你失了我的约，就这样离开吗？"

众人听得一愣，公爵的侍童什么时候成了她的夫君了？公爵也停下了脚步。薇奥拉更是丈二和尚摸不着头脑："不，殿下，我不是。"

听到薇奥拉矢口否认，奥丽维娅杏眼圆瞪，又气又怒。她想不明白：两个小时前，他俩刚刚结了婚，这个负心汉这么快就忘了？奥丽维娅觉得自己受到了欺骗，于是，忙命人去请牧师。不一会儿牧师匆匆赶来，他表示奥丽维娅和薇奥拉的婚约正是由他主持做证的。

本来是让薇奥拉去替他求婚，没想到这个侍童却抢了他的姻缘。公爵气愤不已，张开嘴便要大声咒骂。忽然，那个酒友捂着头破血流的脑袋走了过来。老酒鬼也捂着头，由奴仆搀着，一瘸一拐地跟在后面。奥丽维娅吓坏了，忙问发生了什么事。

“就是公爵的那个侍童干的！他无缘无故地敲破我的头！”他们怒气冲冲地道。如果不是当着公爵的面，他俩非要冲上来和薇奥拉再干一架不可。

薇奥拉奇怪极了，说：“我并没有伤害你们呀！那时，你无缘无故对我拔剑，但是我对你很客气啊！”

奥丽维娅命令仆人带着他们两个去找医生包扎。正当大家百思不得其解时，西巴斯辛从街角走了过来。这下众人都惊呆了！大家瞅瞅西巴斯辛，又看看薇奥拉，两个人一样的面孔，一样的声音，服饰打扮也极为相似。西巴斯辛一眼就看到了海盗船长，上前拉着他的手说：“船长，我去找你了，你怎么不在大象旅馆？”

海盗船长不知所措，说：“你是西巴斯辛吗？你怎么会分身呢？把一个苹果切成两半，也不会比这两人更为相像。到底哪一个才是西巴斯辛？”

薇奥拉看着面前这个和自己一模一样的人，心中大惑不解。西巴斯辛显然也注意到了她，忍不住纳罕道：“咦？你怎么和我长得一样？我没有兄弟，只有一个妹妹，却被波涛卷走了。对不住，请问你是谁？”

薇奥拉说：“我是梅萨林人。我的哥哥和你长得一样，他也叫西巴斯辛，葬身于大海时穿着和你一样的衣服。”

西巴斯辛叹了口气说：“如果你是一个女人，那我会高兴得热泪盈眶。”

听到这里，薇奥拉心中又惊又喜。眼前的西巴斯辛就是她一直苦寻的哥哥！她把落水之后，老船长救了她，她女扮男装侍候公爵的事告诉了大家。一切终于水落石出了。

西巴斯辛拉起奥丽维娅的手，调侃似的说："小姐，您爱上了一个女孩子。拿我的生命起誓，您的希望并没有落空。您错误地嫁给了我。"

奥丽维娅对这个结局很满意。她含情脉脉地看着自己的丈夫——西巴斯辛。看到奥丽维娅和西巴斯辛像蜜水似的甜蜜，公爵微笑着将头转向薇奥拉。他想起她曾经说过，她如果是女人，一定会爱上他。于是公爵询问薇奥拉发过的誓言是否还算数。薇奥拉白皙的脸上顿时浮上两朵红晕，她表示，愿意再次发誓证明，她对公爵的爱就像烈火一样炽热。

公爵开心得眼睛都亮了。他兴高采烈地向薇奥拉求婚。薇奥拉除了漂亮的容貌，还有智慧和勇气，他简直是发现了一颗珍贵的宝石！

威尼斯商人舞台剧

主要角色：

安东尼奥：基督徒，威尼斯商人。

巴萨尼奥：安东尼奥之友，鲍西娅的求婚者。

夏洛克：犹太人，放高利贷者。

鲍西娅：富家嗣女。

鲍西娅婢女：嫁与葛莱西安诺。

葛莱西安诺：巴萨尼奥之友。

公爵：威尼斯统治者。

杰西卡：夏洛克的女儿。

罗兰佐：杰西卡的追求者。

次要角色：

大胡子（安东尼奥之友）；摩洛哥亲王：鲍西娅的求婚者；阿拉贡亲王（鲍西娅的求婚者）；夏洛克仆人；众侍从；众侍女；陪审贵族；等等。

第一幕　签订割肉的契约

地点：安东尼奥府邸；夏洛克家。

旁白：威尼斯是个美丽的水上之城。16世纪，这里的阶层分化很严重，大部分欧洲人信仰基督教，犹太人被视为异教徒。按照法律规定，犹太人禁止拥有私人财产，他们以放高利贷为生，基督徒们非常痛恨他们。有一个商人叫安东尼奥，他信奉基督教，同样讨厌犹太人。他还是一个慈善家，借钱从不收利息。这天，安东尼奥的好友巴萨尼奥来拜访他。

（安东尼奥、巴萨尼奥上场。）

巴萨尼奥　（叹气）唉，唉——

安东尼奥　（递给他杯酒）怎么了，亲爱的巴萨尼奥，你不是去拜访那位心仪的小姐去了吗？

巴萨尼奥　（惆怅）这叫我怎么说呢？你知道的，我的资产早被挥霍光了。为了维持表面的光鲜，我一直向你借钱。说实话，我欠你的真是太多了。因为你我交情深厚，我才敢把怎样还清这债务的计划告诉你。

安东尼奥　（拍他肩膀）好兄弟，只要你的计划光明正大，我的钱你随便用。你到底遇到了什么困难？

巴萨尼奥　（站起身）你知道贝尔蒙特吧？那儿有位叫鲍西娅的富家小姐，她美貌绝伦，品格高洁。我深深地被她迷住了……

安东尼奥　（点点头）这么说来，你是去拜访鲍西娅小姐去了。

巴萨尼奥　（摊手耸肩）可是求婚者太多了。如果我有相当的财力，我一定能打败他们，赢得鲍西娅的芳心，达到我的愿望。可惜我现在两手空空！

安东尼奥　（扳过巴萨尼奥肩膀）你知道的，我的财产都在海上。我现在没有钱，也没有能变换现钱的货物。不过别担心，我去帮你借些钱吧！我会尽最大的力量支持你，让你去见鲍西娅小姐。

巴萨尼奥　（抱住安东尼奥）安东尼奥，你对我真是太好了！

（安东尼奥和巴萨尼奥同下。）

场景转换：夏洛克居所里。巴萨尼奥、夏洛克上场。

旁白：安东尼奥和巴萨尼奥找到了犹太人夏洛克。夏洛克是个吝啬、凶残的老头，靠放高利贷为生。他终年戴着一顶红帽子。在他的眼里，什么都比不过他的金钱。

巴萨尼奥　（搓着手）大叔，我想借三千块钱，为期三个月。

夏洛克　（歪着头）为期三个月，嗯？

巴萨尼奥　（急切地）这笔钱由安东尼奥签立字据。你听说过他吧？他在威尼斯可是个有名的大好人哪！

夏洛克　（看账本）嗯，他是一个好人，只是他的财产有些问题呢！他有四艘商船，买卖虽然多，但是都在海外。船呢不过是几块木板，海上还有暗礁、海盗各种风险。不过啊，他这个人还是靠得住的。三千块钱，我想我可以接受他的契约。

巴萨尼奥 （两眼放光）你放心吧，不会有错的。

夏洛克 （用牙签剔牙）我这个人吧，一定要放了心才敢把债放出去，我想和安东尼奥谈谈。

（安东尼奥上场。）

巴萨尼奥 （介绍）这位就是安东尼奥先生。

夏洛克独白：瞧这该死的安东尼奥，我恨他！因为他是个基督徒，他还是个傻子，借钱给人不收利息，把我们放债这一行的利息都压低了。他还憎恨我的民族，当众辱骂我。哼，要是有一天让我抓住把柄，我一定痛痛快快地报复！

（看到安东尼奥走近，夏洛克马上换了一副谄媚的嘴脸迎了上去。）

夏洛克 （准备握手）哟，安东尼奥先生，哪阵香风儿把您吹来了？

安东尼奥 （没有握手）我们需要借三千块钱，三个月为期。

夏洛克 （尴尬地缩手）三千块钱可是一大笔钱呢！等等，您的借据呢？让我瞧一瞧。我好像听说您从来借钱不讲利息。

安东尼奥 （高昂着头，递上借据）对，我不讲利息的。这是我的借据。

（灯光追随，夏洛克冷笑，坐到椅子上。安东尼奥和巴萨尼奥跟过去。夏洛克戴上眼镜看借据。巴萨尼奥和安东尼奥小声聊天。）

夏洛克　（算利息）三千块钱，三个月——一年照十二个月计算——让我看看利息应该有多少。

安东尼奥　（躬身）夏洛克，这次承蒙你的照顾了。

夏洛克　（摘下眼镜）尊贵的安东尼奥先生，好多次您在交易所里骂我，说我盘剥利息。我总是忍气吞声，因为忍受迫害是我们民族的特色。您骂我异教徒，把唾沫吐在我的长袍上，只因为我用自己的钱博取几个利息。

（安东尼奥走到一旁。夏洛克追过去。）

夏洛克　（提高声调）好啦，这次您向我求助了。那么，现在请问你，一条狗有钱吗？一条恶狗能借人三千块钱吗？

安东尼奥　（生气地）我还是想骂你。哪有朋友间通融几个钱也要利息的？好吧，你就权当把它借给仇人。如果我失了信用，你照契约处罚我就行了！

夏洛克　（变微笑嘴脸）哎哟，瞧您生这么大的气！我愿意跟您交个朋友。我愿意把钱借给您，而且不收一个子儿的利息。我这完全是一片好心哩。

安东尼奥　（冷笑）果然是一片好心。

夏洛克　（拿借据走）咱们去找个公证人签约。亲爱的安东尼奥，开个玩笑怎么样？要是您不能按照契约规定还钱的话，就从您的身上割下一磅肉作为惩罚，怎么样？

巴萨尼奥　（拉住安东尼奥）我宁可没钱，也不希望你为了我，签这样的契约。

安东尼奥 （拍巴萨尼奥肩）放心吧！我绝不会受罚的。再过两个月，我的船就要回来了，我能赚九倍这笔借款的钱。到时候离签约期满还有一个月呢！

（公证人上场。）

公证人 （询问）两位先生，还有异议吗？

安东尼奥 （抄手回答）没有。

夏洛克 （望安东尼奥）我也没有。

（安东尼奥和夏洛克按手印公证。）

第二幕 贝尔蒙特最美的传奇

地点：贝尔蒙特，鲍西娅家中。

旁白：在贝尔蒙特，有位美丽的贵族小姐鲍西娅，她的父亲临死时，留下了金、银、铅三个匣子，还有一份遗嘱。鲍西娅必须按照这份遗嘱，由求婚者猜匣定婚。金、银、铅三个匣子上分别刻有三句话，只有一个匣子里放着鲍西娅的画像，如果哪个男人选中了带画像的匣子，那么她将嫁给那个男人。

（鲍西娅上场，婢女上场。）

鲍西娅 （走到三个匣子旁，抚摸匣子）我那死去的老父亲呀，弄了一个这么可恶的遗嘱——猜匣定婚！我根本不能自由地选择爱人！而是随便谁，只要他选中了父亲预定的匣子，我就得嫁给他。万一这人是瞎子、瘫子、傻子，我的人生还不全毁了？

婢女　（咂嘴笑）谢天谢地！求婚的不是王孙贵族就是豪门绅士，小姐，这么多求婚的人，您就没有一个看上的吗？那不勒斯亲王怎么样？

鲍西娅　（调侃）他呀，长得就像一匹蹩脚的马！

婢女　那个德国少爷呢？

鲍西娅　他呀，是一个十足的酒鬼。

婢女　小姐，我记得上次来的，有一位威尼斯先生，名字叫巴萨尼奥，他长相帅气，人品优秀……

鲍西娅　（甜蜜地低头）对，是叫巴萨尼奥。

鲍西娅独白：一听到巴萨尼奥的名字，我的心就怦怦乱跳，如果巴萨尼奥能选中正确的匣子就好了！

（喇叭奏花腔。摩洛哥亲王率侍从上。鲍西娅、婢女、男仆等随从同上。）

鲍西娅的男仆　（禀报）小姐，摩洛哥亲王选匣子来了！

鲍西娅　（起身迎接）欢迎您大驾光临！

摩洛哥亲王　（自吹自擂）嘿，美貌的小姐，你千万不要讨厌我的黑皮肤，我的相貌曾经吓退最勇敢的勇士，我们国家的少女都喜欢得紧哩！

鲍西娅 （微笑）您和其他求婚者没有什么不同。我的命运不是我说了算的，全由猜匣子决定。

摩洛哥亲王 （挠挠头）带我去看看那几个匣子，试一试我的命运吧！

旁白：只见金匣子上刻着：谁选择了我，将要得到众人所希求的东西。银匣子上刻着：谁选择了我，将要得到他所应得的东西。铅匣子上刻着冷酷的警告：谁选择了我，必须准备把他所有的一切作为牺牲。

摩洛哥亲王 （问鲍西娅）我怎么知道我选得错不错呢？

鲍西娅 （指指匣子）尊贵的王子，这三只匣子中，有一只里面藏着我的小像。您要是选中了那只，我就嫁给你。

摩洛哥亲王 （走近铅匣子念）谁选择了我，必须准备把他所有的一切作为牺牲。咳，这匣子说的话怪吓人！我可不愿为了卑微的铅做牺牲。

摩洛哥亲王 （走近银匣子念）谁选择了我，将要得到他所应得的东西。我就选这个吧。

摩洛哥亲王 （走近金匣子，对众侍从）且慢！这上面写着，谁选择了我，将要得到众人所希求的东西。啊哈，那不指的正是这位小姐吗？大家不都是想追求绝世姿容的鲍西娅吗？

众侍从 （附和）王子您英明啊英明。

摩洛哥亲王 （拍拍金匣子）啊哈，我就选它了，金匣子！

（鲍西娅挥挥手，婢女端过有钥匙的托盘。摩洛哥亲王用钥匙开金匣子。）

（灯光打到金匣子上。亲王打开匣子，吓得盖上，然后又打开，从里面拿出骷髅头，拔出眼眶里的纸卷。）

摩洛哥亲王　（念纸卷）哎哟，该死！这是什么？“发光的不全是黄金，古人说的话没有骗人：蛆虫占据着镀金的坟。再见，劝你冷却这片心。”

鲍西娅　（抱歉地）很遗憾，您选错了。

摩洛哥亲王　（捶胸顿足）啊，永别了，热情！再见了，鲍西娅！悲伤塞满了我的心胸。

（摩洛哥亲王率众侍从下。）

鲍西娅　（捂着胸口）但愿像他一样黑肤色的人，都像他一样选不中！

（男仆上场。阿拉贡亲王率侍从上场。）

鲍西娅的男仆　（禀报）启禀小姐，阿拉贡亲王来了！

鲍西娅　（起身迎接，指着匣子）尊贵的王子，那三个匣子就在这儿。您要是选中了有我小像的那个匣子，我就嫁给您。要是失败了的话，您必须立刻离开这儿。请您开始选吧。

阿拉贡亲王　（走到铅匣子前，捻着胡子念）谁选择了我，必须准备把他所有的一切作为牺牲。

阿拉贡亲王　（撇着嘴打量鲍西娅）为你做出牺牲？那你应该长得更漂亮点儿才对！

众侍从　（附和）啊哈哈，小姐，您得长得更漂亮点儿。

阿拉贡亲王 （走到金匣子前，摇摇头）大家都会选金匣子，我才不会随波逐流呢！

阿拉贡亲王 （走到银匣子前念）谁选择了我，将要得到他所应得的东西。

阿拉贡亲王 （对众侍从宣布）我就是来取我应得的东西的。选这个银匣子！钥匙呢？

（婢女端着放钥匙的托盘。阿拉贡亲王开银匣子。）

鲍西娅 （故作惊讶）殿下，您怎么呆住了？

（阿拉贡亲王从银匣子里拿出傻瓜画像，还有纸卷，气得暴跳如雷。）

阿拉贡亲王 （吹胡子瞪眼，念纸卷）这上面写的什么？“世上尽有些呆鸟，空有镀银的外表；随你娶一个怎样的妻房，摆脱不了傻瓜的皮囊！”这骂我是一个大傻瓜呀！真是气死我啦！我们走！

鲍西娅 （忍住笑）对不起，殿下，您失败了。

（阿拉贡亲王及众侍从下。鲍西娅、婢女、男仆下。）

第三幕　平地风波乍起

地点：夏洛克家；交易所。

旁白：巴萨尼奥借到钱后，准备着求婚的事。他定做了漂亮服饰，晚上要大摆筵席。为了表示感谢，他还特意让一个小奴仆去请夏洛克来赴宴。这个小奴仆原本是夏洛克家的，夏洛克嫌他吃得太多，就打发给了巴萨尼奥。小奴仆拿着请柬，来到旧主人夏洛克的家，在楼梯口，他碰到了夏洛克的女儿杰西卡。杰西卡是个善良的姑娘。

场景转换：夏洛克家。小奴仆上场，杰西卡上场。

小奴仆 （抱歉地）小姐，我很抱歉离开了这个家。我还能为您些做什么事呢？

杰西卡 （递信）如果你真的想帮我，就把这封信带给罗兰佐先生吧！我打听过了，他今晚也会去赴宴。

杰西卡内心独白：罗兰佐啊！希望你看到信后，能够信守诺言，今晚偷偷将我接走。我愿意跟着你皈依基督教，做你亲爱的妻子。

（夏洛克上场。）

夏洛克 （拎着钥匙串）杰西卡，杰西卡！

杰西卡 （慌张）糟糕，我父亲回来了，你快把信藏好，别让他看见。

小奴仆 （揣好信，去迎夏洛克）老爷，我的主人巴萨尼奥，请您去吃饭，这是请柬。

夏洛克 （接过请柬）你到了巴萨尼奥家，是不是知道我家最好？喂，杰西卡！

杰西卡 （用围裙擦手）父亲，您叫我吗？有什么事？

夏洛克 （将钥匙递给杰西卡）杰西卡，人家请我去吃晚饭。这儿是我的钥匙，你好生收管着。我因为恨他们，倒要去这一趟。我的孩子，留心照看门户。

杰西卡 （接过钥匙）是的，父亲。

旁白：夏洛克来到巴萨尼奥的府邸赴宴。小奴仆将杰西卡的信交给了罗兰佐。罗兰佐读完信，带着几个人离开宴席。他们戴好假面，拿着火炬，向夏洛克家走去。杰西卡早早换上男孩衣服等待着。

场景转换：夏洛克家窗口。罗兰佐、几个侍从戴着假面，拿着火炬上场。杰西卡男装自上方上场。

杰西卡 （激动地）真的是你吗，罗兰佐？

罗兰佐 （晃动火炬）快点儿下来吧，杰西卡。一会儿你父亲就回来了。

杰西卡 （自上方下）你先接住这个宝箱！我马上就下来。（杰西卡接过火炬，罗兰佐抱着箱子，众人下。）

场景转换：夏洛克家。夏洛克上场。

夏洛克 （疯狂地大喊）杰西卡？杰西卡？

（灯光聚拢，夏洛克忽然想起什么，拿起钥匙打开柜子。他望了一眼，然后坐在地上。）

夏洛克 （大哭）天哪，我的银钱不见了！还有宝石、金刚石通通不见了……

夏洛克 （乱叫、乱跳、乱喊）我的女儿，我的银钱！我的女儿啊，我的银钱！都不见了！

（夏洛克下场。）

场景转换：渡口。巴萨尼奥、葛莱西安诺、安东尼奥上场。

安东尼奥 （指着河面）巴萨尼奥，我为你准备好了一艘彩船，还有二十个侍从。你今夜就出发，去贝尔蒙特求婚去吧！至于我在犹太人那里签下的约，你不必放在心上。

巴萨尼奥 （抱住安东尼奥）安东尼奥，谢谢你为我做的这一切。我简直不知道说什么好了。

旁白：船载着巴萨尼奥驶向贝尔蒙特。而另一边，夏洛克到处找女儿杰西卡都找不到，他甚至跑到公爵处告状。夏洛克将这笔账记在了安东尼奥的头上，他发誓，一旦安东尼奥还不上钱，一定让他生不如死！

场景转换：交易所。大胡子上场，瘦子上场。

瘦子 （模仿夏洛克）这几天夏洛克在街上乱喊乱叫，“我的女儿！我的银钱！”别提多可笑了。

大胡子 （压低声音）那可得提醒安东尼奥留心那张契约。犹太狗没准儿会趁机报复的。

瘦子 （挠挠秃头）你听说了吗？安东尼奥有一艘货船在海里倾覆了，船上的人丧了命，货物全损失了。

大胡子 （远处张望）真的？别说了，夏洛克来了……

（夏洛克上场。）

大胡子 （迎上夏洛克）嗨，夏洛克，如果安东尼奥不能按约还钱，你该不会真要他的肉吧？那有什么用处呢？

夏洛克　（咬牙切齿）如果他还不上，就得割肉给我！我拿来钓鱼也好。我能解解气！他曾经羞辱我，夺去我的生意。

瘦子　（劝解）得饶人处且饶人……

夏洛克　（气急败坏地吼）我才不会饶过安东尼奥呢！他欺负我的理由是什么？只因为我是一个犹太人！难道犹太人没有眼睛吗？难道犹太人没有知觉、没有感情、没有血气吗？如果遇到这种事，你们基督徒会怎么办？报仇！我一定会照着你们的手段实行，而且还要加倍奉还！

（灯光追随，夏洛克来到舞台一边，亲信上场。）

夏洛克　（焦急地）你去热那亚打探消息怎么样？找到我女儿了吗？

亲信　（东张西望）老爷，我到了那儿，听到人家说起她，可是却找不到。

夏洛克　（急得转圈）哎呀，糟糕！糟糕！我的金刚钻哟！我贵重的珠宝、银钱找不回来啦！我希望我的女儿死在我的脚下。为了寻访她，又花去了多少钱？结果一无所得！只有我一个人倒霉！

亲信　（凑近夏洛克耳朵说）老爷，倒霉的不单是您一个人。我在热那亚听人家说呀，安东尼奥有一艘大船触礁了，他这次要破产了！

夏洛克　（开心地叫）什么？他也倒了霉吗？真是活该啊！

亲信　（压低声音）有人说，他这次要破产了。

夏洛克　（拍大腿）哎呀，天大的好消息！这下他可彻底栽到我的手里了，我要让他知道我的厉害！

夏洛克内心独白：哼，再有半个月，安东尼奥的借约就满期了。一旦他逾约不还钱，我发誓，我一定挖出他的心来！

第四幕　巴萨尼奥猜匣定婚

地点：贝尔蒙特，鲍西娅家中。

旁白：巴萨尼奥来贝尔蒙特求婚了，他的排场真是又大又奢侈！巨大的彩船喊着号子靠了岸。他穿着崭新的黑丝绒衣服，就连那二十多个仆人也是鲜红的衣衫。巴萨尼奥微笑着走进鲍西娅的城堡，仿佛穿过玫瑰丛中的黑天鹅，优雅而高贵。

（鲍西娅、婢女、男仆上场。）

男仆　（风风火火地跑来禀报）小姐，那个威尼斯人来了！哎哟，我可从没见过这么体面的贵族！

鲍西娅　（率众侍从）难道是巴萨尼奥来了吗？

婢女　（捂着胸口祈祷）但愿来的是巴萨尼奥，因为我喜欢上了他的朋友葛莱西安诺。但愿他俩都来了。

（巴萨尼奥上场。他摘下礼帽，走到三个匣子前。）

鲍西娅　（拉住巴萨尼奥）请您不要太急，停一两天再赌运气吧！如果您选错了，咱们就不能再在一块儿了。

巴萨尼奥 （拍拍鲍西娅的手）让我选吧！我现在这样提心吊胆的，内心非常煎熬，我一刻都不想等了。让我去瞧瞧那几个匣子，试试我的运气吧。

鲍西娅 （挥挥手）那么去吧！在那三个匣子中间，有一个里面锁着我的小像。您要是真的爱我，您会把我找出来的。

（音乐起。婢女掀开盖着匣子的布。众人表情紧张。）

巴萨尼奥独白：外观往往和事物的本身完全不符，世人却容易为表面的装饰所欺骗。炫目的黄金，我不要你！惨白的银子，在人们手里来来去去的奴才，我也不要你！寒碜的铅，你一点也没有吸引人的力量，但是你的质朴却比甜言蜜语更能打动我的心，我就选你吧，但愿结果美满！

鲍西娅独白：一切纷杂的思绪、多心的疑虑、鲁莽的绝望，这么快地烟消云散了啊！爱情啊！你使我感觉到太多的幸福，我高兴得要飞起来了！

（巴萨尼奥拍拍铅匣子，婢女拿过钥匙。）

巴萨尼奥 （开铅匣）这里面是什么？鲍西娅的小像！啊哈，我猜对了。等等，还有一卷纸，“你选择时不凭着外表，果然让你顺利猜中！胜利既已入你怀抱，你莫再往别处追寻”。

鲍西娅 （给巴萨尼奥戴上戒指）巴萨尼奥，你赢得了我，乃至我所有的财富……这个戒指象征着爱情，我把它给你，要是你把它送给别人，或者丢了，那就预示着咱们爱情的毁灭……

巴萨尼奥　（举手发誓）如果这戒指离开我的手指，那么我就去死！

婢女　（施礼）恭喜姑爷！恭喜小姐！

葛莱西安诺　（拉过婢女）巴萨尼奥大人、温柔的夫人，恭喜你们。我也想跟你们一起举行婚礼，婢女已经答应了我的求婚。

旁白：两对新人一起举行了婚礼。第二天，有人来访，是罗兰佐、杰西卡和大胡子。原来，大胡子来给巴萨尼奥送信，路上碰到了罗兰佐和杰西卡，不由分说地将他俩一块拉了过来。

（大胡子、杰西卡、罗兰佐上场。）

巴萨尼奥　（表示欢迎）欢迎啊，欢迎大家。

大胡子　（拿出信）安东尼奥先生叫我替他向您致意。这是他托我给您的信。

巴萨尼奥　（展开信件读）我的船全部遇难，还款的期限已过，如果按契约处罚，我必死无疑。你欠我的旧债一笔勾销吧！我只希望能在临死前见你一面就心满意足了。

（巴萨尼奥拿着信，手指颤抖，站立不稳。）

鲍西娅　（凑过去）信里写了什么？让你紧张成这样？

巴萨尼奥　（叹一口气）当初我们见面的时候，我就向你坦白，我唯一的家产就是我高贵的家世。除此，我一无所有，而且欠了我的好友安东尼奥一大笔钱。这次，为了我求婚筹钱，我还连累他欠了仇家的钱。

巴萨尼奥 （转向大胡子）这是真的吗？难道他没有一艘船平安到港吗？

大胡子 （惋惜地）唉，全军覆没！最可恨的是那个犹太人夏洛克。公爵、有名望的绅士都劝他，让他放过安东尼奥，可是他坚决要按照契约的规定，处罚安东尼奥！

杰西卡 （心痛地）我在家的时候，曾经听见我父亲和人谈起，说他宁可取安东尼奥身上的肉，也不愿收受比他的欠款多二十倍的钱。唉，可怜的安东尼奥恐怕难逃一死了。

鲍西娅 （转向巴萨尼奥）遭到这样危难的人，是不是您的好朋友？

巴萨尼奥 （手捂着脸发愁）我最亲密的朋友，一个心肠最仁慈的人，他叫安东尼奥。

鲍西娅 巴萨尼奥，你可以带着欠款二十倍的钱去救安东尼奥。债务清了以后，你带他来这儿吧！我和婢女等着你们归来。事不宜迟，现在就动身，我吩咐仆人给你准备东西。

（巴萨尼奥带着仆人下。鲍西娅、婢女下。杰西卡和罗兰佐下。）

旁白： 等到巴萨尼奥离开后，鲍西娅带着婢女也偷偷地赶往威尼斯。她还写了一封信，让男仆火速送到她的表兄培拉里奥博士那里，同时带回了一套法官衣服。

第五幕　女扮男装巧审判

地点： 威尼斯法庭。

旁白： 巴萨尼奥赶到了威尼斯法庭。无论公爵怎么苦口婆心地劝，夏洛克心如铁石，非要从安东尼奥身上割下一磅肉。巴萨尼奥快气疯了，他决定还他三倍的钱，但是夏洛克死活不同意，他非要照约处罚。

（公爵、安东尼奥、巴萨尼奥、葛莱西安诺及陪审观众等同上。）

巴萨尼奥　（拿出钱袋）夏洛克，我们借了你三千块钱，现在还你九千块钱好不好？

夏洛克　（抱着胳膊）多少钱都不行！我只要照约处罚。

公爵　（劝解）夏洛克，我劝你还是有点慈悲之心！

夏洛克　（瞪眼睛）不照约处罚，难道威尼斯的法律是一纸空文吗？殿下，我到底能不能拿到这一磅肉？

公爵　（敲下木槌）我已经派人去请培拉里奥博士了，让他来替我们审判这个案子。

（扮成书记的婢女上场。）

婢女　（呈信）殿下，我从培拉里奥博士那里来。我带来了他的信。

公爵　（接信）好。呈上来。

（趁着公爵读信的空儿，夏洛克蹲在地上磨刀。）

公爵　（敲下木槌）肃静！培拉里奥在信上介绍，有一位年轻有学问的博士出席我们的法庭。他在什么地方？

（鲍西娅扮法官上。）

鲍西娅 殿下，家兄向您致以问候，并且派我来审理案子。

公爵 （请入座）欢迎欢迎。您知道这案子两方面的争议点吗？

鲍西娅 （点头）我知道了。这儿哪一个是那商人，哪一个是犹太人？

夏洛克 （走上前）我是犹太人。

安东尼奥 （走上前）我是商人。

鲍西娅 （对夏洛克）你这场官司打得倒也奇怪，可是按照威尼斯的法律，你的控诉是成立的。不过，犹太人，你应该慈悲一点。

夏洛克 （叉着腰）我为什么要仁慈？请您给我一个理由。

鲍西娅 （耐心地）仁慈不但给受施的人以幸福，同样也给施与的人以幸福。犹太人，虽然你要求的是公道，可是想一想，要是真的按照公道执行起赏罚来，谁也没有死后得救的希望啊！我希望你能够从你的立场上做几分让步。可是如果你非坚持原来的要求，我只好把那商人宣判定罪。

夏洛克 （恶狠狠地）法官大人，我可不会慈悲！我只要求法律允许我照约执行处罚。

（鲍西娅让夏洛克把契约拿出来，夏洛克掏出契约递给了她。）

鲍西娅 （看着契约）夏洛克，他们愿意出三倍的钱还你呢。

夏洛克 （叫喊）不，把整个儿威尼斯给我，我都不答应！

鲍西娅 那根据法律，这犹太人有权要求从这商人的胸口割下一磅肉来。

（人们望向安东尼奥。安东尼奥垂了头。巴萨尼奥差点儿晕厥过去。）

鲍西娅 （对夏洛克，作势撕契约）我劝你还是慈悲一点。这样好了，给你三倍的钱，让我撕了这张契约吧。

陪审观众 （高呼）同意，同意！

夏洛克 （夺过纸）不行！您瞧上去像是一个很好的法官呢！不过，我对您实话实说吧，这次我可是铁了心的，谁也别想说服我。

鲍西娅 （走到安东尼奥面前）那没有办法了，你只好把你的胸膛袒露出来。

（夏洛克一手抓住安东尼奥的衣服，一手举起刀。）

鲍西娅 （制止）且慢，夏洛克，称肉的天平有没有预备好？还有，去请一位外科医生来替他堵住伤口，费用归你负担，免得他流血而死。

夏洛克 （掏出天平）契约里可没写这一条，我一个子儿都不会出的。

鲍西娅 （严肃地）最后，安东尼奥，你还有什么话要说吗？

安东尼奥 （握住巴萨尼奥的手）巴萨尼奥，不要因为我这样的结局而感到悲伤。作为你的好朋友，我死而无怨……

巴萨尼奥 （泪流满面）我对不起你！我愿意用一切换回你的生命！

夏洛克 （不耐烦地催促）法官大人，别再浪费时间了，快点宣判吧！

鲍西娅 （敲下木槌）夏洛克，按照法律，你可以从安东尼奥的胸前割下一磅肉。

夏洛克 （举起刀）博学多才的法官！判得好！判得妙！来，预备……

鲍西娅 （阻止）且慢，我还有话说哩！听清楚，这契约上可没允许你取他的血，只是写着“一磅肉”。所以你可以照约拿一磅肉，但是要是流下一滴基督徒的血，你的土地、财产，按照法律就要全部充公！

旁白：契约中真的没有这一条。夏洛克跌坐在地上。众人齐声欢呼博学多才的法官！夏洛克改变了主意，表示愿意接受三倍还款，放了安东尼奥。

巴萨尼奥 （拿出钱袋）钱在这里，拿去。

鲍西娅 （挡了回去）这个犹太人刚才嚷嚷，除了照约处罚，他不能接受其他的赔偿呢！

鲍西娅 （公正地）夏洛克，你动手割肉吧！记住，不准多也不准少，更不准流一滴血。要是违反了一点，就要你抵命，你的财产全部充公。

夏洛克 （趴在地上）法官大人，我不要三倍还款了，我只要本钱就行。

鲍西娅 （嘲笑）那怎么行？咱们得照契约执行！

夏洛克 （哆嗦）法官大人，我不打这官司了，求求您，让我走吧！

鲍西娅　（拿出法学书）你以为不打官司就完了吗？犹太人，威尼斯的法律规定：凡是一个异邦人企图谋害任何公民，他的一半财产将归受害人所有，另外一半没收入公库，罪犯的生命悉听公爵处置。现在，已经足以证明你危害安东尼奥的生命，快跪下来，请公爵开恩吧！

（夏洛克磕头如捣蒜。公爵饶了他的死罪。）

公爵　（语重心长）夏洛克，人应该有慈悲之心。你看，你虽然没有向我开口，我还是饶了你的死罪。不过，你还是得按照法律规定来划分你的财产。

（夏洛克感觉天旋地转，他躺倒在地上。）

旁白：安东尼奥慈悲为怀，他让夏洛克写下文契，声明他死了以后，他的财产传给杰西卡和罗兰佐。夏洛克走投无路只好答应了。

安东尼奥　（由衷地）法官大人，您的大恩大德，我是永远不会忘记的。

巴萨尼奥　（拿出钱袋）请您收下这三千块钱，聊表寸心。

鲍西娅　（指着巴萨尼奥的戒指）如果非要谢谢我，那就把这个戒指送给我吧！

巴萨尼奥　（面露难色）这戒指是我的妻子给我的。我曾发誓永远不把它送人或遗失。

鲍西娅　（假装嗔怒）不愿意给就算了。

旁白：在安东尼奥的劝解下，巴萨尼奥只好将戒指送了出去。扮成书记的婢女也要来了葛莱西安诺的指环。她们提前回到了贝尔蒙特。不一会儿，巴萨尼奥带着安东尼奥也回来了。大家正在喝茶，忽然传来了争吵声。

场景转换：鲍西娅家中。鲍西娅、婢女、巴萨尼奥、安东尼奥、葛莱西安诺上场。

鲍西娅　（提高声调）什么事啊？

葛莱西安诺　（指着婢女）她给了我一个破指环，然后我送人了，她就气成了癞蛤蟆。

婢女　（叉着腰）哼，你说要戴着它直到死去！现在可好，送给一个书记了。

鲍西娅　（对葛莱西安诺）这就是你的不对了。你怎么可以把妻子的第一件礼物随便送人？

葛莱西安诺　（挖鼻孔）巴萨尼奥大人也把他的戒指给法官了呢！

鲍西娅　（暴怒）什么？你居然把我的戒指送了人？你忘了誓言吗？

安东尼奥　（对鲍西娅）夫人，我曾经为了您丈夫向人借钱违约差点被罚，幸亏有好心的法官救了我，他才违心地把戒指送给了我们的救命恩人。

鲍西娅　（摘下戒指）那好吧！安东尼奥先生，请您做他的保证人，把这个给他，叫他好好保存，不要再丢了。

巴萨尼奥　（接过戒指）咦，这不是我送给法官的那个戒指吗，怎么又回来了?

旁白: 鲍西娅笑眯眯地拿出一封信。这封信里说审案的法官其实是鲍西娅，书记是婢女。巴萨尼奥开心极了，因为他娶到了一位美貌、智慧的妻子。

历史剧

孩子读得懂的
莎士比亚
William Shakespeare

张腾腾 - 编著　[英]吉尔伯特 - 绘

北京理工大学出版社
BEIJING INSTITUTE OF TECHNOLOGY PRESS

图书在版编目（CIP）数据

孩子读得懂的莎士比亚. 历史剧 / 张腾腾编著；（英）吉尔伯特绘. —北京：北京理工大学出版社，2020.12（2022.6重印）

ISBN 978-7-5682-9113-2

Ⅰ. ①孩… Ⅱ. ①张… ②吉… Ⅲ. ①儿童故事—图画故事—中国—当代 Ⅳ. ①I287.8

中国版本图书馆CIP数据核字（2020）第186810号

出版发行 / 北京理工大学出版社有限责任公司
社　　址 / 北京市海淀区中关村南大街 5 号
邮　　编 / 100081
电　　话 / （010）68914775（总编室）
（010）82562903（教材售后服务热线）
（010）68948351（其他图书服务热线）
网　　址 / http://www.bitpress.com.cn
经　　销 / 全国各地新华书店
印　　刷 / 唐山才智印刷有限公司
开　　本 / 700 毫米 × 1000 毫米　1/16
印　　张 / 13
字　　数 / 143千字
版　　次 / 2020 年 12 月第 1 版　2022 年 6 月第 3 次印刷
定　　价 / 207.00元（全 3 册）

责任编辑 / 徐艳君
文案编辑 / 徐艳君
责任校对 / 刘亚男
责任印制 / 施胜娟

前 言

PREFACE

威廉·莎士比亚（William Shakespeare，1564年4月23日—1616年4月23日），华人社会常尊称他为“莎翁”，是英国文学史上最杰出的戏剧家，也是欧洲文艺复兴时期最重要、最伟大的作家，是人文主义文学的集大成者以及全世界最卓越的文学家之一。

莎士比亚在埃文河畔斯特拉特福出生长大，他不仅是演员、剧作家，还是宫内大臣剧团的合伙人之一，此剧团后来改名为“国王剧团”。

不得不说，莎士比亚是一位语言大师，他擅于使用各种比喻，笔触常带着诗意，这都是他剧作的魅力所在。他剧作中的人物形象性格鲜明，如性格忧郁的哈姆雷特王子、因嫉妒而失去理性的奥赛罗、意气用事的李尔王、权欲熏心的麦克白……这些经典形象给一代又一代的读者留下了深刻的印象。

莎士比亚的剧本创作可大致分为早期、中期和晚期三个阶段，早期剧本主要是喜剧和历史剧，中期剧本主要是悲剧，在他的剧本创作晚期主要是悲喜剧。

本套《孩子读得懂的莎士比亚》精选了莎士比亚剧作中的喜

剧、悲剧和历史剧中最著名的作品，邀请了多位儿童文学作家参与编写，在保留原作精髓的前提下，将剧本重新解构，改编成更适合孩子阅读的儿童故事形式，引导孩子能轻松阅读莎士比亚剧作故事，进一步了解莎士比亚剧作，了解西方文化。书中配图选用英国著名铜版画家吉尔伯特所作黑白插图为底本，因这些经典插图年代久远，不够清晰，况且又是黑白插图，已不能满足现代审美需要，所以我们在图书制作过程中对大师的图片进行了二次修复，提升了这套书的阅读氛围，并为孩子开拓了想象及审美的空间。同时在每本书后还附有舞台剧，方便小读者排练演出。

本书的改编创作、排版制作经过了各项严格的审查程序，但由于学识有限，或仍存在不妥之处。如有发现，恳请各位读者朋友不吝指正。

目录

CONTENTS

《理查二世》故事中的人物关系

萨立博雷公爵

大臣

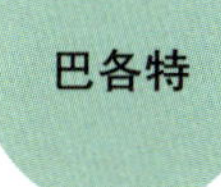

巴各特

理查二世的近侍

理查二世

国王

约翰·刚特

兰开斯特公爵，
理查二世的叔父

约克公爵

理查二世的叔父，
约翰·刚特的弟弟

诺福克公爵

波林勃洛克
的仇人

波林勃洛克

约翰·刚特的儿子，
后成为国王

奥尔墨

约克公爵的儿子

诺森伯兰

波林勃洛克的拥护者

洛斯

波林勃洛克的拥护者

威罗比

波林勃洛克的拥护者

艾克斯顿

波林勃洛克的近侍

理查二世

1 被掩盖的真相

伟大的英格兰王国屹立于世界已经百年，战乱和灾难都没能把她打倒。现在，她正处于太平盛世，掌权者正是理查二世。

而太平之中向来不缺乏危机。

此时此刻，富丽堂皇的伦敦王宫安静得只剩下壁炉里熊熊旺火的噼啪声。王公贵族们坐在属于自己的位置上，个个都低着头，沉默不语。在这庄严的氛围中，理查二世高傲地坐在大殿之上，睥睨着他的臣子们。

“敬爱的兰开斯特，您有没有把您的儿子波林勃洛克带来，证实他上次对诺福克公爵所提出的控诉？”理查二世看着自己的叔父约翰·刚特冷淡地说。

“我把他带来了，陛下。”年迈的约翰·刚特回答，他沙哑的嗓音揭示着内心的不安。

“很好，希望我的贤弟控诉这位公爵不是出于私人的宿怨。放他们进来。”理查二世笑了一下，命人召唤他们进入殿内。

不一会儿，几个侍从带着两位面容俊朗的年轻男子进来了。他们首先向理查二世行礼问安。大殿上的其他人都将目光移向他们，只见高一点的男子一脸正气道：

"尊敬的陛下，我此番前来是为了指控诺福克曾经贪污军饷整整八千金币，不仅如此，葛罗斯特公爵就是被他设计谋害的！"波林勃洛克一股脑儿地诉说着诺福克公爵的罪名。

理查二世转头看向诺福克，说："那么，诺福克，你对于他的这番话有什么辩白吗？"

"对于那笔军饷，四分之三我已经全部分发到军队，还有四分之一是我奉命留下的。对于葛罗斯特公爵，我很抱歉未能尽到武士的职责保护好他，但你决不能把这莫须有的罪名强加到我的身上。况且，"诺福克公爵似乎在极力控制着怒气，看向波林勃洛克，声音几乎从牙缝里挤出来，"凡事是要讲究证据的。"

"我就是证据！"看着诺福克挑衅的眼神，波林勃洛克怒不可遏，他狠狠地回瞪着诺福克，一双眼睛好像能喷出火来。

"好了！"理查二世清了清嗓子，眼中流露出一抹息事宁人的意味，笑道，"你们都是我的左膀右臂，依我看这就是个误会。再说了，哪有左右手打架的！今天的会议就到此结束，各位意下如何啊？"

谁都不想多生事端，殿下的诸位大臣自然纷纷附议着。谁承想，这二位都是年轻气盛的公子哥儿，波林勃洛克不想放任小人得志，而诺福克也忍受不了这样的污蔑。所以一时间两个人谁也没有同意，嚷嚷着要以决斗的方式来结束这场争端。

听到二人的请求，整个大厅内没有一个人开口说话。理查二世静默地看了一会儿他俩，似乎也明白了这场决斗是非举行不可了，便低声道："既然你们都这么想要证明对我的忠心，那我便成全你们。决斗时间就定在圣兰勃特日，你们二位也做好准备，散会。"

就在所有人都觉得这位国王深明大义的时候，理查二世露出了一抹耐人寻味的笑容。

"陛下，您今天心情真好！"理查二世的一个近侍巴各特谄媚道。

"那当然啦，我一定要借着诺福克把波林勃洛克送走！"理查二世恶狠狠地说。

"陛下，您真明智。您的这位堂弟平时对着马夫都会保持着他那绅士的一套，弄得宫中的马夫都抢着伺候他哩！指不定什么时候陛下的臣子们都向着他去了哩！"巴各特假装抱怨道。

"哼，一些小把戏罢了。本王可是天选之子！"听了侍从的话，理查二世心中愈发不满，想要除掉波林勃洛克的心也愈发坚定了。

2 不了了之的决斗

圣兰勃特日的那一天骄阳似火，明媚的阳光照耀着伦敦城。全国上下，无论是王公贵族还是普通百姓都关注着这场令人紧张的决斗。

在这万人空巷的时刻，葛罗斯特公爵夫人匆匆忙忙地赶往约翰·刚特的府邸。

门厅很大，光线昏暗，一条长长的红地毯直通殿上。葛罗斯特公爵夫人在仆从的带领下快步走向约翰·刚特家的会客厅。

一见到刚特，她就微微俯身，言辞恳切地说："尊敬的兰开斯特公爵，您知道的，我丈夫是被诺福克谋杀的，我现在已经一无所有了，我恳求您一定要为我丈夫讨回公道。他生前是那么忠心耿耿的一个人！"

"夫人，您先请坐！我的儿子已经向陛下指控了谋害您丈夫的凶手，"约翰·刚特眉头微皱，苦恼地说，"可是苦于没有证据，这件事情现在确实有点儿棘手。"

约翰·刚特抬头看向窗外，目光中带着些许忧虑，继续说道："想必夫人也已经知道今天将有一场决斗，若我的儿子获胜，将彻底洗清葛罗斯特公爵的冤屈。"

葛罗斯特公爵夫人闻言，心中又是感激，又是不安，她看着约翰·刚特，犹豫着要不要请求理查二世取消这场决斗。取消的话，葛罗斯特公爵夫人不忍心自己丈夫含冤死去；不取消的话，要是那年轻英俊的小伙子因此失去性命，那时可怎么办才好？

老约翰依旧看着门外，静默了良久，才缓缓地说："我的儿子我了解，谁都劝不了他的。夫人您节哀。"

他站起身，理了理衣领，抚了抚衣袍，摆出送客的姿态道："我这做父亲的，要去我儿的战场为他呐喊助威。您回去吧！"

太阳高照，微风轻拂，冬日的太阳是多么稀罕啊！这么平和的日子里，伦敦城却要举行一场激烈的决斗。

此刻，理查二世严肃地坐在决斗场前方，周围都是公证人。约翰·刚特紧张地坐在理查二世的右手旁，心中既担忧又自豪。

决斗台呈圆形，像一个篮球场那么大，四周都围着大理石镂空围栏。围栏两边站着早已准备就绪的波林勃洛克和诺福克，他们两人谁也不看谁，似乎瞧对方一眼都是对自己的侮辱。

“两位勇敢的武士啊，”决斗场突然响起一声高亢、清晰的声音，“决斗开始！”

就在两人打算大动干戈之时，突然，传来了理查二世的声音：“且慢！”理查二世从座位上将御杖扔在地上，这是立即停止决斗的信号。

在场的所有人都疑惑地望着他们的国王，而理查二世却在内心想着：这可是个千载难逢的好机会，我绝不允许有差错。诺福克能不能打败我的这位贤弟，还是个未知数呢！

在万众瞩目下，理查二世缓缓地开口：“经过再三思虑，和平的英格兰不容许内斗，为了防止此次决斗之后出现国民效仿的不良影响，我决定将二人进行流放。波林勃洛克流放十年，”理查二世装模作样地看了看他的叔父老约翰，“由于其父已是高龄，流放期改为六年。诺福克终身流放，此后不得踏入本国半步。”

这突如其来的宣判让约翰·刚特大惊失色，他动了动嘴唇，正想说些什么，却被理查二世打断了：“叔父，我已经看在您的分儿上，减轻了对我亲爱的堂弟的惩罚了，您不必再多说了。”

理查二世倏地起身，带着他的近侍甩手离去了，只留下满决斗场摸不着头脑的大臣和市民们失神地发着呆。

3 忠臣的陨落

自从对王位最有威胁的波林勃洛克被送出英格兰后，理查二世变得越来越残暴。

理查二世扬扬自得地想：“整个王国都是我一个人的了，这些年迈的老大臣再有威信又能怎样呢？他们的年龄已经足够大了，过不了多久，上帝就要召唤他们啦！”

为了实现他的野心，他的士兵处在永无止境的远伐当中；为了支撑他的野心，他的国民就要将自己大半生的积蓄，无条件捐赠给国家；而他却被奸臣们的甜言蜜语遮住了双眼，朝中忠心耿耿的大臣们得不到重用，只知道阿谀奉承的小人却受到封赏，享受着爵位的荣光。

在这样的朝政下，整个英格兰处在一片压抑的氛围之中。而作为始作俑者的理查二世对此却毫不在意，他依旧我行我素，每天和近侍饮酒作乐，大吃大喝。大臣们整天忧心忡忡，但谁也不敢去进谏，生怕惹怒了国王，被他流放到贫苦的地方去。

日子就这样慢慢过去了。有一天，理查二世正在和侍从们在王宫内玩闹，一个仆人忽然气喘吁吁地跑进了大殿，慌张地说：“陛下，陛下，兰开斯特公爵病危了！”

理查二世停下玩闹，平静地说道：“知道了，退下吧！”

这时，巴各特谄媚地笑着说：“陛下，这可真是件好事啊！”

“哈哈，好歹也是我的叔父，闲来无事，随我去送送他老人家。”理查二世慢条斯理地起身，准备动身去兰开斯特公爵的府邸。

而这时的老约翰躺在病床上，双目混浊，呼吸声已经渐渐弱了。

“老弟，你说，我们的这位侄儿，还存有一点良知吗？我这位将死之人，能唤起他的良知吗？”老约翰有气无力地问约克公爵——在他身边的唯一血脉至亲。

“现在恐怕谁也劝不动他了！”约克双眼蓄满了泪水，“毕竟整个英格兰王国都属于他，在他心中已经没有道理可言了。”

约克的这句话像压倒骆驼的最后一根稻草，老约翰失掉了最后一丝生气。

就在这时，仆从的通报声传来："国王到！"

理查二世一走进来，就假意关心地问："我敬爱的叔父，您还好吧？"

听到理查二世的声音，老约翰挣扎着，费尽全力打起精神来："陛下啊！您听老臣一句劝吧，任何一代国王都必须亲贤臣远小人，国家才能越来越好！您现在却恰恰相反，您难道想要被世人所唾弃吗？"

自古以来都是忠言逆耳，更何况这位任性妄为的理查二世可一点儿也不把他的这位叔父放在心上呢？

一听这话，理查二世暴跳如雷，他大喝道："我敬你为叔父才对你处处忍让，你这老头，就算你现在生命垂危，我也不可能放波林勃洛克回来！"

说完，理查二世便带着巴各特等人气势汹汹地离开了。

可怜的老约翰绝望地望着这位他一生效忠的国王，忽然悲从中来："我们英格兰的未来就要葬送在他手里了！"说完，他永远地闭上了眼睛。

一位慈爱而忠心的大臣逝世，对百姓们来说可不是什么好事。兰开斯特公爵逝世的噩耗传出，伦敦城陷入庄严而又肃穆的气氛里。市民们都十分伤痛。

人们都不明白为什么国王竟然这么狠心，不让波林勃洛克回国见他父亲最后一面，让老约翰抱憾而终。

"说不准，咱们这位国王是担心那年轻的爵爷盛名超过他呢！"

“嘘，小声些！这样的话可不能乱说，背后议论国王，这可是死罪！”

无论是百姓，还是原本拥护理查二世的大臣，都在心里猜测着国王的心思，不祥的预感在人们心中越来越强，阴霾笼罩着英格兰，人民急切地需要阳光。

在守卫森严的王宫中，多疑的理查二世回想起老约翰的临终遗言，心里也不安起来。

“巴各特，你是我最信任的人，”理查二世严厉地直视着他，“你事事听我的，为我出谋划策，也没见你要金钱，也没见你要权位，你到底图什么呢？”

“陛下！”巴各特委屈地大声喊道，“您怀疑我？”

“不，我只是有个疑问。”理查二世深深地凝视着巴各特。

“陛下，您……您相信吗？有一种人，天生就是为了国王而存在的。”巴各特脑子千转万转，说出了这样美妙的一句话。理查二世被这句马屁感动得热泪盈眶，手一挥，直接赏赐了巴各特一千金币，连带着他身边的其他两个侍从也跟着赏了五百金币。

受了奖赏的侍从们越发嚣张，他们见了大臣也不再行礼，整天耀武扬威。为此，那些被以国库空虚为理由削减了一半俸禄的大臣们，气得大半宿没睡着。

“咱们的国家，现在是一日不如一日了！”大臣们对这位国王越来越不满，但他们却只能做好一位臣子的本分。

4 理查二世的如意算盘

因为兰开斯特公爵离世，举国同泣。而理查二世却仍然高高在上地坐在国王宝座上，享用着美酒佳肴，与他的那些近侍们谈笑风生，过着奢靡的生活。

这一天，这些天子近臣们把主意打到了刚刚去世的兰开斯特公爵身上。

“陛下，我听说老约翰的遗产多得数不过来哩！难道真的要留给几年后才能回来的波林勃洛克吗？”长得像黄鼠狼似的一位侍从小声说。

“没错，陛下，除了他被流放的儿子，最有资格的继承人就是您啦！再说了，整个国家都是您的，老约翰的遗产留给您，也是没有问题的。”巴各特也参与进来。

“哈哈，这个不用你们说，我自有打算。”理查二世一脸胜券在握的表情说道，“现在还不是时候，毕竟我叔父刚刚去世，过几天再处理这件事，要不然，说不定会引起众怒哩！”

说着说着，他朝巴各特抬了抬下巴，吩咐道：“三日后，我下道谕旨，由于战况紧张，兰开斯特公爵的所有遗产归缴国家，半月后我将带兵亲征。”

“陛下英明，这下可就没有人敢反对了。”侍从们高兴得仿佛自己得到了那笔财产似的。

三日后，得知这个消息的约克公爵连朝服都没换，就急匆匆地赶到理查二世面前。

他大口大口地喘着气，心急如焚地说："陛下，您这样做实属不妥啊！请您收回命令。"

"自古以来，可没有哪个国王私扣臣民遗产的。"约克又气又怕地说。

理查二世不屑一顾地说："叔父，今日我偏要做这第一人，你且退下吧！如果不是看在奥尔墨——你的儿子、我的贤弟的分儿上，今日你休想安然无恙地回去哩！"说完，自顾自地离开了。

"陛下，我这全都是为了你呀！不要再听信小人的谗言了，再这么下去，毁掉的恐怕是整个英格兰王国啊！"约克公爵不甘心地大喊着。

"哼！小人？我身边可没有一个小人！恐怕你的另一位好侄儿才是吧！他流放前就对我的宝座虎视眈眈，到处讨好别人，拉拢人心，甚至连马夫都不放过！他可是个强劲的对手哩！不夺走他的财产和地位，难不成等他回来将我的王冠拱手让给他吗？"理查二世越想，脸色越难看。

"巴各特，传令下去，缩短准备时间，明日带着两万士兵，随我出征！我倒要让我的子民们看看，到底谁才是天选之子！"他赌气似的下着命令。

"是，陛下！"巴各特神气地大声应道。

没等巴各特走远，理查二世又补充道："等等，吩咐奥尔墨护驾，约克公爵代理朝政！"

得知这个消息的约克公爵只剩苦笑了，就他一个老头子，还能为国家做多少事呢？且看吧，这个国家剩下的不是外攻就是内斗了！

5 用武力讨回公道

理查二世出征那天，伦敦城的市民都从家里走了出来，亲眼送别他们这位任性妄为的国王。此情此景，让理查二世自信地以为自己是受万民爱戴的。

然而，出征之时有多么声势浩大，理查二世离去后的英格兰就有多么寂寥。表面上，整个英格兰是由约克公爵打理政务，实际上却是由巴各特等侍从决定大小事宜，他们把英格兰玩弄于股掌，朝政变得乌烟瘴气，百姓们苦不堪言。

街头巷尾，人们总是对国王征用公爵财产这件事议论纷纷，尤其是年轻气盛的青年们，对国王的忍耐更是到了极限。

“各位，兰开斯特公爵就这样死了。”一位名叫诺森伯兰的青年小声对自己的伙伴们说。

“是啊，可是他的儿子还活着哩！可怜的波林勃洛克什么都没了！”说话的是一个中等身材、长满络腮胡的年轻男性，他叫洛斯。

“爵位不过是一个空头衔，属于他的财产一分都没了。”另一个叫威罗比的青年愤愤不平地说。

“要是世上还有公道的话……”洛斯又说，“理查国王是多么睚眦必报啊，我是没有胆子去讨那个公道。”

“我们都自身难保呢！生怕一个不小心，就被某些‘小狗’抓到了小辫子哩！”威罗比连连点头以表赞同。

诺森伯兰看着自己的这些兄弟们，犹豫了一会儿，才挑头把他们召集在一起，悄声说道："我从别处得到消息，波林勃洛克正带着八艘巨船、三千战士往伦敦赶呢！"

"你的意思是波林勃洛克打进来啦？"威罗比一半惊喜一半忧虑地说。

"想我一世英勇，却得不到重视，反而被巴各特他们踩在泥土里。我要投入波林勃洛克的麾下，在这里实在是太憋屈了。你们如果害怕，那我就先一个人去了。兄弟们，再见！"诺森伯兰说完转身想要走。

"上马！上马！叫那些胆小怕事的去反复考虑吧！"洛斯大喊道，跟了上去。

"把我的马牵过来，我要第一个到那里。"威罗比也兴奋地大声说。

这些小伙子们可压抑坏了，他们早就想给这位霸道任性的国王一个教训了。可他们并没有皇室血统，也没有正当的理由反对国王，只能忍受小人作乱。这下好啦，他们终于可以大展身手了！波林勃洛克是个谦虚有礼的绅士，跟着他干，他们的生活肯定会比现在好。

在这样的美好憧憬中，他们连夜赶路前去和波林勃洛克会合，生怕自己比别人慢了一步。

波林勃洛克热情地接见了他们。得知他们这几年过得胆战心惊，他惋惜又感动地说："感谢你们的信任，我一定不会辜负你们的期望的。"

随后，他便带着千军万马一路直接攻向伦敦。饱受严苛税收折磨的百姓对这位正义使者十分欢迎，他们自发地拥护波林勃洛克，赶走支持理查二世的大臣和卫兵，直接为他打开了城门。

就这样，顺应民心的波林勃洛克没用多久就攻进了伦敦。

老约克听到他的好侄儿带兵攻打进了王宫，气得跺脚大骂："好你个潜伏的叛徒！你这是公然造反吗？"前来拜访叔父的波林勃洛克还没看见人，就听见了他那中气十足的声音，他激动又难过地说："叔父，听您的声音，我觉得您至少能活到一百岁哩！可惜我父亲……"

波林勃洛克还没说完，就被约克不耐烦地打断了："你父亲的事我深感抱歉。但是这和你带兵打到家里来没有半毛钱的关系！"

"叔父！您难道还不清楚原因吗？我流浪的时候，穷得连饭都吃不饱，转眼间听到我家里一分钱都不剩了。"波林勃洛克委屈地说，"我的父亲一生拥护陛下，可陛下却设计陷害我，让我们父子分离，甚至到父亲临终都不让我回来见最后一面。"

约克冷淡地说："那你可以回来，找我们为你讨回公道嘛！没必要打打杀杀的。"

"这个公道用嘴巴是讨不回来的，叔父您心知肚明。侄儿也是没办法呀！我对您发誓，我只是想要回属于我自己的东西。"面对父亲弥留之际，唯一留在他身边的亲人，波林勃洛克总是比对别人多一分耐心。

"那些自愿跟着你的人是怎么回事？朝中现在一团乱麻，也有不少他们的功劳！"约克公爵气得直发抖，"他们是跑出来和你玩耍吗？不要再自欺欺人了！"

波林勃洛克摊摊手，无奈地说："这您就要问问我的好哥哥理查了。这些朋友都是自愿来找我的。"

"唉！罢了！罢了！事已至此，我也不管了。两边都是我的至亲，我不会和理查一起对付你，你也别想我和你一起对付他！”老约克自知理查二世的荒唐，索性睁一只眼闭一只眼，当作不知道。

“谢叔父体谅侄儿！”波林勃洛克转过头对诺森伯兰说，“理查国王身边的那些小人恐怕早已逃走了，找到并捉住他们，这个任务就交给你了，我想你应该很乐意。”

“是的。多么令人心动的任务啊，保证完成任务！”诺森伯兰兴奋得声音都颤抖起来了！

6 王冠的继承人

作恶多端的国王近侍们得罪了不少大臣和百姓，大家都心甘情愿地主动提供他们的行踪。所以，诺森伯兰不费吹灰之力就成功地捉拿了巴各特、格林等人。

紧接着，波林勃洛克以他们误导君主、危害国家的罪名，将他们就地正法了。

英格兰逐渐恢复了生机，人们都为国家蛀虫的绳之以法而拍手称快。

伦敦失守的消息传到远在法国的战场上已经是一个月以后的事情了，理查二世听了后暴跳如雷：“什么？波林勃洛克打入了伦敦？竟然趁我远在法国，就借机攻打伦敦。呵，这狡诈的波林勃洛克，这个胆小鬼！”理查二世在心里咒骂着波林勃洛克。

他的拥护者萨立博雷公爵补充着："是的，陛下。您的大部分臣子都自愿归入了他的麾下。"

"我就知道！我就知道！他可是一匹披着羊皮的狼哩！大队长，请你立刻带着你的军队，和我一起，给他个狠狠的教训！"理查二世气得大吼。

"陛下，您来得太晚了！就在昨天，军队已经被我解散了。我们等了十天之久，整个军队群龙无首，人心惶惶。我……我以为陛下您……遭遇了不幸……"大队长惋惜地说。

这个消息犹如一道晴天霹雳，劈向了理查二世。理查二世一丝还击之力都没有，甚至差点哭了出来。无奈之下，萨立博雷公爵和奥尔墨只好带着情绪崩溃的理查二世一路躲躲藏藏，灰溜溜地逃回了英格兰。

即便如此，理查二世逃回英格兰的消息还是被波林勃洛克的属下发现了。得知理查二世的行踪后，波林勃洛克带着一支精锐部队，雄赳赳气昂昂地连夜赶往他的藏身地点。

谁能想象，这个曾经养尊处优的国王此刻因为害怕竟然情愿躲在一座破败不堪的城堡里呢?

波林勃洛克看着面前的城堡，严肃地吩咐侍从道："去请国王出来！"

"好的，大人！"一个侍从高声应道。

没有一兵一卒的理查二世根本没有拒绝的权利，只能顺从地跟着侍从走出城堡。

波林勃洛克笑嘻嘻地说："好久不见啊，我亲爱的王兄！"

理查二世强撑着身体，装作威严十足的样子说："好久不见，我的弟弟。"可他狼狈不堪的仪容，凌乱的头发，无一不彰显着他的落魄。

见状，波林勃洛克默默地在心里嘲笑他的懦弱，嘴上却大度地说："王兄，别担心。我来这里，是为了向你拿回属于我父亲的遗产的！至于你的王位，就听从各位大臣们的决定吧！"

听了这句话，理查二世心里得到了一些安慰。世上有哪个人不知道，他才是最正统的王位继承人呢？他可不觉得大臣们会丢弃他，反而去拥护一个名不正言不顺的公爵之子呢！

就这样，一群人又浩浩荡荡地回了伦敦城。

然而事与愿违，得知波林勃洛克的这一举措，大臣们无不对他赞不绝口。

"伦敦城已经臣服于他了，但他并没有一丝一毫的倨傲，反而温和地对待暴君，给予民众发言的机会，这样的人才应该做我们的国王啊！"

"苦不堪言的日子早就过够了，谁还同意那个昏君继续当国王，谁就是世上最最顶尖的傻瓜！"

大臣和百姓们都对新王的选举津津乐道，他们渴望一位英明和蔼的国王，就像岸上的鱼儿渴望水一样迫切。毫无疑问，在议事厅里的众位大臣也全票通过，决定让谦逊的波林勃洛克当国王。

直到这时，理查二世才幡然醒悟。他想起老约翰的嘱托，想起约克公爵苦口婆心的劝导，想起巴各特那些近侍们说的奉承话，羞愧击垮了他笔直的腰板，这打击让他一下子昏了过去。

波林勃洛克看着从前高傲一世的理查二世，对他的近侍艾克斯顿吩咐道："请你将他送到伦敦塔去吧，让我的好哥哥先安顿在那儿，之后再商量怎么安排他。"

“遵命，陛下。”艾克斯顿俯首答应。

在押送理查二世的路上，野心勃勃的艾克斯顿思来想去，总觉得自己该有所行动来讨新王的欢心：“现在波林勃洛克可是国王了，我现在可是一人之下，万人之上，要怎么做呢？”

他身后的两位士兵牢牢地押着理查二世，理查二世什么话也不说，闷声跟在他们身后。艾克斯顿望着这位落魄的国王，忽然灵光一现：“虽然说他现在已经不是国王，甚至身份连普通人都不如，可是他毕竟是上一任的天选之子，只要他活着，新任国王不是就会担心王位再次回到他的手里吗？”

想到这里，艾克斯顿眼前一亮，几乎要抑制不住自己激动的心情了：“对！对对！就这么办！”

可怜的理查二世正沉浸在无限的悲伤之中，一点儿也没觉察到这潜伏的危险。

7 奥尔墨的悔悟

新王选定后的这些天，伦敦街道上热闹非凡：商贩们的吆喝声此起彼伏，孩童们戏耍玩闹，妇女家长里短地聊天。

“新的国王可真是宽厚仁慈，体恤民情啊！他不仅把以前理查的那些无理条约取消了，还发还了一些银钱给大家哩！”

“是啊！以后我们有好日子过了！”

“明天国王要举行登基大礼，我们一定要去好好谢谢他！”

没错，明天就是登基大礼了。波林勃洛克就要在伦敦的大街上骑着英俊的战马奔向王宫，登上宝座。

“哼！我们以前可是要被许多人仰望的，现在沦落到这样狼狈的境地，我第一个不服气！”理查二世的一个老部下愤怒地说道。

“是啊！波林勃洛克可是个造反的人，难道就这么眼睁睁地看着他加冕成功吗？”约克公爵的儿子奥尔墨公爵不满地说。

“当然啦！我们绝不会坐以待毙的。以前我们对理查陛下忠心耿耿，波林勃洛克绝对不会对我们有多宽容的。”长老恶狠狠地说道。

随即他们凑在一起，密谋着要帮助理查二世夺回他的王位。

奥尔墨回到家时，一扫前几天阴沉的心情，竟然愉快地哼起了小曲。

“见鬼了！”约克公爵眼睛一眯，突然看见他儿子的上衣口袋里露出了一封信，顿时感觉到大事不妙。他立马上前，将信抢了过来。这下可了不得了，约克公爵看着这封密谋杀害新王的信，连胡子都气得跟着抖动。

“他可是你的哥哥！你居然想要杀害他？你疯了？”约克公爵难以相信地大喊着。

“哥哥？我哥哥只有理查一个！父亲，您怕波林勃洛克，我可不怕！”奥尔墨瞪着眼睛回击他的父亲。

“蠢货！真是蠢货！你的好理查哥哥，以前你跟着他，他待你好，你就觉得他是个好国王吗？你好好想想，理查他真的适合当国王吗？自他上位以来，荒淫无度，国家日益衰退，百姓的苦你可曾了解过？”约克公爵停了停，没等奥尔墨反驳，又继续说道，“不说别的，理查他有个最大的缺点：是非不分。是个贤臣他就远离贬低，是个小人他就重用青睐。奥尔墨，你聪明点！”

奥尔墨还有点儿不服气地说：“我难道也是小人吗？父亲，你这是对理查有偏见！”

约克公爵说完就去拉儿子：“我的儿，你万万不能做下错事呀！你快随我去见国王，把你们的计划清清楚楚地说一遍。”

可是约克公爵夫人不同意，她说：“老头子，不可以，波林勃洛克知道了这件事，肯定不会饶过我儿子的。”她哭哭啼啼地求着约克公爵。

“你懂什么！他不去我去，我们的国家可再也经不起什么灾难了！”约克看了一眼儿子，就匆匆赶往国王的寝宫。

忽然之间，奥尔墨明白了自己的过错。他浑身一抖，就像一匹马似的飞奔了出去。他一定要在父亲之前赶到国王那里，知错认罚说不定还有一条活路。

奥尔墨气喘吁吁地跑到波林勃洛克的议事厅时，约克公爵还没到。他一见到这位新国王就扑通一声跪倒在地：“陛下，我有一件事情要向您坦白。但是您一定要答应我，饶您这个不懂事的弟弟一命。”

波林勃洛克感到莫名其妙，不解地问：“到底发生什么事了，我亲爱的弟弟？”

“理查的老部下打算在明天的加冕典礼上刺杀您。”紧接着，奥尔墨一五一十地说出了他们的计划。

“我的父亲和母亲已经狠狠地批评我了，我知道错了。我的好哥哥，我们是亲兄弟，请您原谅我的无知吧！”奥尔墨声泪俱下地说。

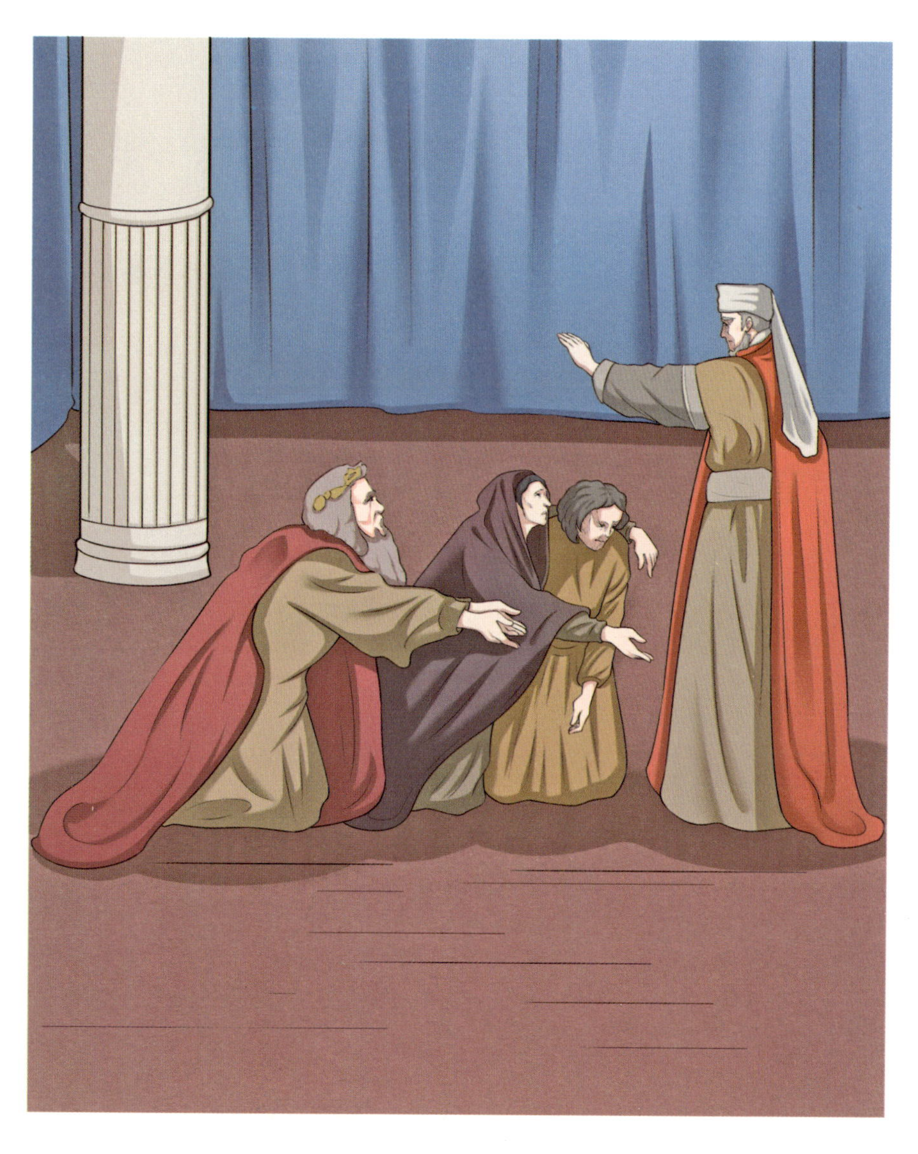

就在这时，约克公爵和他的夫人也急急忙忙地赶来了。

“陛下，我的好侄儿，无论奥尔墨有怎样的坏想法，请念在我一把年纪，念在你们是兄弟的情分上，饶过他吧！”约克恳求着。

“请念在我曾照顾过年幼的您，给老妇人的晚年留一个安慰吧，陛下！”公爵夫人也恳求着。

波林勃洛克连忙扶起自己的叔父和婶婶，宽慰他们：“我们都是一家人，怎么说这些打打杀杀的事呢？好啦，叔父、婶婶，误会已经解释清楚了，你们带奥尔墨回家去吧，我要派兵去把其余的叛徒抓起来。”

因为奥尔墨的招供，理查二世的老部下一个不落地被抓了，他们都按谋害国王的罪名被就地处决。

8 成为真正的国王

处决掉叛徒，加冕典礼总算可以顺利地进行了。锣鼓声、百姓们的欢呼声响彻云霄，哪怕在伦敦塔的理查二世都能听得一清二楚。

这场景的热闹，欢呼中的众望所归之感，理查二世听了既羡慕又难过。

“看来，我这个国王的确是当得不称职呀！”他喃喃自语地说着。

这时，艾克斯顿带着两位侍从走了过来。

“波林勃洛克派你们来请我参加加冕典礼吗？”理查二世苦笑着说，“回去禀告你们的国王吧，我衷心地祝福他，但我也要维护国王的尊严，不能去加冕典礼做个小丑，供大家取笑。”

“哈哈哈，您多虑了。陛下派我来，是为了送您去极乐世界的！”

听这语气，也没有谁能比艾克斯顿更能落井下石的了。

“杀我？不，不可能，他做不出这样恶毒的事！”理查二世不愿意相信波林勃洛克会这样狠心。

“哈哈哈，你现在可是新王陛下的眼中钉啊！”艾克斯顿说完就示意旁边的侍卫赶快动手。

谁知，理查二世发了疯似的大喊："让我去见国王！"侍卫拦住了他，端起毒药强行给他灌了下去。这位曾经狂妄放肆的国王就这样永远地消失在人世间了。

艾克斯顿大笑着："哈哈，高官厚禄即将是我的了！"他取走理查二世的贴身佩剑，得意扬扬地赶向王宫。

此时，波林勃洛克已经完成了加冕，正和臣子们庆祝着呢！满面春风的艾克斯顿走了进来："愿主保佑我尊敬的陛下，您现在没有后顾之忧了！"

他双手托着理查二世的贴身佩剑，呈给波林勃洛克。

"这是什么意思？"波林勃洛克吃惊道，"我哥哥的佩剑？难道说，他遭遇了不测？"

艾克斯顿满以为自己就要受到封赏，神气十足地说："大臣理应为陛下分忧，虽然我是万分乐意如此，但若是陛下愿意给予我嘉奖，我也会怀着不尽的感激收下的。"

哪知，这位新国王怒不可遏："你胡说什么？你竟然……你竟然妄自杀害了国王的亲兄弟！来呀，把这个胆大妄为的家伙拉出去，立马处死！"

"陛下？！"艾克斯顿满脸的不敢置信，直到卫兵来拖他，他才反应过来，连忙大喊，"陛下，我这全是为了您，您不能杀我呀……"

"快，快些把他拉出去！"波林勃洛克伤心欲绝，"啊，我亲爱的哥哥，你一世为王，最后竟这样凄惨地死去。你放心吧，你的后事我一定亲自安排，也一定会好好管理国家的。"

第二天早朝时，波林勃洛克对着当初选择他、信任他的大臣庄严起誓："既然你们选择了我，我决不会让你们失望的。今后的英格兰王国，就是世界上冉冉升起的一颗明星。"

这段插曲已经过了好些日子了，往昔冰冷的英格兰已经变得无比温暖，阳光照耀在英格兰的土地上，曾经满目疮痍的家园渐渐恢复了生机。

在波林勃洛克的治理下，英格兰王国里，群臣爱国敬业，百姓安居乐业，伦敦街道上每天都充满了欢声笑语。

《亨利五世》故事中的人物关系

斯克鲁普

背叛亨利五世的大臣

法国太子

葛雷

背叛亨利五世的大臣

凯瑟琳

法国公主，后嫁给亨利五世

亨利五世

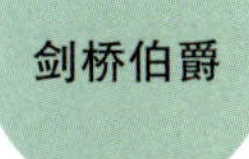

剑桥伯爵

亨利五世的堂兄，背叛了亨利五世

艾丽丝

凯瑟琳公主的婢女

坎特伯雷大主教

爱克塞特

亨利五世的叔父

培福

亨利五世的弟弟

亨利五世

1 战争的合理性

光辉照耀着大地，每个人都在世界这个大舞台上尽情地演出。历史的长河滚滚流动着，有人湮没在时空中，有人流芳百世，也有人遗臭万年。

而英格兰国王亨利五世却是这样一个奇特的人物，他的前半生飞扬跋扈、骄纵放肆，后半生却进退有度、有勇有谋。

说到这巨大的改变，还得归功于他的父王亨利四世的去世。在那顷刻之间，这位嚣张的亲王一下子洗心革面，变成了一个成熟的国王。

伦敦王宫的议事厅里，亨利五世和他的弟弟葛罗斯特公爵和培福公爵、他的叔父爱克塞特公爵和约克公爵、华列克伯爵、威斯摩兰伯爵等大臣都在。

“坎特伯雷大主教呢？”亨利五世扫了一眼参加议事的大臣，问道。

“他不在这儿，陛下。”爱克塞特答道。

“好叔叔，派人去请他来吧！”亨利五世对爱克塞特说。

威斯摩兰提醒道：“陛下，法国大使已经到了，我们不召见他们吗？”

“不着急，姑丈。我们自己先把和法国的问题讨论讨论，然后再见大使。”亨利五世慢条斯理地说。

坎特伯雷大主教和伊里主教一上来，亨利五世立马向坎特伯雷大主教请教道：“知识渊博的大主教，请你公正地讲一讲，法兰西所奉行的‘舍拉继承法’应该剥夺我们的继承权吗？”

“我的陛下，请听我说吧！没有人能拿得出理由反对陛下向法兰西提出王位的要求，除了在法拉蒙时期制定的一条法律——在舍拉族的土地上妇女没有继承权。”坎特伯雷大主教一字一顿地说，“现在，法国人把‘舍拉族的土地’曲解成法兰西的土地，并且把法拉蒙认作是这条法律的创建人。但事实上，‘舍拉继承法’并不是在法兰西推行的。总而言之，法国人是以不正当的手段夺得了您应有的名分。”

亨利五世问道：“所以说，如果我提出继承法兰西的王位，是名正言顺的咯？”

“千真万确，陛下。”坎特伯雷大主教说。

伊里主教也附和：“陛下，统率着英勇的战士们，夺回我们应得的权力吧！您年轻气盛，正是建功立业的好时机！”

这样一番话说完，诸位大臣也思绪万千。爱克塞特第一个站出来，对亨利五世道：“陛下，想必天下所有和英格兰交好的国家，都会非常乐意见到您奋起反抗，拿回法兰西的。”

这时候，亨利五世却犹豫了起来，他皱着眉头说：“我们不能只顾着举兵讨伐法兰西啊，总得留下一部分兵力防备苏格兰偷袭。”

亨利五世的谨慎让大臣们十分欣慰，坎特伯雷大主教想了想，走上前，说："您的担忧不无道理。但是，陛下，苏格兰那些北方的小丑做不成什么大事的，咱们边境的战士可一点儿也不弱。"

"你读读历史就知道啦，英格兰每一次进兵法兰西，苏格兰总是趁机偷袭。"亨利五世担忧地说。

坎特伯雷大主教不以为意，辩解道："可是，每一次苏格兰都没能成功地打倒咱们呀！"

爱克塞特补充道："陛下，您不必过于担忧。我们早已给钱财上了锁，设下了巧妙的机关来捕捉那些小偷。我们的战士个个英勇无畏，他们在战场上奋勇杀敌。而国内，咱们聪明的谋臣也小心翼翼地防守着。"

"依我看，陛下尽管到法兰西去吧！"坎特伯雷大主教说着自己的建议，"我们可以把军队一分为四，四分之一由陛下带着到法兰西去，剩余的四分之三留在国内镇守。"

"就这么办吧！"亨利五世终于露出了笑容。解决了困扰已久的难题，亨利五世心情愉悦，他这才派侍从去召唤法兰西王子的使臣进来。

2 法兰西王子的羞辱

法兰西的两位使者在众目睽睽之下耀武扬威地走进了议事厅，见到亨利五世，他们也没有行礼，只是微微点了点头，便对坐在宝座上的亨利五世说："王子派我们来给陛下送礼。"

议事厅的大臣们对法兰西使者这无礼的行为窃窃私语，亨利五世却一副不在意的样子，反而笑嘻嘻地对两位使者说："请直说吧，王子还有什么意见吗？"

大使清了清嗓子，大声转述着法兰西王子说的话："我们的主公——王子说，你怎么还是稚气未脱？该多懂些事理才好呢！在法兰西，凭借着一支快步舞，你别想得到什么东西，法兰西不是凭你花天酒地就能夺取的。所以，为了合乎你的胃口，我为你准备了一件礼物。收下之后，就别再提什么继承法兰西的王位了。"

事实上，法兰西王子的原话可比这尖酸得多了。那时的他，一边打着网球，一边用漫不经心的语气说："亨利国王，亨利五世？玩网球，他没什么在行的；当国王，他就更不成了。"法兰西王子哈哈大笑着继续说，"他虽然长得人高马大，可这一辈子，估计也只能在他父亲的臂弯里耀武扬威咯！可惜的是，他的父亲已经死了，他现在就是一只失去翅膀的雏鸟，任谁去都能轻而易举地抓住他的。"

"不过话说回来，这倒是咱们法兰西的好时机！"王子兴致勃勃地说，"继承法兰西王位没什么意思，要是我能替法兰西拿到更多的土地和钱财，那我就流芳百世啦！"

只要一回想到王子那自信的神色，两位使者就不由自主地表现出十足的底气来。这样说着，另外一个大使把一个箱子推在身前。爱克塞特走上前去打开箱子，顿时气得脸色铁青。

亨利五世仿佛十分感兴趣似的，连忙问道："王子送了什么宝贝呀，王叔？"

爱克塞特沉着脸说："网球，陛下。"

"王子真是风趣！"亨利五世似乎完全没懂王子的意思，但接下来，他却笑嘻嘻地说，"让我们带着这些网球到法兰西去打一场吧，直到把他父亲头上的王冠打得晃来晃去，那才叫好玩呢！"

两位使者顿时吓得面色惨白："陛下，你这话说的是什么意思？"

"就是字面上的意思呀，我的好使者。"亨利五世虽然笑着，可他的表情却那样狰狞可怕。

他们总算看懂了，这个曾经骄纵放肆的亨利已经和以前大不一样了。亨利五世不顾两人害怕的神色，接着说："去转告你们的王子殿下吧，我就要来啦！去告诉他，他这个玩笑开得一点儿也不高明，为了这一两声笑，千万人要哭了！"

在侍从的陪同下，法兰西使者胆战心惊地离开了议事厅。

使者一走，亨利五世便收回了嬉皮笑脸的表情，对大臣们说："各位大人，现在正是我们出兵的大好时机。立即把兵力聚集起来吧，咱们一定要当着法王的面，把他的儿子好好地教训一顿！"

在亨利五世的召唤下，全英兰格的青年热情似火，都脱掉名贵的锦袍，换上戎装，准备投身到这场正义的战争中去。有的人卖掉了牛羊去买骏马，来追随他们血气方刚的好国王。如今的伦敦城，处处充满着对战争胜利的憧憬。

不过，法兰西人听到亨利五世将要出兵的消息可就一点儿也不开心了。法兰西百姓们惶恐不安，他们的大臣在私底下偷偷责备王子的鲁莽。而那位任性的王子也知道自己做错了事，正绞尽脑汁，想要阻止这场战争呢！

3 惩治叛徒

在扫桑顿，培福公爵脚步匆匆地走进议事厅，一见到爱克塞特公爵和威斯摩兰伯爵，他就急切地说：“陛下现在到哪儿了？咱们的部队里出现叛徒了！”

“正要出发去法兰西了。”爱克塞特劝解道，“别急，培福，叛徒的事陛下已经知道了。等时候一到，保管叫他们逃脱不了。”

威斯摩兰叹息着说：“这也怪不了陛下，他们的言谈举止多么安详、从容，仿佛时时刻刻都在为国家效忠尽力似的，任谁看了他们都会觉得他们忠心耿耿。”

“这到底是怎么一回事？”培福不解地问。

“还能是怎么回事？为了钱财呗！”爱克塞特不屑地说，“陛下信任他们，给他们封爵，但他们竟然为了贪图法兰西人的钱币，准备出卖我们的陛下。”

威斯摩兰补充道：“咱们的陛下原本不相信他们会背叛他，直到看到他们和法兰西人交易的书信，才相信这是事实。那个时候，他气得脸都青了，身体不停地颤抖，沉默了好久都没说话。”

“唉，可怜的陛下，白白浪费了自己的信任，心里肯定很难受吧！”培福也感慨着。

事实也的确如此。在即将远征法兰西的船上，亨利五世一行人站在甲板上眺望远方，几个侍从守在不远处。

亨利五世深深地吸了一口气，缓缓地吐了出来，这样平静了自己的情绪后，才对三人说："趁现在正好顺风，咱们准备开船啦！我的堂兄剑桥伯爵，我情同手足的斯克鲁普勋爵，还有我最信任的顾问葛雷勋爵，说说你们的意见吧，你们认为我们拥有的兵力能够攻破法兰西的军队吗？"

斯克鲁普毫不犹豫地回答："这答案显而易见，陛下。如果每个人都贡献出他最大的力量，咱们用不了多久就能打败法兰西那群人啦！"

亨利五世附和着："这样说的话，咱们一定能够取胜咯？要知道，凡是跟随我们出发的人，没有一个不是跟我们同心协力的；而那些留在国内的，他们也个个都希望咱们能打个大胜仗！"

剑桥伯爵赞同道："是这样的，陛下。这都得归功于您的仁爱，所以大臣和百姓们都这样爱戴您。"

"说得对，哪怕是曾经和先王有仇恨的人，也心甘情愿地归附您，为咱们的英格兰贡献自己的力量。"葛雷信誓旦旦地说，"依我看，咱们这场仗胜利在望了。"

亨利五世在心里想着：呵，果真如此，那你们为什么还要背叛英格兰，背叛我？

但他还是装作感激的模样，对他们说："等从法兰西回来，我一定不会忘记论功行赏，好好报答那些替国家出力的人。"

斯克鲁普看了看剑桥伯爵和葛雷，然后说："有了奖赏的激励，想必大家更能付出百倍、千倍的力量了！"

亨利五世意味深长地笑了笑，对侍从说："把昨天押在牢里的那个人放了吧，他昨天喝了太多酒，竟敢骂起我来，但有罪的毕竟是酒。既然酒醒了，他也明白过来了，那就饶了他吧！”

斯克鲁普反对道：“陛下真是太慈悲了，这样可不行。惩罚他一下吧，如果这样轻易地饶了他，以后其他人也跟着他学怎么办？”

“啊，我们还是仁慈一些比较好吧？”亨利五世说。

“陛下，您留下他一条命，让他好好地尝一尝刑罚的滋味，已经算是格外开恩了。”葛雷插话道。

亨利五世做出忧伤的样子，说：“你们关切我，所以才这样跟一个喝醉酒的可怜虫斤斤计较。我心里有一个疑问，如果人一时糊涂犯下小小的过失，就要受到严厉的惩罚，那么，如果有人费尽心思犯了罪，我们应该怎么处置他呢？对啦，我的好伙伴们，谁是新近任命的‘执政官’？”

剑桥伯爵、斯克鲁普和葛雷互相看了看，都不明所以，一起说：“我们三个是执政官，陛下。”

“行，那么，这是你们的委任状。”亨利五世把三张纸分别递给他们，说，“打开看看吧，读一读，看看你们得到了什么样的好处。咱们今晚就要乘船出发啦！”

看着三人惊慌失措的样子，亨利五世假装惊讶地问：“怎么啦，你们在文件上看到了些什么呀？怎么个个都吓得脸色发白了？”

三个叛徒立马跪在地上，颤抖着请求亨利五世的原谅：“陛下，我们有罪，请您宽恕我们吧！”

亨利五世一改刚才的慈爱，严肃地说：“呵，你们刚刚可没有和我提慈悲！你们得到的荣耀和财富还不够多吗？为了几个金币，你们竟然就同意了要把我谋杀在扫桑顿！”亨利五世气冲冲地说，“把他们都带下去吧，按叛国罪处置，不准任何人求情！”

侍从将三个可恶的叛徒押了下去，任凭他们怎么求饶，亨利五世都不为所动。

4 得到第一座城

处置了叛徒，亨利五世一行人乘上船就浩浩荡荡地向法兰西前进了。收到消息的法兰西国王和大臣们聚集在王宫连夜召开紧急会议，共同商量着对策。

“英格兰的大军果然来侵犯咱们啦，他们来势汹汹，我们再也不能轻视他们了，这一次一定要有所防备。”法兰西国王说着，给大家分配着任务。

王子站出来说：“父王，我们的确应该未雨绸缪，即便没有战争，也应该整顿军队，修整防御。现在咱们正应该着手巡查法兰西那些薄弱的部分，倒不必过于担心英格兰的进军。亨利国王虚浮、浅薄、任性，这样的国家有什么好怕的？”

法兰西元帅听得直摇头：“快别这样说了，王子殿下。你去问问刚回来的两位使臣吧，他召见他们的时候神情庄严，他的左右站立着许多坚决拥护他的杰出朝臣。他谦虚，但一拿定主意却又坚定得可怕。要我说，他过去的狂妄说不定都是装出来的呢！”

王子一点儿也不相信亨利五世竟然一下子变得这样成熟稳重，他不屑地说：“我倒是不愿意相信亨利能改变得这么快。不过，重视敌人总归没什么坏处。”

正当他们商讨着如何对抗亨利五世时，爱克塞特和他的随从前来求见。

“我奉亨利国王的命令前来问候陛下。”爱克塞特有礼但不卑微地说，“凭借着上帝之名，我们的亨利国王要求您退位，依照法律，法兰西的土地应该属于我们国王和他的后代。”

“要是不照办，那又怎么样呢？”法王问道。

“如果文取不成，那我们的国王将不介意用武力讨回他应有的权力。”爱克塞特不卑不亢地说，“对于王子殿下，我们国王也有几句问候的话要说。”

“有什么话尽管说吧！”王子满不在意地说。

“我们的国王这样说：要是您的父王不接受他提出的全部要求，为了您对他的恶意嘲弄，不诚意向我们国王赔罪，那就别怪他大发雷霆了。”爱克塞特说道。

“就算我父王愿意给你们一个满意的答复，我也不同意。”王子奚落道，“叫亨利国王等着瞧吧，我可一点儿也不怕他！”

爱克塞特离开了法兰西王宫，前去和亨利五世会合。

此时的亨利五世已经在扫桑顿码头登了船，伴随着朝阳向法兰西出发了。那锦旗在风中自由自在地舒展着，水手们忙碌地在帆索上爬行，船工头在高声吹着笛子，发号施令……在一片汪洋大海中，一支气势磅礴的军队在前进。

亨利五世的军队到达的第一个城市是哈弗娄城，他亲自指挥，英格兰的战士们敏捷地将云梯搭在城墙上，一个接一个地爬上去，准备攻城。

“你们个个都是盖世英雄，让法兰西的这些可恶的家伙好好瞧瞧你们的勇气吧！”亨利五世说着激励士气的话，“我最勇敢的战士们，冲啊！”

打斗持续到了半夜，城内的法军和城外的英军却一直僵持不下。哈弗娄城的总督爬上了城墙，打算跟亨利五世谈判。

亨利五世走出指挥营帐，站在队伍的最前面，对城墙上大喊：“你们做出决定了吗？这将是我们最后一次谈判了。”

总督心灰意冷地说："我们已经死了等待救兵的心了。在此之前，我们多次向王子求救，可他却说，他一时还不能出兵来解除这么猛烈的围攻。所以，伟大的陛下，进城来吧，我们的一切都听凭您的发落。"

说着，总督叫人打开了城门。

亨利五世对爱克塞特说："王叔，你带领队伍进哈弗娄城去。在严密防备法军的同时，你要告诫士兵，不能欺压城内的百姓。冬天到了，军队里的病号不断增多，我们明天将向北行军，退守到卡莱去。"

听到亨利五世周密的部署，爱克塞特欣慰地笑了："好的，陛下，您请放心吧！"

首战告捷，他们的法兰西征战会就此一帆风顺吗？

5 亲和的力量

英格兰这位年轻的国王仁慈的行为传到法兰西王宫里，法兰西公主凯瑟琳不由得萌生了对亨利的爱意。她偷偷叫自己的婢女艾丽丝教自己说英文，期待某一天战争结束，她能够代表法兰西的诚意，和英格兰这位国王结为夫妻。

而法兰西国王和王子关注的则是亨利五世的行军进程。

法兰西王宫的议事厅里，法兰西国王、王子和元帅等人聚集在一起，商讨着应对亨利五世的办法。

“前线传来战报，他已经渡过索姆河了。”法兰西国王忧心忡忡地说，“照这样的情形来看，用不了多久，他就要攻进咱们的王宫了。”

依照多年的战斗经验，元帅却没这么担忧。他劝解道：“陛下，咱们也不用太担心。冬天到了，我听说，亨利国王的军队里生病的人越来越多。他们长途跋涉，粮食也吃得差不多了，哪里会是我们的对手？”

这一番话让法兰西国王转悲为喜，他顿时振奋了精神，召集了所有的大臣，把抗击英军的任务分配了下去。

在法兰西国王的部署下，法兰西元帅、奥尔良及王子等人驻扎在阿金库尔附近，等待英格兰军队的到来。

他们打了太久的败仗，此刻正需要一场翻身仗，来洗刷之前的屈辱。王子一行人彻夜难眠，迫切地渴望着白天的到来。

盼望着，盼望着，天终于渐渐亮了起来。不一会儿，侦察兵跑来报告：“大元帅，英格兰军队离您的营帐只有一千五百步了！”

元帅叹了一口气：“唉，可怜的亨利，他可不像我们这样一心盼望着天亮。老实说，他倒算得上个仁慈的好人。”

奥尔良却嬉笑道：“我倒觉得这个英格兰的国王是个愚蠢的家伙，他领了一批蠢家伙千里迢迢地赶来，最后却落得个自投罗网的下场！”

就在天将亮的时候，英格兰军队驻扎在了法兰西军队的旁边。在昏暗的天色里，窸窸窣窣的嘈杂声填满了整个阵地。黑暗之中，双方的阵地相互挨着，营帐连着营帐，各自站岗的哨兵甚至能听得到对方的口令声。

在昏暗的火光之中，双方的脸若隐若现，战马互相挑衅着，在黑夜和白天交替之际发出嘶鸣。清晨的第三个时辰到来了，不时响起阵阵鸡鸣。伴随着这些声响的是后勤兵乒乒乓乓地敲打盔甲、挥动锤子的声音。

此时的法兰西军队烦躁地聚在一起，咒骂着白天来得如此慢。他们仗着人多势众，自以为这次准能旗开得胜，都兴高采烈地玩着骰子。

而英格兰的将士们却耐心地坐在篝火旁，沉默不语，各自在心里担心着天亮后惨烈的战斗。他们的粮食剩得不多了，因为长期赶路，他们的脸颊都渐渐消瘦了，战袍也变得破破烂烂的。他们没有一个人说话，但每个人的脸上都写着迷茫和恐惧。

在这些萎靡的人中，有一个人正精神抖擞地穿梭在各个营帐之间，和颜悦色地和士兵们问好："兄弟，咱们明天可要大干一场啦！在那之后，好吃好喝的应有尽有，再坚持一会儿吧！"

这个人便是英格兰的国王——亨利五世。这段日子以来，他和将士们一起吃饭、一起睡觉、一起训练、一起赶路，虽然尊贵如他，但亨利五世却从来没有觉得苦。事到如今，他依旧面色红润，精神饱满，仿佛有用不完的力气。看到国王这样乐观，士兵们从他身上感受到胜利的召唤。

明日的战斗依旧让英格兰士兵们感到紧张，但他们一点儿也不害怕了。

6 微服私访的国王

哪怕不被期待，白天究竟还是到来了。趁着将士们备战的片刻，亨利五世化妆成普通人的样子来到军队里巡查。

他正漫无目的地走着，一个身材魁梧的大汉叫住了他：“你是什么人？”

亨利五世含糊地说：“自己人。”

那人却不依不饶地追问：“说清楚些，你是个将官，还是个普通士兵？”

“我是队伍里的一个军爷。”国王可不也算军爷么，亨利五世在心里想着。

“你是使长枪的吗？”那人又问。

“正是。”亨利五世反问道，“你是谁？”

“毕斯托尔，跟国王一样是个好出身。”自称毕斯托尔的人答道。

“你这副凶猛的性子和这个名字很相配。”亨利五世说。

他和毕斯托尔道别，继续往前走。就在这时，他发现了弗鲁爱林和高厄。

“弗鲁爱林上尉！”高厄高声喊道。

弗鲁爱林一本正经地说着：“只要你肯费神研究研究庞贝大元帅的用兵之道，我向你担保，你会发现他的军队里没有人叽里呱啦地吵闹，你也会看到战争的格式——严肃、用心。”

高厄嘟囔道："敌人那边也在嚷嚷呢！他们整夜都在吵吵闹闹的。"

弗鲁爱林喝道："敌人要做傻瓜，我们也要学他们吗？"

高厄被吓了一跳，连忙说："我以后会注意的，说话会放轻一点的。"

"最好你能办到！"弗鲁爱林厉声说。

在暗中观察的亨利五世自言自语道："这个弗鲁爱林虽然有点儿迂腐，但他很细心，也很有勇气。"

他走着走着，遇到了第三批人：威廉斯和培茨。亨利五世看着他们胸前的名字，在心中暗暗记了下来。

"唉，老兄，你是哪个部分的？"培茨说着，自问自答道，"管他哪个部分呢，反正今天之后，咱们可能都要去和上帝见面了。依我看，国王心里肯定也后悔莫及了。"

"我倒觉得，国王心里很希望待在这里。"亨利五世辩解道。

"那么我但愿他独自守在这儿吧！"培茨说着大笑起来，"这样的话，虽然英格兰得付出一大笔赎金，但许许多多的可怜虫就能因此保全性命啦！"

"我敢说，你一点儿也不敬爱他。"亨利五世皱着眉头说，"你故意这样说，是想试探别人怎么看待国王吧？照我说，只要是正义的战争，我宁愿和国王死在一块儿。"

"战争正义不正义，这就不是我们能知道的了。"威廉斯摊摊手，无奈地说。

"啊，准确地说，这不该是我们追究的了。"培茨说，"我们只需要知道自己是谁的臣民，无条件地追随国王就是了。"

“但愿这是师出有名，否则的话，在这场战争中死去的人们、耗费的财物，这笔债都得记在国王头上。”威廉斯说，“虽然国王说了决不投降，但保不准他什么时候自己交了赎金，逃回了英格兰，留下咱们这些人为他卖命呢！”

“这话我不赞同。”亨利五世反驳道，“国王虽然发动了战争，但他的本意可不是叫我们去死。就算战争失败，这跟国王有什么关系呢？再说了，国王怎么可能是那样出尔反尔的人？”

“我并不要他为我的性命负责，”培茨说，“你们也别吵了，咱们现在和法兰西人吵都来不及呢！管他的，反正打一仗就是了。”

战斗的号角吹响了，亨利五世和两人告别，连忙赶回自己的营帐。

“陛下呢？”亨利五世的弟弟葛罗斯特公爵高声问道。

“陛下骑着马亲自去观察对方的阵势去了。”培福答道。

在神不知鬼不觉中，这位英勇的国王已经探知了自己属下的心声。谁能想到，上个夜晚刚和他们亲密交谈的国王，此刻也会乔装打扮，混到士兵中来呢？要怪，也只能怪那天的天色太黑，让大家都看不清国王的模样。

在这场仗后，国王肯定对这些人有一些处置的。不过，这是后话了。

回到战场上来吧，英军此刻面对的是整整六万的法兰西士兵，他们的人数是英军的五倍，在这敌众我寡的情况下，任谁也没有十足的必胜把握。

满怀信心的法兰西王子又派使者来羞辱亨利五世：“亨利国王，只要你支付赎金向我们求和，那这场仗就不必打，你手下的那些可怜虫们也不必丧命于此了！”

“除了我这副骨头，你们什么也别想得到！”亨利五世毫不服输地反击着。

两军各自上了战场，战斗一触即发。

7 期待已久的和平

号角声响彻云霄，“冲呀！”士兵们的嘶吼声伴随着刀剑哐哐的声音在上空回响。

“投降吧，法兰西的胆小鬼们！”英格兰士兵们来势汹汹。

“投降？该投降的是你们吧？”法兰西军队也毫不示弱。

不过，原本占有优势的法军渐渐处在了下风。英格兰士兵们一个个兴奋不已，一点儿也不像他们想象中的那样孱弱、胆小，反而发了疯似的朝他们穷追不舍，像是不知道疲倦似的。

“饶命呀，饶命呀，英格兰的勇士！”

“饶了我们吧，我们本来和你们就是一家人！”

他们抱着头弃了马，在战场上到处乱跑，四处逃避着英格兰士兵的追击。王子、元帅和奥尔良等人也被追得狼狈而逃。

“见鬼了，英格兰士兵为什么这么有精神？”元帅咒骂道。

“大势已去，什么都完啦！”奥尔良颓废地大喊。

“天要塌啦，人们不会放过我的！”王子又羞又气地喊着。

战斗进入尾声，胜利的号角奏响了，亨利五世率领着部队朝卡莱出发。在海岸上，无数的百姓排列着，他们欢呼着，热情地鼓着掌，等待着他们的国王的到来。

法兰西战败，不得不向亨利五世求和，以此来阻止战争继续，以及换回他们被俘的王公贵族们。

英格兰和法兰西的议和会安排在特洛华行宫，作为战胜方的亨利五世一点儿也不倨傲，反而命令士兵们善待法兰西百姓，严令禁止士兵欺压法兰西人民。而在议和会上，亨利五世还主动向法兰西国王示好：“法兰西的王公贵族们，愿你们全都身体安康。”

见状，原本还因战败而担惊受怕的法兰西国王慢慢安心下来。他默默在心里想着，果然如之前的使者所说，如今的亨利五世已经和他年少时截然不同了。

法兰西国王亲切地和亨利五世握手，说：“我也很荣幸今天见到你们，英格兰的每一位王亲。”

他们依照双方的损失，商讨着赔偿金和赎金。在那之后，亨利五世目不转睛地盯着凯瑟琳公主，说：“凯瑟琳妹妹，你真是美得不可方物。”

这两个情投意合的年轻人陷入了对彼此的爱恋里，亨利五世向法兰西国王恳求道："可以把凯瑟琳嫁给我吗？"

"当然，但凭陛下的旨意。"法兰西国王说。

法兰西国王回顾着战争的一幕幕，感慨万千地说："法兰西和英格兰，两个互不相让的王国，由于彼此的猜忌，已经绷得太久啦！现在终于能把仇恨忘得一干二净了，但愿这段姻缘能让两国人民从此过上安居乐业的生活，不再有战争。"

"但愿两个国家也像你们的婚姻一样幸福美满。"法兰西的王后说。

亨利五世庄严地说："以全体公卿大臣为证，我们的誓言永远完好无损！"

从此，凯瑟琳成了亨利五世的王后，他们的婚姻幸福美满。在那之后，英格兰和法兰西两国人民亲如一国，百姓们丰衣足食、安居乐业，好一个令人向往的太平盛世！

《亨利六世》上篇故事中的人物关系

塔尔博
将军，亨利六世的拥护者

培福公爵
亨利六世的叔父

葛罗斯特公爵
亨利六世的叔父

萨福克伯爵
亨利六世的拥护者

约翰
塔尔博之子

亨利六世

爱德蒙·摩提默
马契伯爵，理查·普兰塔琪纳特的舅舅

勃艮第公爵
背弃亨利六世的法兰西人

萨利斯伯雷伯爵
老将军

理查·普兰塔琪纳特
约克公爵，爱德华三世第三子克莱伦斯公爵的曾孙

华列克伯爵
理查·普兰塔琪纳特的追随者

贞德
查理王子的追随者

奥尔良庶子
查理王子的追随者

瑞尼埃
安佐公爵，查理王子的追随者

阿玛涅克伯爵
查理王子的追随者

查理王子
法兰西王子

玛格莱特
瑞尼埃之女，后嫁给亨利六世

亨利六世 上篇

1 不祥的征兆

英格兰的天空乌云密布，躁动不安的氛围笼罩着每个子民。先王亨利五世历经千辛万苦打下的江山，就要交到年仅九个月的亨利六世手中。

在先王的葬礼上，大臣们歌颂着他生前的丰功伟绩，为他的早逝惋惜痛哭。实际上，王公贵族们却个个心怀鬼胎，对那王冠虎视眈眈。

“我们的先王是受到万王之王的福佑的，教会的颂祷将使他的国运昌隆。”亨利六世的叔祖温彻斯特主教在先王的葬礼上念着祷告词。

他的死对头——亨利六世的叔父葛罗斯特公爵不屑地笑了一声：“教会？要不是你们这些僧侣胡乱祈祷，说不定他还不会这样短寿呢！这下如你所愿了，九个月的陛下能受你随意摆布！”

“这正是我要说的话嘞，葛罗斯特。反正你是摄政王，王子也好，国家也好，都在你的掌控之中。”温彻斯特主教反击着。

“呵，别说什么教会啦！除了要去诅咒你的敌人，我可没见你走进过礼拜堂的大门。”葛罗斯特也不甘示弱。

见状，亨利六世的另一个叔父培福公爵头疼不已。他连忙拉开争吵的两人，劝道：“好啦好啦，别吵啦，大家和和气气的吧！”

就在这时，一位使者前来报告战情：“各位大人，法兰西前线传来战报：奥尔良、巴黎、里姆等共七座城全部沦陷了。”

亨利六世的叔祖爱克塞特公爵大惊：“怎么会这样？法兰西人使用了什么诡计？”

使者低着头，神情悲痛地说：“回禀大人，没有什么诡计，是因为缺少士兵和粮食。”

在英法战场上，老将军萨利斯伯雷带领着将士们咬牙坚持着围攻奥尔良城。由于兵力单薄，粮草缺乏，战况十分不容乐观。

糟糕的消息接连不断：查理王子在里姆斯已经登上了法兰西王位，许多原本拥护亨利六世的爵爷也投奔了他。

“咱们英格兰最英勇的将军——塔尔博被法兰西人俘虏了，因为负责接应他的爵士临阵脱逃了。”

塔尔博的被俘如平地惊雷，让众位大臣人心惶惶，他们终于预感到灾难就要来临了，英格兰的未来岌岌可危。

“哪怕要以法兰西四个被俘的大将作为赎金，我也要换回我们的英雄。”培福心痛地说。

他们暂且放下了各自的小算盘，培福去法国赎回塔尔博；葛罗斯特负责到伦敦塔检查枪炮和弹药，宣布小亨利登基；爱克塞特则前往小亨利的宫殿，保护他的安全。

没有职责在身的温彻斯特主教也没闲下来，他暗暗在心里想着：要是我能哄住新国王，掌握国内大权的就是我了！

2 贞德出现了

奥尔良城的战况如火如荼，虽然缺乏粮食和士兵，可英格兰的将士们顽强地抵抗着，抱着破釜沉舟的信念将法兰西王子查理的军队打得七零八落。

查理和他的拥护者们又一次被逼退回奥尔良城内，发了疯似的英军令人心生敬佩，他们为敌人的顽强而惶恐。

“英格兰军人是机械做的吗？照这疯狂劲，我们还是不要惹他们的好。”查理的新拥护者安佐公爵瑞尼埃叹息着。

查理咬牙切齿地说：“我们还是快点离开这里吧，那群疯子宁可用牙齿啃下城墙，也绝不肯撤退围城的士兵。”

就在这时，查理的另一个拥护者奥尔良庶子满面春风地走了进来：“殿下，好消息！我带来了一位圣女，她受到上苍的启示，奉命前来为我们解围。”

“哦？”查理感到惊奇，他半信半疑地说，“那带她来见我吧！”

当奥尔良庶子退出去传唤贞德时，查理对瑞尼埃说：“待会儿你扮成我的模样，来考验考验她。”

说完，他自己躲进了议事厅的内室。

当奥尔良庶子领着贞德前来拜见王子时，瑞尼埃就摆出王子的气派，问道：“你是上帝派来帮助我们的吗？”

可贞德却生气地说：“瑞尼埃，你是打算戏耍我吗？王子殿下，快从后边走出来吧！”

瑞尼埃被贞德不卑不亢的言行惊住了，在心里默默想：看来她的确有一些本领。

可查理王子却不相信贞德的本领，依旧默不作声地躲在内室里。

见状，贞德又说：“殿下要是不相信我，您可以考任何问题，看看我能不能对答如流。甚至，您还可以和我比一次武。”

听到这话，查理便从内室走出来，扬扬自得地说：“那咱们就比试比试吧！”

然而，几个回合下来，机智、敏捷的贞德很快将查理王子打败了。这回，大家总算相信了贞德的本领。

奥尔良城外，萨利斯伯雷老将军正和英勇善战的塔尔博将军在塔楼上叙旧，他关切地询问被俘期间这位英格兰英雄的遭遇。就在这时，敌方军队的炮火突然响起来，突如其来的炮弹一下子将老将军打倒在地。

紧接着，士兵的呼唤声响起来：“大人，大人，法兰西的人马增多了，一个叫贞德的人率领着一支军队来替奥尔良解围了！”

听到这个消息，塔尔博怒不可遏：“贞德也罢，王子也罢，子弹也罢，我倒要试试看这些胆小怕死的法兰西人敢干些什么！”

鼓角的声音在奥尔良城上空盘旋，两军在城门外交战，塔尔博追击法兰西王子查理，眼看就要追上时，他们身后忽然多了另一支法军。

突然出现的贞德和她的部下把英格兰将士们吓坏了。塔尔博被前后围攻，仓皇地从战场退了回来。

“这算怎么回事？我英勇的战士们竟然被一个女人吓得四处乱蹿！”塔尔博又怒又气。

贞德骑着马过来，塔尔博也一扬马鞭，驾马朝她跑去：“嘿，我要和你一决胜负！”

“来吧，来吧，你一定会败在我手里的！”贞德轻蔑地说。

两个人交战起来，塔尔博的胸膛和肩膀受了伤，他败下阵来。

可塔尔博依旧不甘心地说：“我们再来！”

又一个回合，塔尔博依旧被打败了。他还想再战，贞德却挥了挥手拒绝：“算了吧，塔尔博，你的死期还没到。”

她一扬马鞭，飞快地进了城。随即，鼓角声响起，法兰西军队运送粮食进入城内。

“唉，我宁愿阵亡，也不要眼睁睁地看着贞德进了奥尔良城！”战败的耻辱让塔尔博羞愧难当，他嘟囔着，率领着军队灰头土脸地退了兵。

而奥尔良城内则欢声一片，查理王子和他的部下们见识了贞德的真本领，都对贞德心服口服。他们鸣钟击鼓，燃起烟火，在大街上摆下庆功的宴席。

“赢得今天胜利的不是我们，而是贞德！为了酬谢她，我要和她共享这顶王冠。”查理王子举杯向贞德说着敬酒辞。

“谢上帝恩宠。”贞德谦逊地说。

法兰西的将军们喜笑颜开，这难得的胜利让他们心花怒放，完全将英格兰军队抛在九霄云外了。

3 一波三折的战况

与奥尔良城内的热闹截然相反，城门口十分冷清。黑黢黢的夜色里，静得能听到虫子的叫声，几个当值的哨兵打着哈欠来回巡逻。

“别人都可以躺在床上睡大觉，我们这些小兵却活该倒霉！”一个法兰西哨兵抱怨道。

“嘘，快别说了，小心隔墙有耳。”另一个哨兵劝慰道，“谁叫咱们是士兵呢？要是哪天你当了大官，那情况就不一样啦！”

“但愿有这么一天吧！”那哨兵打着哈欠漫不经心地说，“要我说，英格兰兵刚吃了败仗，肯定躲在哪儿哭鼻子呢！我们倒不如趁队长不在好好地睡上一觉！”

谁能想到，他们口中打了败仗的英军越挫越勇，正埋伏在城墙角等待发起进攻的时机呢？

“培福大人，还有您，英勇的勃艮第，倚仗您的拉拢，附近许多地区都答应和我们结盟。今天法兰西人大吃大喝了一天，现在正放心大胆地睡觉呢！”塔尔博自信满满地说，“今晚，咱们一定能好好教训教训他们！”

这位勃艮第公爵可谓是英格兰最得力的同盟者，这次进攻正是他策划的。他虽然是法兰西人，却心甘情愿拥护亨利六世的统治。

话锋一转，塔尔博喃喃自语道：“不过，法兰西的这位新盟友贞德的确不容小觑。”

闻声，培福公爵咒骂着：“法兰西的懦夫呀！他们竟然向巫婆求救，真是不体面呀！”

勃艮第也嘟囔着：“多么勇武的姑娘！如果她继续在法兰西当兵，她那雄赳赳的气质是不会保持太久的！”

说完，他们三人各自带领着一小队士兵从不同的方向进攻，在黑夜的掩护和长梯的帮助下，轻而易举地爬上了城墙。

等哨兵发现时，他们已经进入了奥尔良城。

“快来呀！快来呀！敌人攻城了！”哨兵慌张地大喊起来。

“怎么回事？怎么回事？”

“怎么了？哪里来的敌人？”

法兰西士兵被惊醒，他们叫嚷着，穿着内衣裤慌乱地跳下城墙，而各位大人也衣冠不整。突如其来的袭击叫他们手足无措，只得丢弃城池各自逃命。

在安全地带，瑞尼埃、奥尔良庶子、查理王子、贞德会合了。

查理王子指着贞德大骂：“你这个女骗子，先让我们尝到甜头，然后马上就让我们大吃苦头了！”

贞德对王子的出尔反尔感到十分气愤：“查理王子就是这样对待朋友的？动不动就大发脾气？要怪也只能怪你们粗心的哨兵，难不成要指望我没日没夜地守城吗？”

查理王子觉察到自己的不对，转而责备守卫：“这就是你们的不对了，今夜值班的守卫可不合格！”

说到问罪，谁也不愿承认自己玩忽职守，个个都斩钉截铁地保证自己的阵地没有问题。

贞德被这群人吵得头疼，连忙制止：“当务之急可不是推测出敌人从哪儿进来的。依我之见，我们应该尽快集合溃散的士兵，制订新的作战计划，反击敌人。”

“塔尔博主帅，塔尔博！”

英格兰士兵们的呐喊声越来越近，查理王子众人大惊失色，连忙逃走了。

天色慢慢变亮了，用墨色大袍掩盖着大地一般的黑夜也即将离去。培福公爵命令英格兰士兵吹响收兵的号角，不再追击查理王子众人。

此刻，奥尔良城内也热闹非凡。听说塔尔博将军带领英格兰士兵又占领了奥尔良城，为一睹塔尔博将军的尊荣，奥尔良城的一位伯爵夫人派使者前来请求塔尔博将军到她的府邸去见面。

“女士的好意向来难以被拒绝。”塔尔博听后欣然同意了邀约。

可谁承想，这样一位端庄优雅的夫人竟然想用计谋俘虏赫赫有名的塔尔博将军呢？

等塔尔博一走进她的府邸，她就命令守门人锁上大门：“鼎鼎有名的塔尔博将军也不过如此，你现在已经成为我的俘虏了！”

“原以为把法兰西军队打得落花流水的塔尔博是个高大威猛的大力士，现在看来也不过是个平凡普通的小矮个儿！”伯爵夫人在心里轻蔑地说。

“哈哈哈！”塔尔博听了大笑不止。

伯爵夫人恼羞成怒：“倒霉鬼，待会儿有你哭的时候！”

“恕我直言，夫人，难道你以为这就抓住了塔尔博吗？”塔尔博强忍住笑意说。

这位夫人十分不解："难道你不是塔尔博？"

"不，我是塔尔博。"塔尔博答道。

"这就没错了，所以我说，我抓住了塔尔博，这句话一点儿错也没有！"伯爵夫人耀武扬威地说。

塔尔博摇摇头，笑着解释："我不过是自己的影子，我的身体可不在这儿，夫人。"

"这话是什么意思？"公爵夫人十分不解。

塔尔博笑而不语，取出喇叭吹奏。哒哒的马蹄声响了起来，鼓声也随之而起，不一会儿，一队英格兰兵气势汹汹地破门而入。

"瞧，夫人。"塔尔博说，"这才是塔尔博的眼睛、头脑、胳膊和双腿，他就是用这个身子打败了你们的王子殿下。"

这下，伯爵夫人对塔尔博心服口服了。她请求塔尔博的宽恕，用美味佳肴热情地招待了塔尔博和他的士兵们。

4 激烈的争吵

伦敦的国会花园里，五颜六色的花朵竞相开放着，红的、黄的、粉的、蓝的、白的……而它面前的人们却无心观赏。

此刻，在场的各位大人之间弥漫着无声的战火。

已故剑桥伯爵理查之子理查·普兰塔琪纳特想要申请恢复自己的爵位，萨穆赛特伯爵却坚决反对，而其余的大人们你看看我，我看看你，谁都不肯主动说句话。

见状，普兰塔琪纳特失望地说：“诸位大人，难道没人敢说一句公道话吗？”

应邀而来的萨福克伯爵和华列克伯爵都表示自己对法律一窍不通，不敢妄加评论。

“哟，任谁都听得出这些都是客套的推脱之词！”普兰塔琪纳特不满众人中立的态度，“明眼人都看得出，真理是站在我这边的。”

而萨穆赛特也辩驳：“真理如此显而易见，它是亲近我的。”

为了打破僵局，普兰塔琪纳特出了个主意，支持他的摘下一朵白玫瑰，若是支持萨穆赛特则摘下一朵红玫瑰。

这无言的符号终于揭露了他们的心声，争论的最后，华列克、律师都摘下了白玫瑰，只有萨福克摘下了红玫瑰。

“走吧，走吧，我的好萨福克！我们不要跟平民说话，反而抬高了他的身价啦！”萨穆赛特咒骂着普兰塔琪纳特，拉着萨福克往外走。

闻此，华列克皱着眉头纠正：“萨穆赛特，这话可不对。他是英王爱德华三世陛下的第三子，克莱伦斯公爵的曾孙，怎么能说他是个没有身份的平民呢？”

“呵，胆小鬼，如果在先王爱德华面前你敢说这样的话吗？”普兰塔琪纳特也反击着。

“哼，无论在哪儿我也敢这样说！你的父亲剑桥伯爵犯了叛逆的大罪，被执行了死刑，你已经被世家门第开除了！在复袭职位之前，你可不就是个平民嘛！”萨穆赛特不屑地说，“总而言之，当今陛下和兰开斯特家族继承王位是合理合法的！”

“我的父亲是被捕了，可并未证实他的罪名。时机恰当时，我必定会将当年的真相一一讲出来的！”普兰塔琪纳特愤愤不平道，“到那时，你一定会为你此刻的污蔑付出代价！”

“我和我的朋友们会佩戴着红玫瑰等着你的！”萨穆赛特高傲地说。

普兰塔琪纳特也不甘示弱：“我以我的灵魂起誓，我要和我的同道们永远佩戴这白色的玫瑰，我们将荣辱与共！”

等萨穆赛特他们离去后，华列克对普兰塔琪纳特说：“下届议会就能将你家世的污点洗刷干净了。要是你还继承不了约克公爵的封号，我也不要这华列克的爵位了！”

这些年来，兰开斯特家族和约克家族的恩怨纠葛早就不是秘密。可谁也没预料到，此时此刻红、白玫瑰之间的争论还会将王朝之争愈演愈烈，为此，成千名爵士及士兵丢掉了性命。

普兰塔琪纳特为爵位抗争时，他的舅舅爱德蒙·摩提默正被关押在伦敦塔里。

说起这个摩提默，他也曾是个军功显赫的风云人物，自从亨利·蒙穆斯当上国王后，摩提默就被抄了家，剥夺了原来的马契伯爵封号。正因为如此，普兰塔琪纳特也随之失了势。

此刻，他筋疲力尽地倚靠在墙角，奄奄一息。他的头发已经全白了，眼睛像燃尽了灯油的油灯一样，变得越来越模糊。

“请告诉我，看守人，我的外甥普兰塔琪纳特能不能来？”他艰难地说。

“大人，普兰塔琪纳特说他准来。”狱卒悲伤地说。

当普兰塔琪纳特赶来时，可怜的摩提默已经奄奄一息了，他们俩相互倾诉着彼此悲惨的遭遇，回顾着悲惨的原由。

“今王的祖上亨利四世把他的侄儿，也就是爱德华三世的长子和合法继承人爱德华的儿子理查废掉，自己坐上王位。按王位继承，我的继承权在亨利四世之前。为了排挤掉我们这一支的继承权，他以叛逆

罪污蔑你的父亲，把我关进了监狱。”摩提默向普兰塔琪纳特讲述着几十年前的恩怨纠葛。

“这样说来，您是摩提默家族的最后一人了，舅舅？”普兰塔琪纳特问。

“是的。”摩提默严肃地说，“我没有子嗣，眼看死神就要把我带走，我要你做我的子嗣，拿回属于我们家族的荣耀。不过，你一定要处处留神，少开口，多动脑筋。”

说完，他就永远地闭上了眼睛。普兰塔琪纳特内心既悲伤又气愤，他亲自安葬了摩提默后，开始考虑舅舅的临终嘱咐。

从此之后，约克家族和兰开斯特家族之间的仇恨又多了一分。

5 亨利六世的加冕

时间像流水一般逝去了，不知不觉间到了召开国会的时候。这一天，诸位王公大臣都聚集在伦敦国会大厅。

人都到齐了，葛罗斯特正打算宣读一个提案，温彻斯特主教快步走了过来，将提案抢去，一下子撕得粉碎。这两人在大庭广众之下不顾身份，又大吵起来。

“葛罗斯特，你若是想控告我，可不准预先写稿子！”温彻斯特主教厉声说。

“狂妄的教士，控告你可不需要什么书稿，你的罪名连三岁小孩儿都能记得一清二楚！”葛罗斯特毫不示弱地反驳。

他们俩都把对方当作晋升最强大的对手，互不相让，指责着对方道德败坏、血统不纯。华列克、萨穆赛特等大臣轮番劝解，亨利六世也百般恳求，他们才握手言和。

趁此机会，华列克立马拿出保荐理查·普兰塔琪纳特恢复约克公爵职位的奏章。

“敬请陛下赐阅。”华列克恭敬地说。

在葛罗斯特公爵的解释下，亨利六世很快同意了这一请求，还将约克家族的全部产业还给了普兰塔琪纳特。

紧接着，葛罗斯特开始禀明自己对加冕典礼的安排。

“现在一切都好，请吾王陛下渡海到法兰西，在那里举行加冕典礼吧！”葛罗斯特说，“国王的临幸足以鼓励我们的将士们奋勇作战。”

“凡是葛罗斯特叔父说的，本王都照办。”年幼的亨利六世毫无防备地说。

而此时的英法战场前线是怎样的呢？

丢失了奥尔良城后，贞德的目标转向了卢昂城。她率领着一小队士兵伪装成乡下人，背着装满玉米的麻袋排队进城。没有防备的守卫轻易地将这些“乡下人”放进城了。

一入城，贞德立马派人探清了城内的布防情况，找出全城防御最弱的城门，在那里举起了一把火炬。

见状，查理王子等人就率领全体士兵从那个城门入城。

这狡诈的诡计让塔尔博防不胜防，在两军混战之中，塔尔博的军队

渐渐陷入败势。

可是谁也不曾想到，塔尔博打起仗来这样疯狂，虽然贞德抢占了先机，可她率领的部队还是被打败了，最后只得灰溜溜地逃离了卢昂。

这一仗虽然胜利了，可本就病重的培福公爵却在此丧了命。

“培福公爵生前是一位杰出的军人，他心地和善，我们要好好安葬他。”塔尔博接着对勃艮第说，“留下几名干练的官员整顿城里的秩序后，我们得马上赶到巴黎去，陛下就要在那里举行加冕典礼了。”

“塔尔博将军怎么说，就怎么办。”勃艮第应下后，立马下去安排人手。

在贞德他们那一边，他们逃到了卢昂附近的平原就停了下来。

“胜败乃兵家常事，众位大人，不必因为卢昂一城的失败就心灰意冷。”贞德劝慰道，“要想削弱塔尔博的势力，我倒是有一条妙计，众位，这件事就交给我来办吧！”

“这样好极了！”查理王子听后，立马拍手称赞道。

法兰西这边在激情澎湃地商量着如何击退英军，而英格兰这边正忙着为他们年幼的国王办加冕礼呢！

塔尔博带领着他的部下赶到巴黎后，他立马求见了亨利六世。小小年纪的亨利六世拍手欢呼：“欢迎你，百战百胜的将军！”

为了嘉奖塔尔博，他当场封他为索鲁斯伯雷伯爵。在巴黎的宫中正殿上，温彻斯特主教和巴黎市长正说着对国王的祝福词，曾擅离职守害得塔尔博被俘的骑士竟然也来了。

“陛下，我从卡莱赶来参加您的加冕大典，在路上接到一封信，是勃艮第公爵写给您的。”他屈膝行礼，把信双手呈给亨利六世。

见到这个两次丢弃他的家伙，塔尔博怒不可遏，他冲到这个骑士面前，一下子扯掉他骑士职位的绶带。

“胆小鬼，你这个懦夫哪里来的资格佩戴骑士的绶带？”塔尔博怒喝道。

“请宽恕我，将军。”这个胆小的骑士脸都被吓白了，他慌乱地为自己辩解道，“陛下，我那是情有可原的……我……我病了……”

“别找借口了！瞧瞧你说的这话，多么蹩脚的谎言呀！”塔尔博轻蔑地打断了他。

亨利六世也为他的懦弱感到生气，直接下令革去了他的骑士职位，把他赶出了英格兰。

解决完这件事，亨利六世才得空来看信。不过，信里可没有什么好事，他们实力最雄厚的同盟者勃艮第已经背弃英格兰，投向法兰西的怀抱了！这封信正是勃艮第代表查理王子向英格兰下的战书呢！

说起来，现在的局面都是因为贞德的挑拨。

“勃艮第公爵，你是法兰西人，虽然现在英格兰人信任你，可只要查理王子一战败，他们下一个就要解决你了！所以，加入我们，一起拥护查理王子吧！”贞德不厌其烦地一遍遍地给勃艮第写着这样的信。

就这样，勃艮第被贞德说服了。

因为勃艮第的背叛，一场争夺与讨伐的战争又要打响了。

6 不做“逃兵”

为了应答法兰西的挑衅，亨利六世委派塔尔博继续做他们的主帅，到波尔多去和法兰西人对战。

按照惯例，两军交锋前会互相挑衅，以此来激发各方士兵的士气。

刚和法军对骂完，侦察兵就来报：“将军，我们的两侧都各出现了一支队伍，我们已经被包围了。”

在这千钧一发之际，本该去支援塔尔博的萨穆赛特却因为和约克有私仇，不执行他下达的军令。战场之外的爵爷们争吵不休，可怜的塔尔博、英勇的塔尔博、忠诚的塔尔博，就要因为这些人的私人恩怨丢掉性命了。

援兵迟迟未到，塔尔博已经预料到了自己的命运。他把他的独生子约翰单独叫到跟前来：“唉，原本叫你过来，是想让你跟在身边学一些战术。没想到，这一次恰巧时局不顺。我的好孩子，赶快骑上我的快马，离开这里吧！”

“父亲，我怎么能丢下你独自逃跑呢？”约翰头摇得像拨浪鼓一样，拒绝道。

“逃吧，如果我被杀，你要替我报仇雪恨。”塔尔博一边说，一边示意约翰上马。

可约翰一动不动地站着，坚定地说：“在这危难的时刻，一个人若是逃跑了，他还能用什么样的力量来担起复仇的责任呢？”

“傻孩子，要是我们都不走，会一起死在这儿的。”塔尔博说。

“那就让我留下。”约翰反驳，“父亲，您是我们国家的大将军，身系国家安危，可我还只是个没有功名的小伙子。您撤退，人们都会理解这是战略的要求，可要是我撤退了，大家都会骂我是胆小鬼。要是第一次遇到危险就立马逃跑了，谁能指望我以后会坚持到底呢？”

“难道你忍心留你的母亲独自活在世上吗？”塔尔博伤心地说，“要是我们都丧了命，她该有多难过呀！”

“父亲，那能怎么办呢？”约翰声音哽咽着，但依旧坚定地拒绝逃走，“可我更不愿意让别人骂她是逃兵的母亲。”

“你是为了我而逃命，是奉了父亲的命令，别人不会苛责你的。”塔尔博劝道。

“可要是您为国捐躯了，谁能为我证明缘由呢？父亲，如果非要逃的话，那我们一起逃吧！”

约翰这样的话激怒了塔尔博：“这像什么样子，我活了这把年纪，绝不可能丢下自己的士兵独自逃命。”

“这就得了！不管是走是留，您怎么办，我就怎么办。如果您献身报国，那我也绝不苟延残喘！”约翰一字一句，十分严肃地说。

“我的好儿子！”塔尔博哽咽着说，“好，让我们肩并肩、背靠背，同生共死！”

父子俩伤感地拥抱了一下，就不得不回到自己的岗位继续战斗。

发兵的号角响起来了，两军交战中，约翰一剑砍下了法兰西王子帽子上的缨带。就在此时，奥尔良庶子一剑刺向约翰的手臂，几个法兰西士兵将约翰围了起来。

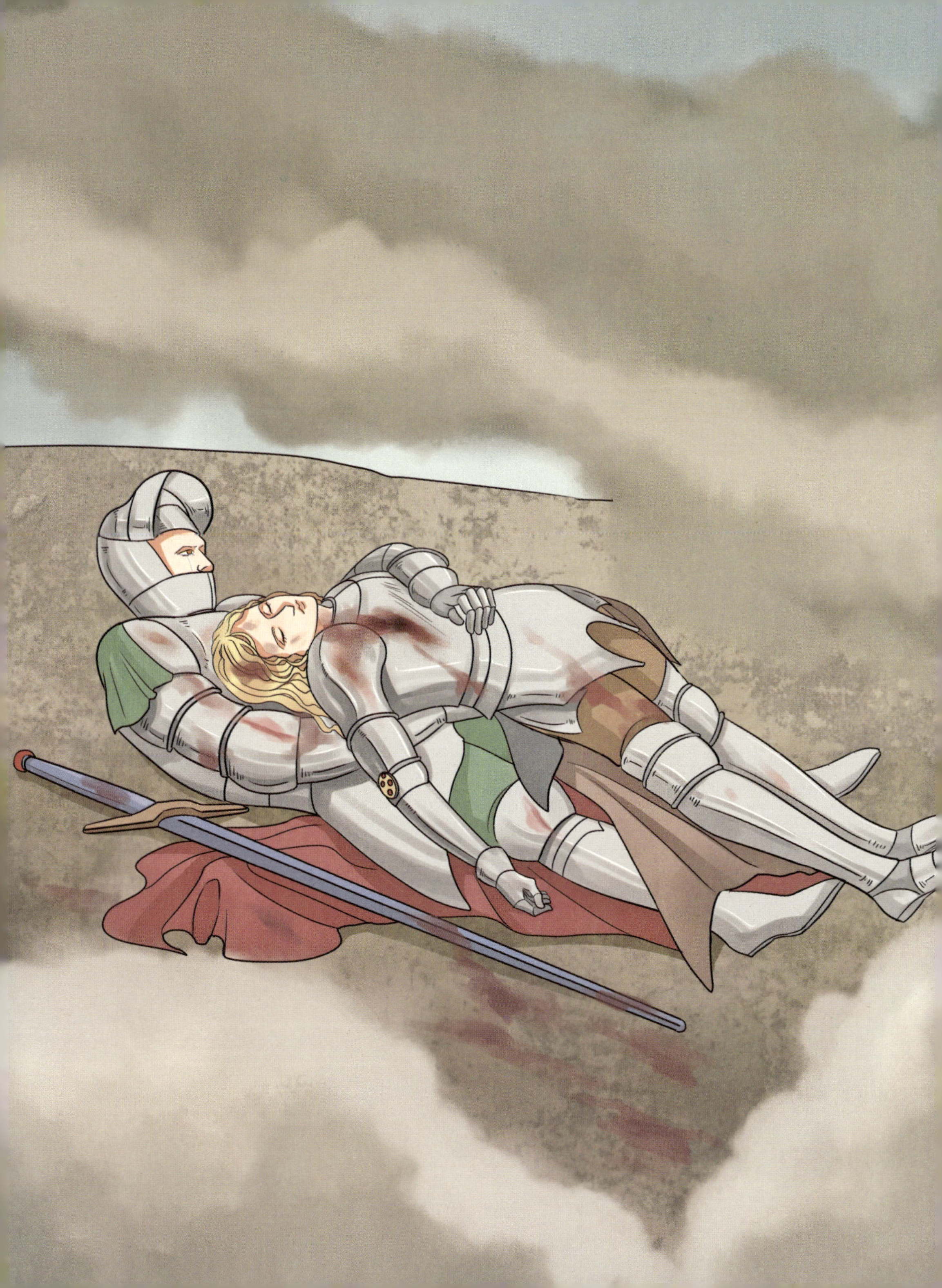

这时，塔尔博发现了这边的情况，他快马飞奔过来，怒喝：“哈，卑微的私生子，看我一剑！”

这一下，奥尔良庶子被刺伤，他周围的士兵立马背着他逃走了。

塔尔博还想劝约翰离开，可约翰依旧十分坚定地要和他同生共死。

为了安全起见，父子俩相互掩护，背靠着背，击杀了一个又一个敌人。他们无畏疯狂的模样让法兰西士兵见了心惊胆战，最后谁都不敢靠近了。

即便如此，他们身上的创伤和鲜血却都在揭示着他们的生命正在消散。约翰比他的父亲早一步失去了呼吸。

“我的好孩子，你是个真正的勇士。”塔尔博抱着约翰的遗体，用微弱的声音说着。

“士兵们，我向你们告别了。”他支撑着身体，微笑着对他们的将士道别，随后跪倒在地，再也站不起来了。

鼓角声又响了起来，法兰西军队发起了冲锋，这些失去将领的英格兰士兵惊慌的抵抗在法军面前不堪一击，没多久就宣告了战败。

查理看着塔尔博的遗体，说：“趁此机会，我们一鼓作气，直取巴黎吧！”没有了塔尔博的阻挡，查理王子总算是可以松一口气了。

塔尔博忠君爱国，英勇善战，是个令人敬佩的对手，查理王子吩咐人将他们父子的遗体送回了英格兰。

这位大将军一生战功赫赫，对国家忠心耿耿，没承想，最后竟然因自己所效忠的贵族们的私仇而丧了命。

7 和平来临

塔尔博战亡的消息传回国内，王公大臣们都开始恐慌起来。这一次，他们难得一致地认为，跟法兰西议和是一个好的出路。

伦敦王宫里，葛罗斯特声情并茂地为亨利六世朗读议和协议："查理王子的亲密盟友、阿玛涅克伯爵愿意将他的独生女儿嫁给国王，并赠送一笔丰厚的嫁妆。"

"只要能为国增光，任何建议我都可以采纳。"亨利六世顺从地说。

一方面，亨利六世派遣使者去向阿玛涅克伯爵家提亲；另一方面，原本一分为二的英格兰军队再次联合起来，对查理王子发起了突袭。

遥远的英法战场上，发兵的号角呜呜地奏响了，贞德像往常一样，念着咒语召唤幽灵们为她提供援助。

"请再帮一次忙，使法兰西获胜。"贞德恳切地请求着。

可无论她用怎样严苛的条件作为交换，幽灵们都不愿意再帮她的忙了。

没了贞德巫术的帮助，法军溃不成军，没坚持多久就被英军打败了。而贞德自己也被约克活捉，并立马被约克判处了死刑。

安佐公爵瑞尼埃的女儿玛格莱特也在这次战争中被俘了。

这位美貌又有智谋的姑娘并不胆怯，反而和俘虏她的萨福克伯爵商讨起赎金来。

萨福克被玛格莱特深深地迷住了，他心想：这真是一位迷人的姑娘，可惜的是我已经娶妻了。有啦，我们的国王不是还没娶妻吗？

他对这位高傲的公爵之女百般讨好，终于赢得了她的欢心。

回到伦敦后，萨福克立马来到王宫见亨利六世，他对年少不懂事的亨利六世极力夸赞玛格莱特的美貌和贤德。这些天花乱坠的赞美之词让这位年幼的国王失去了理智，对未曾谋面的玛格莱特产生了浓烈的爱意。

一旁的葛罗斯特听得直摇头，提醒道："陛下，您忘记了吗？您已经和另一位小姐有婚约了。"

明眼人都知道，亨利六世遵守已有的婚约，英法不仅从此握手言和，英格兰还能从王后那儿得到一笔丰厚的嫁妆。而瑞尼埃却一无所有，要是亨利六世娶了瑞尼埃的女儿，英格兰不但要付出巨额彩礼，可能还得把将士们用性命夺回来的安佐城白白归还给瑞尼埃呢！

然而，亨利六世铁了心要背弃原先的婚约，哪怕花费巨资，也要娶玛格莱特为王后。

和平虽然来临了，但英格兰的危机并没有因此消失。

《亨利六世》中篇故事中的人物关系

亨利六世

萨穆赛特公爵
亨利六世的拥护者

勃金汉
亨利六世的堂兄

华列克
萨利斯伯雷伯爵之子，约克公爵的追随者

克列福
拥护亨利六世的大将

萨利斯伯雷伯爵
已故萨利斯伯雷老将军之子，约克公爵的追随者

玛格莱特王后
瑞尼埃之女，亨利六世之妻

萨福克公爵
亨利六世的宠臣

葛罗斯特公爵

理查·普兰塔琪纳特
约克公爵

爱德华
约克公爵大儿子

公爵夫人
葛罗斯特公爵之妻

理查
约克公爵第三子

亨利六世 中篇

1 令人愤怒的婚姻

伦敦变幻莫测的天气预示着英格兰王朝的波动起伏，亨利六世背信弃义，要重新选王后的消息举国震惊。即便王公大臣们百般阻拦，奉了王命的萨福克还是顺利地将瑞尼埃的女儿玛格莱特接到了伦敦。

宫中正殿上，王公贵族及大臣们都对这位王后十分好奇，他们伸长了脖子看着玛格莱特走来的方向。

只见，这位美丽动人的姑娘身穿一袭端庄的礼服，脸上挂着得体的微笑，正迈着优雅的步子走来。“多么美貌的王后啊！欢迎您，我的爱人。”亨利六世牵着玛格莱特的手，目不转睛地看着她说，“我的贤卿们，请向王后表达你们的热情吧！”

“玛格莱特王后万岁，英格兰幸运无疆！”群臣欢呼。

随后，萨福克拿着一卷信函递给葛罗斯特：“摄政王阁下，这是我们陛下和法王查理订立的合约条款，有效期为十八个月。”

葛罗斯特接过，大声读起来："经法王查理和英王特使萨福克议定：英王亨利六世娶兼任耶路撒冷国王瑞尼埃之女玛格莱特为妻，英军由安佐及缅因两郡撤退，并将两郡移交于王后之父——"

还没读完，葛罗斯特只觉得眼前发黑，几乎要晕厥过去，手中的信函也掉落在地。

"叔父，怎么啦？"亨利六世惊问。

"恕我失礼，陛下，我忽然眼前昏花，读不下去了。"葛罗斯特沉着脸说。

"温彻斯特叔公，请你接着念吧！"亨利六世对温彻斯特主教说。

这位主教接着读道："王后来英旅费全部由英王支付，不携带嫁妆。"

这样丧权辱国的条约在朝臣之中惊起了滔天巨浪，他们个个窃窃私语，敢怒不敢言。

而这位年轻的国王却全然不在意，反而拍手笑道："好极了，合约条款很合我的心意。"

国王宣布退朝，和他的王后一起离开了正殿。

这时，葛罗斯特才痛心疾首地对众臣说："国家的栋梁们，请先别走，听我说说心里的忧愁吧！"

他哽咽着说："我的王兄亨利先王，为了国家的荣誉，费尽了一生的钱财、人力来征服法兰西。我的哥哥培福伤透了脑筋，才把先王征服的土地保存下来。而诸位同僚们，我们有的在战场负了伤，有的不分昼夜地研究如何维护英格兰的荣誉。唉，公卿大臣们，难道这些都要白费了吗？这桩婚姻是个不祥的征兆，它不仅毁灭了之前所有的努力，或许还将让英格兰沦落！”

温彻斯特主教却不以为然地说：“法兰西还在我们手中，我们不会失去它的，你为什么大发牢骚？”

“哎，叔父，新晋升的公爵萨福克正得到陛下的宠幸，他已经把两座城白送给瑞尼埃了！”葛罗斯特愤愤不平地说。

萨利斯伯雷也叹息着：“唉，要知道，那两座城可是诺曼底的咽喉之地呀！喂，华列克，我的好儿子，你为什么流泪呀？”

华列克义愤填膺，额头上的青筋都气得鼓了起来：“父亲，那两处是我亲手挣来的土地，竟然就这样凭几句轻松的话断送了吗？”

“我从没在史书上看过这样软弱的英国国王，竟然赔了一大笔土地和财产来换一个一无所有的新娘！”约克也怒道。

“还有一件事，”葛罗斯特悲痛地说，“萨福克为了开支迎娶的费用，竟然向每一个英格兰臣民征收了个人财产的百分之十五作为新税！要我说，这样一位王后咱们英格兰可养不起！”

温彻斯特主教皱眉为玛格莱特辩护道：“葛罗斯特爵爷，你这话说得可不妥当，再怎么说，她已经是我们的王后了，是陛下亲口承认的妻子。”

“得啦，温彻斯特主教，我知道你讨厌我！再会吧，大人们，再待下去，我又要和主教大人吵起来了。”葛罗斯特说着，叹着气离开了宫殿。

殿内的大臣们个个心怀鬼胎，他们面面相觑，各自在心里打着如意算盘。温彻斯特主教怂恿大臣们共同抵抗葛罗斯特，野心勃勃的萨穆赛特幻想着把葛罗斯特赶走，自己来当一人之下、万人之上的摄政王。而约克呢，则在心里想着那顶荣耀的王冠。

兰开斯特和约克两个家族的交锋就要开始了，红、白玫瑰之争即将奏响。

2 公爵夫人的野心

日有所思，夜有所梦，过于忧心英格兰未来的葛罗斯特被噩梦惊醒。在那可怕的梦中，他预见了象征自己权力的拐杖被温彻斯特主教折断了，而萨穆赛特和萨福克的遗体就在拐杖旁边。

葛罗斯特公爵夫人趁机对自己的丈夫说："这是个好兆头啊，我的夫主！它昭示着凡是挑战你威严的小人都将受到上帝的惩罚。这是主的旨意，我倒觉得，上帝在暗示该由你来统管国事呢！"

听到这话，葛罗斯特气得直发抖，他怒喝道："现在的荣华富贵还不够吗？你要是再胡说八道，就趁早走远些吧！"

见状，公爵夫人立马讨好道："好啦好啦，我不过是猜猜梦，何必这样生气。"

当葛罗斯特前往圣奥尔本围场准备狩猎活动后，公爵夫人望着孤零零的府邸不由得抱怨起来。

"愚钝的葛罗斯特，要是我是一位公爵，我可不会这样畏畏缩缩的！"她自言自语着，"为了不被欺压，我一定得做些什么！"

正说着，她的巫师约翰·休姆来了。

"耶稣保佑王后陛下！"休姆行礼道。

"王后陛下？可我只是一位公爵夫人呀！"公爵夫人惊呼，"难道，你已经与巫婆和法师商量好了，他们同意为我效力吗？"

休姆装作恭敬地说："他们很乐意为陛下分忧。到时候，他们将从地下召唤出精灵，精灵们会解答您的疑惑。"

"好啦，棒极了！"公爵夫人满意地笑道，"赏金拿去，我先去准备准备。"

告别公爵夫人后，休姆得意扬扬地挥舞着钱袋自言自语道："现在该去向温彻斯特主教和萨福克公爵领赏了，这差事可真不错，干一份活儿，得三份酬劳。

"说起来，葛罗斯特公爵可算得上是个难得的好爵爷。他不但慈爱有礼，还经常为百姓解决难题，哪里像那个假仁假义的温彻斯特主教？哼，连那个主教的手下都敢霸占百姓的土地，强抢别人的妻子呢！而那个萨福克公爵也不是个好官，他为人十分傲慢，还强行圈了公地作为私用。"

"可是呢，唉，我的好大人葛罗斯特公爵，您就再做做好事，让我这个贫穷卑微的老百姓也过过富足的生活吧！"这样想着，休姆那仅剩的惭愧和不忍也消失得一干二净了。

王宫之中，玛格莱特王后得知葛罗斯特公爵在百姓中的威名后，愈加不满。

"我还听人们议论，说约克才是王位正统的继承人。"玛格莱特王后怒气冲冲地对萨福克抱怨道，"还有摄政王葛罗斯特公爵那个嚣张的夫人，她从来没把我放在眼里。我千里迢迢来到英格兰，就是为了当这样一个受人欺负的王后吗？”

“好王后，快别不高兴了，我已经布好了陷阱，摄政王也好，公爵夫人也好，他们很快就会完蛋了！惹您不高兴的，咱们一个个地慢慢来收拾！”萨福克耐心地安慰道。

话这样说，事情也这样办起来。在一次集会上，大臣们不约而同地将矛头对准了葛罗斯特。

“你虐待百姓，还搜刮教士们的财产。”温彻斯特主教污蔑道。

“你那豪华的府邸和你夫人奢华的服装都快把国库花光了。”萨穆赛特接着说。

“你滥用私刑，苛责罪犯。”其他大臣也紧接着说。

“陛下已经成年了，摄政王是时候将国家的大权交给陛下了！”玛格莱特王后一句话点明了大家的目的。

葛罗斯特看着心怀鬼胎的各位大臣，心里既愤怒又无奈。就在这时，一声响亮的巴掌声打断了大人们的争吵。

“啊！泼妇，你竟然敢打我！”公爵夫人咆哮着。

玛格莱特王后毫无诚意地道歉道：“抱歉，夫人，我认错人了。”说着，就自顾自地回了自己的位置。

公爵夫人怒不可遏，可葛罗斯特却紧紧地拽着她。她气得涨红了脸，凶狠地瞪着玛格莱特王后。在这激烈的时刻，懦弱的亨利六世却像是什么也看不见、什么也听不见似的，专心享受美食。

显然，惹怒这位脾气暴躁的公爵夫人就是吹响了争斗的号角。瞧着吧，陷阱和灾难就要浮现出来了。

3 葛罗斯特智斗跛子

归还国家大权的事还没结束，一年一度的狩猎就来了。圣奥尔本围场上，亨利六世、玛格莱特王后以及葛罗斯特、温彻斯特主教、萨福克津津有味地欣赏着鹰捉水鸟。

它们高高地在空中盘旋，不紧不慢地一圈又一圈转着，寻找自己的猎物，仿佛胸有成竹的模样。正当水鸟放松了警惕，鹰忽然俯冲下来，一下子咬住它的猎物，叼在嘴里，紧接着一跃而起，飞向高空。

"鹰飞得可真高呀！瞧，不论是人也好，鸟儿也好，一个个都爱往高处去。"亨利六世感叹着。

"难怪摄政王大人养的鹰飞得这么高，原来是它们的主人想往高处飞呢！"萨福克借机挑拨道。

葛罗斯特看着萨福克不怀好意的笑容，不慌不忙地辩驳道："陛下，要是人的思想都不能比鸟飞得高，那这思想可就太卑微啦！"

"我早就料到了，你的梦想比云彩更高呢！"温彻斯特主教也不怀好意地说。

"唉，主教大人，如果你能飞到天堂，这难道不是一件好事吗？"葛罗斯特斯斯文文地反驳道。

眼见两人又要争执起来，亨利六世连忙劝解道："飞到天堂的确是永生之乐呀！"

风越吹越急，正当亨利六世准备打道回府时，圣奥尔本的一位市民呼喊着："奇迹呀，奇迹！"这声音吸引了年轻国王的注意。

见状，萨福克连忙招呼那男子：“到陛下面前来，说说到底发生了什么样的奇迹。”

那位市民用惊叹的语气说：“圣奥尔本庙里有一个瞎子，在半个小时前，他忽然恢复了视力。”

亨利六世对这样的事总是怀着兴趣，他信以为真，说：“感谢上帝，他使有信心的人们在黑暗中得到了光明，在绝望中得到了安慰。”

这时候，圣奥尔本镇长带着部下，领着一个跛子过来了，一群爱热闹的市民紧跟在他们身后。

“大家站开些吧，让那人到陛下面前来。”葛罗斯特公爵安排市民们列在两边，让那个跛子上前来。

一番介绍后，众人才知道这位发生奇迹的男子叫辛普考克斯，他之前是个什么也看不见的盲人，也是一个跛子，而扶着他的正是他的妻子。

“告诉大家吧，你的眼睛是怎样治好的？”亨利六世十分好奇，他在书里可没读到过这样的奇迹。

“说起来各位大人可能不相信，是仁慈的神召唤我去庙里的，他说：‘来吧，我的辛普考克斯，我要救济你。’于是，我便特意来庙里拜神。”辛普考克斯煞有其事地说。

“这是千真万确的，我也听到了这样的声音。”辛普考克斯的妻子做证道。

温彻斯特主教望着他一高一低的腿，问道：“你是个瘸子吗？”

“是啊，全能的上帝，救救我吧！”辛普考克斯做着祷告。

正说着，他就“哎哟，哎哟”地呻吟起来，一边叫，还一边敲打着自己的腿，好像疼痛在折磨着他一般。

亨利六世看得于心不忍，转过头对葛罗斯特说："叔父，咱们或许可以给他一些帮助。"

"我也正有此意，这个人实在是太可怜了。"玛格莱特王后也抹着眼泪说。

"瞧，咱们的国王多么英明，咱们的王后多么仁慈，这真是英格兰的一大幸事啊！"萨福克用夸张的语气称赞道。

可葛罗斯特却摇了摇头："陛下，先稍等片刻。"

他转过头，问辛普考克斯："你怎么瘸的呢？"

"我从一棵梅子树上摔下来的，大人。"辛普考克斯按想好的答案说着，他以为自己的诡计得逞了，在心里偷偷乐着。

"那你眼睛瞎了多少年了？"葛罗斯特又问。

"大人，我一出生眼睛就看不见！"辛普考克斯没有犹豫地回答。

葛罗斯特意味深长地笑了笑，说："哦？双目失明了还爬树吗？"

"这……"辛普考克斯顿了顿，才答，"我就爬过那一次，那时候年纪小，不懂事。"

见情况不妙，辛普考克斯的妻子连忙补充："那一次爬树就吃了大亏了！"

葛罗斯特笑了起来："那你应该很喜欢吃梅子吧，不然也不会去冒险。"

"哎呀，我的大人，我的老婆非说要吃梅子，我能怎么办？"辛普考克斯辩解道。

葛罗斯特收起了笑容，喝道："好一个调皮鬼，任凭你怎么巧舌如簧，可你骗不了我！你的视力真的恢复了？"

辛普考克斯心里有些不安，但还是硬着头皮，假装镇定地说：“千真万确，我看东西可以看得很清楚了。”

“那你好好瞧一瞧，这件袍子是什么颜色？”葛罗斯特指着温彻斯特主教的衣服问道。

“大红色，鲜血一般的红。”辛普考克斯答道。

“你再看看，我的褂子是什么颜色？”葛罗斯特又问道。

“黑的，黑玉一样黑。”辛普考克斯飞快地答道。

话一说完，他就知道自己上了当了。

原本对他十分同情的亨利六世正生气地望着他：“这样说来，你见过鲜血和黑玉了？可你却说自己在半个小时前才得以见到光明。”

“你这个欺君的坏蛋，若非说有奇迹，那么再添一个奇迹也没什么坏处！”葛罗斯特说着夺过侍从的鞭子，一下子抽打到辛普考克斯的脚边。

“啊！”辛普考克斯大叫一声，一下子跳了起来。眼见葛罗斯特又追了上来，他顾不得什么赏赐，飞快地逃走了。

那健步如飞的模样，哪里像一个跛腿的人呢？

4 秘密的合谋

赶走这对骗人的夫妇后，看热闹的市民们也闹哄哄地散了。

这时，勃金汉竟也来到了这儿。亨利六世纳闷道：“勃金汉堂兄，有什么紧急的事禀告吗？”

“说起来这消息让我胆战心惊。”勃金汉用惋惜又愤怒的口吻说，“有一伙图谋不轨的坏蛋，他们在葛罗斯特公爵夫人的策划和掩护下，利用巫婆和法师做危害国家的事。这些人被我们当场抓住了，人证、物证都有。”

温彻斯特主教幸灾乐祸地看着葛罗斯特笑道：“护国公大人，看起来尊夫人只怕是已经被关押在伦敦塔了吧？”

玛格莱特王后也落井下石地说：“葛罗斯特，你家里弄得一团糟，也还能这样若无其事吗？”

可怜的葛罗斯特只得立马为自己辩解，并表明自己会站在公理这边。至于事情的真相如何，全凭国王回到伦敦后再做定夺了。

这位赫赫有名的摄政王大人葛罗斯特公爵的落败就此开始了。

此时，远在伦敦的约克公爵花园里也十分热闹，约克邀请了萨利斯伯雷和华列克来家里共享晚餐，饭后正商议着要事。

“两位好爵爷，关于我是否有权继承英格兰王位的问题，已经困扰我很久了。今天我想请教一下你们的意见。”约克用恭谦的语气说。

萨利斯伯雷看了看华列克，然后说：“关于这个问题，我很乐意听听缘由。如果有充分的理由，我们父子俩一定第一个支持你。”

见此，约克便将兰开斯特家族如何用武力夺得王位一一讲了出来，而约克的身份正是拥有合法权利继承王位那一支的后人。按照王位继承顺序，约克的继承权理应在亨利六世之前。

“一切都明明白白的了，亨利是以四房子孙的资格要求继承的，而约克则是三房。除非三房绝后了，否则哪里轮得到四房继承王位呢？”华列克总结完，对萨利斯伯雷说，“既然如此，父亲，让我们在此对王位的合法继承人致敬吧！”

他们两人单膝跪在地上，一起说着祝词道：“我们的国主英王理查万岁！”

约克连忙扶起两人，装作受宠若惊的样子说：“谢谢你们，不过，在我还没加冕之前，请你们一定要保守这个秘密。目前我们的处境可不安全，傲慢的萨福克公爵、倨傲的温彻斯特主教、野心勃勃的萨穆赛特，还有勃金汉那一群人。”

“不过，”约克话锋一转，说，“我们也不是完全没有优势。这群坏家伙打算加害葛罗斯特公爵，你们看吧，他们一定会自取灭亡的。现在，我们需要做的是静静地等待时机。”

萨利斯伯雷和华列克都保证一定会扶持约克登上王位，而约克也保证让华列克得到一人之下万人之上的尊荣。

一切如萨福克计划的一样，回到伦敦后，亨利六世立马在法堂召见了葛罗斯特公爵夫人和她那些巫师朋友。

高贵的公爵夫人被判流放罪，而其余的人都被判处了死刑。这糟糕的消息让葛罗斯特伤痛却又无能为力。

“陛下，请宽恕我，让我先回去调养一下我衰老的身体吧！”葛罗斯特恳求道。

“等一等，”亨利六世一副为他着想的样子，说，“我的好叔父，你年纪渐长，为英格兰已经付出了太多力气了，到了该好好休息的时候了。就趁这个机会，把摄政王的权杖交给我吧，我也该学着亲自处理政务了。”

“权杖在此，陛下。”葛罗斯特递出象征权力的权杖，忧心忡忡地说，“我心甘情愿地交出权杖，但难保有旁人不会对它虎视眈眈呢！我的好陛下，愿您国泰民安。”

“这下，亨利终于成为真正的国王了，而我呢，也总算成为真正的王后了。”玛格莱特王后心里这样想着，脸上露出得意的笑容。

这天，公爵夫人要正式押去流放地，原本是个万里无云的大晴天，忽然间就乌云密布，天空阴沉得仿佛要压到地上来。

前来为夫人送行的葛罗斯特眼泪汪汪，既为自己的爱妻感到痛心，又为国家的昏暗而伤痛。

“我亲爱的夫人，你受苦了。但恳求你，忍耐些吧！到了那边，你依然能过得富足快乐。”葛罗斯特哽咽着说。

就在此时，传令官来到葛罗斯特面前：“陛下的国会即将在柏雷召开，我奉命来召大人出席。”

葛罗斯特不舍地向夫人告别：“好啦，我得告辞了，你要好好生活。”

负责看管公爵夫人的执行官领着她继续前进，而葛罗斯特则随着传令官赶往王宫。

然而，令葛罗斯特公爵没有想到的是，这是他跟妻子的最后一面。

5 被联合对抗的公爵

英格兰的欢声笑语一去不复返了，不祥的乌云牢牢地笼罩着大地。

国会大厅奏响了礼乐，王公贵族和大臣都聚集在这里，一场充满阴谋的国会即将召开。

这天，向来准时的葛罗斯特公爵却破天荒地迟到了。

亨利六世嘀咕着：“葛罗斯特公爵怎么还没有到？传令官真的把消息传给他了吗？”

玛格莱特王后阴森森地笑道：“陛下，您可能没注意到，葛罗斯特公爵近来十分反常。以往他总是非常亲和，现在见到谁也不愿意搭理。要知道，他也是合法的王位继承人，说不定，陛下判了他夫人流放，他正谋划着什么不得了的事来推翻您呢！”

萨福克立马附和道：“我也正有如此看法。依我来看，公爵夫人就是在他的纵容下用恶毒的巫术来陷害陛下的。”

温彻斯特主教乐得见葛罗斯特落败，也煽风点火道：“的确如此，他虽然看起来亲和老实，然而实际上他经常不顾法律，为了不相干的小过错就动用酷刑把人处死呢！”

约克眼睛咕噜噜地转着，也故意说：“在他摄政期间，他还借口筹措驻扎法兰西的军费，搜刮金钱，最后却一文不发。”

亨利六世越听眉头皱得越紧：“诸位如此关心国事，我非常感谢。但是凭良心说，我的叔父葛罗斯特是一位宅心仁厚、品德高尚的人，对我肯定没有叛逆之心的。”

就在此时，萨穆赛特前来报告：“陛下，有一个坏消息。爱尔兰失守了，您在爱尔兰拥有的所有权力都丧失了。”

正巧，葛罗斯特这时到了会议厅。一见到他，萨福克就大喝一声：“大胆的葛罗斯特，你这个叛徒，马上把他抓起来！”

葛罗斯特大笑道："国有国法，我身正不怕影子歪，你说说看，我有什么罪状？"

约克接话道："要不是你执政期间贪污军款，克扣士兵的军饷，陛下也不会丧失在法兰西的土地。"

"呵，这样的事我从来没干过！"葛罗斯特大声反驳着，"与之相反，我经常用私人财产来做军费，从来没要求偿还过。"

这些野心勃勃的大臣们联合起来，你一句、我一句地指责着葛罗斯特的罪行，让他百口莫辩。

亨利六世被他们以假乱真的话弄迷糊了，他和稀泥似的说："叔父，私心里我相信你是无罪的。所以，就按他们说的办，让温彻斯特主教暂时陪着你，等真相大白时一定还你一个公道！"

葛罗斯特总算明白了，这些人早就谋划好了要一起对付他，他大喊着："欲加之罪，何患无辞！哼，腿脚还没硬实就要丢掉拐杖了，看着吧，豺狼们正流着口水往这儿跑呢！"

亨利六世又羞又气，红着脸说："众卿们，国家的政务，你们觉得应该怎么办就怎么办吧！"说完，他就一甩衣袖离开了。

等国王走后，玛格莱特王后把其他大臣留了下来，她做出担忧的模样说："众位贤卿，我们的陛下心地善良，一看到葛罗斯特装出假仁假义的样子，就于心不忍了。我看还是尽早把他从这个世界上清除掉的好，不然他迟早还会东山再起，危害英格兰的。"

他们私底下商量着如何尽快杀掉葛罗斯特，温彻斯特主教想了想，说："不过，目前我们还没找到杀他的借口。最好能利用法律程序，判处他死刑。"

萨福克摇摇头，表示不赞同："这个办法不可行！要判处他死刑，我们手中的证据可不够。说不定，我们的陛下会设法救他呢，而百姓们听了这个消息也可能会暴动。"

约克眼睛一转，用激将法道："这样说，你不主张杀他咯？"

"嘿，约克，没有谁比我更想杀他了！"萨福克上了当，信誓旦旦地说，"其实不难办，只需要运用一点儿诡计。"

这件事后，萨福克和玛格莱特王后自信满满地以为就此和约克成了同盟者。

于是，萨福克耀武扬威地说："兵马都调给你，约克，你去处理爱尔兰那些反贼吧！陛下已经授权给我们啦，我们的决定他都会批准的！"

他们都把注意力聚集在怎么杀死葛罗斯特上。

6 混乱的朝政　百姓的呼声

再回到国会大厅这边，狠心的萨福克说干就干，当天晚上就安排了刺客将一心为国的葛罗斯特公爵杀害了。

直到临死前，这位可怜的公爵还不忘忏悔，为英格兰做着祷告。

第二天，按照先前的安排，是开庭审判葛罗斯特的日子。

亨利六世及群臣来到国会大厅，他们各自落座后，亨利六世便说："众卿们，先说好，请求你们对葛罗斯特公爵宽容些。只能根据实实在在的证据对他定罪，不能用任何手段给他增加罪名。"

玛格莱特王后温和地笑着说："陛下请放心，这样的事不会发生的。希望上帝保佑，让公爵早点儿洗清嫌疑。"

大臣们连连点头，都表示自己会秉公处理。

就在此时，前去宣召葛罗斯特的萨福克脸色铁青地回来了。

亨利六世心里有种不祥的预感，他立马问道："怎么啦？你为什么发抖？我的叔父在哪儿？到底怎么回事，萨福克？"

萨福克故作悲痛地说："陛下，葛罗斯特已经死了。"

"天哪，怎么会这样！"玛格莱特王后装作惊恐万分的样子，还挤出了几滴眼泪。

"这是上帝暗中给了判决。"温彻斯特主教叹息着说，"实不相瞒，我昨晚夜里梦到公爵变成了哑巴，一句话也说不出来了。"

年轻的国王虽然不想自己的权力被葛罗斯特霸占，但从没想过一直扶持自己成长的叔父会就此丧命。这突如其来的噩耗让他气急攻心，一下子晕倒了。

"快来人呀！"

"扶起他的身子，快捏他的鼻子！"

会场一片混乱，王后捏着亨利六世的鼻子，萨福克不住地喊着："陛下，快醒醒！"过了好一会儿，这位国王才清醒过来。

"走远一些，别碰我！"亨利六世一把推开萨福克，咒骂道，"你这个虚情假意的坏家伙，每天用甜言蜜语掩饰你的恶毒，我明白啦，我全明白啦，一定是你害死了我的好叔父！"

"他死了，我可怎么活下去？"亨利六世哭喊起来。

华列克领着侍从进来禀告道："陛下，萨福克公爵和温彻斯特主教谋杀了善良的葛罗斯特公爵，这件事已经引起民众的愤怒了，一大群市民为了替葛罗斯特公爵复仇，正朝这里赶来！”

在亨利六世的要求下，大臣们一起来到关押葛罗斯特的监狱。

“陛下，请仔细看公爵的遗体吧，他的表情这样狰狞，仪容也不整，显而易见，在死前他是经过了一番挣扎的。”华列克说，“这些迹象都证明他是被人谋杀的。”

“我和主教大人负责看守公爵，总不见得是我们杀害了他吧？”萨福克为自己辩解道。

“这有什么不可能的？”华列克不屑一顾，“你们向来和公爵不和！”

喧闹声越来越近，愤怒的百姓已经逼近王宫了，百姓们的叫喊声此起彼伏。

“陛下，百姓们托我向您说，除非您立即处死萨福克公爵，或者将他逐出英格兰，否则他们将冲进宫廷，把他拖出去杀掉。百姓们都坚信，善良的葛罗斯特公爵是被他杀害的，他们非常担心陛下也被他伤害。”萨利斯伯雷铿锵有力地说。

此时，一阵阵更急促的喧闹声响了起来。亨利六世看了看萨福克，十分严肃地说：“人们都说，群众的眼睛是雪亮的。既然如此，那就按他们说的办，萨福克在三天之内将被驱逐出国，他要是不愿意，就判他死刑！”

这一次，任凭萨福克如何动用他的花言巧语，王后如何求情，亨利六世都不愿改变主意。

7 胜利在望的约克

经过这一番暴乱，温彻斯特主教也被吓得不轻。

萨福克曾经是多么得国王的宠爱啊，可他依然在片刻之间失去了所有。

他回忆起自己的所作所为，回忆起他对葛罗斯特的诬告和陷害，身体的疼痛和内心的恐惧一起折磨着他。

在萨福克被驱逐出英格兰之后，没过几天，温彻斯特主教也在大病一场后死去。

而那个作恶多端的萨福克，还没走出英格兰就受到了惩罚。早就对他怀恨在心的船长在航行途中杀害了他，也算是为葛罗斯特公爵报了仇。

离开国会会场后，约克独自走在回府邸的路上，边走边思忖着：

肯特郡的那个名叫杰克·凯德的莽汉肯定能不负我的期望，成功地搅乱朝政的。他的模样和我的好舅舅约翰·摩提默长得可真像，依靠约克家族后人的名义，他可以得到民众的支持。他的武力高强，也忠心耿耿，要是他得胜了，我就从爱尔兰率领大军直接攻进英格兰，坐收渔翁之利。眼见葛罗斯特就要被害死，到时候，我只要把亨利赶走，那王位就非我莫属了。

这样想着，约克仿佛已经看到那顶光荣的王冠戴在了自己的头上，他的心情不由得轻松起来。

至于凯德，他依靠约翰·摩提默后人的名声，大力宣扬自己高贵的身世，吸引了越来越多的人投靠他。他的兵力越来越强盛，并逐渐朝伦敦的方向攻来。

“给我派遣一位主教来，”亨利六世读着凯德写的请愿书，义正词严地说，“上帝是不愿意让这么多百姓死在刀剑之下的，我要亲自和他们的主将凯德谈判！”

亨利六世正和这些大臣们商量着如何对付叛民，一个差官慌慌张张地跑了进来：“快逃吧，我的陛下！凯德自封为摩提默勋爵，自称是克莱伦斯公爵的后人，他公开把陛下叫作篡位者，还说要在国会大厅登基呢！”

紧接着，传来了伦敦桥被占领的消息。这些粗暴的叛民们杀害读书人，毁坏建筑，一路气势汹汹地朝王宫奔来。

亨利六世终于明白，这些叛兵是不可能和他谈判的。他听从侍从的建议，带着玛格莱特王后逃离了王宫。

而勃金汉则带领着大臣们在伦敦桥的另一头阻拦叛兵。“诸位，现在的国王还是亨利，你们真的要背叛国王，追随一个来历不明的乡巴佬吗？”

要论说话的技巧，有点儿小聪明的凯德可比不上王宫里的这些大臣们。在勃金汉的威逼利诱下，本就不坚定的百姓们顿时抛弃了凯德。

这下，没了百姓支持的凯德只得仓皇地逃离了伦敦。

凯德战败，约克再也等不及了。他率领着士兵，耀武扬威地朝伦敦进军，并高喊着：“为英格兰清除逆贼萨穆赛特！”

无奈之下，为了安抚约克，亨利六世只得将萨穆赛特关进了伦敦塔。可惜，嚣张的玛格莱特王后一意孤行，非要放出萨穆赛特不可。

这可大大惹怒了约克，议和成了泡影。愤怒的约克和他的儿子们回了军营，向亨利六世下了战书。

早有准备的约克一鼓作气，先斩杀了亨利六世的大将，后将亨利六世的军队打得四处逃窜。

“国王已经逃往伦敦，他一定会立即召开国会。趁他还没下诏书，我们马上去追他！”约克挥动着胜利的长剑，命令着。

顿时三军鼓角齐鸣，一同向伦敦出发。属于约克家族的光辉就要来临了！

《亨利六世》下篇故事中的人物关系

爱德华

约克公爵的大儿子，后成为国王

爱克塞特

亨利六世的堂兄

诺森伯兰

亨利六世的拥护者

克列福

亨利六世的拥护者

乔治

约克公爵的二儿子，后成为克莱伦斯公爵

约克公爵

起兵夺王位

亨利六世

玛格莱特王后

亨利六世之妻

理查

约克公爵的三儿子，后成为葛罗斯特公爵

华列克伯爵

约克家族的拥护者，后背弃约克家族

鲁特兰

约克公爵的小儿子

爱德华·普兰塔琪纳特

亲王，亨利六世之子

葛雷夫人

葛雷爵士的寡妻，后嫁给爱德华成伊丽莎白王后

波那小姐

路易国王的姨妹，原与爱德华定亲

萨穆赛特公爵

克莱伦斯的追随者

蒙太古

华列克的弟弟

路易

法兰西国王

海司丁斯

大臣，葛雷夫人的兄弟

亨利·六世　下篇

1 矛盾重重的国会

英格兰的国会大厅是整个国家最神圣的地方，本该是庄严肃穆的。此刻，黑压压的人群却挤满了国会大厅，叽叽喳喳的声音不绝于耳。咚咚的鼓声在国会大厅响起，士兵们时不时用目光偷瞄着会场里面的大人们。

这些王公贵族矜持地坐在会议桌旁，但他们眼中却不时地迸射出对权势的欲念。比如，帽子上都佩戴着白玫瑰的约克和他的拥护者们。

“瞧，这就是那吓破胆的国王的宫殿，坐上去吧，约克，我第一个拥护你！”华列克推着约克，让他坐到国王的位置上去。

约克的另一个拥护者诺福克也说：“我们全都为你保驾护航。”

约克推辞了一会儿，装作十分不情愿地挪着步子走向王位并坐了上去，然后对众人说：“要是亨利不动用武力反抗，我们也不用伤害他。不管用怎样的手段，我们这次一定要夺得我们应有的权利！”

“哼，胆小的亨利，只知道读书的呆子，”华列克不屑道，“要是他不退位，我就让这一届国会成为流血的国会！”

天色渐渐亮了起来，亨利六世带着他的拥护者们来了，他们的帽子上都插着娇艳欲滴的红玫瑰。

见到约克耀武扬威地坐在自己的宝座上，亨利六世怒不可遏，喝道：“你这个叛徒，还不快快向你的国王行礼！”

此时，亨利六世的拥护者，新上任的克列福将军眼睛鼓得像铜铃似的，狠狠地瞪着约克。老克列福正是被约克党人杀害的，小克列福刚刚继承了他父亲的职位。他急红了眼，哽咽着对亨利六世说：“仁慈的陛下，让我们在这国会会场里把约克家族打得落花流水吧！”

亨利六世的另一个支持者诺森伯兰表示赞同：“堂兄，你说得太对了！”

“唉！”亨利六世不由得叹息了一声，“你们该知道，伦敦市民们拥护他，而且他的身边还有军队呀！”

小爱克塞特也刚从逝去的父亲那儿继承了封号，他气冲冲地说：“只要把约克公爵杀掉，他的党羽也就立刻瓦解了。”

“不，我绝不忍心把国会变成屠场！堂兄，让我先和他谈谈看。”

说着，亨利六世走向约克：“你这大逆不道的家伙，快快放弃抵抗，我可以既往不咎。”

约克大笑道：“这话该我说才是，按王位继承顺序来说，我的继承权可在你之前。”

约克将自己的祖上如何被亨利六世的祖父逼迫着退位的事一一说了出来，又说：“我才是王位继承者的正统血脉。而我此刻要求继承王位，不过是维护了王室的尊严！”

约克的话在王党之中激起了热烈的讨论，他们窃窃私语，渐渐地，都远离了亨利六世。

“我的良心告诉我，他的确是合法的国王。”爱克塞特慢吞吞地说。

亨利六世吓得冷汗直流，在心里默默想着：完了，大家都背叛我，投到约克那边去了！

现在，亨利六世身边只有克列福和诺森伯兰的支持了。

华列克神气十足地对亨利六世说：“快把王冠摘下来，呈给这位具有国王气概的约克公爵。否则，我们的士兵就等不及冲进来了！”

他一声令下，守在会场外的约克的军队恰逢其时地跺了跺脚，兵器撞击在地上发出震耳欲聋的声响。

亨利六世知道自己是无法挽回这场败局了，他细声说道：“我有一个条件，我得继续做国王，直到我死。”

“可以。只要你约定把王位传给我和我的子孙，你活着的时候就可以永享太平。”约克一口应下。

亨利六世毫不犹豫地说：“这笔交易好极了，我没有理由不答应。”

克列福为亨利六世的懦弱感到失望，他心灰意冷地说：“陛下，你这样做太对不起王子殿下了。”

华列克冷笑道：“可这对他自己是多么的有利，呵，卑鄙的、懦弱的亨利啊！”

经过这场国会，约克和亨利六世达成了协议，亨利在世时，他要拥护亨利为王，不得谋反，而亨利死后，则将王位让给约克和他的子孙。

心满意足的约克和他的支持者们各自回了自己的封地，而亨利六世呢，他这自私的行为大大地惹怒了他的拥护者们，这下，连克列福和诺森伯兰也不愿意守护他了。

2 残酷的内战

懦弱的亨利六世不战而败，并和约克签订让位协议的消息传到玛格莱特王后耳朵里，她气得不住地跺脚："可恶的亨利，这样耻辱的协议竟然也同意了！"

绝望的王后不得不为自己寻找出路，她立马带着儿子威尔士亲王离开了王宫，她决定去组织军队，和约克家族抗争到底。

同样对协议不满的还有约克的几个儿子，他们回了封地约克郡后也在讨论这件事。

"父亲，这王位本该是您的，您为什么还要同意亨利那些无耻的条件？"约克的三儿子理查问道。

约克的大儿子爱德华也十分不解："是呀，父亲，如果容许兰开斯特家族喘息，咱们的愿望会落空的。"

约克摇摇头，说："我已经宣过誓了，让他有生之年永享太平。"

爱德华反驳道："可是为了争夺天下，背弃一个誓言又算得了什么？”

理查也附和道：“这根本谈不上什么背誓的问题，约克家族对兰开斯特家族没有誓言可谈。”

正在他们争得不可开交时，一个差官脚步匆匆地跑了进来：“王后带领着北方将领们打算围困您的城堡，她的部下有两万人马，已经迫近城边了。”

约克怒道：“这个不守信用的家伙，好啊，咱们也不用争论了，用武器来解决这个问题可真是简单极了！”

他吩咐着：“爱德华、理查，你们俩留下来。卫兵，你赶往伦敦，通知留在那里守卫国王的华列克他们加紧戒备，不要轻信老实的亨利。”

分配好各自的任务后，他们各自忙了起来。远处进军的鼓角声响了起来，约克穿戴好盔甲，抽出宝剑，气势汹汹地走出城堡去迎敌。

在城堡外围的战场上，两军激烈地交战着，兵器相撞发出乒乒乓乓的声音。驻扎在约克郡的士兵只占了约克军队的三分之一，准备充分的玛格莱特王后率领士兵偷袭，没多久就把约克的防御撕开了一个口子。约克的小儿子鲁特兰被敌军追击，和大部队走散了。

他骑着马四处眺望，但目之所及都是敌人。

“哎呀，我逃往哪里才能摆脱他们的魔掌啊？”鲁特兰看着骑马而来的克列福，吓得直发抖，大喊着，“老师，老师，你看啊，杀人不眨眼的克列福来啦！”

来势汹汹的克列福率领着士兵靠近，凶狠地说：“教士，快走开！看在你不是世俗之人的分儿上，我不杀你。但那个小家伙，我非杀他不可。他的父亲杀了我的父亲，我一定不会饶他！”

鲁特兰的老师把他护在身后，坚定地说：“大人，我愿和他同生共死！”

鲁特兰用颤抖的声音问道：“我从来没得罪过你，为什么你一定要杀我呢？”

克列福咬牙切齿地说：“你的父亲得罪过我，他杀害了我的父亲！”

“那时我还没出世啊，”鲁特兰恳求道，“想想你的孩子吧，冤冤相报，什么时候才能到尽头啊？”

无论他们怎么求情，克列福都不为所动，他依旧挥动着手中的利剑，一剑把鲁特兰杀死了。

因为兵力的悬殊，王后的军队渐渐在战场上占了上风。

“夺取王冠，冲啊！”

战场上不断传来理查鼓舞士气的声音，他一会儿赶到约克面前，将他身边的敌人击退，一会儿护着爱德华后退。

即便如此，约克也身负重伤。鼓角声又传了过来，约克筋疲力尽，他反抗不了了。

“来吧，我不怕你们的刀剑！”约克不服输地朝慢慢靠近的玛格莱特王后大喊。

克列福挥着宝剑骑马靠近约克：“别急，你很快就会在地底下和你的小儿子鲁特兰相见的。”

玛格莱特王后露出阴森的笑容，吩咐诺森伯兰把约克抓住：“少安毋躁，让公爵大人先给我们演一出戏吧！”

她将纸制的王冠戴在约克的头上，把他押到小土堆上。

“嘿，你们看哪！”玛格莱特王后哈哈大笑道，“约克违背了他和亨利国王的约定，这罪过实在是不容许宽恕！”

众人哄堂大笑，在这嘲笑声中，约克又羞又怒，他使劲地挣扎，但因为身受重伤无法挣脱。

就这样，约克在羞愤中被玛格莱特王后等人侮辱。他们一人一剑，把约克杀掉了。

3 背弃约定的偷袭

激烈的战争持续到了深夜，可双方人员丝毫没有疲惫的意思。约克城内，爱德华和理查两兄弟正为约克的安危担惊受怕。

“无论是死是活，我们父亲的消息也该传来了。”爱德华满面愁容地说。

就在这时，空中耀眼的光芒引起了他们两人的注意。

“是我眼花了吗？我怎么看到了三个太阳？”爱德华惊讶道。

理查望着这天空中的奇景，不由自主地感叹道：“是三个光辉灿烂的太阳，每一个都十分齐整，没有一点儿乌云遮挡。看啊，它们彼此靠拢，互相拥抱！”

“兄弟，我想这一定是上天号召我们去冲锋陷阵，我们弟兄三人是英勇的约克的儿子，这一定是真主的福兆。”爱德华说。

这时，一个满脸阴沉的差官前来报告："一个可怕的消息，大人。我亲眼见到尊贵的约克公爵遇害了！"

他眼含泪水，将玛格莱特王后羞辱约克的过程讲述了一遍。这个悲痛的消息让两兄弟伤心欲绝，他们互相拥抱着为约克默哀。

战争不会因为伤痛而暂停，进军号角又在召唤战士了，华列克和他的弟弟蒙太古在此时赶来支援他们。

"我已经得知这个不幸的消息了。在王后派兵到王宫之前，我集合了队伍，挟持国王逃了出来。"华列克一脸沉重地说，"现在，两军正激烈交战。"

"士兵们不愿打仗，国王已经到王后那边去了，乔治公爵、诺福克公爵和我在路上听到你们驻守在这里，特地赶来和你们会合，以便重整旗鼓。"华列克紧接着说。

有了援兵，他们总算是可以反击了。理查鼓动道："各位，如果同意为约克公爵报仇的话，咱们立即出发吧！"

"嘿，我就是为这个来的，我的弟弟蒙太古也抱着同样的目的。"华列克愤愤不平地说，"各位将士，亨利国王本已经同意禅让王位给约克家，这项协议已经记录在国会决议里了，可王后却撕毁盟约，偷袭我们。这样的耻辱，我们怎么能退让？让我们穿上盔甲，带上武器，冲向敌人吧！"

一番鼓舞后，原先约克的支持者们都赞同继续作战，决不向玛格莱特王后妥协。

再说亨利六世，他偷偷地溜回玛格莱特王后那边。他一会儿坐在营帐前，出神地望着天空；一会儿他又到伤残士兵中去，听着他们痛苦的呻吟，情绪一直十分低落。

见状，玛格莱特王后不满地说："陛下，大敌当前，你这样婆婆妈妈的，只会让手下人心灰意冷！"

亨利六世红着眼眶，无奈道："你已经让我背弃了誓言，还要我做些什么呢？我没什么可做的，我对战争一窍不通啊！"

玛格莱特王后敢怒不敢言，便对亨利六世说："封我们的儿子为骑士吧，这是你之前承诺过的。"

于是，亨利六世拔出宝剑，交给亲王，庄严地说："爱德华·普兰塔琪纳特，站起来，你已被封为骑士，记住我的训示：永远用你的剑维护正义。"

"仁慈的父王，在您的恩准下，我将以王位继承人的身份拔出我的佩剑，为了夺回王位，我不惜赴汤蹈火！"亲王斩钉截铁地说。

亨利六世什么话也说不出来，倒是克列福为亲王的英勇欣喜不已："好极了，这才该是王子该有的口气！"

这时候，一个传令兵前来报告："大人们，做好准备吧，华列克带领着三万人马朝这里来了，他们宣布爱德华为王，已经有不少人归顺他们了！"

"咱们还没找上去，他们自己倒送上门来了！"克列福蠢蠢欲动，"这次，我非得好好收拾收拾约克那家伙的儿子们！"

"进军号角吹起来吧，让我们为王室的正义而战！"亲王一挥佩刀，众人抖擞精神，整顿装备，立马出城去迎战了，独留下亨利六世手足无措地站在空空如也的营地。

4 胜败已定

随着华列克的到来，双方的战斗到了高潮。士兵们都红了眼，谁也不愿轻易饶过谁。两军交战，克列福对理查穷追不舍，在你追我赶之中，不知不觉间，他们都和护卫走散了。

独自一人的理查对同样落单的克列福挑衅道："哼，克列福，我可把你揪出来了！为了约克公爵和鲁特兰，你今天非在此丧命不可！"

"呵，理查，别夸海口！我和你都是单枪匹马地站在这里，我长得高大威猛，而你呢，驼背弯腰，这胜负已经显而易见了！"克列福毫不客气地反击道。

他举起佩剑，骑马冲向理查："吃我一剑，去陪你的父亲和弟弟吧！"

理查虽然其貌不扬，但身子却很敏捷，他轻巧地一闪就躲开了，反而一剑刺中了克列福的胸膛。

"卑鄙的小人，君子报仇，十年不晚，你且等着吧！"落败的克列福一扬马鞭，飞快地骑马逃走了。

"嘿，华列克，别过来，克列福就交给我吧！"理查大笑着，阻止华列克的帮忙，骑马朝克列福追去。

"瞧，这空气多么尖锐呀！风把我的伤口吹得可真疼！我流了太多血了，头晕目眩，只怕是回不去了。"坐在马背上的克列福不断摇晃着，没走多远，就支撑不住，直接从马上摔了下来……

战场上刀剑无眼，混乱之中，有的父亲杀害了自己的儿子，有的儿子失手杀死了自己的父亲。这些悲惨的人偷偷摸摸地将自己的亲人埋葬在山坡上，而这一幕幕正好被出来闲逛的亨利六世看到了。

“战争什么时候才能结束啊？这样的惨剧还要发生多少呀？”亨利六世为百姓感到悲痛，而他却无法掌控战争，只能独自默默叹气。

失去了克列福，玛格莱特王后的军队士气大减，在理查和爱德华、华列克的穷追猛打之下，慢慢地陷入了败局。

“王后逃走了，我已经派了一队人马去追赶他们。”爱德华长松了一口气，说，“将军们，我们可以好好休息一下了。”

“这个野心勃勃的女人肯定跑到法兰西去了，她想到娘家搬救兵！”理查不屑地说，“任她得到多少支援，兰开斯特家族也要和王位道别啦！”

“说得真不错！”乔治也欢喜地伸着懒腰，“啊，希望这场战争早点儿结束吧，打仗可真够累人的！”

眼看胜利在望，无论是爱德华、乔治、理查三兄弟，还是他们的支持者华列克都十分憧憬即将得到的荣光。

“现在我们可以耀武扬威地向伦敦进军，在那里扶持您做英格兰的国王，举行加冕。”华列克分析着现状，对爱德华说，“我还要从伦敦折回，渡海到法兰西，去撮合波那小姐做你的王后，以此把法兰西和咱们联合起来。一旦有了法兰西做友邦，就不用怕王后余党死灰复燃啦！”

这样的谋划可谓是一举两得，爱德华听后十分满意：“华列克，你说怎么办就怎么办，我的王位完全靠你扶持。等我登基后，理查就封为葛罗斯特公爵，乔治封为克莱伦斯公爵。而你，华列克，则和我本人一样有权处理一切政务。”

理查听得直嘟囔：“让我当克莱伦斯公爵，把葛罗斯特公爵让给乔治当吧！葛罗斯特这个封号向来都不吉利！”

“嘿，说什么呆话呢，理查？你就做葛罗斯特公爵好啦！咱们现在向伦敦进发，去享受我们的荣华富贵。”华列克兴冲冲地说。

商量好战略，众人便喜气洋洋地动身向伦敦赶去。而那位被大部队遗漏的亨利六世，此刻正在北部的围场上闲逛呢！

“多么美好的国土呀，唉，可惜它已经不是你的了。”亨利六世叹息着自言自语，“亨利呀亨利，你的王位已经被人占据了，你的王后和儿子抛下你跑到法兰西去求救了。你这一生读了数不清的书，到头来却一事无成！”

不巧的是，这位落魄的国王正好遇上了来狩猎的护林人。这两个老实巴交的百姓盯上了胡言乱语的亨利六世，不顾他的辩解，直接抓住他，把他押到长官那里去了。

5 国王的新娘

约克家族再一次回到了富丽堂皇的伦敦王宫，不过这一次，他们变成王位的持有者了。即将加冕的爱德华高高地坐在王位上，神气地睥睨着站在下面的众人。

此刻，一位夫人正口口声声请求国王为她主持公道。

“我的好弟弟，这位夫人的丈夫葛雷在战役中阵亡了，他的庄园被敌人夺去了，她此刻来告状要收回庄园。依我看，一定得批准她的请求。”爱德华对站在下面的葛罗斯特公爵理查说。

理查点点头，道：“这位爵士是为了拥护我们约克家族而牺牲的，陛下批准她的状子十分恰当！”

可是，这位新国王的目光不停地在葛雷夫人身上来回转动，仿佛在为自己挑新娘似的。

理查悄悄对身旁的乔治说：“瞧，咱们的国王哥哥只怕是看上这位夫人了。”

乔治顺着爱德华的目光望去，也看到了那位漂亮的葛雷夫人。他点点头，细声说：“小声点儿，要是破坏了他的计划咱们就完蛋啦！”

过了好一会儿，爱德华又接着问葛雷夫人：“葛雷夫人，你有几个孩子？”

“三个，陛下。”葛雷夫人不明所以地回答。

爱德华做出叹息的模样，说：“要是孩子们失去他们父亲的产业，那就太可惜了！”

葛雷夫人连忙说：“正是这样，陛下，所以请您开恩，把庄园还给我们吧！”

爱德华让理查和乔治退下，解释道：“让我独自考察一下这位夫人的智慧吧！”

人们都退出宫殿后，爱德华对葛雷夫人露出了温柔的笑容：“夫人，请你告诉我，你爱不爱你的孩子？”

“爱，我爱他们胜过爱我自己的生命。”葛雷夫人毫不犹豫地回答。

“那么，对他们有好处的事，你愿不愿意尽力去做？”爱德华又问道。

“当然，只要对他们有好处，哪怕要我吃亏也无所谓。”葛雷夫人立马回答。

“现在，我有一个任务交给你，只要你完成它，我就同意把庄园还给你的孩子们。”爱德华微笑着说。

“是一个什么样的任务？只要我能办到，我绝对不会推辞。”葛雷夫人不假思索地道。

她没料到，在一步步的追问下，自己已经掉入了爱德华设下的圈套。

此刻的爱德华笑得春风得意，道：“一个很简单的任务：爱一个国王。”

葛雷夫人吓了一大跳，等听清爱德华果真要她做王后，并且愿意接受她的孩子们时，她顿时感动得热泪盈眶。

这桩亲事就这样办成了。

葛雷夫人离开后，爱德华三兄弟又聚在宫殿里，他欣喜地对两个弟弟说：“猜猜我和她谈了什么？”

理查和乔治看了看彼此，摇了摇头。

“我要和她结婚，让她做我的王后。”爱德华满脸喜气，看起来似乎比登基成王更让他高兴。

“这太匪夷所思了！”乔治说，“可是，哥哥，华列克不是已经去法兰西为你向波那小姐提亲了吗？”

“这有什么要紧的，不是还没举行结婚典礼吗？”爱德华漫不经心地说，整个人沉浸在要娶葛雷夫人的欢喜里。

“这不是让华列克丢脸吗？”乔治十分不赞同。

“我是国王陛下，难道我的婚姻还要别人做主吗？”爱德华有些生气，说完就自顾自地离开了大殿。

乔治郁闷地看着理查说：“我说错什么了吗，为什么陛下好像生气了？”

“你没说错。”理查劝解道，“不过，陛下要做的事，咱们只要表示赞同就好了。”

理查脸上装出担忧的表情，心里却喜不自禁：就这样办，就这样！我们一起夺来的王位，凭什么让爱德华当国王，我们当公爵！瞧着吧，总有一天，其貌不扬的理查也会戴上王冠的！

当英格兰国王爱德华即将迎娶葛雷夫人的消息传到法兰西时，路易王怒不可遏：“华列克，你们就是这样来戏耍我的吗？我的姨妹波那美丽温柔，怎么能忍受你们这样的羞辱！”

原本路易国王已经同意了支援玛格莱特王后，可华列克凭借他的三寸不烂之舌，硬是把路易国王拉拢到爱德华国王那一边了，还十分高兴地同意了和英格兰国王的联姻。谁知道，这个愚蠢的爱德华国王自掘坟墓，竟然这样戏弄路易国王。

玛格莱特王后终于抓住了反击的机会，立马奚落道：“我早就对陛下说过，约克党不可信！这就是爱德华所谓的爱情，这就是华列克所谓的忠实。”

这消息也让华列克十分恼火，他气得脸都青了：“法王陛下，请您

明察，爱德华国王这种胡闹的行为和我无关。他不仅戏弄了您，他也戏弄了我。从今以后，我再也不认他当国王了！”

这样的情景是玛格莱特王后最乐意见到的，她拍手欢笑道：“那么，欢迎你加入我们，华列克！亨利国王会很高兴见到你回心转意的。”

“如果陛下允许的话，请调一支精兵给我，我自告奋勇率领这支军队回到英格兰，用武力强迫那位任性的国王退位。”华列克愤愤不平地补充道。

爱德华国王选定新娘时肯定没想到，他竟然一举激怒了路易国王和华列克。约克家刚刚拿到的王位能抵得住他们的联合反击吗？

6 再次引发战火

伦敦的宫殿里，王公和大臣们也正对国王的这位新娘议论纷纷。

“乔治哥哥，你对陛下和葛雷夫人的亲事有什么意见？”理查不怀好意地问。

“哎呀，这里到法兰西的路程这么远，他哪里等得及华列克的回音？”乔治对此事不愿多做点评。

就在此时，爱德华国王带着他的王后葛雷夫人来了，他们身后还跟着王后的兄弟海司丁斯以及其他大臣们。

看着愁眉苦脸的乔治，爱德华国王皱着眉头问：“乔治弟弟，你对我选中的王后有什么不满吗？”

乔治嘟囔着说：“不满的恐怕还有法王和华列克吧，咱们出尔反尔，可没有好结果！”

爱德华国王不屑地说：“就算他们生气又怎么样？路易不过是路易，华列克不过是华列克。而我呢，我是爱德华，是你们的国王，我爱怎么样就怎么样。”

理查阴阳怪气地说：“您是国王嘛，当然爱怎么样就怎么样。不过，草率地结婚是不大有好结果的。”

蒙太古也附和说：“如果和法兰西联姻，那比在国内选一个王后更能加强我们的国力，对抵抗外敌入侵是很有利的。”

海司丁斯对此却不置可否，他摇头晃脑地道：“只要我们英格兰内部团结一致，英格兰就能坚如磐石。”

蒙太古反驳道：“如果有了法兰西的支持，那就更加牢固了。”

说到这里，乔治和理查对爱德华国王更加不满了。自从葛雷夫人当上伊丽莎白王后，她的兄弟海司丁斯成了勋爵的女婿，她的儿子也娶了贤惠美貌的贵族淑女。现在看来，整个英格兰的势力都要到新王后手里去了。

危险的种子已经埋下了，等到合适的时机，这些不满就会爆发出来，引起国家的动乱。

这不，前去法兰西送信的使者回来了，他带回了路易国王的战书：“称作国王的骗子爱德华，准备承受法兰西的怒火吧！”

爱德华国王气极了，追问道：“华列克是不是和玛格莱特结盟了？”

信使被国王的怒气吓坏了，哆嗦着回答道："是的，陛下。华列克的女儿已经许配给了亨利的儿子。"

听到这儿，乔治再也坐不住了，他连忙告辞："华列克的小女儿还没嫁人，这下该轮到我啦！"

他大喊着："拥护我和华列克的，请跟我来吧！"

随着这喊声，萨穆赛特跟着乔治离开了。

在这紧要关头，爱德华国王顾不得咒骂乔治的背弃，立即下达命令，让大家各自调集人马，准备迎战玛格莱特和华列克。

在华列克郡的平原上，乔治和华列克聚拢了。

"欢迎你到我这儿来，乔治。"华列克依次和乔治、萨穆赛特握手。

月黑风高，平原的夜晚宁静而安详，这静悄悄的夜晚正是偷袭的好时机。

"根据侦察兵传来的消息，你哥哥的军队都驻扎在近处的城镇里，他自己只带着少数卫队在这里扎营，我们为什么不趁着这时候去袭击他呢？"华列克说，"让我们去好好地吓吓爱德华吧！"

就这样，华列克带着一支人马偷偷地潜入了爱德华国王的营帐。

正如他们所预料的，因为守卫不足，华列克不费吹灰之力就捉住了爱德华国王。

"让爱德华去梦里当国王吧！"华列克取下爱德华国王的王冠，吩咐士兵将他关押起来。

"接下来，咱们该做的第一件事是到伦敦去，把亨利国王从监狱里救出来，让他坐上国王的宝座！"华列克有条不紊地安排着。

骄傲和轻狂会为人带来灾难，毫无疑问，爱德华国王正在践行这一点。

7 再次成为国王

所谓世事难料，再完美的部署也会因为属下执行的缺漏而放任敌人的突围。

华列克原本吩咐人将爱德华国王关押到约克主教那儿去，可主教并没有对他严加看管，而是任由他打猎游玩。

这消息传到理查的耳朵里，他立马带着海司丁斯和几个随从来到约克郡附近的公园，伺机救出了爱德华国王。

负责看守爱德华国王的只有一个老实巴交的猎人，一见到这么多王公贵族，他就把勇气抛到九霄云外了，站都站不稳，吓得浑身直哆嗦。

“猎人，你愿意跟我们走吗？”爱德华国王看着低头不语的猎人道。

猎人本以为自己会被灭口，一听这话连忙答应：“只要陛下同意，我非常乐意跟随陛下。”

众人哈哈大笑，离开了花园，去和部队会合。

而此刻伦敦的监狱里，华列克率领着乔治、萨穆赛特等人正解救亨利国王呢！

重获自由的亨利国王情绪高涨，他当场决定让乔治和华列克共同摄政。

这里一片欢天喜地的氛围，就在这时卫兵来报：“爱德华逃走了！”

得以逃脱的爱德华国王成功地得到了勃艮第的支援，一行人浩浩荡荡地来到约克城前。

可惜，亨利国王恢复王位的消息传来，所有的大臣都不敢再认爱德华为国王了。此刻的约克城大门紧闭，市长和士兵们威严地站在城墙上。

“市长，我只要求回到我的公爵封地，别的什么也不要。”爱德华国王对已经投向亨利国王的市长大喊。

“市长阁下，你还怀疑什么？开城吧，我们都是亨利国王的朋友。”海司丁斯也大喊道。

“是这样的吗？”市长半信半疑，亲自带着两个随从从城头上下来打开城门。

这时，早已做好准备的爱德华国王立刻吩咐：“抓住市长！”他抢过市长手里的钥匙，一扬马鞭，率领着军队驻扎进了约克城。

对此一无所知的华列克正为自己的成功沾沾自喜呢，亨利国王被他们救出来了，乔治也抛弃了爱德华国王投向他。他吩咐自己的支持者们各自去拉拢新的权贵，得到更多的军队支援，而他自己则去迎战爱德华国王。

自信满满的华列克率领着军队径直朝约克城去了，两方兵力差不多，一时之间难分胜负。正当他们打得难分难舍时，乔治率兵来了。

“哈哈，乔治来啦！”华列克放声大笑道，“爱德华，这场战争就要结束了！”

哪知，原本戴着红玫瑰的乔治骑马靠近后就变了模样，他一把扯下红玫瑰，重新戴上白玫瑰。

“请宽恕我，爱德华、理查，我知道自己错了，现在我将用行动表达我的忏悔。”乔治说着转向了华列克，怒喝道，“老头儿，你懂得这是什么意思吗？”与此同时，他快马朝华列克冲去。

“你这个阴险狡诈的家伙，竟然敢欺骗我！”华列克躲避不及，被乔治撞得摔下了马，再也站不起来了。

胜利的天平开始向爱德华国王倾斜了，他留在伦敦的探子抓住了落单的亨利国王。而长途跋涉的玛格莱特王后和她的军队根本不堪一击，很快就被爱德华国王打散了，亲王也被活捉了。

为了避免玛格莱特王后再兴兵作乱，理查就地处死了亨利国王和他的儿子威尔士亲王，把玛格莱特王后赶出了伦敦，将她流放在外。

重回伦敦，爱德华国王坐在宝座上，恳切地对立下战功的大臣们表达谢意。

“现在国家太平，我们弟兄友爱，这正是英格兰的大喜事呀！”爱德华国王满足地说，“如今扫尽了奸臣，我们正好能尽情欢乐啦！来吧，唱起歌来，跳起舞来！”

伦敦城内一片欢声笑语，无论是大臣还是百姓都为这难得的和平感到放松，他们呼朋唤友，高谈阔论，都憧憬着英格兰的美好未来。

眼前的危难的确已一一扫清了，可谁知道，旧的危难消失时，新的危难却正在诞生。

《理查三世》故事中的人物关系

公爵夫人

爱德华三兄弟的母亲

理查三世

原为葛罗斯特公爵

威廉·海司丁斯

大臣

乔治

克莱伦斯公爵，理查三世的二哥

爱德华四世

上任国王，理查三世的大哥

勃金汉

理查三世的追随者

伊丽莎白王后

爱德华之妻

勃莱肯伯雷

负责看守伦敦塔的军官

斯丹莱

理查三世的追随者

亲王

爱德华的大儿子

里士满

斯丹莱继妻之子

小约克

爱德华的小儿子

理查三世

1 爱德华三兄弟

严冬已经过去，阳光变得明媚耀眼。伦敦的街道上锣鼓喧天，热闹非凡。国王爱德华坐在宝座上，看着其乐融融的景象，喜不自胜。他的三弟理查正在发表着激动人心的演说。

“约克的红日把严冬般的宿怨照耀成了融融的夏景，而笼罩着我们王室的片片愁云也全都埋进了海洋深处。这些都归功于我的大哥——国王陛下……”理查说完面带微笑地鞠了一躬，顿时，四周响起了雷鸣般的掌声。

理查鞠躬的时候像一只骆驼，因为他原本就有点儿驼背。他望了望穿着华丽的皇亲贵族们、长相英俊的绅士和身姿婀娜的姑娘正跳着胜利喜悦的舞蹈，而他自己呢？他不禁顾影自怜起来。理查一出生就是个怪胎，因为有点儿畸形，走路也一瘸一拐，所以他受到过冷落。但是他可不甘心，他也是一位亲王，而亲王总有机会登上国王的

宝座的。他瞥了一眼国王，他的大哥是一位好国王，把国家治理得井井有条，但是他却并不以此为荣，而是想取而代之。于是他心里有一个好的计谋，他要让大哥和二哥心生隔阂，反目成仇。

他假装喝醉，在人群里悄悄地散出流言："嘿，你们听说了吗？爱德华的继承人之中有个名字是G字起头的要弑君篡位。"

接着大臣们都在传着篡位的事，终于有一天，流言传到了国王的耳朵里。

"尊敬的国王陛下，他们都说爱德华的继承人之中有个名字是G字开头的人要抢走您的王位，并杀了您。"一位大臣在国王的耳畔说。

"什么？胡说！怎么可能！"国王不相信，因为爱德华的继承人名字里有G字起头的就是他的二弟克莱伦斯公爵乔治。乔治是一位懂事忠诚的人，而爱德华能登上王位，还多亏了他呢。他怎么可能谋反呢！国王念及手足之情，起初不相信，但是随着传言越来越盛，国王不得不疑心，于是他下令逮捕乔治并把他关进伦敦塔。

可怜的乔治还不知道怎么回事就被押送着前往伦敦塔。理查望着迎面走来的失魂落魄的乔治，装出一副惊恐万分的表情问："二哥，你这是怎么了？怎么被守卫推着走呢？"

"唉！应该是国王陛下，为了我的安全起见，所以安排了守卫，把我送进伦敦塔。"

"那是为什么呢？"理查装作不知情地问。

"还不是因为我的名字是G字开头的。"乔治无奈地说。

"那可真是好笑，你的名字又不是你取的！"

"唉！你没听说吗？不知道是谁传出来的，说什么巫人曾经告诉他这个名字里带G字的人会篡夺他的王位；而我的名字'乔治'恰是G字起头，于是他一心认定我就是篡位的人。"

"竟然还有这回事！我猜一定是王后在国王背后挑唆的。王后就想把她的兄弟姐妹都提拔上来，成为大官，她巴不得我们这些国王的亲兄弟反目成仇呢！”理查说。

“那真是可恶！唉，看来我们这些人都要一个个地遭殃了。就连那忠诚的大臣海司丁斯都被关进了大牢里，听说他为了获得自由，对王后言听计从，卑躬屈膝。”

“那可不是……”

正当理查还想说些什么话时。一旁负责押送的大臣勃莱肯伯雷打断了他们的谈话：“打扰了，两位公爵！国王陛下有命，所有的人，不论职位高低，都不能和您的这位哥哥交谈。”

理查瞪了一眼勃莱肯伯雷，然后拼命从眼里挤出了几滴泪水，对乔治说：“我亲爱的哥哥，你放心，我一定会尽力救你出来的！”

看着乔治的背影，理查心想，以前的爱德华三兄弟，如今真的要反目成仇了！等着吧，王位终将属于我。

2 乔治的奇怪梦境

邪恶的念头一旦在心底种下了种子，不达目的是不会善罢甘休的。就这样，理查一步步为自己的夺权诡计谋划着。

他用阴谋为自己赢得了婚姻，紧接着就开始策划逼迫国王爱德华判决乔治死罪。

“不瞒您说，陛下，乔治的确在私底下说过‘要是我当国王，肯定会干得更好'的话。"晨会上，理查假装为难地看了看高坐在国王宝座上的爱德华，说，"不过，依小弟之见，他只是希望我们国家变得更好。"

听到这话，多疑的爱德华怒不可遏，他大声喝道："卫兵，命令下去，立马判处乔治死刑。"

"国王哥哥，我们三兄弟何必这样呢？"理查捂着胸口，十分悲痛地呼喊着。

可正在气头上的爱德华一甩衣袖，自己离开了议事厅。理查装作愁眉苦脸的样子，难过地叹息着："唉，唉，怎么变成这样了？"

等理查回到自己的宫殿却立马换了一副面孔，他眉开眼笑起来，为自己的阴谋得逞乐不可支。就在这时，两个鬼鬼祟祟的人影朝理查走来，这两人正是被他雇用来的杀手。

"小声些！"理查惊喜地对他们说，"我英勇的战士们，你们现在就要去干那件光荣的事儿了吗？"

其中一个没蒙面的人说："大人，我们来拿证件，这样才能进入伦敦塔。"

"想得真周到，证件我为你们准备好啦！"理查递过证件，嘱咐着，"你们干完后就来克洛斯比宫。要记得，千万别听他申诉，乔治最懂人心，他能很轻易地引人同情。"

"明白了，大人，我们绝不讲空话。"

而可怜的乔治对这一切还一无所知，正满面愁容地和勃莱肯伯雷聊着天。

"这真是一个难熬的夜晚。"乔治叹息着，"我接连做了无数个噩梦，奇形怪状的东西不断呈现在我眼前，那阴森恐怖的景象真是叫人难以忍受啊！”

勃莱肯伯雷问道：“到底是怎样的梦，让您这样心烦？”

乔治回忆着梦境，说：“在梦中，我离开了这阴冷的伦敦塔，登上一艘豪华的船要前往勃艮第，我亲爱的弟弟理查和我同行。”

“‘我亲爱的哥哥，海上的风景如此美丽，不如到甲板上去散散步吧？’他这样对我说。于是，我俩走出船舱，悠闲地在甲板上散步。我们一边眺望英格兰，一边感叹约克和兰开斯特两家王室彼此交战的艰难岁月。就在这时，理查脚下一滑，差点儿摔向无边无际的大海。情急之下，我一把拉住他，可他却用力地推了我一下，把我推下了海。

“天哪，海水咕咕咕地直往我的眼睛、耳朵、鼻子和嘴里灌，轰的一声，耳边仿佛什么都听不见了。在那一瞬间，我看到了海底成百上千条破烂的船，无数个像我一样掉落在海里的人们被巨大的鱼追赶着，‘救命啊，救命！’他们不断地喊叫着，每个人都害怕被大鱼吃掉，每个人都急着逃亡，他们谁也不帮谁。

“与此同时，我看到了海底的无数金块，它们在偶然的光亮下闪耀着刺眼的光芒。珍珠、宝石、玛瑙等一堆一堆地沉积在这里，它们的珍贵一点儿也没起到作用。瞧，有些珠宝嵌在白色头骨上，有些则钻到眼眶里，闪着熠熠光芒，仿佛在嘲笑其他枯骨的穷酸模样。‘寒碜，真是寒碜！’我听见它们彼此争吵着、炫耀着、攀比着……但它们都只是失去性命的可怜人罢了……”

勃莱肯伯雷惊得瞪大了眼睛：“竟然有这样的梦？请宽恕我，公爵，但人在死去的一瞬间，哪里来的闲工夫去观察海底的秘密呢？”

乔治摇摇头，十分认真地说：“千真万确，事实就是如此。我努力地摆脱海水的束缚，可我的灵魂却不断地被拉入海底深处，无论怎么挣扎也逃脱不了。”

“即便如此痛苦，您也没有苏醒过来吗？”勃莱肯伯雷问。

“没有，没有。”乔治继续说着，“虽然我失去了生命，可梦境却没有消失。我看到我的灵魂脱离肉体，在海里漂浮着、游动着，最后到了黑黢黢的冥界。我的丈人，闻名于世的华列克一见到我就高声嚷着‘冥府的严刑也不足以惩办这个叛逆无道的乔治啊！’随后他就消失了，取而代之的是另一种叫喊，‘乔治来了——虚伪、善变、背誓的克莱伦斯公爵，他在图克斯伯雷战场上刺杀了我——怨鬼们，来抓住他！抓他去上酷刑！’这时，无数厉鬼的尖叫声把我吓醒了……”

勃莱肯伯雷看着满脸惨白的乔治，不由得同情起他来：“尊敬的公爵，只是个噩梦而已。现在，请您安睡吧，我将守护着您。”

惊吓过度的乔治又疲又累，没过多久就睡熟了。

3 辩护与真相

拿着国王颁发的执行死罪证件，两个杀手轻而易举地进入了伦敦塔，并成功地将勃莱肯伯雷支开。不过，眼见着睡熟了的乔治，两个人却犯难起来。

一个杀手嘀咕着："嘿，兄弟，咱们要趁他睡着动手吗？"

另一个杀手摇摇头："不好，他醒来会说我们胆小的。"

"醒过来？傻瓜，一旦动手，他就再也醒不过来了。"

"怎么？你害怕了？"

"我们手里有证件，杀他不费吹灰之力。可是，杀害一个无冤无仇的好人，上帝不会原谅我们的。"

"那就回到葛罗斯特公爵那儿去告诉他，你不做了。"

"不，稍等。我只是还剩下一点点良心罢了，它马上也要消散了。"

"想想奖金吧，我想这会加速它的消散。"

"是啊！我竟然把奖金忘了，没什么可犹豫的了，让他早点上天国吧！"

就在两人辩解时，乔治含混不清地嘟囔起来："狱官，劳烦你给我杯水喝。"

"请稍等，大人。"没蒙面的杀手回答道。

陌生的声音将乔治惊醒了，他一下子坐立起来："你们是什么人？"

"一个和你一样一颗头颅、两只手、两条腿的人。"他回答。

"可是你们并不像我一样出身高贵。"乔治皱着眉头说。

"你也不像我们一样浑身忠诚。"杀手反驳着。

"你的嗓音听着像雷声那样野蛮，相貌却很普通。"乔治又说。

"我此刻的嗓音是国王的，我的面貌是我自己的。"杀手说。

乔治逐渐明白了自己的处境，他害怕起来："你说话怎么这样含混不清？瞧你们的眼神这样凶恶。请说说吧，谁叫你们来的？来这儿干什么？"

杀手互相看了一眼，拿着匕首慢慢朝乔治靠近："来……"

"来杀害我？"乔治抢先说。

“呃……”

“嘿，朋友，少安毋躁，请告诉我，我在哪儿得罪了你们？”乔治故作轻松地问道。

“你没得罪过我们，可是你得罪了国王。”

“我要和他言归于好。”乔治立马说。

“不可能了，大人。”杀手坚决地回答道。

乔治慌张起来，这两个杀手杀他的决心这样坚定。他努力为自己辩护着：“我犯过什么罪？有什么证据可以控诉我的罪名？崇高的万王之王曾在法典上训诫过：不可杀人！你们怎么能违背神的旨意而执行一个凡人的命令呢？”

“哈哈。”一个杀手大笑道，“看来您是忘了。您曾发过假誓，也残忍地杀害过无辜的人。”

“您也背叛过神明，背弃了盟约，反戈相向，刺破了国王那可爱的儿子的肚子。”另一个杀手补充着，“想想吧，他可是您宣誓要舍命拥护的人。”

乔治流着眼泪忏悔：“我做下这些恶劣的事都是为了我最敬爱的长兄——爱德华。如今，他却要以这些罪名派你们来杀害我，这算什么道理？”

“威尔士亲王英勇善战，身强力壮，您为什么要杀害他呢？”杀手控诉着。

“为了我的哥哥。”乔治答。

“那巧了，正是你哥哥让我们此时此刻来到这里动手杀你。”杀手说。

“如果你们爱戴我的哥哥，那就请不要仇视我，我最敬爱的就是他了。”乔治连忙辩护道，“如果你们为了奖金而来行刺，就请回去找我的弟弟理查吧，他一定会为我重赏你们的。”

杀手们却对乔治说："就是你的弟弟理查派我们来杀你的。"

"不可能。"乔治激动地说，"我在路上遇见他，他抱着我痛哭了一场，发誓说一定要尽力救我出去呢！"

"是呀！他这不是来救你出伦敦塔的苦海，送你去天国享乐了吗？"杀手说。

"发发慈悲，你们就此打道回府吧！"乔治请求着，"我的朋友，我看出你们也于心不忍了，不如好事做到底，放过我吧！"

"发发慈悲？那是懦夫和妇女干的事！"一个杀手怒喝一声。

"大人，请看你身后。"另一个杀手忽然大喊。

趁着乔治转过头去，他一刀刺进了这位可怜公爵的胸膛。

噩耗传来，国王爱德华越来越怀念起乔治的忠诚来。他明白自己下错了命令，但再也挽回不了乔治的性命。就这样，爱德华郁郁寡欢，一病不起，没多久就撒手人寰了。

4 天真的小王子

乔治和国王去世的消息在原本就不平静的王宫里掀起了滔天巨浪。国王的寡妻伊丽莎白王后呼天抢地地痛哭着，乔治的两个孩子也悲痛欲绝，最难过的是公爵夫人——爱德华国王和乔治的母亲，她一连失去了两个儿子。

宫墙之外，百姓们也对这噩耗议论纷纷。

“听说了吗？国王死了。”

“我担心，天下就要大乱了。”

“上帝保佑，幸好有位王子继位。”

“王子？如果国家由一个孩子来治理那就糟糕啦！”

和百姓们一样，理查也把目光投向了他即将继位的亲王侄儿。

“无论谁去接任亲王，我俩都不能落在人后。”理查忠心的追随者勃金汉说。

迎接亲王的那天，伊丽莎白王后带着她的小儿子小约克、公爵夫人和大主教早早就来到了城门上等着。

“真希望早点见到亲王，看看他有没有长高。”公爵夫人充满期待地说。

“听他们说，小约克倒比他的哥哥高一些呢！”谈起这两个孩子，伊丽莎白王后满脸的自豪。

就在这时，一位使者慌慌张张地前来报告消息。

“王后，葛罗斯特公爵和勃金汉把您有权势的族人都抓走了。”

伊丽莎白王后来不及悲伤，赶紧带着小约克躲进了圣堂。

到达都城后，没见到长辈迎接的亲王闷闷不乐起来：“叔叔，母亲和弟弟约克怎么没来接我呀？”

匆忙赶来的海司丁斯解释：“王后和小公爵到圣堂去了。”

此时，理查和勃金汉也来了。在勃金汉的要求下，海司丁斯前往圣堂，去把小约克带出来。

百无聊赖的亲王一会儿左看看，一会儿右看看，忽然，他绷紧了小脸认真地说：“修这座塔的恺撒可真了不起！他既聪明又英勇，虽然死去了很多年，但人们依旧铭记着他。叔叔——”

“怎么啦？”理查温和地问。

“我有一个愿望，请您做个见证。”亲王说，“等我长大成人，我一定要去法兰西夺回我们失去的主权，哪怕死在战场也在所不惜。”

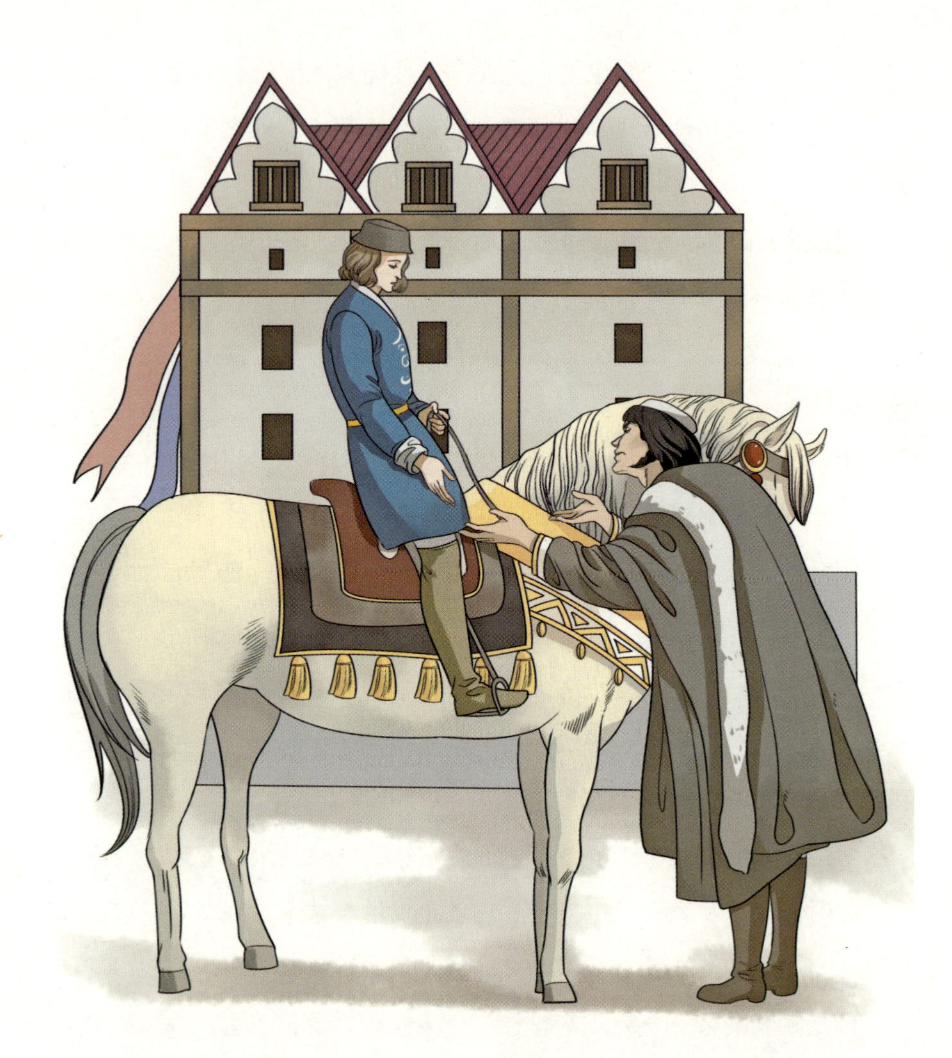

理查被这一番话惊到了，他在心里默默想：真是个聪明英勇的孩子啊！不过，过早地绽放光芒，却会让光芒更早地被黑暗吞噬。

两人谈话时，海司丁斯已经带着小约克回来了。

“我的可敬畏的哥哥，你好呀？”小约克快步走过来，对亲王说。

“一切都好，我亲爱的弟弟。”亲王热情地和小约克拥抱着。

“叔叔，您说过，野草长得快，我的亲王长兄长得却比我高多了。”小约克俏皮地说，“按您的意思，难道他是一棵野草吗？”

“不不不，”理查连忙摇头，“我可不能这样说。”

“所以，他比我更应该感谢您咯？”小约克露出娇憨的笑容。

“这算不上的。”理查耸了耸肩，说，“他作为国王，可以命令我；我作为你们的叔叔，也有理由为你们办事。”

小约克满意地点了点头。这时候，他瞧见了理查腰间佩了一把小巧的匕首。

“叔叔，请求你，把这把刀给我吧！”小约克笑嘻嘻地说。

“好啊，我的小侄儿！”理查解下佩刀，递给小约克。

小约克把刀拿在手里，左看看，右玩玩。亲王却皱着眉头责备小约克：“弟弟，你怎么可以见到东西就要呢？”

“我向叔叔要，这没关系呀！一个小玩具而已，叔叔肯定不在意的。”小约克满不在乎地说。

“再大的礼物，我也会给我的侄儿。”理查连忙笑着说。

“那我还想要这把剑。”约克指了指理查身后。

“呀，希望它不会太重。”理查说。

“哼，我知道了，您只愿意给轻的礼物，贵重的礼物就不愿意给了。”小约克嘟着嘴嚷着。

“哪里的话？”理查立马解释，“这把剑太大了，殿下佩上会觉得沉重呀！”

“再重一点儿我也不怕！”小约克说，“只看您舍不舍得给了。”

“你当真的？”理查反问道。

“当真！”小约克拍了拍胸膛说，“给了我，我好按您的称呼答谢您。”

“这话怎么说？”理查装作和蔼可亲的样子问道。

“小就小谢咯！”小约克扮着鬼脸说。

“叔叔，请宽容他，小约克还是像以前那样爱抬杠。”亲王说。

“叔叔，哥哥在嘲笑我俩呢！”小约克嘟囔着，“说是宽容我，其实是因为我长得小，像个猴儿一样，他认为您就应该把我背在肩头哪！”

理查哈哈大笑。在理查的安排下，亲王和小约克住进了伦敦塔，在那里等待加冕典礼的到来。

5 不光彩的王位

亲王和小约克离开后，理查才松了一口气，他感慨道：“好难对付的孩子！”

“大人，请放心。无论如何，他们进了伦敦塔就别想再出来了。”勃金汉冷漠地说，“接下来，让我们去赢得大臣们的拥护吧！”

他吩咐手下去试探威廉·海司丁斯，看看那位老大人对理查登上王位持有怎样的态度。

等手下走后，勃金汉不由得担忧道：“要是海司丁斯大人不愿意拥护您，我们怎么办呢？”

“一不做，二不休。”理查的笑容很温和，但说出的话却十分冷酷，“砍掉他的头颅。等我当了国王，就封你为伯爵，把我王兄原来的住宅、田产、店铺都赏给你。”

“我肯定会来请赏的。”有了理查的保证，勃金汉心底的乌云立马一扫而光了。

第二天，各位大臣都来到伦敦塔，在会议厅里围桌议事，官兵严密地保护着会场。

众人正商量着应该把举行加冕礼定在哪一天，迟来的理查就把勃金汉拉到一旁，轻声说：“老弟，海司丁斯说哪怕他人头落地，也不愿看到他所尊崇的那位国王之子丧失英格兰的王位。”

两人窃窃私语了好一会儿，这才返回会场。望着众人疑惑的眼神，理查脸色肃穆地说：“我想请教各位大人，如果有人施展妖术，谋害我的性命，这个人该受到怎样的惩罚？”

“大人，这种人必定是死有余辜。”海司丁斯说。

就在这时，理查敞开衣服，露出瘦骨嶙峋的胸膛。他的脊背弯得像一张被拉紧了弦的弓，骨头像弦上的倒刺似的一根根突兀地冒出来，仿佛要把皮肤顶破一样。

“看吧，这就是爱德华的妻子伊丽莎白和海司丁斯的妻子休亚的杰作！”理查愤愤不平地说，“我原本仪表堂堂，正是受了她们巫术的迫害才变成这个样子的。”

众位大人从没见过人的脊背会弯得这么严重，他们被吓得倒吸了一口冷气。

海司丁斯更是吓得满头大汗，他立马解释道：“假如她俩做下了这样的事……”

话还没说完，愤怒的理查就打断了他：“假如？你这个叛徒，竟然还为她们说话！依我看，就是你指使她们这样做的！来人，砍下他的头！”

可怜的海司丁斯这下才明白，理查凶狠毒辣，他这是在一步步地扫清妨碍他登上王位的障碍啊！

“大家千万不要被他骗了，万恶的葛罗斯特公爵只是想夺取王位罢了，他阴险、狡诈、小气……怎么能坐上国王的位置！”海司丁斯喊道。

“卫兵，堵住他的嘴，快些把他拉去断头台！”理查凶狠地喝道。

随着理查一声令下，卫兵拖着海司丁斯往外走去。他立马被执行了死刑，这位忠诚的大臣再也守护不了英格兰了。

旁观了这一切的大臣们个个都低着头，默不作声，他们都在心里不满理查的残忍和专横，但谁也不敢站出来反对他。

会议结束后，为了防止百姓对海司丁斯的死产生怀疑，勃金汉去拜访了伦敦市长。他装作悲痛地对伦敦市长说：“海司丁斯背叛了英格兰，他用巫术迫害葛罗斯特公爵。我的大人，劳烦您向市民们转达实情。没有经由法律程序处决了海司丁斯大人，实在是形势所迫，在国家存亡之际，我们不得不小心谨慎。”

市长对海司丁斯的被处决感到十分疑惑，但最终还是相信了勃金汉和理查的花言巧语。他急急忙忙地赶向市政厅，却不知跟着他的勃金汉心怀鬼胎。

在市长向众人解释了海司丁斯的处决后，勃金汉揪住机会抢着说：

“要我说，海司丁斯一点儿也算不得忠诚，爱德华国王的两个孩子出身可不清白。”

“这话怎么说？”市民叽叽喳喳地问道。

“爱德华自身也算不得一个好国王。他冤杀市民，荒淫无度。想想看，他出生时，上一任国王约克正出征法兰西呢！他们长得可不像，说不准根本不是国王的后裔！”

“相反，葛罗斯特大人简直是和约克从一个模子里刻出来的，他心地善良，在苏格兰战功赫赫，他明智、宽厚、仁慈、谦逊。”勃金汉激情澎湃地说，“与其让血统不正的亲王当国王，不如让我们这位英勇的大人来承担重任。”

“让我们大声呼喊：上帝保佑国王理查！”勃金汉大喊着。

台下众人却你看看我，我看看你，一句话也没说。市长也被吓得一身冷汗，这时他才明白原来这是狼狈为奸的勃金汉和理查设下的诡计。

这时，勃金汉对手下使了个眼色，混在人群中的那几个人立马欢呼起来：“上帝保佑国王理查！”

狡诈的勃金汉立即鞠躬致谢：“感谢各位市民朋友们。大家这样异口同声，热情欢呼，说明了你们都爱护理查国王呢！”

几个人的声音怎么能代表成千上万的市民呢？但这已经不重要了，理查称王已经成了定局，没有哪个笨蛋愿意做那出头鸟，来呼唤大家奋起反抗。

6 成为国王的理查

爱德华国王逝世的阴霾还未散去，英格兰又笼罩了新的阴霾。阴险的理查即将成为新国王的消息不胫而走，每个人都在为自己的性命担惊受怕。而中了勃金汉圈套的伦敦市长更是进退两难，事到如今只能按勃金汉的要求，带着各个城镇的大人去理查的宫殿请求他做国王。

当他们到达理查的庭院时，仆人却对众人说："尊敬的大人，主人正在和两位主教虔诚祈祷，他现在不能见你们。"

"请去禀告贵公爵，就说我们在等候他一起商讨国家大事呢！"勃金汉诚挚地说。

再三请求之下，理查才同意接见他们。仆人一打开房门，众人就见两位主教拥护着理查走来。

理查的手里捧着一本祈祷书，脸上的表情既庄严又虔诚。

"请宽恕，至德的公爵，愿您能抽空垂听我们的请求。"勃金汉恭敬地说。

"该请您恕我无礼，没能马上接见各位。"理查不紧不慢地说，"不过，请问阁下有何指教？我很怕我犯了错误，而自己却毫不知情。"

"您确实如此，"勃金汉和理查一唱一和地说，"望公爵接受我们的恳求，借此来改正您的过错。"

"这是当然。"理查微微低下头，谦逊地说。

“请饶恕我冒昧陈词，您不该再三推辞，放弃至尊的宝座。如今国家动乱不堪，王室血统混乱，唯有您——我尊贵的理查国王，能担起重任，救百姓于水火。”勃金汉情真意切地说。

“接受吧，您的市民在请求您了！”市长也惨白着脸恳求道。

理查摆出惊愕万分的表情，难过地说：“你们说的什么话？我两位亲爱的哥哥刚不幸离世，该继位的是我那聪明的亲王侄儿，你们让我当国王，我怎么对得起他们呢？”

无论勃金汉说什么，理查都坚决反对他们的请求。

“好主人，您再不应允，全国都要遭殃了！”理查的仆人也附和着。

百般推脱之后，理查才为难地说：“勃金汉贤弟、各位父老，你们既然这样坚持，我也不能辜负盛情。但若以后有人辱骂我登位名不正言不顺，这也与我无关。上帝知道，这是一件多么违背我心愿的事呀！”

“愿主保佑您，我尊敬的理查国王。”勃金汉双手合十道。

“阿门。”众人附和。

理查如愿登上了王位，国王更替的大事就这样悄无声息地解决了。可怜的两位小王子被囚禁在伦敦塔，任何人不能踏进伦敦塔半步，哪怕是伊丽莎白王后、理查的母亲公爵夫人。

理查将要成为国王的消息传来，两位贵妇人大惊失色。

“天哪！这是个什么混账东西！我怎么会生出这样的孩子！”公爵夫人捶胸顿足地说，“我恨不得早点追随他的父亲死去，就不用看到他为了争夺王位六亲不认、丧尽天良了！”

而伊丽莎白王后也被理查的疯狂和大胆吓得不轻。命运这样安排，无依无靠的妇女哪怕心中愤愤不平，但也只得接受事实。

理查顺利地成为国王。可是他从此就会快乐吗？

且来看看吧！他再也得不到最亲的母亲约克公爵夫人的怜爱，妻子也对他心生畏惧，他的亲人、朋友都对他敬而远之。更何况，那两位被他用卑劣手段害死的哥哥，他们的英魂也日日夜夜纠缠着他，让他不得安宁。

英格兰的王权已经握在了理查三世的手中，可惜他还不满足。

“伦敦塔里还关着我的两位好侄儿呢，只要他们还活着，我的王位可坐不稳。”理查三世对勃金汉说，“快去伦敦塔，我希望他俩不要活着见到明天的太阳！”

理查三世这疯狂的模样让他最忠实的伙伴勃金汉也觉得害怕，勃金汉皱着眉头劝道：“两个小孩子阻碍不了什么，何必赶尽杀绝呢？”

理查三世近乎癫狂地喊着：“一切不利于我的火头都得扑灭！”

理查三世根本不听劝，反而连勃金汉也不相信了。他重新选了一位贪财的奴仆，让这个人立马去执行了自己的命令。

7 消失的王冠

眼看着理查三世变得越来越冷酷，勃金汉不由得为自己的未来开始担忧。他试探地对理查三世说：“陛下，我请您封赐我，我们是有约定在先的。”

理查三世却当没听到似的，转身跟侍从聊着天。

“陛下！”勃金汉大喊，理查三世依旧不搭理他。

“请陛下回忆下当初你对我的诺言吧！”勃金汉又一次恳求道。

“你可真麻烦！”理查三世不耐烦地说，“我今天心情不好，无心封赏。”说完，他便离开了议事厅。

这时，勃金汉才终于意识到理查三世不仅仅是残暴心狠，他还自私狡诈，根本不会兑现他的承诺。

“我早该想到这些的！”勃金汉这样想着，立马放弃了支持理查三世，转而投奔他的威尔士朋友了。

一场权位争夺的战争即将爆发。这一切都应验了诅咒。

卫兵在王宫的议事厅向理查三世报告最新消息：“勃金汉叛逃了，他有坚强的威尔士人做后盾，上了战场后，兵力正在增长。以里士满为首的叛军聚集在萨利斯伯雷附近，随时可能发动进攻。”

“勃金汉不足为惧。”理查三世激动地说，“倒是里士满，这个叛徒挑战的号角已经吹响，我们怎么能坐以待毙呢？”

他下令：“马上集合队伍，前去萨利斯伯雷清除叛党！”

国王的命令马上宣布了出去，最英勇矫健的战士们被挑选出来组成一支队伍，由理查三世亲自任将领。

军队浩浩荡荡地走在伦敦城的街道上，百姓们惶恐不安地让出道来。

“陛下，有战报！”理查三世的贴身侍从追上军队，来到他面前，“西边海岸行驶着一支强大的舰队，海滩头挤满了许多行踪不明的队伍。据推测，那舰队的首领正是里士满，他们在海面上漂荡，专等勃金汉前去接应登陆。”

“你，快去萨利斯伯雷。还有你，”理查三世怒吼，“还站着干什么？不是叫你去见各位公爵吗？”

“请陛下明示，见到公爵我要说些什么呢？”侍从被吓蒙了，不知所措地站在原地。

“笨蛋！”理查三世喝道，“叫他们尽其所能，集合最有力的军队来萨利斯伯雷紧急会师。”

随着军队不断前进，糟糕的消息接二连三地传来。

“里士满出海了！”

“我的好陛下，那个目中无人的主教结集了一群人在德文郡兴兵作乱呢！”

“陛下，又有一族人拥兵反叛了，他们的兵力在不断增强。”

在理查三世的猜忌下，他身边得力的帮手最后都投奔了里士满，此刻的理查三世可谓是众叛亲离了。

对理查三世来说，唯一的好消息是勃金汉遇上了海难，他的军队被暴风雨冲散，而他被活捉，当即就被处死了。

到达萨利斯伯雷后，无论是理查三世还是里士满都争分夺秒地部署兵力，他们各自修整军队，等待第二天在战场上一决胜负。

夜深了，疲惫的将士们早已进入梦乡，他们要为即将到来的战争养精蓄锐。

可是，并不是所有人都能得到安眠。

理查三世躺在床上，刚睡着，幽灵们便一个接一个地浮现在梦里。亨利六世、乔治、海司丁斯、两个小王子、勃金汉……所有被他杀害的人都变成幽灵，在他的床前悲痛地指责着，愤怒地咒骂着，让他片刻也不得安宁。

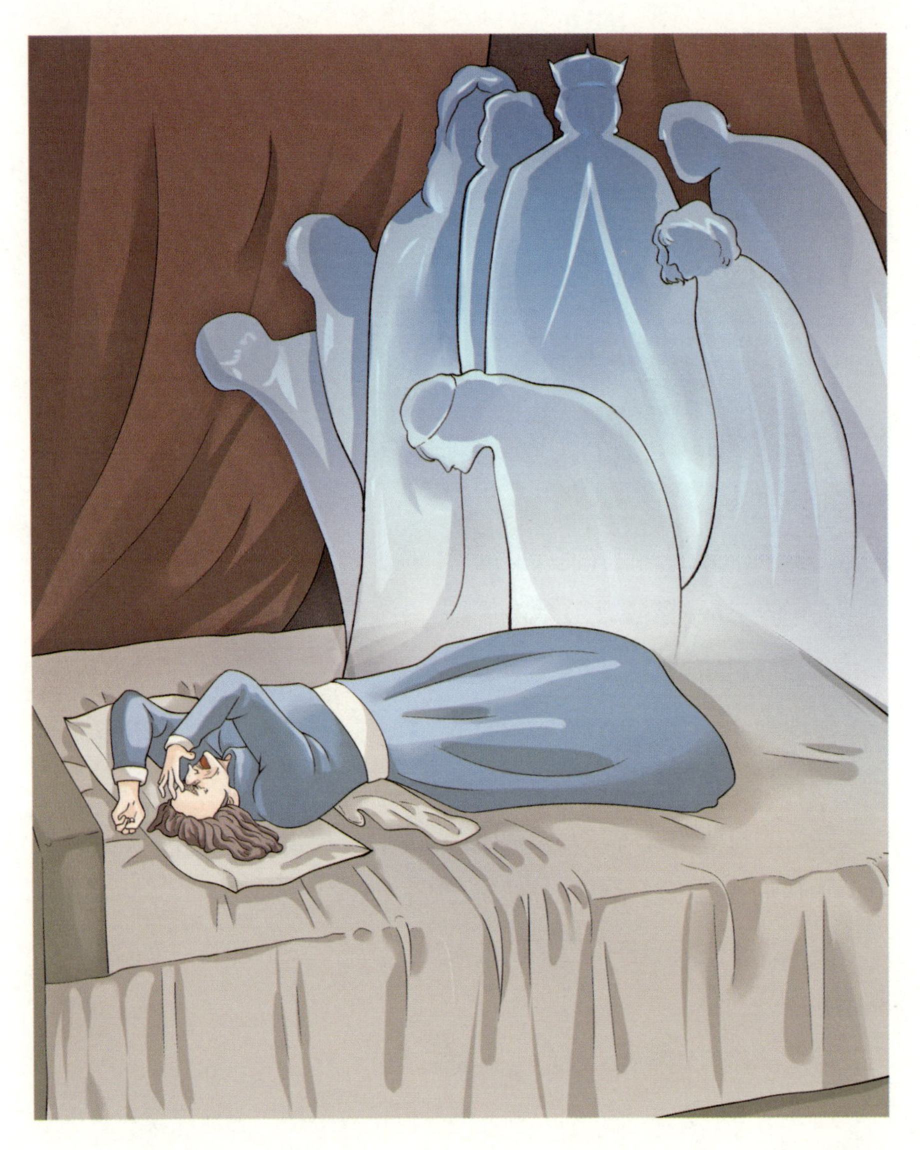

被惊醒的理查三世出了一身冷汗。他一边抹着汗水，一边喃喃自语：“饶恕我！”

好一会儿，他才缓过神来。仔细一看，屋子里并没有其他人，理查三世这才明白这只是个梦。他摸着胸口自言自语：“要说凶手，我自己才是最大的凶手。我是个罪犯，无恶不作，我做的坏事早就足以判我死刑千次万次。我这样的坏蛋，是死不足惜的，天底下没有人会同情我！这怪得了谁呢？一切都是我自作自受！”

与之相反，这些幽灵却在里士满梦里为他唱赞歌，祝福他获胜、安康。

像是应验梦境一般，在第二天的战斗里，顺应民心的里士满轻而易举地获胜了，残暴多疑的理查三世死在了刀剑之下。

将士们为里士满戴上王冠，他们这位新国王慈爱地询问双方伤亡情况，吩咐下属将去世的爵士们按身份高低依照自古的礼仪入葬，还赦免了逃亡的士兵，并鼓励他们归顺。

随后，里士满宣布他将与爱德华国王的女儿伊丽莎白结婚。

“里士满与伊丽莎白凭着神旨成为夫妻。”里士满庄严地宣誓道，“从此，红、白玫瑰合为一家，两家王室恩怨纠葛都一笔勾销。”

“上帝呀，如蒙恩许，愿我等后人永享太平，愿百姓安居乐业。”他虔诚地祈祷着。

见到此情此景，众人无不热泪盈眶，他们高声欢呼着：“和平万岁！”

哈姆雷特舞台剧

主要角色：

鬼魂：丹麦老国王，哈姆雷特之父。

哈姆雷特：前王之子，今王之侄。

克劳狄斯：丹麦新国王，哈姆雷特叔父。

王后：哈姆雷特之母。

霍拉旭：哈姆雷特之友。

波洛涅斯：御前大臣。

雷欧提斯：波洛涅斯之子。

奥菲利娅：波洛涅斯之女。

次要角色：

罗森格兰兹（朝臣）；吉尔登斯吞（朝臣）；戏班子成员；贵族；贵妇；教士；士兵；水手；两个挖坟人；众使者及侍从；等等。

第一幕　露台上的鬼魂

地点：城堡前的露台；城堡大厅。

旁白：在丹麦王宫里，发生了一件可怕的怪事，半夜有两个在露台上值班的士兵看到了老国王的鬼魂！它全身穿着甲胄，就像他生前一样英勇。鬼魂一脸怒容，什么也不说。公鸡打鸣时，它就隐去了。士兵们吓坏了，将这怪象告诉了霍拉旭，他是王子哈姆雷特的好朋友。这天晚上，霍拉旭来一探究竟。

场景转换：城堡前的露台。士兵甲、士兵乙、霍拉旭上场。鬼魂上场。

士兵甲　（指着鬼魂）看，它来了！像不像去世的老国王？

霍拉旭　（盯着鬼魂）像极了。它使我心里充满了恐怖和惊奇。

士兵乙　（推推霍拉旭）它好像想和我们说话。霍拉旭，你是有学问的人，去问问它。

霍拉旭　（拔出宝剑）你是什么鬼怪？胆敢冒充老国王？

（鬼魂不言，走开。）

士兵甲　（望着霍拉旭）霍拉旭，你的脸色怎么这么白，咱们看到的不是幻觉吧？

霍拉旭 （收回宝剑）如果不是亲眼所见，我真的不会相信有这样的怪事。它身上的那副铠甲，就是它讨伐挪威王时穿的。怪事啊！这恐怕预兆着国家要发生大变故！

（鬼魂重新上场。）

霍拉旭 （跑过去）不要走，鬼魂。要是我有能帮助你的地方，那么对我说吧！要是你预知了祖国的命运，也请对我说吧！你们两个快去拦住它。

（两个士兵拿着兵器，追逐鬼魂。鸡叫，鬼魂走开。）

士兵甲 （收戟）它走了。我听说，鸡一叫，鬼魂就隐去了。

霍拉旭 （收回宝剑）我也听人这样说过。我们应该把今晚看见的事情告诉王子哈姆雷特。没准儿鬼魂见了他就有话说了！

（士兵甲、士兵乙、霍拉旭下场。）

旁白：老国王突然暴毙，让王子哈姆雷特遭受了重大打击。他的叔父克劳狄斯是个卑鄙的家伙，篡位当上了丹麦的新国王。更让哈姆雷特难过的是，父亲去世不到两个月，母亲就嫁给了新国王！这是一件多么可耻的婚姻呀！从此，哈姆雷特看见什么都厌烦，他总是穿着黑丧服来表示哀悼。

场景转换：城堡中的大厅。国王、王后、哈姆雷特、波洛涅斯、两个使臣及侍从上场。

国王 （处理公务）虽然我的王兄新丧未久，全国沉浸在悲痛之中。但是，我深感责任重大，所以悲伤适可而止吧！现在，我要宣布一件事，挪威王子招兵买马，想讨回他父亲割让给我们的土地。现在我要派使臣去给挪威老王送信，让他从速制止王子的行动。你们赶紧去吧！

两个使臣 （施礼）遵命！

（两个使臣同下。）

国王 （对哈姆雷特）我的侄儿哈姆雷特，到我这边来。我请你抛弃丧父之痛，把我当作你的父亲吧！我会给你最尊荣的恩宠。至于你要回到英国去求学，我和王后都不会同意。

王后 （祈求）哈姆雷特，请你不要离开我们。

哈姆雷特 （施礼）好吧，母亲。我听从您的话。

哈姆雷特独白：上帝啊！人世间的一切在我看来是多么可厌和无聊！这个世界已经变成了一个荒芜的花园，长满了毒草。我的父亲死了还不到两个月，母亲就嫁给了眼前这个丑八怪。脆弱啊，你的名字就是女人！我的心都要碎了。

（霍拉旭、士兵甲、士兵乙同上场。）

霍拉旭 （指着士兵甲、乙）昨天半夜，我们值班时，曾看见一个像您父亲的鬼魂。

哈姆雷特 （猫下腰）你们不要把这件事泄露出去。我一定会报答你们的忠诚。今晚11点之后，我要到露台上瞧瞧。

众人　（施礼）我们愿为殿下效忠。

场景转换：城堡露台。哈姆雷特、士兵甲、乙上场。

哈姆雷特　（走近霍拉旭）天气真冷！现在什么时候了？

士兵甲　（抬头看钟）禀告殿下，已经过12点了。

（鬼魂上场。）

霍拉旭　（轻声地）瞧，殿下，它来了！

哈姆雷特　（仰头）国王，父亲！告诉我，为什么你全身穿着甲胄出现在月光之下？

（鬼魂向哈姆雷特招手。）

霍拉旭　它招手叫您跟着它去，好像它有话要对您一个人说。

哈姆雷特　（对鬼魂）走吧，我跟着你。

（霍拉旭和士兵甲、乙阻拦哈姆雷特。哈姆雷特冲出去。鬼魂继续招手。）

士兵乙　（拉哈姆雷特）您不能去啊，殿下。

哈姆雷特　（挣脱众人跑）放开我，朋友们。谁要再拉我，我要叫他变成一个鬼！

（鬼魂及哈姆雷特同下。）

场景转换：露台的另一部分。鬼魂及哈姆雷特上。

鬼魂　（低沉地）我是你父亲的灵魂。你必须替我报那骇人听闻、逆天害理的杀身仇恨。

哈姆雷特　（攥拳）快告诉我，父亲。我恨不得长了翅膀飞去把仇人杀死。

鬼魂　（悲伤地）哈姆雷特，听我说，大家都以为我是在花园里睡觉时，一条蛇爬过来把我咬死的。那毒害你父亲的蛇，其实戴着王冠！

哈姆雷特　（恍然大悟）啊，我的预感果然是真的！是我的叔父干的！

鬼魂　（咬牙切齿）那个畜生，他有的是诡诈手段。那天，我在花园里睡觉，他悄悄溜进来，拿着盛着毒草汁的小瓶，把药水注进我的耳朵。就这样，我被他夺去了生命、我的王冠和王后。你要有志气，就要替我复仇！不过，千万不要伤害你的母亲，她自会遭到上天和良心的审判。天快亮了，我必须走了！再见，哈姆雷特。

（鬼魂和哈姆雷特同下场。）

旁白：哈姆雷特请求霍拉旭他们守口如瓶。他发誓，杀父之仇不共戴天，一定让叔父血债血偿！他决心改变策略，从今装疯卖傻，让叔父丧失警惕，然后慢慢寻找复仇机会。

第二幕　哈姆雷特"疯"了

地点：波洛涅斯家；在城堡中。

旁白：御前大臣波洛涅斯有一个儿子叫雷欧提斯，还有一个漂亮的女儿叫奥菲利娅。奥菲利娅爱着哈姆雷特，哈姆雷特也很喜欢她。雷欧提斯要去法国读书，临走时提醒妹妹，让她远离哈姆雷特。哈姆雷特假装因为遭到奥菲利娅的拒绝而伤心，终日里疯疯癫癫的。

场景转换：波洛涅斯家中一室。波洛涅斯、奥菲利娅上场。

奥菲利娅 （惊慌失措）父亲，我正在房间里缝纫的时候，哈姆雷特殿下跑了进来。他的衣服没有扣上纽子，袜子上也沾满污泥，好像刚从地狱里逃出来似的。

波洛涅斯 （摸着下巴）他说了些什么？

奥菲利娅 （捂着胸口）殿下不错眼珠地盯着我。他发出一声惨痛的叹息。直到他走出门，还在回头看我。

波洛涅斯 （若有所思）这正是恋爱不遂的疯狂！最近你对他说过什么让他难堪的话吗？

奥菲利娅 （真诚地）我只是遵从您的命令，拒绝他的来信，并且不允许他来见我。

波洛涅斯 （叹气）恐怕这就是使他疯狂的原因！我要去见国王。这件事要是隐瞒不报，恐怕会闹出乱子。

（同下场。）

场景转换：城堡中一室。国王、王后、罗森格兰兹、吉尔登斯吞及侍从等上。

国王 （严肃地）哈姆雷特现在变得疯疯癫癫。罗森格兰兹和吉尔登斯吞，你们从小跟他一块长大，我特地请你们来替他解解闷儿，同时窥探他有什么心事。

罗森格兰兹和吉尔登斯吞 （施礼）谨遵陛下的命令！

（侍从领着罗森格兰兹、吉尔登斯吞下场。）

（波洛涅斯上场。）

波洛涅斯 （欣喜地）启禀陛下，我们派往挪威去的两位使臣已经回来了。而且，我已经发现了哈姆雷特殿下发疯的原因。

国王 （开心地）你总是带来好消息。快说说吧，我着急听呢！

波洛涅斯 （施礼）请陛下先接见使臣。我的消息留着做盛筵后的美味点心吧！

（波洛涅斯下场。）

（波洛涅斯率两个使臣重上场。）

国王 （威严地）欢迎，我的使臣！挪威国王怎么说？

使臣甲 （呈上书信）挪威国王听了我们的要求，立刻传谕王子停止了征兵。

国王 （开心地）很好。你们不辱使命，今晚我设宴为你们接风洗尘！

（两个使臣同下。国王大设盛宴。使臣、朝臣一起举杯庆贺。）

波洛涅斯 （站起来）国土的事总算圆满结束了。陛下、王后，我现在来说一说王子吧！我有一个女儿叫奥菲利娅，王子一直在追求她。后来，我对女儿说，哈姆雷特殿下是王子，不是你可以高攀得起的，我警告女儿不要和王子见面。王子遭到拒绝后，一直郁郁寡欢，慢慢地就变成了现在这样疯狂的样子。

国王 （对王后）你想是这个原因吗？

王后 （点点头）这是很可能的。

（国王、王后及侍从等下。）

旁白： 国王一直猜疑哈姆雷特不是因为爱情变疯，而是有着其他的阴谋。为此，他不停地派人去试探哈姆雷特。同时，大臣波洛涅斯也展开了对哈姆雷特的试探，看看到底是不是因为他女儿拒绝的缘故，哈姆雷特才变得痴傻。

（哈姆雷特读着书上场。）

波洛涅斯 （施礼）您好，殿下。您认识我吗？

哈姆雷特 （点头）认识，你是一个卖鱼的贩子嘛。

波洛涅斯 （叹气）我不是，殿下。

哈姆雷特 太阳能在一条死狗尸体上孵育出蛆虫。你有一个女儿吗？不要让她在太阳光底下行走。

波洛涅斯独白：他不认识我，说我是鱼贩子，但是他念念不忘地提我的女儿。他的疯病已经很严重了。我年轻时，为了恋爱也曾发疯，那样子跟他差不多哩！

（波洛涅斯下场。）

哈姆雷特 （合上书，面对观众）哼，这些讨厌的老傻瓜！想试探我，没那么容易。

（吉尔登斯吞、罗森格兰兹上场。哈姆雷特继续装疯卖傻。）

吉尔登斯吞　（施礼）嘿，我尊贵的殿下！

哈姆雷特　啊呀，我的好朋友们！你好，吉尔登斯吞？罗森格兰兹！

（灯光聚拢，三个人拥抱。）

哈姆雷特　（装傻）世界末日快到了。我的好朋友们，你们在命运女神手里犯了什么案子，她把你们送到这牢狱里来了？

古尔登斯吞　（疑惑）牢狱，殿下！您说的我听不明白呀！

哈姆雷特　（故作神秘）丹麦是一所牢狱，一所很大的牢狱，里面有许多囚室、地牢……

（两人面面相觑，被哈姆雷特的疯话弄得摸不着头脑。）

哈姆雷特　（傻笑）我知道，你们是奉国王的命令来的。我直接告诉你们原因吧！近来不知什么缘故，我对任何事都兴致缺缺呢！人类不能使我发生兴趣……罗森格兰兹，你为什么笑了？

罗森格兰兹　（摊摊手）殿下，要是人类不能使您发生兴趣，那么你喜欢的那个戏班子恐怕自讨没趣了。我们碰到他们进宫来了，准备向您献技呢！

哈姆雷特独白：我的叔父是只老狐狸。他身边守备森严，我无从下手。这个戏班子来得真巧，他们会将戏剧演得惟妙惟肖，正好我可以安排一场戏。我在一旁观察叔父的神色，没准儿他会露出狐狸尾巴。

场景转换：城堡的走廊。奥菲利娅上场，假装看书。

（哈姆雷特上场。）

哈姆雷特 （高声）生存还是毁灭，这是一个值得考虑的问题。默然忍受命运的毒箭，或者挺身反抗人世的苦难，这两种行为，哪一种更高贵？且慢！美丽的奥菲利娅！你怎么在这里？

奥菲利娅 （施礼）殿下，您这几天安好吗？我有几件您送给我的礼物想还给您。

哈姆雷特 （摆手）不，我不要。我从来没给你东西。哦，你当初不应该相信我，因为美德不能熏陶罪恶的本性。我没有爱过你。

奥菲利娅 啊？那我受骗了。

哈姆雷特 （驱赶奥菲利娅）你呀，进尼姑庵去吧！要是你必须嫁人的话，就嫁给一个傻瓜吧！去，越快越好。再会！

奥菲利娅 （痛哭流涕）我的殿下呀，你怎么疯得这么厉害？天上的神明啊，让他清醒过来吧！

（同下。）

旁白：躲在帷幕后的国王和波洛涅斯听到了他们的对话。国王分析王子不像是因为爱情发疯，于是，他还派大臣波洛涅斯去监听哈姆雷特和王后的对话，或许王子会向母亲吐露心事。

第三幕　戏中戏《捕鼠机》

地点：城堡的大厅；城堡中一室。

旁白：哈姆雷特让戏班准备了一出和他父亲惨死很像的戏，然后他派人去请国王和王后来看戏。戏剧《捕鼠机》开始了。

（奏丹麦进行曲，喇叭奏花腔。国王、王后、波洛涅斯、奥菲利娅、罗森格丝兹、吉尔登斯吞及余人等上场。）

（伶人国王、伶人王后上场。）

伶人国王　（拥抱）爱人，我们已经相爱30多年了。如果我死了，你会不会再嫁一位如意郎君？

伶人王后　（拥抱）我断不是那样的薄情人。如果我改嫁，就让上天狠狠地惩罚我吧！

伶人国王　（睡觉）爱人，我有些困了，想要睡一会儿。

伶人王后　（走来）愿你安睡，上天保佑我俩永远安康！

（同下场。）

国王　（对哈姆雷特）这戏名叫什么？

哈姆雷特　（看戏）《捕鼠机》。戏中的故事影射维也纳一件谋杀案。您看下去就知道是怎么一回事啦。

（另一伶人上场。）

另一伶人　（以毒药注入睡者耳中）我采来毒草炼成毒汁，让他的生命快快消失。

哈姆雷特 （指着伶人）这个人为了觊觎王位，把国王毒死了……

（灯光聚拢，国王站起来大叫。）

国王 （命令）怎么这么黑，给我点起火把！快去！

众人 （乱哄哄）火把！火把！火把！

（除哈姆雷特、霍拉旭外均下场。）

哈姆雷特 （压低声音）霍拉旭，那鬼魂没有骗我。你看见了吗？演戏一提到毒药，国王就神色不对，他气急败坏地离开了。

霍拉旭 （点头）我看见了，殿下。

场景转换：城堡中一室。波洛涅斯上场。

波洛涅斯 （凑近国王）陛下，刚才我看哈姆雷特到王后房里去了。现在我就去躲在帷幕后面，听他们谈些什么，以免对您不利。

国王 （赞叹）谢谢你，贤卿。你真是我肚里的蛔虫。

（波洛涅斯下场。）

国王独白：我的灵魂背负着杀兄的诅咒。啊，我不幸的处境，我像死亡一样黑暗的心胸。试试忏悔的力量吧！但愿一切转祸为福！（退后跪祷。）

场景转换：城堡的一室。王后及波洛涅斯上场。

波洛涅斯 （嘱咐王后）王子一会儿就要来了。请您好好教训他一顿吧！陛下早已对他大发雷霆了。我就悄悄地躲在这儿。

（灯光追随，波洛涅斯藏在帷幕后。哈姆雷特上场。）

哈姆雷特 （施礼）母亲，您叫我有什么事？

王后 （叹气）哈姆雷特，你已经大大得罪了你的父亲啦。

哈姆雷特 （嬉笑）母亲，您已经大大得罪了我的父亲啦。

王后 （疑惑）你忘记我了吗？怎么又胡说八道起来？

哈姆雷特 （取镜子）您是我的母亲呀！来，我要把一面镜子放在您的面前，让您看看自己的灵魂。

王后 （尖叫）你要干什么？救命！救命呀！

波洛涅斯 （幕后喊）救命！救命！

旁白：哈姆雷特听到帷幕后有声音，以为国王藏在那儿，于是他拔剑就刺。等他揭开帷幕一看，才知道刺死的是波洛涅斯。王后吓得大惊失色，指责王子的鲁莽行为。哈姆雷特倒不慌张，他咒骂母亲做的事才是天理不容的。

哈姆雷特 （拿出两个画像）母亲，你来看，这是两个兄弟的肖像。你看这一个的相貌多么高雅，这是你从前的丈夫。现在你再看这一个，这是你现在的丈夫，像霉烂的禾穗，他杀死了你伟大的夫君。是魔鬼蒙住了你的眼吗？把你这样欺骗？你不觉得惭愧吗？

王后 （捂着胸口）啊，不要再对我说下去了！这些话像刀子戳进我的耳朵。

哈姆雷特 （质问）他是一个杀人犯、一个恶徒，一个下流的国王——

王后 （悲伤）求求你，别说了！

（鬼魂上。）

哈姆雷特 （望天大喊）父亲，你的英灵不灭，是想对我说些什么吗？

鬼魂 （叹气）孩子，不要忘记复仇。不过，看看你母亲那惊愕的表情，先去安慰安慰她吧！

王后 （走近哈姆雷特）孩子，你怎么了？为什么你对着空中喃喃说话？

哈姆雷特 （故作疑惑）您没有看见什么吗？

王后 （惊讶地）什么也没有呀。

哈姆雷特 （指天）您瞧！那是我的父亲，穿着他生前所穿的衣服。他从门口走出去了！

场景转换：城堡中一室。国王、王后、罗森格兰兹及吉尔登斯吞上。

王后 （捂着胸口）陛下！今晚我看见了可怕的事情！我正在和哈姆雷特聊天，突然他野性发作，以为帷幕后面有什么东西爬动，拔剑就刺，结果把波洛涅斯杀死了。

国王 （慌张）天哪，要是我在那儿，我也会死在他手里的。放任他这样胡作非为可是威胁！我准备让他赶紧去英国。谁叫他是我亲爱的侄儿呢？他犯下的罪恶，我会替他掩饰过去。来人！赶快把可怜的波洛涅斯的尸体找到，再搬到教堂里去。

（同下。）

旁白：国王早就想除掉哈姆雷特了。波洛涅斯的死，给了他一个绝佳的借口。因为哈姆雷特深得民心，他不能将他直接处死。于是，他决定将哈姆雷特放逐到英国。那时，英国是向丹麦纳贡的附属国。

第四幕　复仇的雷欧提斯

地点：城堡中一室。

旁白：吉尔登斯吞、罗森格兰兹和哈姆雷特乘船去英国。到了晚上，哈姆雷特趁着夜色，翻到了那封公文，他吓了一大跳！原来国王让英王杀了他。于是，哈姆雷特伪造了一封公文，将名字改为吉尔登斯吞和罗森格兰兹，然后又悄悄地放了回去。与此同时，自从哈姆雷特被驱逐，奥菲利娅神情恍惚，她听说自己的父亲是哈姆雷特杀死的，立刻变得疯癫了。

（奥菲利娅、国王、王后、侍臣上场。）

奥菲利娅　（嬉笑）上帝保佑您！陛下，他们说猫头鹰是一个面包师的女儿变的。嘻嘻，谁也不知道自己将来会变成什么。

国王　（叹气）忧伤把她害成了这样。王后啊，第一是她父亲的被杀，然后是你儿子的远别。瞧瞧，哈姆雷特闯了多大的祸？他亡命异国也是咎由自取。来人，紧紧跟住她，留心不要闹出乱子来。

（霍拉旭带奥菲利娅下。忽然，外面传来了喧闹声。）

王后 （疑惑）哎哟！这是什么声音？

国王 （惊慌）我的卫队呢？快，叫他们把守宫门。发生了什么事？

（一侍臣上。）

侍臣 （慌张）陛下！雷欧提斯率领一队叛军打败了您的卫士，冲进宫来了。这一群暴徒个个凶神恶煞，可怕极了！

（灯光聚拢，雷欧提斯戎装上场。一群丹麦人随上。）

雷欧提斯 （指着国王）呸，你这万恶的奸王！还我的父亲来！

国王 （冷静）雷欧提斯，你这样兴兵犯上，究竟为了什么？你有什么气恼不平的事？说吧。

雷欧提斯 （用剑指着国王）我的父亲是怎么死的？冤有头，债有主，我只找杀父仇人算账。

国王 （摆手）我和你父亲的死没有半点关系，而且我也感觉非常悲痛。

（众人喧哗。奥菲利娅重上场，她疯疯癫癫的。）

雷欧提斯 （后退一步）啊，我的妹妹这是怎么了？她还如此年轻呀，怎么经受不起打击变得如此疯疯癫癫的？

奥菲利娅 （唱）他们把他抬上柩架。哎呀，哎哎呀。在他坟上泪如雨下。哎呀，哎呀呀。

雷欧提斯 （咬牙切齿）上帝啊！我一定将杀人凶手碎尸万段。

国王 （游说）雷欧提斯，你不妨去问问你的朋友，如果他们说是我主动或同谋杀了你父亲，我愿意放弃我的国土、我的王冠甚至我的生命。如果他们说跟我无关，那么你要答应助我一臂之力，我们两个合作，一起惩罚真凶怎么样？

雷欧提斯 那就这样吧！我的父亲死得这样不明不白，甚至都没人替他举行哀祭的仪式，我一定要追查到底！

国王 跟我走，我告诉你一切。让斧钺加在罪人的头上吧！

（同下。）

旁白：哈姆雷特的船刚航行到第二天，就遇到了海盗。哈姆雷特跳上海盗船去搏斗。两个大臣不仅没去救他，反而开船逃跑了。他俩带着公文赶往英国。英王看了公文后，二话不说就将他俩处死了。海盗很佩服哈姆雷特的胆识和武艺，不仅和他做了朋友，还秘密地送他回到了丹麦。

场景转换：城堡中另一室。霍拉旭及一仆人上场。

霍拉旭 （询问）要来见我说话的是什么人？

仆人 （回禀）是些水手，主人。他们说有信要交给您。

（几个水手上。）

霍拉旭 （读信）霍拉旭，看完这封信后，请带着来人去见国王，他还有信要交给国王。你要火速来见我。我还有一些惊天秘密告诉你。水手可以把你带到我现在住的地方。再会，你的朋友哈姆雷特。

霍拉旭 （招水手）来，让我立刻带你去给国王送信，然后请把我带到哈姆雷特所在的地方。

（同下。）

场景转换：城堡中另一室。国王及雷欧提斯上。

国王 （摸着下巴）现在你听明白了吧？杀死你父亲的是哈姆雷特，他也在图谋着我的性命。

雷欧提斯 （疑惑）发生了这么罪大恶极的事，而且哈姆雷特还想杀你，你为什么不采取严厉的手段呢？

国王 （叹气）唉，有两个理由：第一是王后，她一天看不见他就不能活；第二个原因是百姓盲目地崇拜着哈姆雷特，如果我处死他，恐怕会遭到民愤哪！

雷欧提斯 （仰天长叹）难道我父亲就这样白白死去？我的妹妹就这样白白疯了不成？

国王 （拍拍雷欧提斯肩膀）你放心。只要咱俩合作，我一定会想法解决了哈姆雷特——

（一使者上场，打断对话。）

使者 （施礼）启禀陛下，哈姆雷特托水手给你送来的信。

（使者下场。）

国王 （读信）雷欧提斯，你可以听一听这封信。“陛下，我已经一个人回到您的国土上来了。明天我就要请您允许我拜谒御容……”

国王独白：上帝呀！哈姆雷特没有去英国，而是中途跑了回来！信中还说只有他一个人回来了。这是怎么回事？难道事情败露了吗？我必须先下手为强，否则就倒霉了。

雷欧提斯 （咬牙）哈姆雷特要回来了吗？我报仇的机会来了。

国王 （阴险地）雷欧提斯，我已经想好了一个计策。而且他死了以后，谁也不能讲一句闲话，即使是他的母亲也不能觉察我们的计策。

雷欧提斯 （施礼）陛下，我愿意服从您的指挥。最好请您设法让他死在我的手里。

国王 （压低声音）哈姆雷特回来以后，我会怂恿他和你来一次比赛。他一向厚道，一定不会检查比赛用的钝剑。到时候，你趁他不注意，选一把尖头利剑，看准他的要害刺过去，就能报仇了。

雷欧提斯 （凑近国王）我还要在我的剑上涂上致命毒药，这种毒药一碰到血，哪怕只是擦破了一点儿皮，也会要了他的命。

国王 （凑近雷欧提斯）我们应该再想一个万全之计。有了，他比赛的时候，一定会口干舌燥，我会为他预备一杯毒酒。万一他逃过了你的毒剑，只要他让酒沾唇也难逃非命。且慢！什么声音？

（王后上场。）

王后 （以帕拭泪）不幸呀！雷欧提斯，你的妹妹掉在水里淹死了。

雷欧提斯 （惊愕）啊？淹死了！在哪儿？

王后 （边哭边说）小溪旁有一棵高高的柳树。奥菲利娅想把花环挂上去，谁知道，脚下的树枝突然折断，她一下就掉到了水里。她唱着歌儿慢慢地沉了下去，然后淹死了。

雷欧提斯 （哭泣）我可怜的妹妹呀！我必须忍住我的眼泪。再会，陛下。

（同下。）

第五幕 宫中悲惨的比赛

地点：墓地；城堡大厅。

旁白：空寂的墓地里，两个挖坟人边聊天边干活。他们在谈论一个新死去的贵族小姐。挖坟人唱起了歌。哈姆雷特在附近，他感觉很有趣，于是走了过去。忽然，有人喊："国王来了。"挖坟人及其他人分列两旁。哈姆雷特和霍拉旭躲进人群中。

（教士列队上场。侍卫抬着奥菲利娅的尸体前行，雷欧提斯及国王、王后及侍从随后。）

雷欧提斯 （悲伤）还有什么仪式？

教士 （肃穆）她是自杀而死的，只能草草下葬。接下来，还要用花圈盖在她的身上，替她撒鲜花……

雷欧提斯 （痛哭）我的妹妹呀！把她放下泥土里去。愿她做一个无忧无虑的天使。

哈姆雷特　（天旋地转）什么！是我美丽的奥菲利娅吗？

雷欧提斯　（跳下墓中）等一等，不要这么快把泥土盖上，让我再抱一抱我的妹妹吧！

哈姆雷特　（踉跄上前）谁的心里能装载得下这样沉重的悲伤？那是我呀，丹麦王子哈姆雷特，我已经痛得无法呼吸了！（跳下墓中。）

雷欧提斯　（将哈姆雷特揪住）是你，哈姆雷特！让魔鬼抓了你的灵魂去！

哈姆雷特　一旦惹我发火也是很危险的。放开你的手！

国王　（命令）快把他们扯开！

王后　（欣喜地）哈姆雷特！

（侍从去拉开，二人自墓中出来。同下场。）

场景转换：城堡的一室。哈姆雷特、霍拉旭上场。

哈姆雷特　（捶胸顿足）霍拉旭，我很后悔，不该在奥菲利娅葬礼上和雷欧提斯打架，因为他所遭遇的惨痛，正是我自己怨愤的影子。

霍拉旭　（侧耳倾听）不要作声！有人来了……

（侍臣上场。）

侍臣　（宣旨）殿下，我奉陛下之命来告诉您。人们称赞雷欧提斯剑术精湛，国王安排了您和他比赛。他已经为您下了一个很大的赌注——六匹巴巴里的骏马。

哈姆雷特　（答应）你去回陛下，叫他们把比赛用的钝剑准备好。

我愿意尽力为他博取一次胜利。

霍拉旭 （担忧）殿下，您在这一回打赌中，多半要失败的。

哈姆雷特 （搓着手）我想我不会失败。自从雷欧提斯到法国去以后，我练习得很勤。可我隐隐有着不好的预感。

霍拉旭 （关心地）要是您不愿意做这件事，我可以去说您现在不能比赛。

哈姆雷特 （深沉地）我逃得了今天，逃不了明天，还是随时准备着就是了。

（国王、王后、雷欧提斯、众贵族及侍从等持钝剑等上场。）

国王 （牵雷欧提斯、哈姆雷特二人手使相握）来，哈姆雷特，让我替你俩和解和解。

哈姆雷特 （注视雷欧提斯）原谅我，雷欧提斯，我得罪了你。在场的众人都知道，我是怎样被疯狂害苦了。凡是我的所作所为伤害了你，那其实是我在疯狂中犯下的过失，我不会故意做对不起你的事的。

雷欧提斯 （注视哈姆雷特）你这么说，我好受多了。但是作为一名勇士，还有荣誉这关，先让我们为荣誉而战吧！

国王 （命令）来人，把钝剑分给他们。

（侍从拿过几只剑。二人选剑，准备比赛。）

旁白：国王神不知鬼不觉地准备好了毒酒，他一边观看比赛，一边等待着机会毒死哈姆雷特。哈姆雷特和雷欧提斯激烈地斗剑。哈姆雷特击中了一次。

国王 （假装激动）哈姆雷特击中了！快拿酒来！孩子，这一颗珍珠是赏赐你的。把这一杯酒给他。

（喇叭齐奏。鸣炮。二人继续比剑。）

哈姆雷特 （出剑）我先赛完这一局，然后再喝酒！来。又是一剑，你怎么说？

雷欧提斯 （后退）我承认给你碰着了。

国王 （虚伪地）我的孩子一定会胜利。

王后 （拿酒）哈姆雷特。我先为你饮下这杯酒，预祝你胜利。

国王 （大叫）王后，不要喝。

王后 （喝酒）我要喝的，陛下，请您原谅我。

国王独白：我的王后呀，这一杯酒里有毒，可惜太迟了！

雷欧提斯 （冲国王）陛下，现在我一定要“击中”他了。

国王 （使眼色）我怕你击不中他。

雷欧提斯独白：可是我的良心却不赞成我干这件事。

雷欧提斯 （大喊）受我这一剑！

（雷欧提斯挺剑刺伤哈姆莱。二人在争夺中彼此手中之剑各为对方夺去，哈姆雷特以夺来之剑刺雷欧提斯，雷欧提斯也受伤了。）

（灯光聚拢，王后倒地。）

侍从 王后，您怎么啦？

霍拉旭 （扶哈姆雷特）天哪，他们两人都在流血。您怎么啦，殿下？

侍臣 （扶雷欧提斯）您怎么啦，雷欧提斯？

雷欧提斯 （痛苦呻吟）唉，我用诡计害人，反而害了自己，这也是我应得的报应。

哈姆雷特 （望向王后）王后怎么啦？

国王 （遮掩）她看见你们流血，昏了过去。

王后 （声嘶力竭）不，那杯酒——啊，我亲爱的哈姆雷特！那杯酒有毒！（死。）

哈姆雷特 （喊叫）啊，多么奸恶的阴谋！快查出来是谁干的。

（雷欧提斯倒地。）

雷欧提斯 （挣扎着）哈姆雷特，你已经不能活命了。那杀人的凶器就在你的手里，它上面还涂着毒药。这奸恶的诡计已经回转来害了我自己，我也快死了。你的母亲也中了毒。我说不下去了。国王——国王——都是他一个人干的！

哈姆雷特 （刺国王）好，毒药，发挥你的力量吧！

众人 （乱哄哄）反了！反了！

国王 （满地爬，招手）帮帮我，我不过受了点伤。

哈姆雷特 （将毒药倒入国王嘴里）让我来帮你！你这万恶不赦的

奸王！喝干了这杯毒药吧！（国王死。）

雷欧提斯 （吐血而死）他死得活该。尊贵的哈姆雷特，我不怪你杀死我和我的父亲，你也不要怪我杀死你！

哈姆雷特 （呻吟）愿上天赦免你的错误！霍拉旭，我要死了……

霍拉旭 （抱住哈姆雷特，拿起酒杯）这儿还留剩着一些毒药，我要随您而去。

哈姆雷特 （吐血）霍拉旭，我死之后，要是世人不明白这一切的真相，我的名誉将永远蒙耻。求你好好活着，传述我的故事吧！

霍拉旭 （大哭）我的心现在碎裂了。晚安，亲爱的王子，愿成群的天使用歌唱抚慰你安息！